단,하나의 사랑

최윤교 대본집

1

최윤교 대본집
단, 하나의 사랑 1

1판 1쇄 인쇄 2019. 7. 18.
1판 1쇄 발행 2019. 7. 25.

지은이 최윤교

발행인 고세규
편집 김민경, 길은수 | 디자인 이경희

발행처 김영사
등록 1979년 5월 17일(제406-2003-036호)
주소 경기도 파주시 문발로 197(문발동) 우편번호 10881
전화 마케팅부 031)955-3100, 편집부 031)955-3200 | 팩스 031)955-3111

저작권자 ⓒ 최윤교, 2019
본 책자의 출판권은 KBS미디어㈜를 통해 최윤교 작가 및 KBS와 저작권 계약을 맺은
㈜김영사에 있습니다. 이 책은 저작권법에 의해 보호를 받는 저작물이므로 저자와
출판사의 허락 없이 내용의 일부를 인용하거나 발췌하는 것을 금합니다.

값은 뒤표지에 있습니다.
ISBN 978-89-349-9678-1 04810
      978-89-349-9677-4(세트)

홈페이지 www.gimmyoung.com   블로그 blog.naver.com/gybook
페이스북 facebook.com/gybooks   이메일 bestbook@gimmyoung.com

좋은 독자가 좋은 책을 만듭니다.
김영사는 독자 여러분의 의견에 항상 귀 기울이고 있습니다.

이 도서의 국립중앙도서관 출판예정도서목록(CIP)은 서지정보유통지원시스템 홈페이지
(http://seoji.nl.go.kr)와 국가자료공동목록시스템(http://www.nl.go.kr/kolisnet)에서
이용하실 수 있습니다.(CIP제어번호 : CIP2019025522)

단,하나의 사랑

1

최윤교 대본집

김영사

고궁을 걷거나, 낯선 동네를 산책하는 것을 좋아합니다. 지나다 만나는 닫힌 문 안쪽을 꼭 들여다봅니다. 까치발을 들고 담벼락 너머를 넘겨보는 일도 곧잘 합니다. 아주 오랫동안 저는 바깥에서 바라보는 사람이었습니다.

막연히 희망했던 세계로 들어와 새롭게 배우는 것이 많았습니다. 무엇보다, 대본은 드라마의 재료일 뿐이고, 수많은 사람들의 노동과 마음이 합해져 최종결과물이 나온다는 것을 체감하게 되었습니다. 이 사실을 떠올릴 때마다 그래서 드라마가 좋다고 항상 생각합니다.

머릿속에 있던 인물이, 손끝으로 그려진 후, 살아 숨 쉬는 사람으로 다시 태어나는 과정을 짜릿하게 보여준 배우님들, 역시 글씨로만 존재하던 공간과 분위기와 정서를 생생히 만들어주신 스태프분들께 감탄하고 감동했던 시간이었습니다. 즐겁고 든든히 일할 수 있게 해주신 이정섭 감독님과 최수진 안무감독님, 아름다운 서울발레시어터께도 감사와 존경을 드립니다.

대본 작업 내내 동고동락했던 함연주 피디님, 천운 보조작가. 두 분이 아니었다면 할 수 없는 일이었습니다. 함께 했던 시간들이 그리울 거예요.

  오랜 시간동안 웃고 울고 품었던 인물들과 이야기를 떠나보냅니다. 저는 아무래도 촌스러워서 〈단, 하나의 사랑〉과 몇 번의 이별을 거듭하며 질척이겠지만, 드라마와 함께한 분들에게 이 책이 좋은 증표가 되기를 바라는 마음입니다.

  불가항력의 비극이 엄연히 존재하기에, 분투하는 인간이 숭고하다고 늘 생각합니다. 서로를 위해 분투하고, 끝까지 사랑한 단과 연서를 저도 종종 떠올리며 눈부셔할 것 같아요. 〈단, 하나의 사랑〉을 사랑해주시고, 이 책을 보시는 모든 분들의 삶에도 같은 응원을 보냅니다.

  부서질 듯 찬란하게, 반짝반짝 빛나기를.

최윤교

목

차

1. 이 책의 편집은 최윤교 작가의 드라마 대본 집필 형식을 최대한 따랐습니다.

2. 드라마 대사는 글말이 아닌 입말임을 감안하여, 한글맞춤법과
    다른 부분이라 해도 그 표현을 살렸습니다.

3. 말줄임표는 두 개, 세 개, 네 개 등으로 다양하게 표현되어 있습니다.
    이는 대사 시 호흡의 양을 다양하게 표현하고자 한 작가의 의도를 반영한 결과입니다.

4. 쉼표, 느낌표, 마침표 등과 같은 구두점도 작가의 의도를 따랐습니다.
    마침표가 없는 것 역시 작가의 의도입니다.

5. 이 책은 작가의 최종 대본으로 장소명이 실제와 다를 수 있으며 방송되지 않은 부분이
    포함되어 있습니다.

"인간을 관찰하는 일은 참으로 흥미롭습니다.
영겁의 시간이 막막한 흑백이라면,
인간은 부서질 듯 찬란하게 색색으로 빛납니다."

_ 천사 '단'의 마지막 보고서 中

사람은 참 재밌는 존재다.
행인의 눈빛이 자신을 비웃는 것 같다며
무차별적인 폭행을 저지르는 것도 사람,
화재의 현장에서 제 몸을 던져 타인을 구해내는 것도 사람이다.
사랑해서 상대의 목숨을 빼앗기도 하고,
사랑해서 자신의 목숨을 다 바치기도 한다.

우리 드라마에서는 이 뒤죽박죽이고, 엉망진창이며,

선한 동시에 악한 인간을 관찰하고,

그 속에 숨어있는 이야기를 엿보기로 한다.

철저히 낯선 존재인 천사의 눈으로 바라보는 인간은 어떤 모습일까.

완벽한 존재인 천사가 오직 사랑 때문에

불완전한 인간이 되고 싶어지는 과정을 통해 사람이,

사람으로서 지향해야 할 '인간성'이란 무엇인지를 다시금 되짚으려 한다.

그것은 사랑.

백마 탄 왕자가 신데렐라를 구원하는 이야기가 아닌,

"내가 너의 수호천사인 줄 알았는데, 아니었어.

인간인 네가 나에게 천사였다."라고

고백하는 천사의 러브스토리를 통해

누구나 꿈꾸는 완벽한 사랑이란, 완전한 두 사람의 만남이 아니라,

부족한 두 영혼이 만나 웃고 울고, 원하고 원망하며 맘을 키워가는 것임을.

뜻밖의 비극과 험난한 고비 앞에서 오직 상대를 위해 모든 걸 내어놓는

숭고한 선택임을 이야기해보려 한다.

그 끝이 어찌 될지라도,

그렇게 사랑하는 자들은 서로에게 천사가 되어줄 수 있음을

꿈꿔보려 한다.

[인물 관계도]

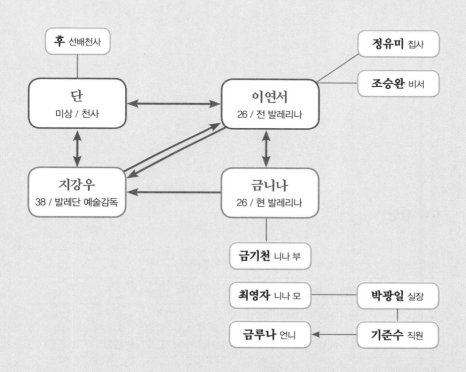

단 - 천사	연서 - 아이비 저택
후(40대): 선배천사, 시니컬	**조승완**(52): 연서의 안내자, 각막 기증 **정유미**(42): 저택 총괄집사, 워커홀릭

니나 - 판타지아 발레단

최영자(58): 니나모, 연서 오촌 고모, 판타지아 발레단장, 탐욕
금기천(55): 니나부. 판타지아 재단이사장
금루나(30): 니나언니, 발레단 부단장. 쿨걸
박광일(38): 발레단 실장, 영자의 심복
기준수(27): 발레단 직원(경호)

01. 김단

이름 / 직업	김단 (천사 '단' 육신을 입고 '김단'으로 활동)
생년월일	없음. (외모는 20대 중반)
성장과정	기억 없음.
성격	호기심 대마왕, 측은지심 폭발, 정의감 가득, 장난기, 흥 넘실.
향후 관찰포인트	제발 사고나 치지 마라.
특이점	희망과 낙관이 너무 넘침.
본인의 변	'이거 누가 썼어? 보고서는 내가 쓰는 건데?'

(작성: 선배천사 '후')

천사다. 진짜 천사.

날개 달린 천사. 인간의 눈에 보이지 않는 투명한 영혼의 천사.

이제 막 일을 시작한 천사로, 품계로 치면 72천사의 끄트머리에도 가지 못하는 말단천사다. 20대 중반 청년의 모습을 하고 있다. 또랑한 눈엔 호기심이 가득하고, 싱긋 올라간 입꼬리엔 장난기가 가득하다. 어린애같이 해사한 얼굴이지만 큰 키에 반듯한 목, 바른 자세에서 어른스러움이 묻어 나오는 외모. 가끔은 이토록 근사한 모습을 보지 못하는 인간들이 불쌍하기도 하다.

인간들은 연약하고 어리석어 무척 흥미롭다. 저 쓸데없고 연약하기만 한 껍데기라니, 아등바등 인간이여, 쯧쯧 혀를 차면서도 기를 쓰고 살아가는 게 신기하고 재밌다. 기본적으로, 인간은 선한 맘을 가졌기에 신이 사랑한다고 생각한다.
천사니까 당연히 착하고, 천사니까 당연히 선한 가치를 추구하지만, 반대로 천사니까 당연히 악을 미워하고, 나쁜 생각에 휩쓸리는 인간을 보면 안타깝다.
그래서 못돼먹은 인간, 악한 인간들이 힘없고 약한 다른 인간을 괴롭히는 걸 참을 수가 없다. 눈 질끈 감고 지나치자니, 영혼 깊은 곳에서부터 정의감이 타올라 자꾸 손을 대게 된다.

천사 이전의 기억이 없다.
천사 중엔 본투비 천사도 있고, 사람이었다가 사후에 천사가 되는 타입도 있다고 들었지만 무슨 상관이랴. 기쁨의 노래가 천사가 된 마냥, 단은 매일매일이 재밌고, 신난다.
넘치는 장난기에 터져 나오는 흥을 기본 탑재.
존재를 의심한 적도, 전생을 궁금해한 적도 없이 말단천사인 자신이 장난 좀 치기로서니, 최종적으론 '그분'의 솜씨로 우주는 평안할 거라 믿는 낙천주의 천사.

그러다 만난다. 날 알아보고, 내게 말을 거는 인간을!
당신, 내가 보여? 아니 내가.. 느껴져?

그 여자 이연서. 눈먼 발레리나.
인간계의 임무를 마치고 하늘로 돌아가는 날! 그 마지막 날 하필 그녀를 만나버렸다.
그녀가 나를... 본다, 아니 느낀다. 심지어 말을 건다!
으아악! 이거 뭐야! 듣지도 보지도 못한 일인데!
얼음처럼 굳어버린 단, 얼결에 인간과 대화를 나눠버린다.
물론 빈 벤치에서 혼자 떠드는 그녀를 사람들은 이상하게 보지만, 어차피 난 못 보니까.
근데 대체 왜 날 볼 수 있는 거야? 이상하다, 이 여자 뭐지?

단은 어느새 그녀 뒤를 쫓고 있었다. 궁금했다.

시각장애인 중 어렴풋이 천사를 느끼는 이도 있다 들었지만 이렇게 대놓고 너 거기 있지? 다 안다! 하고 위풍당당 말 거는 인간이 있단 소린 들어본 적 없다. 이제 하늘로 돌아가면 이 비밀은 풀 수가 없기 때문이었다. 이 망할 놈의 호기심!

그녀 때문에 초대박 사고를 칠 줄 알았다면 처음부터 모른 척했을 텐데..

천사도 후회를 할 수 있단 걸 처음으로 알았다.

그녀가 타고 있던 자동차가 사고가 났다. 운전자(승완)는 죽었다. 연서가 꼼짝없이 갇힌 자동차가 서서히, 절벽 아래로 추락하려 했다. 지나치려 했다. 손 하나 까딱 안 하려 했다.

어쩔 수가 없었다. 천사도 변명을 할 수 있단 걸 처음으로 알았다.

마치 거기 서있는 단을 다 보고 있다는 듯, 아니, 눈을 똑바로 맞추며 살려달라 부르짖는 연서를 보고 어떻게 가만있을 수 있단 말인가?

'신이시여, 내게 가만히 있으라 마소서, 마지막으로 사고 한 번 치겠습니다!'

그렇게 그녀를 구했다. 죽었어야 할 그녀를.

허겁지겁 천국으로 돌아가는 약속장소로 가보았지만, 이미 문은 굳게 닫혀있다.

죄, 소멸.. 무서운 단어들이 선배천사 '후'의 입에서 흘러나온다.

울상으로 소명해보지만 소용이 없다. 어떻게 해야 돼요? 뭐든지 할게요!

간절한 단에게 절체절명의 미션이 주어진다.

"지금부터 딱 100일. 그 안에 지정된 인간의 큐피드가 되어 사랑에 빠지게 할 것!"

영혼을 구하는 힘은 믿음도, 소망도 아닌 오직 사랑에 있으니까.

처벌이 아니라 미션이라니, 한결 마음이 놓인다. 역시 신은 나를 사랑하신다니까.

앞으로 다가올 일들이 임무일지, 형벌일지, 저주일지도 모르는 채,

긍정대마왕 천사 단은 마음을 고쳐먹는다! 좋았어, 사랑? 그 좋은 것 내가 이뤄 줄거야!

위풍당당 목표 인간을 찾아간 단은 놀라 까무러칠 뻔했다.

오 마이 갓. 역시 항상 뒤통수를 치는 신이시여. 내 천사 팔자 꼬이게 만든 바로 그 여자, 눈먼 발레리나잖아요! 처음부터 엄청 싸가지 없었다구요, 저 여자!

각막 이식 수술해서 눈을 떴다고? 그럼 세상이 좀 아름다워 보이겠지. 신께 감사하고 모

든 죽어가는 것을 사랑하겠지, 하고 시작한 임무.

그러나 만만찮다. 어째서 저 인간은 눈을 감아도, 눈을 떠도 한결같이 포악한가.

거짓말 절대 못 하는 천성 탓에 사사건건 부딪친다. 고용주라고 갑질 더럽게 한다. 악한 것, 못된 것은 딱 질색인 단.. 때때마다 연서를 옳은 길로 인도하느라 죽을 맛이다.

그렇게 시작되었다.

처음으로 날 알아본 그 여자

어딜 봐도 사랑 한 톨 없는 그 여자.

온 세상에 가시 잔뜩 세운 채 불안에 떠는 그 여자

남몰래 우는 것도 자존심 상해 속으로만 눈물 삼키는 그 여자

그 여자를 지켜보는 일. 지켜주는 일.

'아무라도 사랑해라'로 시작한 첫 보고서부터

'그 남잔 절대 아니야'로 점철된 중반을 지나 사랑을 확인해 임무에 성공하면,

천국으로 돌아가기 위해 연서와 이별해야만 하는 고비를 넘어,

기어이 나를 버려야 그녀를 살릴 수 있다는 가혹한 운명까지 이르는 마지막 순간까지,

단의 보고서에는 어떤 내용이 담길까?

단은 과연 연서에게 진실한 사랑을 찾아주고 무사히 천국으로 돌아갈 수 있을까?

돌아가고 싶을까?

02. 이연서

이름 / 직업	이연서 / 전직 발레리나
생년월일	1994년 11월 20일 (현 26세)
성장과정	12세 러시아 발레유학 – 17세 귀국 + 판타지아 발레단 프리마 발레리나
	현재 백수. 조실부모, 혼자가 된 상속녀

성격	냉소대마왕, 비웃음 폭발, 자만심 가득, 분노 기반, 불신 넘실.
향후 관찰포인트	진실한 사랑은커녕 인간다움이나 있을는지...
특이점	눈을 뜨나 감으나 싸가지가 없음.
본인의 변	'김단, 너 또 이상한 거 쓰지? 넌 해고야! 다섯 번째 해고!'

얼음마녀, 미친 듯 아름답고 미친 듯 못돼먹은 흑조!
예쁘다. 10명 중에 최고로, 100명 중에 최고로, 어쩌면 1,000명을 모아놔도 최고로.
못됐다. 10명 중에 최고로, 100명 중에 아마도 최고로, 어쩌면 1,000명을 모아놔도 지지
않을 정도로.

비율은 9등신, 팔다리는 비정상적으로 길고, 콩만 한 얼굴에 영롱한 이목구비가 꽉꽉 들
어차 있다. 게다가 발레리나라면 으레 부러워하는 발등의 고(볼록 튀어나온 부분)는 내추럴
본 아치형이고, 허리는 한 줌, 두 다리는 손댈 것 없이 곧게 쫙 붙은 모양이라니,
'신이 가장 아름다운 발레를 보고 싶어 연서라는 천사를 이 땅에 보냈다'고 러시아 무용
평론가가 극찬했을 때가 13살. 말 그대로 신이 너무했다 싶을 만큼 탁월한 외모다.

태어났을 때부터 대대손손 부잣집.
지성과 성품을 갖춘 아버지 진웅, 미모만은 확실히 외탁이라 할 만큼 아름다운 엄마 나희
수까지. 부족한 것, 아쉬운 것 하나 없는 다이아몬드 수저였다.

8살 때부터 발레 연습실에 가장 일찍 나가 가장 늦게 나올 정도로 한번 꽂히면 끝장을 보
는 근성에 바뜨망(기초 동작)을 가르치면 바뜨망 탕뒤부터 바뜨망 데벨로빼까지 한 큐에
끝내버리는 영민함, 타고난 우아함과 해석력으로 보는 이의 마음을 뭉클하게 하는 감성
까지. 영국 여왕이 온다 해도 부러울 것 없는 연서였다.

그래서 굳이 성격까지 좋을 필요 없었던 걸까.
누구에게도 고개 숙이지 않고, 부탁하지 않고, 사과하지 않는다. 그럴 일은 애초에 만들지

도 않는다. 누군가 잘못하면 그 즉시 벌하고 응징한다. 용서, 한 번 더 기회 이런 거 없다. 어린 시절, 가족과 함께였을 땐 이 정도까진 아니었다는 소문이 있지만 이를 증명해줄 이 하나 없이 그저 아이비 저택의 오랜 전설일 뿐이다.

그녀가 이렇게까지 차가워진 데에는 두 번의 상실이 있었다.
시니어 첫 콩쿠르를 앞두고 어이없게 아빠와 엄마 모두를 잃었다. 교통사고였다. 아빠의 비서였던 승완 아저씨가 콩쿠르 시간이 끝난 뒤에야 연락하는 바람에 연서는 엄마가 숨을 거두는 그 시각, 기쁨의 춤을 춰버렸다. 비행기를 타고 돌아오는 내내 기도했다. 아직 숨이 남은 아빠를 제발 살려달라고. 마지막 인사는 부디 허락해달라고. 그러나 끝끝내, 신은 그녀를 배신했다.

그저 콧대 높고 거칠 것 없이 직설적인 공주님이었던 연서, 갑작스러운 부모의 죽음으로 불신의 벽을 높이 쌓게 된다. 고아가 된 상속녀에게 온갖 사기꾼들이 들러붙었고, 사돈의 팔촌이 맡겨둔 듯 돈 달라 손을 벌려댔다. 아빠의 유언장대로, 니나네 가족이 성인이 될 때까지 재단을 맡아주기로 했다. 귀국 후 단숨에 한국 최고의 발레리나가 되었지만, 연서의 주위엔 하이에나들밖에 없었다. 아무도 믿을 수가 없었다.

그래도 견딜 수 있었던 건 연서에게 발레가 있었기 때문이었다. 춤을 출 땐 언제나 아빠와 엄마가 보고 있다고 믿었다. 3년 전, 외국발레단 생활을 마치고, 판타지아 프리마 발레리나로서의 첫 무대를 하는 날까진 그랬다.
그날의 사고로 두 눈이 멀게 된 후, 연서의 마음은 한순간 빙점에 닿아 꽁꽁 얼어버렸다. 슬픔에 휩싸이지 않았다. 그냥 억울했다. 자신에게 일어난 비극을 당최 이해할 수가 없었다. 화가 났다. 세상 모두에게, 나 자신에게, 차라리 처음부터 주질 말지, 모든 걸 줬다가 거침없이 빼앗아 버리는 신이란 개자식에게, 지나가는 풀벌레 한 마리에게까지. 싫었다. 동정하는 것도 고소해하는 것도. 눈이 멀고 나니 오히려 사람들의 진심이 더 느껴졌다.
시력을 잃은 뒤 후각―청각―촉각이 초예민해졌기 때문.
미세한 목소리의 떨림, 소리 없이 훗 웃을 때 진동하는 공기의 떨림.
다정하게 어깨를 두드리면서 내 뺨에 닿은 이 사람의 볼, 웃고 있어. 눈치챘다.
차라리 고요한 암흑이 낫다고 믿고 싶을 만큼, 연서의 주변은 온통 가식뿐이었다.

허나, 비극의 여주인공으로 소비되길 당당히 거부하는 연서.

남녀노소 가리지 않고 반말엔 반말, 존댓말에 존대로 응하고,

눈먼 그녀를 슬쩍 만지고 지나가는 성희롱범에겐 거침없이 지팡이 검도를 휘둘러 제압하고, 장님이니 뭐니 개소리하는 자에게 두 배로 더 크게 소리 질러 되갚는다.

무시하지 마. 동정하지 마. 쉽게 보지 마. 아니, 그냥 아무것도 하지 마. 다 꺼져버려.

눈을 뜨면 어둠인데, 눈을 감으면 총천연색이다. 꿈 얘기다. 괴롭다.

꿈속의 세계는 너무나 선명하고 컬러풀하다. 손을 뻗으면 잡힐 것처럼 생생하다.

결코 다시 보지 못할 아름다움에 눈이 부셔 종종 울면서 깨어나지만, 아무에게도 그 모습은 보여주지 않는다. 그러다 뜻밖의 사고를 당한다. 그리고 눈을 떴을 때.... 앞이 보였다!

살아난 감각, 깨어진 마음, 그 속에 스며드는 빛!

늘 죽고 싶다 생각했는데, 막상 죽음의 위기 앞에서 살고 싶어졌다.

나도 모르게 외쳤다. 도와달라고, 살려달라고.

눈이 먼 뒤, 매일같이 저주했던 신이 소원을 들어준 걸까. 연서는 살았고, 심지어 눈도 떴다. 그런데, 이게... 누구 각막이라고?

승완이 아저씨.

아빠의 비서이자, 평생 친구였던 분. 아무도 믿을 수 없는 연서가 유일하게 믿었던 사람. 믿었지만, 결코 믿는다고 한 번도 말하지 못했던 사람. 나를 걱정하면 아빠 노릇 말라며 차갑게 쏘아붙였고, 해사하고 밝았던 연서의 어린 시절을 추억하면 그걸 빼앗아 버린 건 아저씨라고, 늦게 연락한 일을 꼬투리 삼아 괜한 트집으로 성질만 냈던 사람. 아무리 성질을 내도 허허 웃으며 나는 널 안다. 고 말했던, 그 아저씨의.. 눈이라고?

평생 일어날 리 없다고 여겼던 기적이 일어났는데, 기뻐할 수가 없다. 기뻐해선 안 된다. 가슴에 커다란 돌이 쿵 하고 떨어졌다. 눈을 떴는데 앞이 안 보이는 기분이다. 뻔히 보이는 계단을 못 내려가겠다. 눈이 멀었을 때 매일같이 달렸던 산책길이 눈앞에 보이는데 한 걸음도 못 디디겠다. 외상 후 스트레스 장애, 심인성 트라우마 증세 판정.

승완 아저씬 늘, 네가 다시 발레를 했으면 좋겠다고 했다. 그래서 각막도 기증했다고, 들었다. 이대로 눈이 멀었을 때보다 더 무기력하게 있을 순 없다. 유미의 권유로 승완을 대신할 사람을 뽑았다. 운전에 경호까지, 연서의 초근접 업무는 아무도 지원을 안 하는 탓

이다. 그렇게 만났다. 호랑말코 천방지축 꼴통 김단을!

하나부터 열까지 맞는 게 없다. 면전에 대고 '못됐다' '지랄한다' '못났다' 같은 소리 하는 남자, 처음이다. 아빠, 엄마까지 들먹이며 상처 주는 녀석에게 커피 부었다. 저도 붓는다. 머리채 잡았다. 저도 잡는다. 도대체 이 남자, 지질 않는다.
당연히 해고했다. 그런데 이상하다! 이 남자를 대신할 사람을 구할 수가 없다. 대부분 하루를 못 견디고 나가떨어진다. 게다가 연서를 노리는 누군가의 위협이 점점 심해지고, 불안한 마음을 가눌 길 없는데, 위험의 순간! 단이 나타나 그녀를 구한다!!!
결국 비굴한 갑이 되는 수밖에 없는 것인가!

짜증 나고 불편한 동거가 시작된다. 그런데, 울고불고 지지고 볶다 보니 점점 보이는 것이 많아진다. 느끼는 것이 많아진다.
이전에는 싫은 것을 골라내느라 바빴던 감각들이 조금씩 즐거움을 향해 돌아서고 있다. 맛있는 것을 먹고 감탄한다. 아름다운 풍경을 보고 가슴 벅차다. 누군가의 친절을 의심 없이 감사한다. 이전에는 꿈도 못 꿨던 평화가 슬그머니 자리한다. 그리고 발레! 다신 못할 거라 포기했던 발레를 다시 시작하게 됐다. 동시에 사고뭉치 단을 자꾸 훔쳐보게 된다. 눈치 보게 된다. 그 누구의 마음도 신경 쓰지 않았던 천상천하 유아독존 연서의 마음이 흐물흐물 연두부가 된다!

좋은 일도 잠시, 승완 죽음의 비밀을 캐내면서 연서에게 자꾸만 위험이 닥쳐온다. 그저 막연히 살고 싶다 여겼던 첫 사고 때와는 달리, 위기의 순간에 떠오른 사람은 단이었다. 약속했는데, 세상에서 제일 높은 호수에 가기로, 하늘보다 별이 많은 밤하늘을 보기로. 살고 싶어, 살아서 같이하고 싶어.

빗속에서 이대로 생을 마감하는가, 싶었던 그 순간
커다란 날개를 펼치고 연서를 낚아채는 천사가 나타난다!
그런데, 그 천사의 얼굴이.... 단이다!!! 이거.. 꿈인가?

꽝꽝 얼어버린 마음이 조금씩 녹아가는 연서.

시시각각 닥쳐오는 죽음의 위협 속에서, 사람도 아닌 천사를
과연, 제대로 사랑할 수 있을까?

03. 지강우

이름 / 직업	지강우 / 발레단 예술감독
생년월일	1982년 04월 12일 출생 (현 38세)
성장과정	외교관 부모님 아래 세계 각지를 돌며 생활(로 알려져 있음).
성격	미치광이 예술가, 철두철미 호랑이, 뜻밖의 젠틀맨.
향후 관찰포인트	매력적인 어른남자니까 연서의 맘을 녹이지 않을까?
특이점	과거가 베일에 싸여있음 / 연서의 복귀에 집착을 보임.
본인의 변	'당신이 뭔데 날 판단해?'

뜨겁고 강렬한 적도 같은 남자.

뉴욕 시티 발레단 최연소 예술감독.

10여 년 전, 혜성처럼 나타나 굵직한 발레단의 공연사업부 주요스태프로 시작한 커리어가 순식간에 예술감독으로 점핑한 케이스.

나이는 어려도 예술적인 안목은 베테랑 저리 가라, 단원들의 잠재력을 끌어내는 기술은 최고라는 찬사와 함께, 뉴욕 타임스에 칼럼을 쓸 정도로 순식간에 세계 무용계의 셀럽이 되었다. 판타지아 발레단에 초빙되어 새로이 부임했다.

키 크고, 덩치 좋고, 묵직하고 굵직한 스타일. 이목구비도 정직하고 솔직하게 잘생겼다.

성실한 운동의 흔적이 보이는 근육을 장착한 몸은 태어날 때부터 슈트를 입고 나온 것처럼 슈트발 안성맞춤. 안경을 쓰면 프로페셔널해 보이고, 안경을 벗으면 우수에 차 보인다.

단이 해맑은 청년의 상쾌함을 가졌다면, 강우는 선 굵은 남자의 향기를 풍긴달까.

뜨겁다. 냉철하다. 날카롭다. 자기 확신이 가득하다.

상황 판단이 빨라 모두의 예상에서 한 스텝 앞서 나간다.

뭐든지 확실한 게 좋은 사람. 비판도 정확하게, 칭찬도 정확하게 한다.

할 말 다 한다. 누구의 눈치도 보지 않는다.

자신 있는 만큼 원하는 바를 불도저처럼 밀어붙인다.

공정한 듯 제멋대로이고, 초연한 듯 욕심 있는 이 남자, 치명적이다.

사랑할 생각은 없었어.

목표는 단 하나. 이연서의 복귀뿐이었다. 마치 시한부 선고를 받은 사람처럼, 지상에서 마지막 소원이 연서의 무대인 것처럼 강우는 연서에게 매달린다.

처음엔 자신과 비슷해서 쉬울 거라고 생각했다. 강단 있고, 분명한 성격이니까.

축복으로 받은 재능을 그냥 둘 리 없다고 생각했다. 쉽지 않았다. 생각보다 연서의 마음은 굳게 닫혀있었고, 짐작할 수 없는 생채기도 많은 것 같았다. 다행히 비서인 단이 자발적으로 도와주었다. 설득과 협박, 채찍과 당근이 번갈아 필요했지만, 이연서의 복귀가 선언되었고, 재활이 시작되었다.

사랑할 생각은 없었다. 어차피 강우에게 사랑은 단 하나뿐이고 다시는 없는 거였으니까.

그런데 이상하다. 하늘에서 강우와 연서를 위한 로맨틱한 연극을 준비한 것처럼 자꾸 근사한 풍경 속에 두 사람이 놓인다. 함께 비를 맞는 중에 불꽃놀이가 터지고, 함께 거릴 걷다 눈부신 회전목마가 나타난다. 특별한 순간이 운명처럼, 선물처럼 찾아온다. (물론 하늘이 아니라 두 사람을 이어주려는 단의 엄청난 노력 덕분인 건 까맣게 모른다)

뜻밖의 복병, 니나가 있다. 착한 여자가 나쁜 남자에게 끌리는 건 숙명인 걸까. 자신의 공연을 혹평한 강우에게 반해버리고 만 것.

'진실한 사랑 같은 건 없어.'라고 말해주었다. 연서에 대한 질투로 시작된 마음인 게 뻔히 보인다. 내 매력이 죄다, 싶지만 어쩌겠는가. 한번 불타오른 마음은 재가 되어야 사라지는 법. 강우는 곧 식어버릴 니나의 마음을 예견하며 니나를 좀 모자란 아티스트로, 철없는 여자애로 대하기만 할 뿐이다.

진실한 사랑을 비웃는 마음을 하늘이 비웃기라도 하는 듯, 연서에 대한 마음이 심상치가 않다. 쉽게 받아줄 것 같았던 연서가 선을 긋는다. 다른 곳을 바라본다. 그녀의 시선 끝에 단이 있다!

마냥 소년 같은 단을 좋아하게 되다니, 충격이다. 더 충격적인 것은 자신의 마음.

연서의 사랑을 받고 싶다. 그녀의 선택이 되고 싶다. 이 마음이 뭐지?

서서히 연서에 대한 마음을 드러내며, 자신을 경계하는 단과 뒤엉켜 싸우기까지 하던 중 놀라운 사실을 알게 되었다. 그 녀석이... 천사라고?

보통 사람이라면 절대 믿을 수 없는 사실 앞에서 강우는 자신이 숨겨왔던 비밀을 드러내는데....

그의 진짜 정체는 뭘까? 왜 그렇게까지 연서에게 집착했을까. 왜 초콜릿 속에 독주를 넣어 씹으며 마음을 다스리는 걸까. 연서를 무대에 세우겠다는 욕망과, 연서의 사랑을 받고 싶은 두 욕망 사이에서, 강우는 어느 쪽 길로 뜨겁게 달려갈까?

강우의 진실

"현재는 완벽한 인간, 15년 전까지는 천사였던 남자"

천사였다는 비밀은 4부 엔딩에서야 드러난다.

강우는 예술천사였다. 육화를 해 예술가들 곁에서 영감을 불어넣는 것이 그의 임무였다. 예술에 대한 심미안이 굉장한 건 그래서다. 그러나 콧대 높은 예술가들의 오만과 금세 타락해버리는 인간의 나약함, 예술을 빌미로 남을 짓밟고 속이며 착취하는 자들에게 질려가고 있었을 때 만났다. 뉴욕의 거리에서 춤을 추던 그녀, 천사로서 회의감에 휩싸여있었던 강우의 눈을 번쩍 뜨게 만든 그녀. 이를 박박 갈 만큼 악에 받쳐 있었고, 강우가 천사라고 하자 다짜고짜 자신을 죽여달라고 했던 그녀, 설희.

강우는 처음으로 자신의 미션 대상이 아닌 그녀에게 영감을 불어넣기로 한다.

두 사람은 함께, 발레단 입단을 준비한다. 학교도, 배움도 없는 설희의 독학이 시작된다. 그야말로, 설희와 함께한 모든 날이 '눈부셨다.' 당연히 사랑했다. 설희도 강우도.

강우도 단처럼 똑같이, 사람이 되고 싶었다. 방법을 알아보았다. 날개, 영원한 생명, 버릴 수 있을 것 같았다. 설희와 함께 늙어갈 수 있다면. 하지만 신을 버리고 인간을 택한 천사에겐 형벌만이 있을 뿐이었다. 어느 날, 뜻 모를 사고가 일어났고, 그녀가 강우를 대신해 목숨을 버렸다. 그 순간부터, 강우는 완전한 인간이 되었다. 그제야 비밀을 알았다. 진짜 사랑을 증명하는 건 사랑하는 사람의 목숨이란 걸.

절망했다. 사랑을 잃고 공허감에 빠졌다. 사랑하는 사람이 없는 인간의 삶은 의미가 없었다. 죽는 것조차 마음대로 되지 않았다. 그렇다면 남은 건 하나뿐이었다.

꿈꿨던 발레단 입단 목전에서 스러져간 설희의 무대를 만들어주는 것!

강우의 '프리마' 집착은 여기서부터 시작됐다. 전 세계의 발레단을 돌며 설희의 꿈을 대신 이루어 줄 발레리나를 찾았다. 하지만 어딘가는 달랐다. 당연하게도.

그러다 알게 되었다. 한국의 이연서. 설희와 똑같은 얼굴을 가진 눈먼 발레리나.

연서의 완벽한 무대라면 죽어도 여한 없다, 는 마음으로 판타지아까지 왔는데 뜻밖의 복병은 단과 자신의 마음이다.

연서의 마음을 흔드는 단과, 연서 때문에 마음이 흔들리는 자신에 놀라는 강우.

단과 연서의 사랑이 깊어질수록, 강우의 마음은 폭주를 거듭한다.

단에게 인간이 되는 비밀─단순히 '사랑'을 받는 게 아니라 '생명'을 받는 거란 것을 알려줘, 연서를 위해 단이 떠나게 만들거나, D─day가 다가올수록 단의 육체가 점점 부서져가고 있다는 것을 연서에게 알려줘 연서가 차라리 단을 보내려 이별을 고하게 할 수도 있다. 자신이 아는 천상의 비밀로 단과 연서의 사이를 쥐락펴락할 수 있다니, 강우는 하늘을 향해 당신(신)이 가진 권능이 이런 것이었냐고, 재밌었냐고 침을 뱉고 싶은 심정이었다.

하지만, 끝까지 운명을 향해 분투하는 두 사람을 보며, 결국 자신의 영혼도 구원받게 된다. (신의 큰 그림에는 연서─단─강우까지 다 들어 있었던 것 : 생명이 얼마 남지 않은 연서에게 '사랑'을 알려주려 했고, 단에게도 전생에 은혜를 입었던 연서를 사랑으로 구원하는 역할을 주려 했고, 마음이 메말라버린 강우에게마저도 평화를 주고 싶었던 것)

04. 금니나

이름 / 직업	금니나 / 현직 판타지아 발레단 프리마 발레리나
생년월일	1996년 11월 22일 출생 (현 26세)
성장과정	2년 중 막내 – 12세 '연서의 육촌'으로 러시아 발레유학 – 17세
	'연서와 함께' 귀국 – '연서의 대기조'로 무대 뒤에서 늘 대기
성격	상냥대마왕, 연서를 무척 좋아함. 발레 욕심 많음. 순진무구.
향후 관찰포인트	연서에게 한없이 퍼주는데 종종 서늘한 기운이 있음.
특이점	지강우에게 반한 것 같음. 임무에 방해요소 가능성 높음.
본인의 변	'나한테 신경 끄고 연서한테나 잘해줘요, 불쌍한 애니까.'

뼛속까지 새하얀 백조가 되고 싶은 발레리나.
곱다. 단아하고 청아한 분위기. 현재 한국 최고의 발레리나로 승승장구하고 있다.
현역 때도, 은퇴 후에도 싸가지 없이 막 대하는 누구와는 달리 가장 막내 꼬르드(단체 무용
수)에게까지 친절해서 발레단 안팎으로 사랑받는 프리마돈나.
다정한 심성이 그대로 묻어나는 표현으로 따뜻한 발레를 한다고 평가받는다.

순진한 눈망울에 친절한 미소. 누구에게나 상냥한 천생 여자 스타일.
하지만 집에 돌아오면 얼굴 근육 풀기 바쁘다. 매일이 미스코리아 무대 위인 삶이다.
최선을 다해 '착한 나'로 살아가는 니나. 그렇다고 성질이 나쁘거나 못된 건 아니다.
다만 자신이 목표하는 '근사한 나'의 기준이 좀 높을 뿐.

이게 다, 연서 때문이다.
어릴 때부터 연서의 그림자로 살았다. 연서 아빠와 사촌지간이었던 엄마, 최영자가 조실
부모해 의탁한 곳이 판타지아 재단, 아이비 저택이었다. 같은 집에서 태어나 출생부터 억
지 단짝으로 맺어졌다. 마침 생일도 딱 이틀 차이. 어릴 때부터 두 집 어른들은 '쌍둥이
같다'며 같은 옷을 입혀 사진을 찍어주곤 했다.

연서? 예쁘지, 좋지, 잘하지. 근데... 난?

같은 옷만 입었다 뿐이지 니나는 결코 아이비 저택의 소공녀는 될 수 없었다.

러시아 유학을 가면서 들은 말은 '연서 외롭지 않게 잘 돌봐줘'였다.

나도 예쁜데, 나도 발레 좋아하는데, 왜 내겐 아무도 응원해주지 않는 거야?

어릴 때부터 풀리지 않는 수수께끼였다. 하지만 최선을 다했다. 태어날 때부터 그림자가 내 역할이니까, 받아들였다.

그도 그럴 것이 연서는 너무 잘했다. 정말로 너.무.나. 훌륭했다. 러시아에서의 생활은 반복되는 도돌이표였다. 아침에 연서의 춤을 보며 사랑에 빠졌다가, 밤이 되면 또 미워했다가, 다시 아침이 되면 사랑하고 또 미워하는 것. 도달할 수 없는 경지의 연서는 말 그대로 애증의 존재였다.

연서 비슷하게도 못 쫓아간다면 차별점을 두자!라고 시작한 것이 '친절하고 상냥한' 성격이었다. 의외로 잘 먹혔다. 성질만 더러운 여왕보단 착한 시녀가 더 많은 사람에게 사랑받을 수 있어라고 믿고 싶었다.

독하게 마음먹고 하루 18시간씩 연습했다. 단 한 번이라도 이겨보고 싶었다. 연서만 없다면, 쟤만 없다면!이란 생각 안 한 거 아니었다. 그래도, 연서의 눈이 멀라고 저주한 적은 없었다.

리허설이 끝난 무대에서 사고를 당한 연서를 대신해 공연에 올랐다. 첫 데뷔였고, 이후로 쭉, 판타지아 발레단의 프리마 발레리나로 서왔다. 불쌍해라, 비극에 처한 친구를 살뜰히 보살피는 것 또한 착한 니나가 해야 할 일이었다. 이것이 바로 내가 원한 평화예요. 땡큐, 갓!

어릴 땐 살짝 원망도 했던 부모님도 이젠 100퍼센트 내 편, 카리스마 언니도 든든한 내 지원군. 남부러울 것 없는 드라마의 주인공이 드디어 내가 된 것이다. 앞으로도 평생 이 스포트라이트 속에서 빛나겠지, 세상 모든 게 아름다운 니나였다. 연서가 눈을 뜨기 전까지.

제기랄, 그놈의 각막 이식 수술. 한 번도 입 밖에 뱉어본 적 없는 욕지기가 속에서 올라온다. 그 후로 모든 게 엉켜버렸다. 다 잊은 줄 알았던, 연서에 대한 경쟁심이 활활 불타오르던 때, 그 남자 강우를 만났다. 발레리나로서 연서를 찬양하고 내 춤은 비평한다. 취급도 안 해준다. 오기가 생긴다. 그렇게 다가갔다. 연서가 좋아하는 것은 다 좋아하고 싶고, 연서를 좋아하는 것들은 다 나를 좋아했으면 좋겠다. 그런 마음으로.

그런데, 강우에게서 의외의 매력을 느껴버리고 말았다. 내내 넥타이 꽉 매고 있던 사람이 긴장을 풀어버린 그날 밤이었을까. 아님, 시험 삼아 거짓말로 아프다고 불러낸 날, 허겁지겁 뛰어왔던 때였을까. 이젠 연서가 아니라도 강우의 손을 잡고 싶다. 진심이란 게 있다면 이게 아닐까?

이 사랑을 위해서라면, 그동안 써왔던 '착한 가면'을 벗을 수도 있을 것 같다. 이 사람과 함께라면 어쩌면 평생 바라왔던, 오로지 '나'로 살 수도 있을 것만 같다. 하지만,

강우는 이미, 불여우 연서에게 빠져버린 상태. 쿨한 척 강우에게 친구처럼 지내자 해놓고 셀프 고통을 당하는 니나였다. 기회를 노리면 될 거야, 언니의 응원을 받고 호시탐탐 강우의 맘을 훔칠 틈을 보던 어느 날, 청천벽력이 떨어진다. 연서가.. 발레를 다시 시작한다고?

짐짓 아무렇지 않게 말했다. '발레 쉰 지가 3년이 넘었잖아. 재기... 할 수 있겠어?'
하지만 무섭다. 연서가 복귀한다면 또 그림자로 돌아가게 될지도 모른다. 그건 죽어도 싫다.
모든 촉각을 곤두세우고 연서의 재활을 주시하면서, 옛 스승을 찾아 특훈을 시작한다.
이번에야말로 정정당당히 연서를 실력으로 이기고 싶다. 그런데,

믿을 수 없는 비밀을 알게 된다.
내 부모가, 내 언니가... 믿을 수 없는 끔찍한 사건을 공모했다고? 거짓말, 말도 안 돼!
애증은 감정의 문제고, 질투는 나를 더 강하게 만들어줬다고, 생각했다.
하지만 누군가를 상하게 하는 건 차원이 다르잖아. 그건 범죄라고!
혼란에 빠진 니나의 손에 비밀의 열쇠가 주어진다.

평생을 연서의 그림자에서 헤어나지 못한 연서바라기, 니나의 앞에 놓인 선택지.
선 vs 악. 피해자 vs 가해자. 하지만 단순한 흑백으로 판단하기엔 니나의 혈육이, 니나가 내내 부정해왔던 진짜 욕망이 그녀에게 자꾸 음험한 제안을 해 온다.
언제나 해처럼 빛나고 싶었던 니나는 과연, 어느 쪽으로 서게 될까?

05. 후 (40대 남)

대천사

단과 친한 선배천사. 어딘가 초월적이고 나른하고 시니컬한 느낌. 오랜 시간 세상사를 바라보며 지루해졌기 때문. 대천사로서 원칙은 무조건 지킨다. 즉, 인간사에는 절대로 관여하지 않는다. 인간이란, 몇천 년째 꾸준히 사악하고 유혹에 약해서 신을 괴롭게 하는 종족이라 믿고 하찮게 생각한다. 단과는 장난도 주고받고 편하게 지내지만, 천방지축인 단이 걱정스러워 구박과 잔소리를 끊을 수가 없다. 하지만 그것도 다 각별한 애정. 내내 곁에서 함께 천사로 살아갔음 좋겠다. 그래서 극 후반, 인간이 되고 싶어 하는 단을 말리며 '육신의 한계가 있다'(그러니 하늘로 돌아가자)는 사실을 알려주기도 한다.

대천사라 자유자재로 현신이 가능하다. 능력도 마찬가지. 단이 매우 부러워하는 지점이다. 단이 연서네로 들어간 이후, 문득문득 나타나 단을 놀라게 한다. 어느 날은 집 안 하수구 공사를 하러 온 인부로, 다른 날은 택시 기사로, 또 다른 날엔 택배 기사로 아무렇지 않게 불쑥불쑥. 대체 왜 이러냐고 묻는 단에게 시큰둥한 표정으로 말리지 마, 이천 년 만에 쬐끔 재밌어졌으니까,라고 말하는 후다.

아이비 저택 식구들, 연서의 사람들

06. 조승완 (52)

연서의 마지막 보호자, 각막 기증

연서 부친의 비서. 시작은 비서였으나 진실한 친구 사이였다.
젠틀하고 단정하고 선량한 어른.

연서의 해맑은 유년을 기억하는 최후의 증인이자, 연서가 믿을 수 있는 마지막 어른.
비록 연서 부모의 사고를 늦게 전한 죄로 죽는 날까지 연서의 히스테리를 받았지만,
깨진 마음의 가련한 아이라고 여기고 묵묵히 미소를 지어 보였다.
소원은 연서가 딱 한 번만 그때처럼 웃기. 그리고 다시 발레 시작하기.

연서의 최측근이자 비서로서, 몇 년째 이상하게 여겼던 사건들을 추적하고 있었다.
특이체질도 아닌 연서에게 왜 이렇게 기증자가 없는지, 있다가도 번번이 취소되는지.
3년 전 사고의 관련자는 왜 하루아침에 재단에서 사라져버렸는지.
그게 누군가에겐 위협이 된 모양이었다. 계획된 사고로 목숨을 잃고 만다.

07. 정유미(42)
저택 총괄 집사, 야무진 워커홀릭

연서와 서로 반 존대하는 사이. 얼핏 보면 저택 운영에 있어서 환상의 콤비 같으나 사실
은 서로 싫어한다. 둘 다 눈치가 빠르니 속속들이 상대를 파악한 뒤, '성격이 안 맞아'라고
절레절레 고갤 젓는 것. 사실 연서는 유미가 겉과 속이 똑같이 무표정한 건 맘에 든다고
생각하면서 신뢰를 갖고 있다. 유미도 이를 충분히 알아 업무에 효율적으로 이용하는 편.
업무상 관계는 아무 사심이 들어가지 않을 때 가장 깔끔하다는 게 유미의 지론.

연서의 부친 진웅에 대한 충성심 하나로 여기까지 왔다. 두둑한 월급도, 아 그리고 9 to 6
칼 출퇴근도. 퇴근 후엔 비상 연락망 절대 받지 않는다. 저택에서 사는 건 일과 사생활의
분리가 어렵다며 크고 좋은 방 굳이 놔두고 나가 산다.

그게 가능했던 이유는 '승완' 덕분이었단 걸 잘 알고 있다. 고맙고 안쓰럽고 마음 갔던 어
르신 승완이 세상을 뜨고 난 뒤, '단'이 들어왔다. 안하무인 연서에게 당당히 맞서는 녀석
이 다른 의미로 맘에 든다.
연서와 단을 아닌 척, 모르는 척 물심양면 돕는 이 시대의 츤데레 커리어 우먼!

08. 구름이 (10)

연서의 시각장애 안내견. 래브라도 리트리버 종. 올해로 10살.

3년 전, 실명한 연서를 위해 유미가 수소문해서 데려온 최고의 안내견.

똑똑하고 얌전하고 충성심 강하고 잘 훈련된 친구다.

단의 속마음, 연서의 속마음을 가만히 들어주는 청자.

강우의 기억 속

09. 최설희 (23)

2004년 당시 23세로 세상을 등진 이.

춤을 너무 추고 싶었는데 형편이 좋지 않았다. 부모는 예술을 모르는 일자무식이었고, 집은 가난했다. 천사를 만나도 빌 소원이 죽음뿐이었다. 날이 시퍼렇게 살아있는 단검 같은 계집애.

강우를 만나 새로운 꿈을 꾸었다. 천사와도 사랑하는 법을 알았다.

맨몸으로 도전한 발레단에 기적적으로 합격했다는 소식을 들을 때까지만 해도, 다음 주면 '발레리나 설희'로서의 인생이 펼쳐지리라, 믿었는데..

천사로서 일탈 행동을 하는 강우에게 철퇴가 내려지고, 강우에게로 향한 총알을 제 몸으로 받아내고 말았다. 자신을 껴안고 오열하는 강우를 보며 마지막 숨을 거두며 생각했다.

'울지 마'

* 연서와 얼굴이 똑 닮았다. (1인 2역) / 강우의 기억 속에, 환상 속에서 등장하는 설희는 영어를 쓰는 스트리트 패션 걸. 잘 웃고, 에너지 넘치는 레몬 같은 사람.

10. 최영자(58)

니나 엄마. 판타지아 재단의 핵심사업체 판타지아 발레단 단장. 연서의 오촌고모.

이 사람을 한 마디로 표현하자면 이 단어다. '탐욕'

어릴 때부터 그랬다. 내 손에 과자도, 오빠 손에 과자도 다 먹고 싶었다. 어릴 때부터 '네 욕심이 너를 망칠지도 모른다.'는 소리를 들었다. 화가 났다. 왜 나만 갖고 그래? 연서의 조모인 판타지아의 1대 회장님 꽃분 여사가 이뻐해주면, 남의 눈 의식하나 싶었고, 혼을 내면 역시 남의 딸이라 가혹하구나 억울했다. 기천을 만나 한눈에 반한 뒤, 집안 재산을 빼돌려 날랐다. 그리고 그 돈 고대로 날렸다. 홀라당.

절대로 무릎 꿇지 않겠다는 영자를 끌고 아이비 저택으로 간 건 남편 기천이었다. 살겠다고 오빠네에 온갖 충성과 알랑방귀 뀌긴 했지만, 속으론 드럽고 아니꼬웠다.

연서가 마침 딱 좋게 실명을 해주어 얼마나 다행인지 모른다. 성인이 되었지만 시력을 상실했으니 대리경영을 계속할 수 있다. 이젠 아무 견제 없이 잘해주면 되니, 맘도 편하고 대외용으로도 그림 좋고. 얼쑤. 이제 재단을 완전히 내 것으로 만들기만 하면 됐다.

그런데 연서가 눈을 뜨고, '그 사건'을 파헤치기 시작한단다.

게다가 이젠 자신이 재단을 맡겠다는 선언까지 하고 말았다! 어떡하지?

꿈같은 일이 벌어졌을 때, 절대 잠에서 깨고 싶지 않은 미련이 덮치듯

바닥을 아는 자가 추락을 더욱 두려워하듯,

영자의 마음은 딱 한 가지다.

"다신 돌아가지 않아. 무슨 짓을 해서라도."

11. 금기천(55)

니나 아빠. 現판타지아 재단 이사장. 영자의 남편으로 판타지아 재단의 임원이었다. 자신과의 결혼 때, 아내 영자가 집안 재산을 들고튀었고, 한 톨 남김없이 싹 해 먹었다. 거지

꼴이 되어 다시 찾아왔다. 영자야 핏줄이라지만, 자신은 생판 남이었다. 충성밖에 답이 없었다. 은근히 허당기가 있지만 최선을 다해 1대 회장님과 연서의 부모, 즉 형님 내외의 신뢰를 받았다. 게다가 연서와 이틀 차이로 태어난 딸 니나가 있어 한 가족처럼 지냈다.

갑작스러운 형님 내외의 죽음에 갑작스레 재단의 이사장이 되었다. 연서가 성인이 될 때까지만이라지만 그래도 이건 웬 떡인가! 저택에 빌붙어 살고 있었지만, 보유재산은 0이었다. 월급으로 겨우 빚잔치하는 중이었다. 근데 세상에, 로또도 이런 로또가!

연서의 불행으로 안정을 찾았고, 이를 위해 영자가 어떤 짓을 하고 있는지 알고 있지만, 은근히 묵인하는 적극적인 방관자. 하지만 판타지아의 진짜 주인은 연서이고, 언젠가는 돌려줘야 한다고 생각하는 건 진심이다.

12. 금루나(30)

니나 언니. 연서, 니나와는 또 다른 종류의 초미녀.
신비롭고, 이국적이고 섹시하고 유혹적이고 매력적이다.
판타지아 발레단 부단장으로 근무 중. 부드러운 카리스마로 어딜 가든 시선 가득 받는 몸. 발레단 운영에 있어선 거침없는 판단과 한발 앞선 행동력이 시원하고, 단원과 직원들, 가족들에겐 다정하고 섬세해 누구든 사르르 맘을 녹인다. 특히 동생 니나를 살뜰히 챙기고 보살핀다.

어릴 때부터 동생에 대한 경쟁심이나 판타지아 재단에 대한 욕심 같은 거 하나 없었다. 니나가 '언니는 아무 욕심도 없어?'라고 물으면 '아니, 난 지금이 좋아. 재밌어!'라고 대답하곤 했다. 그 재미가 사람들 속의 악함을 끄집어내는 데 있단 건 아무도 몰랐다.

사람의 심리를 꿰뚫어 보는 재주가 있다.
특히 마음 깊은 곳에 숨겨놓은, 미처 스스로 깨닫지도 못하는 음험하고 위험한 욕망을.
때론 그들의 욕망을 대신해 실행해주기도 하고,
때론 그들의 욕망에 직접 말을 걸어 깨워주기도 하면서 쾌감을 느끼는 인물.
그렇다, 아름다운 껍데기 속 루나의 본질은 바로, 악마의 말을 속삭이는 인간.

사건 설계, 음모 조작하는 데 천재적이다. 치밀하고 참을성 있게 '악행'의 큰 그림을 그리는 것. 사람에 대해선 별 감정이 없다. 좋지도 싫지도 않다. 실은 가족이라 해도 큰 정이 있는 건 아니다. 누군가의 사람됨에 관심이 있다기보다 인간이 품고 있는 악의에 훨씬 흥미를 느끼는 타입.

가장 관심있는 존재는 니나. 무대 위 발레리나로서 니나가 빛나는 게 좋다. 하지만 니나의 행복에는 관심이 없다. 내가 가지고 있는 예쁜 인형을 망가뜨리려 하는 것들을 모조리 파괴하려는 생각 뿐.

13. 박 실장 - 박광일(38)

발레단 운영실장. 성실하고 평범한 회사원. 영자의 심복.
점점 더 위험해지는 영자의 요구를 받아들이기 힘들어져 내부고발을 검토하다 좌절된다. 그날부터 매일이 지옥이었다.

신이시여, 부디 용서하소서.

14. 기준수(27)

발레단 직원. 경호팀장. 공연 시 배치되는 경호팀의 팀장. 스케줄에 맞춰 소집되고 해산하는 팀원들과 달리 상주 근무한다. 말 없고 무뚝뚝한 타입. 어딘가 음울하고 고독한 남자. 상명하복에 철저하다. 이유를 묻지 않고 자신에게 맡겨진 일을 기필코 해낸다. 루나를 짝사랑하고 있다. 루나도 이를 알고 적절히 이용해먹는다. 그래도 괜찮다.

15. 이수지(22)

신입 꼬르드. 학교 졸업 때까지는 자신이 천잰 줄 알았는데 발레단 떨어져 재수로 들어왔다.
자신감이 없는 만큼 연습벌레. 아무에게도 말하지 못했지만 솔리스트의 꿈을 꾸고 있다.

16. 조은영(22)

수지와 절친. 발레단 선배. 일찌감치 자신은 꼬르드 정도임을 깨달았다.
니나의 시녀를 자청하는. 연서가 오자 연서의 시녀가 되고 싶다. 얄미운 짹짹이 스타일.

17. 황정은(29)

베테랑 솔리스트였으나 임신 – 출산으로 6개월 쉬고 복귀했다.
다시 발레리나로의 몸을 만드는 것이 고통스럽다. 육아와 커리어를 병행하는 것이 괴로운.
육아를 팽개쳤다는 죄책감과 쉬는 만큼 뒤처졌다는 억울함 모두 섞여 있다.

18. 강의건(25)

남성 솔리스트. 연서의 파트너. (이전엔 니나의 파트너였다) 잘 웃고 해맑고 건강한.
알고 보니 스트리트 댄스를 하고 있다. 비보이와 발레를 동시에 하는 진짜 춤꾼.

강금화(50대/문체부 장관), 이용진(40대/판타지아 후원회장),
판타지아의 보드멤버(주주)들, 메이드였다가 판타지아 발레단 직원으로 들어가는
'이보라'(닉네임 라벤더) 외 여러 인물들.

천사들의
규칙

#1. 거짓을 말하지 말지어다.

진실하고 공의로운 세계의 전령인 천사. 절대 거짓말을 못 한다.

아름다우면 아름답다고, 추하면 추하다고, 좋으면 좋다고, 싫으면 싫다고 해야 한다.

할 수밖에 없다. 그렇게 생겨먹었다.

#2. 인간사에 개입하지 말지어다.

천사는 신의 심부름꾼. 인간의 삶, 우주의 질서에 개입하면 안 된다.

특히 인간의 생사(生死)에 개입하면 최고형 '소멸'인 범죄에 해당, 판결을 받게 된다.

#3. 천사의 시그니처는 행커치프에 수놓은 '깃털'

딱 떨어지는 흰 슈트에 날개 자수가 놓인 행커치프가 천사들의 고정 복장! 영혼으로 근무할 때 눈부신 흰 슈트 차림의 천사로 등장. 현신한 이후 복장은 달라지지만 행커치프용 깃털 손수건은 항상 갖고 다닌다.

(• 날짜가 지날수록, 단의 육체가 힘을 잃어갈수록, 깃털 한 올씩 타들어 간다)

(• 지금은 인간이지만 천사였던 그 누군가도, 날개 손수건을 지니고 있다. 까맣게 타버린 깃털 모양 흔적만 남은 손수건이지만)

#4. 현신 파견직은 능력이 봉인될지어다.

영의 상태로 인간계에서 활약을 할 때 모든 초능력이 가능하다.

허나, 인간의 육신을 입고 파견되는 '특별 현신(現身) 임무'에 한해서는 모든 능력이 봉인된다. 날개도, 초능력도. 하여 단은 순간이동 대신 달리기를, 중력과 바람에 명하는 대신 팔근육을 써서 무거운 걸 들어 올려야 하는 그야말로 '육체파'가 된다.

#5. 비를 맞으면, 날개가 펼쳐지리니! (단의 규칙)

모든 능력을 빼앗긴 단에게 딱 한 가지 예외가 있다면 바로 비!

연약한 육신으로 고군분투하던 단에게 선물처럼 날개가 펴지고,

잃었던 초능력도 맘껏 쓸 수가 있다! 왜 하필 비일까? 또한 날개를 펼쳐 능력을 쓸 수 있는 것이 단에게 과연 선물일까, 약점일까.

(• 천사 단을 연서가 처음 알아봤을 때 '비'가 왔다. 연서가 기억하지 못하는 어린 시절, 죽기 전 단과의 만남이 있었던 날에도 '비'가 왔다. 두 사람의 운명과 인연을 말해주는 상징이 바로 '비'인 것)

(• 능력을 통해 연서와 강우 사이의 오작교를 신나게 만들어준다. 맑은 날은 맨몸으로, 비 오는 날은 능력으로 위험에 빠진 연서를 구해낸다)

#6. 천사는 오직 신에 대한 사랑만 할지어다.

천사들끼리는 인간적인 '사랑'은 할 수 없다. 천사는 무조건 아가페! 즉, 신만을 사랑해야 하는 존재. 전생의 기억을 모두 잊고, 신에게 복종하기 때문에, 천사들끼리는 물론, 천사와 인간 사이의 사랑은 어불성설이다.

공간

#1. 아이비 저택

연서의 집. 담쟁이로 뒤덮여 아이비 저택이라 불린다.

메이드로 일하는 사람만 20명이 넘는 대저택. (본채 / 별채가 있다)

집사인 유미의 지휘 아래 일사불란하게 운영되는 공간. 연서와 단이 함께 지내는 곳.

#2. 판타지아 발레단

한국 최고 발레단. 공연장, 연습장 등 대규모 최고급 시설을 구비했다.

연서가 사고를 당한 곳도, 재기를 위해 무대를 준비하는 곳도 이곳.

니나와 가족들의 본거지로 너무나 아름다워서 오히려 음산하기까지 한 공간.

#2-1. 판타지아 공연장 및 연습실

니나와 연서의 공간. 그녀들의 연습과 일종의 데이트가 이루어지는 장소.

이를 니나와 식구들이 엿보거나, 그녀를 노릴 수 있는 아슬아슬한 공간.

#2-2. 판타지아 사무실

단장 영자와 재단이사장 기천, 부단장 루나와 초빙된 예술감독 강우가 사무를 보는 공간.
각 방에서 자기들만 아는 은밀한 작전들이 오간다.

#3. 공원 나무 아래 벤치

연서가 단을 처음 알아챈 곳. 단이 육신을 입은 곳. 두 사람이 처음 마음을 확인하는 곳.

#4. 강우의 오피스텔

귀국한 강우가 지내는 곳. (판타지아 재단 제공) 강우의 모든 비밀과 역사가 있는 공간.
니나가 호시탐탐 들어가고픈 곳이자 연서가 한사코 거절하는 강우의 공간.

#5. 니나의 한옥 저택(영자네)

니나와 영자, 기천, 루나의 집. 한옥과 마당, 각자의 방과 거실.

F/B	플래시백(Flashback). 회상을 나타내는 장면. 이전에 나온 장면을 복기함으로서 현 장면의 인과를 설명하거나 감정의 증폭을 위해 쓰이기도 한다.
INSERT	별도 장면을 삽입할 경우 쓰인다.
C.U.	클로즈업(Close Up). 배경이나 인물의 일부를 화면에 크게 나타내는 것.
O. L	오버랩(Over Lap). 현재의 화면이 사라지면서 뒤의 화면으로 바뀌는 기법이다. 대사에서 O. L은 앞사람의 말을 끊고 틈 없이 말을 할 때 쓰인다.
E	대사와 음악을 제외한 효과음(Effect)을 뜻하며, 보통 등장인물은 보이지 않고 소리만 나는 경우에 사용한다. 또한 경우에 따라 장면 밖에서 들려오는 목소리나 내레이션도 통칭하여 사용한다.
CUT TO.	가까운 공간 안에서의 각도 전환.
F	필터(filter). 전화나 기계를 통한(필터를 거쳐 들려오는) 목소리를 표현할 때 쓴다.
S #	장면(Scene)을 표시하는 것으로, S 뒤에 장면 번호를 적어 표기한다.
몽타주	따로따로 편집된 장면들을 짧게 끊어서 붙인 화면.

살고 싶어…
매일매일 죽고 싶었는데…
살고 싶다고.

그러지… 말았어야 했습니다.
그러면, 안 되는 거였습니다.

1
부

S#1 판타지아 대극장 - 연서의 꿈

암전 상태의 무대. (M) 바이올린 소리가 시작된다. 어둠 속에 활을 켜는 오케스트라. (M) 백조의 호수 음악이 흐르면서 무대 조명 켜진다. (1막 2장 호숫가 장면)

백조 군무가 아름답게 펼쳐진다. 지크프리트 왕자가 백조들 사이를 헤매며 오데트를 찾는다.

관객석에서 느껴지는 고요하면서도 격앙된 공기. 아름다운 군무가 계속되고.

무대 뒤, 입장을 기다리는 오데트, 연서다. 여유로운 표정으로 스트레칭하며 기다린다.

군무 단원들 양쪽으로 빠지고, 하이라이트 조명 팟 켜지면, 연서..
상기된 표정으로 들어가는데

연서   (E) 안 돼, 가지 마!

몰입한 연서.. 우아한 독무를 이어가고, 관객들.. 넋을 잃고 바라
본다.
연서를 비추는 조명, 천장에서 작게 흔들린다. / 연결 부위 선이
끊어질 듯 말 듯!

연서   (E) 당장 거기서 나와!

연서.. 무아지경으로 푸에떼(한쪽 다리로 회전)하는 모습과 점점 끊
어져 가는 조명선 번갈아 보이다가, 회전을 끝낸 연서가 미소 짓
는 순간, 툭 끊어져 추락하는 조명!
떨어지면서 전구가 터져 유리 파편이 비처럼 쏟아진다. 피할 새
도 없이 연서에게 쏟아지는 유리 파편! 구슬처럼 매끈한 연서의
각막 위로 쏟아져 내린다.
새하얀 백조 튀튀 위로 물감처럼 튀어 묻는 핏자국에서

연서   (E) 아아아악!!!

S#2   연서의 방 (낮)
어둠 속, 연서가 헉! 하고 깬다. 일어나 앉는 연서. 얼굴 묻으며

연서   아… 꿈은 왜 맨날 컬러야. 짜증 나게. (손 뻗어 시계 누르면)
알람   (E) 6시 48분입니다.

연서.. 침대에 앉은 채로 간단한 스트레칭을 하고 내려와 옷 방으로 간다. 한 번의 망설임 없이 익숙하게 발을 옮기는.

S#3   **연서의 옷 방 (낮)**

연서.. 들어오면 자동으로 불 켜지고, 블라인드 올라가며 밝아진다.

크고 고급스러운 복도식 옷 방 (-끝에 욕실과 연결돼있는)

연서.. 익숙하게 세안 밴드, 샤워 가운 탁탁 챙기고. 잠옷 단추 풀면서 욕실로 향하는데, 욕실 문 앞에 스텝 스툴이 있다! 점점 가까이 다가가는 연서.

그대로 직진해 발가락 세게 딱! 찍고 그대로 고꾸라지고 만다.

균형과 방향을 잃어 손을 더듬거리기 시작한다. 앞이 보이지 않는 것!

연서.. 날아간 샤워 가운과 스텝 스툴 확인하고 짜증이 밀려온다.

연서   (날카롭게) 꺄아아아아아악!!!!

S#4   **아이비 저택 전경 (낮)**

(소리 연결) 연서의 비명 퍼지면서 보이는 거대하고 아름다운 아이비 저택 모습.

마당의 구름이(시각장애인 안내견-리트리버)가 고갤 돌려 왕! 짖고

S#5   **아이비 저택 곳곳 (낮)**

(소리 연결) 연서 비명 계속되는 가운데 로비 / 주방 / 운동실 / 계
단 등지 컷컷!

승완.. 방에서 잠옷 차림으로 벌떡 일어나고 / 직원들 헐레벌떡
모여드는 모습 보이고.

S#6   **연서의 방 앞 (낮)**

승완.. 급히 들어가려는데, 직원1.. 흑 하면서 뛰쳐나오는

승완   진영 씨!
직원1   저 그만둘래요.
승완   이맘때 유독 예민해요. 내일이 부모님 기일인 거, 알잖아요.
직원1   그래두… 너무 굴욕적이에요! (흑 하고 뛰어가면)
승완   (걱정스럽게 안쪽을 보는데)

S#7   **연서의 방 (낮)**

연서.. 1인 소파에 앉아있다.

직원들.. 안대를 가리고 한 명씩 걸어가는 중. 스텝 스툴에 걸려서
넘어지는 꼴을 보고 있는 연서.

눈으로 보는 건 아니다. 발소리, 걸리는 소리, 넘어지며 부딪히는
소리들을 귀로 듣는 연서의 얼굴.. 무표정하고 차갑다. 한 사람 넘
어지면, '다음!' '다음!'을 외치며 가혹한.

다른 직원들.. 안절부절못하고 있는. 승완.. 들어와서 헐 싶다.

승완   그만둬! (스툴 정리하면서 / 연서에게) 이게… 무슨 짓이야!

연서   아무도 모른다잖아요. 욕실 앞에, 딱 걸려 넘어지기 좋게, 마치 딱 걸려 넘어지라고 놔둔 것 같은 이 발판. 아는 사람 없다잖아요.

직원들   (숨죽이지만 / 서로 짜증 가득하고)

연서   겪어봐야지. 앞이 하나도 안 보이는 사람이 걸려 넘어지면, 머리가 깨져서 죽을 수도 있단 걸. (일어나서) 아직도 없어요? 정말, 귀신이라도 온 거야?

직원들   (묵묵부답)

연서   (담담하게) 오케이, 전부 해고.

직원들   (헉!!)

연서   (무용 박자 세듯) 원 앤 투 앤 쓰르 (하며 라벤더 앞에 딱 서는)

보라   (압박감에 / 울면서) 제가 그랬어요!

연서   (차가운) 알아. (냄새 맡고) 발판에 싸구려 라벤더 향이 잔뜩 묻었더라고.

보라   (헉!) 어제 계절 옷 정리하느라 밟고 올라섰다가 깜박하고…

연서   이유를 물어본 게 아니야. 그딴 거, 하나도 안 궁금해.

보라   (꿀꺽)

연서   (직원들에게) 라벤더만, 해고.

보라.. 힝 울음 터뜨리고, 연서.. 휙 돌아가면 승완.. 안경 고쳐 쓰며 얼른 따라붙고.

S#8 **파우더룸 – 연서의 방 (낮)**

연서.. 냉정한 얼굴로 머리 빗고 있다. 승완.. 늘 서있는 오른쪽에
서서

승완   보라, 동생 셋에 장녀야. 휴학만 다섯 번쨴데, 지금 잘리면…

연서   (O.L / 화장대 순서대로) 빗, 기초, 색조, (옷 수납 쪽 가리키며 순서대로)
         실크, 니트, 바지, 치마, 양말, 속옷. 라벤더 개, 이거 하나 못 외워
         서 남들보다 두 배 이상 꾸물댔어요. (조소) 못 외우는 건지 안 외
         우는 건지 어떻게 알아?

승완   그러면서 배우는 거지. 여기 사람들, 다 널 위해서 최선을 다하고
         있어.

연서   아… 칫솔 놔두는 자리에 칼 꽂아놓지 않은 걸 감사하라고요?

승완   그 말 아니잖아.

연서   해고해요. 꼼수 부리면, 미필적 고의에 따른 과실 치상으로 손해
         배상 걸 거예요. 휴학을 50번 해도 감당하기 어려울 거야.

승완   (할 말 없는데)

유미   (들어오며) 굿 모닝요!

승완   (반가워서) 집사님!

연서   (덤덤히) 책임 집사가 칼출근에 칼퇴근하니까 직원들이 사고 치는
         거잖아요. 달라는 방 다 줄게, 들어와요.

유미   이 히스테릴 24시간 어떻게 감당해? (승완 보며) 조 비서님이야 워
         낙 아가씰 좋아하니까 견디지만, 난…

연서   싫어한다?

유미   (생긋) 알면서… (노끈으로 묶은 우편물 손에 쥐여주며) 여기, 오늘의 우

편물!

연서	(재빨리 손으로 세고) 다섯.
유미	(끈 풀어 우편물 체크 보고) 대학, 협회, 기부, 늘 그렇듯 쓸데없고요… (하다가 금빛 봉투에서 멈칫 / 승완을 보고)
승완	(금빛 봉투 받아 보는 / 발신인 '판타지아 문화재단' 적혀있다 / 유미 보고 절레절레 / 슬쩍 챙기며) 수… 수도세랑…
연서	(봉투 인터셉트!)
승완, 유미	(헉!!)
승완	광고야! 행운의 편지 같은 거…
연서	(봉투 뜯는데 / 점자로 돼 있는 초대장!) 우리나라 좋아졌네. 광고를 점자로 다 제작을 하고.
승완, 유미	(안절부절못하는데)
연서	(점자로 읽는 / 침착하게) 판타지아 문화재단 20주년 기념 파티 초대장…
유미	이게 왜 벌써 왔지? 다음 주 아냐? (하하 어색하게 웃으면)
승완	(연서 낯빛 살피고)
유미	어차피 참석 안 할 건데, 고모님두 참 집요하시다, 그쵸?
연서	(무시하고 손으로 계속 더듬다가 / 멈칫) 4월 2일, 5시?
승완, 유미	(낭패!)
연서	(허! 싫은) 내일?

S#9   아이비 저택 마당 (낮)

연서.. 거칠게 나온다. 뒤에서 따라 나오는 유미와 승완.

연서	이구름! (박수 치면)
구름	(뛰어와 연서 옆에 서고)
승완	같이 가, 어?
연서	혼자 갈 수 있어. (구름이 안내 줄 잡는데)
(E)	**승완 벨소리**
승완	(발신자 본다 [길담 병원] / 연서 벌써 걸음 뗐고 / 맘 급해 받으며) 네, 조승완입니다. 선생님… 결과요?
유미	(! 해서 보는데)
연서	(돌아와 승완 앞에 서서 가슴-어깨-팔을 따라 짚더니 전화를 뺏어 든다)
승완, 유미	(! 보면)
연서	이연서예요. 저한테 얘기해주세요. 각막 기증받을 사람, 나니까.
승완	(긴장해 보는데)
연서	(눈동자에 스치는 실망 / 건조하게 전화기에) 이번엔… 왜 안 되는데요?
승완	(탄식)
연서	또 마지막에 보호자가 안 된대요? 아님 또 감염이 발견됐어요? 또 무슨 착오에 또 무슨 실순데요? (눈 질끈) 됐고… 더 이상, 전화하지 마세요. 대기명단에서 뺄 테니까. (승완에게 전화기 건네는)
승완	(!! / 황급히 전화에 대고) 선생님, 잠시만요!
유미	(안타까운) 아가씨…
연서	(구름이와 거침없이 나가버린다)

S#9-1   아이비 저택 앞

연서.. 문 쾅 닫고 나온다. 구름이 연서 기분 살피듯 무릎에 몸을 기대고.

연서.. 끓어오르는 감정 꿀꺽 삼키고 익숙하게 걸어나간다.

S#9-2   아이비 저택 마당

통화 마친 승완.. 허겁지겁 뛰어와 따라가려는데 유미.. 다가와 팔을 잡고

유미   두세요, 비서님 지금 그 꼴로 어딜 가.

승완   (보면, 잠옷이다 / 걱정스레 대문 쪽 보면)

유미   바람 쐬고 오면 좀 나아질 거예요. 나 같아도 열 받지. 사람 놀리는 것두 아니구. 번번이.

승완   (머리 복잡한) 병원부터 가봐야겠어요.

유미   가면, 안 준다는 각막 다시 준대요?

승완   (한숨)

유미   차라리 포기할 건 하구, 받아들이구, 널 행사에두 가구… 그럼 안 되나?

승완   알잖아요. 연서… 눈 저렇게 되고 발레에 발 자도 못 꺼내게 했어. 판타지아 쪽으론 고개도 안 돌렸구. 그렇게 3년이에요.

유미   내 말이… 앞으로 30년간 이럴 순 없잖아요. 아가씨 제자리에서 뱅뱅 도는 동안, 세상은 앞으로 달려간다구요. 비서님이랑 나도 늙어.

승완   (심각한)

S#10   공원 일각 (낮)

연서.. 산책로 입구에 도착한다. 차량방지구조물 손으로 만져 확인하고.

쪼그려 앉아 운동화 끈 묶고, 손목시계 GPS 켜는 위로 흐르는 연서의 지난 3년 컷컷.

INSERT   1. 아이비 저택. 시력 잃은 연서.. 집 안을 더듬으며 이동하고 있다. 문턱에서, 코너에서 자꾸 부딪히는 컷컷. 당황하고 겁에 질린 연서의 얼굴. 테이블을 더듬다 화병을 건드려 떨어뜨린다. 산산이 깨지는 화병. 창백하게 질린 연서.. 귀를 막은 채 그 자리에 주저앉아 버리고.

2. 아이비 저택 연습실. 연서.. 손을 뻗어본다.

승완   **(E) 각막 기증, 받을 수 있을 것 같아!**

연서.. 희망이 어린 얼굴로 스트레칭하는데

3. 캄캄한 방구석에 웅크리고 앉아있는 연서. 문이 열리고 승완이 들어오면 빛이 쏟아진다. 승완.. 식사 트레이를 테이블 위에 내려놓고 참담한 표정이다. 웅크린 연서 옆으로 찢어진 발레복들과 토슈즈 흐트러져 있는.

연서와 구름.. 천천히 달린다. 이를 앙다물고 굳은 표정. 구름이 왕! 하면 마치 보이는 듯 방향을 바꿀 만큼 익숙한 길이다. 연서를 뒤에서 지켜보는 시선…! 따라붙지만 연서는 모른다.

푸드덕, 날아오르는 새 한 마리. 달리는 연서와 구름이를 굽어보는 양, 허공을 맴돌다가, 먼 하늘로 날아간다. (연결)

S#11   절벽 (낮)

(연결) 푸른 하늘에 새 한 마리 휘돈다. 새파란 바다 끝에 깎아지
른 절벽. 세상의 끝처럼 아름답게 펼쳐진 절경이다.
다리를 달랑거리며 앉아있는 남자… 단이다! 풍경을 바라보는 표
정… 회한에 가득 찼다.
아쉬워 눈물 그렁그렁하면서

단   안녕, 바다. 안녕, 세상아. 내가 없어도… 항상 이렇게 아름다워야
해…

     단.. 일어난다. 마치 목숨을 버리려는 듯, 절벽 아래로 툭 떨어져
버리는데!
절벽으로 쑥 올라오는 단.. 날개가 돋은 채 공중에 떠있다! 절벽에
놓인 나뭇잎을 챙겨 가는.

단   깜박했네!

     단.. 씩 웃더니, 허공을 자유롭게 유영해 날아가고

S#12   해변 도로 + 트럭 안 (낮)

개 트럭이 달리는 중. 기사(40대 남성).. 콧노래 부르며 운전 중. 짐
칸에서 끙끙대는 소리 들려오자, 위협적으로 뒤쪽을 쾅쾅 치고.
금세 콧노래 부르며, 담배 하나 꺼내 문다. 창문을 여는데, 세게

불어 드는 바람.

라이터 켜는데 자꾸 꺼진다. 에이씨, 하고 계속하는데

단 **(E) 어리석은 자여.**

   단.. 조수석에 앉아있다! 날개 없이. 손에 나뭇잎 보면 '해변 도로 3964 트럭'이라고 적혀있고.

   기사.. 전혀 모른 채, 라이터 안 켜져 짜증 내고 있다. 불꽃이 일 때마다 후, 불어 꺼버리는 단.

단 화 있을진저… 동물을 탈취하여 생명을 사고파는 자, 똥 벼락을 맞을지어다.

기사 씨… 뭐야 이거! (라이터 던져버리는데)

   단.. 던져지는 라이터 잡는다! 기사의 눈에 공중에 떠 있는 라이 터…

기사 뭐… 뭐야!! 귀신이야?

단 천사다, 이 자식아! (라이터 돌리기 시작!)

기사 (허공에 돌아가는 라이터 / 무서워!) 악귀야 물러가라!! 나… 교회 다 녀!!

단 다니는 놈이 이래? 그 믿음 참 헛되고 헛되네.

   기사 시선. 허공의 라이터가 자신을 향한다! 당장이라도 머리를 꿰뚫어 발사될 듯!

단	(E) 좀 예쁘게 살아. 얼굴보다 못생기게 살면, 진짜 큰난다.
기사	(겁에 질려) 어? 어어어어? (핸들 확 꺾으면)

S#13 해변 도로 (낮)

전봇대를 박은 채 멈춘 트럭. 짐칸의 철창살 안의 개들.. 겁에 질려있다.

기사.. 비틀거리며 운전석에서 내리는데, 철창살의 자물쇠.. 저절로 스윽, 열린다.

활짝 열리는 문. 개들.. 펄쩍펄쩍 내려 도망치기 시작한다! 기사.. 어어? 하며 쫓아다니는.

도로에 풀린 개들과 기사.. 부감으로 보인다. 개판이다.

텅 빈 것처럼 보이는 트럭 짐칸에 훌쩍 올라타는 단.. 가장 구석에 있는 케이지로 향한다.

잠든 듯 죽어있는 강아지 한 마리. 단.. 행커치프에서 손수건을 꺼내 강아지를 덮어주자, 강아지.. 눈을 뜬다. 꼬리를 흔드는.

단	고객님, 준비됐어? (다정하게) 가자.

강아지 위로 은은히 퍼지는 빛 하늘까지 이어진다.

단	(짧게 기도하는) 부디, 평화를. (일어나서) 오케이, 이제 마지막 임무를 받으러 가볼까나! (핑거 스냅 탁! 치면)

S#14   공원 (낮)

단.. 벤치에 앉았다. (공간 이동) 가지 끝의 나뭇잎을 보면 아직 붙어있는.

단.. S#12의 나뭇잎 들어 올리면 재가 되어 사라진다. 같은 모양의 나무를 바라보는 단.

단   마지막 날이니까 근사한 걸로 부탁합니다!

(E)   **구름이 짖는 소리가 들린다. 단.. 소리가 들리는 쪽으로 고갤 돌리고**

S#15   공원 일각 (낮)

S#10 이후 계속 달리는 연서. 으슥한 다리 아래로 들어서는데, 구름이 (E) 왕! 짖는다.

뒤에서 남자 두 명이 스케이트보드 타고 다가오고 있다.

연서.. 길가로 피해 서는데, 남자1.. 어어? 하다가 연서와 부딪쳐 넘어진다.

휘청, 하다가 중심 잡는 연서. 구름이 안내 줄 놓쳐버렸다.

연서   (다른 쪽 보며) 죄송합니다. 괜찮으세요?
남자1   어딜 보는 거야?
연서   (소리 듣고 / 아차) 넘어지셨어요?
남자1   (연서 보더니) 뭐야… 장님이야?

연서   (!)

남자1   (어이없는) 아씨 장님이면 집에 얌전히 들어앉아 있어야지. 바득바득 기어 나와서 뛰고 난리야? 민폐 좀? 예? 정상인들한테 피해 좀. 예?

연서   (뭐래? 열 받지만 참고) 죄송합니다. (꾸벅하고 가려는데)

남자2   미안하죠? 미안하면 우리랑 놀자.

연서   (소름!) 누구세요?

남자2   여기서 뛰는 거 몇 번 봤어. 오늘은 왜 노땅이랑 안 나왔어?

연서.. 하얗게 질리며 뒷걸음질 친다. 더듬더듬 발을 떼지 않고 끌면서 바닥 확인하며.
구름.. 주위를 돌며 왕왕 짖지만 다가오지 못하는데,
단.. 가까이 다가온다. 조금 거리를 두고 보는.

남자1   옷깃만 스쳐도 인연이라는데, 놀자. (가방에서 음료 꺼내며 / 비릿하게) 한잔해.

단   (헐 / 절레절레하고)

남자2   (연서 손에 대주며) 마셔, 기분 좋아질 거야.

연서   (남자2 손 탁 쳐내며 / 손 높이 가늠) 넌 175쯤, 그리고 넌 (남자1의 입 쪽으로 귀를 쫑긋하며) 더 작구나. 170은 되니?

남자1·2 (헐)

연서   내 몸에 손끝 하나라도 대면, 너네 안전은 책임 못 진다.

남자1   운동 좀 했어? 어쩐지 탄력이, 뒤태가…

연서   (지팡이 툭 쳐서 길게 뽑으며) 경고했다.

남자2	(피식 웃으며) 그걸로 펜싱이라도 하게? 우리 얼굴도 안 보이면서.
남자1	그래… 장님으로 살아 뭐 해. 어차피 의미 없는 인생, 좋은 일 하고 가쇼.
단	(우씨! 나서려는데)

남자1.. 연서에게 다가와 팔을 확 잡는 순간, 연서.. 호신술(유도 엎어치기 정도)로 남자1 휙 잡아 돌려 바닥에 메치고, 지팡이로 급소 정확히 꽂는다. 남자1.. 비명! 단.. 놀라고!

남자2.. 놀라 뛰어오면, 연서의 귀에 들리는 남자2의 발소리 (E) 탁, 탁, 탁, 탁 네 번째에 정확히 포인 된 발로 턱 한 방! 남자2 켁! 그대로 발 올려 얼굴 한 방! 남자2 휙 고개 돌아가고,

포인 된 발 그대로 명치 한 방! 연이어 급소 한 방! 남자2.. 바닥에 나동그라지는

단.. 얼떨떨한데… 흥미롭다!

연서	조심해. 사고 한순간이야. 나라고 내 눈이 멀 줄 상상이나 했겠니?
남자1	(낑낑거리며 연서 발 잡아채려 하면)
연서	(느낌 알아채고 / 지팡이로 가슴 한 방 찍고 눈두덩이 찍는!)
남자1	(얼음)
연서	(눈꺼풀 지그시 누르는 지팡이) 장님 아니구 시각장애인. 따라 해봐.
남자1	시… 각… 장애…
연서	장님은, 선천적이거나 후천적인 원인으로 시각에 이상이 생겨 앞을 보지 못하는 사람을 낮잡아 부르는 말이란다. 즉, 선천적이든 후천적이든 불편을 갖고 있는 사람을 차별하거나 낮잡아보면 안

된다는 뜻이지. 무슨 말인지 이해는 되니? 이 구름이만도 못한 자식들아?

연서.. 확! 꽂아 내리려는 듯한 포즈 취하면, 남자2.. 연서를 확 밀고는 남자1.. 챙겨서 뛰어 도망간다. '아우 씨 재수 없는 년!' 같은 욕설과 함께 침 탁 뱉고 가는.
구름이.. 짖으면서 남자1, 2.. 쫓아간다. 단.. 쓰러진 연서를 본다.
연서.. 침착한 표정으로 바닥을 더듬어 지팡이 잡고 일어나는.

S#16   한강 다리 (낮)

연서.. 바람을 맞으며, 걷고 있다. 이를 악문 창백한 얼굴.
그러다, 문득 눈을 비벼보는 연서. 비볐다가 뜬다. 혹시 보일까?
다시 한번 비빈다.
연서의 시선에서 보이는 암흑 위로

의사	**(E) 기증자 최종 검사 소견이 좋지 않습니다. 각막 기증은 어렵겠습니다.**
연서	**(E) 판타지아 문화재단 20주년 기념 파티 초대장… 내일?**
남자1	**(E) 아씨 장님이면 집에 얌전히 들어앉아 있어야지. 바득바득 기어 나와서 뛰고 난리야? 민폐 좀? 예? / 장님으로 살아 뭐 해, 어차피 의미 없는 인생**

연서.. 히스테릭하게 눈을 마구 비비다가 어깨를 들썩인다. 우나?

싶은데 웃는 연서

단.. 어느새 옆에 서있다. 그리고 가만히, 연서를 본다. 호기심이
크다.

연서   (큭큭큭) 쓰레기 같은 새끼들.

연서.. 눈물 난다. 하지만 참는다. 참느라 얼굴이 일그러진다. 울
컥, 울음이 올라와 호흡을 고르는데, 숨이 고르지 못하다. 단.. 한
발 더 연서 쪽으로 다가와 계속 연서를 관찰한다.

연서.. 난간을 꽉 잡는다. 단.. 같은 자세로 난간을 잡는다. 간격을
두고 나란히 놓인 두 사람의 손. 단의 얼굴이.. 굳는다. 묘한 표정
으로 연서를 가만히 보다가

단   (툭) 너… 여기서 한 번 죽었었구나.

연서   (강바람을 맞으며 필사적으로 진정하려는 얼굴에서)

S#17   **한강 다리 (낮) – 연서의 회상**

난간 위에 서 있는 연서. 포인 하고 발레 발동작*을 한다. 허밍으
로 멜로디 부르며.

지나던 차.. 창문 열고 연서를 보고 / 도보자들도 연서를 발견하
고 다가오기 시작.

• 데가제, 데벨로뻬, 빠세 등 한 다리로 중심 잡고 다른 다리 펼쳐 드는 발동작들.

연서   (E) 까짓것… 할 수 있어. 천 번도 넘게 한 턴이야. 눈 감고도 해.

        연서.. 턴 돌다가 휘청하면 구경꾼들 놀라고. 연서.. 중심 잡고 멈
        춰 선다. 구경꾼들.. 숨죽이는.

연서   (허탈해 헛헛한 웃음 나는) 와… 진짜… 어떻게 이래…? (하늘 보며) 엄
        마, 아빠… 나 정말 하나도 안 보여…

        연서.. 내려오는 듯하다, 발 확 돌리더니 그대로 발레 점프! 강물
        로 떨어진다. 구경꾼들 꺄악! 소리 지르고.

S#18   강물 안 (낮) – 연서의 회상
        빛 한 줄기 들어오는 강물 속. 눈 감은 채 가라앉는 연서.

연서   **(E) 발레리나는 두 번 죽는다고 한다. 첫 번째는 춤을 그만둘 때, 두 번
        째는 숨이 멈출 때.**

        연서.. 정신을 차리고 눈을 뜬다. 연서 시선에 역시 암흑뿐인 물속.

연서   **(E) 춤이 사라지자 온통 암흑이었다. 두 번째 죽음을 기다릴 필요가 있
        을까.**
        차라리 한꺼번에 두 죽음을 맞이하길… 나는 바랐다.

S#19 　**한강 다리 (낮)**

S#16 연결. 연서.. 호흡이 더 어려워졌다. 연서.. 고개를 들더니 흡! 숨을 참는다.

단.. 자기도 모르게 연서 쪽으로 한 발, 앞서 다가간다. 연서의 얼굴 코 앞까지.

연서의 얼굴을 가만히 들여다보는 단. 연서.. 숨 참느라 힘들어 조금씩 찡그리면,

단.. 연서에게 한 발, 한 발 다가가더니, 입을 맞추는. (단은 살짝 투명하게 처리되어, 두 사람이 다른 세계에 있고, 단의 영혼과 연서의 몸이 겹쳐지는 느낌으로)

연서의의 얼굴로 부드럽게 불어오는 미풍. 마치 단의 숨결을 받는 것처럼 편안해지는 호흡.

연서.. 뭔가를 느낀 듯 눈을 뜨면

단　　　(다정히) 어리석은 자여. 인간은 숨을 안 쉬면 죽어. (싱긋)

연서.. 단의 기운을 느끼는 듯 보는데, 구름이.. 왕! 짖으며 달려온다.

때마침 톡톡, 떨어지는 빗방울.

S#20 　**공원 (낮)**

연서.. 손을 내밀어 떨어지는 빗줄기를 느끼고 있다.

제법 굵직한 소나기 내리고. 큰 나무 아래 벤치에 앉아 비 피하는

중인 연서와 구름.

바람 한번 불면, 벚꽃잎들이 우수수 빗방울과 함께 날린다. 그림처럼 아름다운데,

구름.. 으르릉거린다. 단이 다가오는 것! 연서는 모르고.

단.. 구름 보고 쉿! 하더니 연서 앞을 지나쳐 연서 옆자리에 앉는다.

단과 연서.. 한동안 나란히 앉아, 내리는 비를 바라본다. (연서는 듣고 느끼는)

(시간 경과) 비가 잦아든다. 빗소리 사그라지고, 떨어진 꽃잎들에 물방울들 반짝 빛나고.

가지 끝의 나뭇잎(S#14) 그 자리에 새로 돋은 나뭇잎이 팔랑, 떨어진다.

단.. 받으려고 손을 뻗는데 연서.. 단 쪽으로 고갤 갸웃하더니

연서	누구세요?
단	(? 해서 자신의 뒤를 돌아본다 / 아무도 없다 / 엥?)
연서	(단 쪽으로 몸을 돌려) 누구시냐구요!

단과 연서! 눈을 마주친다! 강렬하게 똑바로!

단.. 헉 놀라 뒤로 물러나 앉는! 자기도 모르게 입을 막게 되는데

연서	(예민한) 왜 사람 있는 벤치에 말도 없이 앉아요?
단	(내가? 하는 얼굴)
연서	(지팡이 급히 펴며 / 일어나려다가 / 울컥해서) 나 무시해요?

단	(조금씩 뒷걸음질로 자리 피하려는데)
연서	이봐… 대답도 안 하잖아. (단 쪽으로 몸 홱 돌리며) 거기 뻔히 있으면서.
단	(얼음 / 이게 뭔 일이야! 미치겠고)
연서	아무것도 안 보인다고 아무것도 모르는 거 아니거든요? (한 발씩 다가오며) 내가 잃어버린 감각은 시력 하나라서, 후각, 청각, 촉각 쌩쌩하고! 보이질 않으니까 빌어먹을 육감은 더 시퍼렇게 살아있거든요! (지팡이로 단의 가슴께를 팍 찌르는데)
단	(피하면서 / 자기도 모르게) 아니, 그게 아니고!
연서	(멈춤!)
단	**(눈치 보는/E) 들었나?**
연서	(갸웃하는)
단	**(E) 못 들었겠지?**
연서	(허!) … 남자였어?
단	뭐야… 내 말이… 들려? 들려요?
연서	아까 말했지? 귀는 멀쩡하다고!
단	어떻게 이럴 수가 있지?
연서	(한숨) 내가 할 말이야. 어떻게 하루에 두 번이나… 넌 뭐야? 소매치기야, 변태야?
단	(엥?)
연서	노리는 게 뭐냐구? 순수하게 비 구경이나 하자고 눈먼 여자 옆에 기어들어 온 건 아닐 거 아냐.
단	(억울한 느낌 / 항변하려는데) 아니…
연서	(막는 / O.L) 됐고, 들켰으니까 그만 가. 짜증 나게 뭉개다가 다치지

말고.

단 　　(억울한 느낌! / 항변하려는데) 아니……… 싫은데?

연서.. 이 자식이? 하는 얼굴로 보면 단.. 기가 찬 얼굴로 마주 보는!

S#21 　공원 전경 (낮)

하늘에서 보는 시선. (마치 신이 내려다보듯)

바람에 아름답게 흩날리는 꽃잎 사이로, 연서 혼자 서서 허공에 대고 말하는 듯한 모습.

S#22 　공원 (낮)

S#20 연결. 연서와 단의 대치.

연서 　　(어이없는) 뭐… 뭐라고?

단 　　이 의자의 주인은 그대도 아니고 나도 아니요, 오직 천지를 창조하신 신뿐이라 했다. 틀렸어?

연서 　　(힐) 소매치기도, 변태도 아니구… 또라이 사이비였어?

단 　　어허! 아까부터 말을 몹시 못생기게 하네. 가로되, 누구든 땅에서 매면 하늘서도 매이고, 땅에서 풀… (하는데)

연서 　　(O.L) 안 사요.

단 　　(!)

연서 　　부처든 예수든 알라든, 누구도 안 산다고.

단	신성을 부정하는 자에게 화 있을진저!
연서	누가 부정한대? 신 있지! 근데, 그 신이 나쁜 자식일 뿐이지.
단	(휘청) 신성을 모독하는 자에게 화 있을…
연서	(O.L) 안 들어주잖아. 아무리 기도해도. 무시하잖아, 딱 한 번 소원이래두. (꾹꾹 눌러) 울 아빠 딱 하루만 더 살아있게 해달라고… 천국 가기 전에 1초라도 볼 수 있게 해달라고 11시간 동안 비행기에서 울면서 기도해도 안 들어줬어. 눈 대신, 차라리 팔 하나 다리 하나 가져가라고, 그럼 춤 계속 출 수 있다고 그렇게 기도해도 모른 척했어. 그쪽이 지금 미쳐있는 신이란 작자가.
단	(살짝 짠하게 보다) 비극을 맞이한 인간이 다 그대처럼 비뚤어지진 않아. 다 그대처럼 다리에서 뛰어내리지도 않고.
연서	(소름!) 다… 당신… 누구야?
단	(묘한 눈빛으로 보는데)
연서	(무심코 손을 뻗어 단의 옷자락-가슴께를 잡는다)
단	(잡힌다!!! / 너무나 놀라는)
연서	너… 너 뭐냐구!! 누가 보냈어!
유미	**(E) 아가씨!!**

연서.. 유미 쪽을 돌아보면, 단.. 그때를 틈 타 연서를 뿌리친다.
그 와중에 행커치프 깃털 손수건.. 벤치에 떨어져 버리고.

연서	(유미에게) 집사님! 저놈 잡아요!
유미	(?? 해서 보는) 누구요?
연서	(대충 방향 가리키며) 저기! 도망가죠? 남자… 젊은 남자!!!

유미	(둘러보는데)
단	(나무 뒤쪽으로 멀찍이 서있다 / 너무 놀라서 한숨 돌리는)
유미	(단 안 보이는) 아무도 없는데?
연서	분명히 여기!!
유미	(슬프게) 이젠… 헛것까지 보이는 거예요?

연서.. 이해가 안 된다. 손을 내밀어 벤치를 더듬어본다. 끝까지,
곳곳을 집요하게 그러다 잡히는 손수건! 이게 뭐지? 싶고!

S#23 **판타지아 발레단 로비 (낮)**
'판타지아 문화재단 20주년 기념식' 준비로 한창인 홀. 플래카드,
얼음 조각 등을 달고, 설치하며 직원들 분주히 움직인다.

S#24 **판타지아 대극장 앞 (낮)**
화환들 하나씩 들어오는 중. 영자.. 흥겨운 표정으로 하나씩 확인
하며 통화 중이다.

영자	(문체부 장관 화환 보고) 장관님! 화환을 뭐 벌써 보내셨어! 어쩜 맘 씀씀이가 대한민국이다. 대한민국이야. (하다가 / 얼굴 굳는) 못 오 신다뇨! 장관님 스케줄부터 확인해서 잡은 날짠데!! (짜증 나는 표 정 / 화환 띠지 보는)

INSERT 띠지 '판타지아 문화재단 임시 이사장 금기천 귀하'라고 적혀있는.

영자   (목소린 친절하게) 나랏일이시라니 별수 없지요. 대신 저랑 따로 쩐하게 식사 한번 하세요. 꼭요! 네, 들어가세요! (끊고) 이딴 화한하나 보내고 빠지시겠다? (띠지 거칠게 잡아 뜯어버리는) 이놈의 임시자(字) 떼버리고도 지금처럼 무시하나 두고 볼 거야, 내가.

승완   **(E) 단장님.**

영자   (돌아보면)

승완   (정중히 인사)

영자   (쎄한 표정으로 보고)

S#25   영자의 사무실 (낮)

승완과 영자.. 마주 앉아 있는데, 서로 경계하는 분위기.

영자   하루 일찍 오셨네? 그동안, 잘 지냈어요? 조 비서님?

승완   내일… 연서 아빠 엄마 기일입니다.

영자   (놀라지 않고) 알아요, 그래서요?

승완   날짤 꼭 이렇게 잡아야 됐습니까? 20주년… 정확힌 다음 주잖아요.

영자   (눈 반짝 빛내며) 연서 온대요?

승완   (굳으며) 단장님!

영자   3년간 두문불출. 재단 행사엔 코빼기도 안 비치는 애잖아요. 그런애 '대신'해서 이 큰 조직 운영하는 게 얼마나 힘든지… 모르죠?

승완   (입 꽉 무는)

영자	좀 보라고 불렀어요. 네가 내박쳐 둔 재단, 얼마나 훌륭히 키워놨는지. 아 참, 눈으로 보진 못하겠구나. (표정은 전혀 아닌) 불쌍해서 어째 우리 조카.
승완	(일어나는) 내일 행사에 연서… 참석 안 합니다.
영자	정식 초대했어요. 도리를 다하는 건 우리 쪽인 거, 분명히 합시다.
승완	(가려다가) 근데… 참 이상하죠.
영자	(? 해서 보면)
승완	3년이나 됐는데, 왜 이렇게 각막 기증자가 안 나타나는지 궁금했거든요. 될 듯 될 듯 매번 마지막에 취소되는 것도 이상하구요.
영자	(! 긴장 / 아닌 척) 조직이 안 맞나 부지. 어쩌겠어, 걔 운이 거기까진 걸.
승완	(물끄러미 보다가) 덕분에 단장님께서 계속 그 자리에 계시고요, 그죠?
영자	(!) 요점이 뭐예요?
승완	누군가의 불행이, 누군가에겐 행운이 된다는 게 참 재밌어서요. (툭 던지는) 이번 기증 취소된 거, 수사를 의뢰할 예정입니다.
영자	(!! / 침착하려고 애쓰는) 호들갑 떨지 말아요. 그거 다 순서대로
승완	(O.L) 물론이죠. 누가 고의로 기증을 방해하겠어요, (영자 똑바로 보며) 그런 사람이 있다면, 제가 가만두지 않을 겁니다. (나간다)
영자	(입술 잘근 물고 / 심각해지는 얼굴)

S#26 　길담 병원 일각 (낮)

병원 뒤편, 선글라스를 낀 채 또각또각 걸어오는 영자. 주위를 살짝 의식하고 벤치에 앉는다.

벤치 끝에 앉아있는 남의사(40대)와 반대 방향으로 보고 있다. 일행 아닌 양.

영자	그래서, 뭘 얼마나 알아간 거예요?
남의사	(초조한 듯 손을 비비는데)

INSERT 의사 진료실

남의사.. 컴퓨터 보고 있는데 밖에서 시끌시끌한 소리(E). "안 돼요" "진료 중이세요!" 같은.

뭐지? 하고 보는 순간, 쾅! 하고 열어젖혀지는 진료실 문. 승완.. 단호한 얼굴로 본다.

남의사	**(E) 이미 원무과에, 기증센터까지 다 털고 왔는데…**

남의사	제가 무슨 수로… (하다 영자 눈빛 보고 점점 줄어드는) 오리발을…
영자	(살벌한 눈빛) 그래서, 정직하게 닭발 내미셨다, 이 말이에요?
남의사	(깨갱) 오늘은 끝까지 모른 척했습니다.
영자	오늘은?
남의사	더는 어렵습니다. 저도 의삽니다. 그 말씀 드리려고 나왔어요.
영자	(꾹 참으며 미소로) 김 박사 의산 거 누가 몰라요? 의사니까 내가 이렇게 존댓말 따박따박 써가면서 대접해드리는 거죠.
남의사	(기에 눌리고)
영자	내가 뭘 알아야죠. 각막이고 이식이고, 다 의사. 선생님이 알아서 하는 거지. (망설이다) 혹시라도 조사 나오면… (하다 말고 / 자신에게

다짐하듯) 아니, 그런 일 없을 거예요. 없어야 돼. (주먹 쥐는데 손톱으로 꽉 찍어 누르는)

남의사   조… 조사요?

영자   이것만 명심해요. 김 박사는 다릴 하나 건넜고, 내가 그 다리, 폭파시켰다는 거. 이제 다신 못 돌아가요. 알아들었죠?

남의사   (끄덕끄덕)

영자   (불안한 눈, 선글라스 써서 가리고 일어나 또각또각 나간다)

S#27   연서의 방 (밤)

잠옷 입은 연서.. 손에 행커치프 손수건(이하 깃털 손수건) 만지작거리고 있다.

손끝으로 만져보는 깃털 자수.

단   **(E) 비극을 맞이한 인간이 다 그대처럼 비뚤어지진 않아.**

연서   (미간 꽉! 찌푸리며) 뭐야.. 기분 나뻐.. 그 인간…

S#28   도로 (밤)

인적 드문 도로. 단.. 가로등을 바라보고 서있다. 빛을 받아 거룩한 느낌.

뒤로 휙 돌아보면, 가로등 아래 있어야 할 그림자는 없다.

단   그림자도 없구… (지나가는 차에게 손을 흔들어본다 / 그대로 쌩 지나는)

보이지도 않잖아. (소름!) 뭐야, 그 여자! (갸웃하는데)

갑자기 팍! 하고 터지는 가로등.
순간 사위는 어둠에 휩싸이는데,

(E) **끼익! / 쿵 소리**

단.. 돌아보면, 아까 지나간 그 차량, 니나의 고급 승용차가 저 앞에 서있다.

운전석 쪽 그림자(니나) 그대로 있고, 보조석 쪽 루나만 내려 다가오는.

루나.. 고양이 확인한다. 죽은 듯 보였던 고양이.. 냐앙.. 꼬리를 움직이는데,

루나.. 이를 확인했지만, 망설임 없이 돌아간다.

운전석을 열면 니나.. 쪼르르 보조석으로 가 탄다. 루나가 올라타자마자 그대로 멀어지는 차량.

어둠 속에 버려진 고양이.

단.. 다가온다. 고양이 앞에 쪼그려 앉는데, (E) 야옹. 소리를 내는!

단   고객님.. 살았어? (하는데)

(E) **야옹 (새끼 고양이 소리)**

단   (? 한 표정으로 돌아보는데)

S#29   **루나의 차 안 (밤)**

보조석 니나.. 울음 터졌다.

니나   (흑흑) 고양이 어떡해… 미안해 고양아… 내가 못 봤어…

루나   (한 손 운전 / 능숙하게 보틀 열어주며) 신고했으니까 잘 수습해줄 거
       야. 그만 울고 차 마셔. 울면 호흡 흐트러져.

니나   (받아 들고 마시려다가) 언니, 차 돌리자. 사람들 오는 동안 또 치이
       면 어떡해. 가서 묻어주자. 그래야겠어.

니나 손에 든 음료, 김이 모락모락, 차 진동에 찰랑찰랑. 위험해
보이는. 루나.. 차 세운다.

루나   (니나 얼굴 잡고) 금니나, 정신 차려. 뚝.

니나   (꿀꺽)

루나   가로등도 꺼진 도로에 까만 고양이가 불쑥 뛰어들었어. 그냥 사
       고야. 네가 죽인 거 아냐.

니나   (그렁) 그래도…

루나   그냥, 비극적인 일이 일어난 거야. 세상의 비극은 다 그래. 갑자기
       다가와서, 모든 걸 삼켜버려. 그러기 전에 치워버려야 돼. 정신 똑
       바로 차리구 중심 잡아. 낼 공연이잖아. 몸도, 맘도 흔들리면 안 돼.

니나   (찡해서) 언니…

루나   연서… 올지도 모른대.

니나   (눈 반짝) 정말?

루나   (따뜻하게 웃으며) 그니까… 이거 마시구 한숨 주무세요. 우리 오데

트님.

니나   (신뢰의 눈빛으로 *끄덕끄덕* / 차 마시고)

단   **(E) 안 돼!! 나 또 경고 받으면 진짜 클 나!**

S#30   **도로 (밤)**

수풀에서 야옹거리고 있는 새끼들(3~4마리 정도). 단.. 곤란해 죽겠고.

단   아무리 그래도 안 돼! (짐짓) 천사 단의 이름으로 말하노니! (맘 약
해져 / 도리도리) … 힝.

S#31   **성당 작은 방 (밤)**

새끼 고양이들 담요 위에서 잠들어있다. 부상당한 어미 고양이는
다른 상자 속에 쌕쌕 숨 쉬며 있고. 후(선배천사/나이 미상).. 손가락
으로 새끼 고양이들 귀엽게 쓰다듬는.

단   (옆에 붙어 미소) 굉장하죠, 어린 생명의 귀여움이란.

후   (절로 미소) 사람보다 훨 낫… (하다 단을 확! 노려보는)

단   (꿀꺽)

후   어쩌려고 이래?

단   (두 손 가지런히 모으고 공손 모드) 죄송합니다… 근데 이쁘잖아요. 방
금 눈에서 하트 막 뿅뿅 떨어지던데…

후   생명에 관여 말랬지?

단	과부와 고아를 돌보라면서요! (싱긋) 선을 사랑하고, 악을 미워하는 게 천사의 본성. 전 그저… 본능에 충실할 뿐입니다.
후	(양피지 보고서 들어 올려 읊는) 그래서

INSERT 1. 골목길. 교복 대충 입고 지폐 세며 가는 남학생 옆에 나란히 걷는 단. 맘에 안 드는 눈빛!

학생.. 코를 잡는다. 앞쪽에 똥차 작업 중. 작업 끝났는지, 인부 맨홀 뚜껑 닫고 출발한다.

단.. 오호라! 하는 미소. 단의 개구진 눈빛 한 번에 닫혔던 맨홀 뚜껑이 슥, 열린다. 돈 세느라 바쁜 학생.. 이를 모르고 점점 가까이 가다가 쑥 빠지고.

후	**(E) 열일곱 살짜리를 똥통에 빠뜨리고**
단	**(E) 빠뜨리다뇨! 저 사람 몸에 손 안 댑니다? 글구 걔 소꿉친구 왕따 시킨 애예요.**

2. S#13의 도로. 개판 상황. 빈 철장들. 신난 강아지들의 점프!

후	**(E) 개 트럭 철창문 열어젖혀서 도로를 개판으로 만들고?**
단	**(E) 개 시장에 팔려가는 애들이었어요.**

단	(결백한!) 그거 불법에 학대였다구요!
후	(머리 짚는) 신이시여… 이 철딱서니를 어찌하면 좋습니까.
단	나 같은 말단 천사가 손가락 까딱한다고 크신 뜻이 어그러질까. (헤헤) 글구 어차피 넣으면 (하늘 가리키며) 저 위에 있을 건데요 뭐. 파견 끝!
후	아후, 얄미운 놈! (하고 돌아서는)

단	저기, 선배!
후	(돌아보면)
단	근데 우리… 인간이 못 보는 거 맞죠? 아무리 영감이 뛰어난 사람이라도.

〈F/B〉 S#20 단과 눈 똑바로 맞추던 연서의 얼굴

단	(떨치듯 고개 저으며) 아니에요. 낮에 민감하고 입이 못생긴 인간을 하나 만나서…
후	너… 설마…
단	(손사래) 저 아무 짓도 안 했어요! 당했으면 당했지!
후	(심각하게) 인간한테까지 손대면 그대로 소멸이다. (핑거 스냅 딱딱 주면서 촛불 하나씩 꺼뜨리는) 한순간에 연기처럼, 먼지처럼. 사라지는 거야.
단	(피어오르다 사라지는 연기를 보는 / 부르르) 난 무조건 돌아갈 거야. 그래서 누구처럼 맨날 후배 구박하고, 겁 주는 천사 말고, 지혜롭고 따뜻하게 이끌어주는 대천사가 될 거라구요!
후	(꽉! 노려보면)
단	(시선 피하면서) 걱정 마시라구요, 겨우 24시간 남았으니까.
후	24시간이나 남은 거, 그게 불안해서 그래. 너라면, 그 어려운 일을 해낼 것만 같아서.
단	떨어지는 낙엽도 조심할 거예요. 그렇게 사납고 배배 꼬인 인간 만날까 무서워서. (부르르 하며 연서 떠올리는)

단   (!! / 가슴께 보면, 손수건 없다! / 헉!! 손으로 가리는)

(E)   **성당 종소리.**

후   (눈치 못 채고) 들리지? 내일 자정이다. 늦지 마라.

단   (뒷걸음질 치며) 옛 설! 종이 열두 번 울리기 전에 꼭 돌아오겠습니다!

S#32   **공원** (밤)

단.. 벤치 위, 아래, 옆 나무 주위 샅샅이 뒤지는 중! 아무리 찾아도 없다!

단   없어, 어딨어!!!

INSERT   1. 성당 앞 (낮)

흰 슈트 입은 단.. 차렷 자세로 서있다. 기대로 가득 찬 얼굴 위로

후   인간계 파견을 환영한다. (깃털 손수건 확 펼치더니 착착 예쁘게 접는데)

단   (눈 반짝!) 그 손수건! 맞죠! 파견 천사들한테만 지급되는 거!!

후   그래, 천사가 천사 됨을 인증하고, 이 땅과 하늘을 이어주는 거니까 절대

잃어버리면 안 돼. (가슴에 꽂아주며) 항상 몸에 지니고 다녀.

단   (강아지처럼 좋아하는 / 행커치프 만지며 두근두근!) 넵!

2. 성당 작은 방 (밤)

단.. 코 찡긋거리며 보고서 쓰는 중(S#31의 보고서 중 하나)인데,

후	(다가와) 손수건 어쨌어?
단	(허둥지둥 찾으면)
후	(눈앞에 손수건 달랑) 천사 생활 끝내고 먼지가 돼 둥둥 떠다니고 싶으면 그 렇다고 해.
단	(헉! 잡아채 소중히 챙기는) 중요하니까 따로 놔둔 거예요!
후	(쯧쯧 혀 차고)

| 단 | 안 돼… 안 돼!! 설마…!!! |

S#33 연서의 방 (밤)

연서.. 깃털 손수건 손에 쥔 채 잠들어있다. 꿈을 꾸는 듯 중얼거리는

| 연서 | 나와! 비겁한 자식… 이 또라이 사이비!! (이불 속에서 발차기 휙휙 하다가) 아악! (종아리 경련 온) 아… 쥐… 쥐… (손을 더듬어 협탁 벨 누르는) |

(점프) 승완.. 연서 침대 옆에 앉아 핫팩으로 종아리를 찜질해주고 있다.

승완	안 그러더니… 악몽을 다 꾸고.
연서	(담담히) 내 꿈은 무조건 악몽이에요. 죄다 선명한 컬러거든.
승완	(안쓰러운) 내일…

연서	안 가요. 판타지아엔.
승완	납골당에 몇 시에 갈까 물어본 거였어. 어떻게 날짤 이렇게 잡냐, 무심한 사람들. (덤덤히) 연서야, 나는 무조건 네 편이야.
연서	아저씨… 가끔 되게 소름 끼치는 거 알아요?
승완	(?)
연서	(짜증 톤 아닌 / 담담하게) 어떻게 무조건이야, 어떻게 모든 걸 나한 테 맞춰? 왜 뭘 해도 내 편이래? 지랄 공주, 짜증 대마왕, 프로 싸 가지… 수군거리는 게 정상 아냐?
승완	(가만히 보며 / 다정히) 연서야…
연서	그렇게 부르지 말랬죠? (돌아누우며) 그만 가요, 졸려.
승완	난 알아. 네 진짜 모습.
연서	그렇게 아는 척도 말랬죠.

승완.. 안타깝게 보면, 침대 협탁 벨 뒤로 액자 보인다. 사진 속에 어린 연서와 부모의 아름다운 한때 (연결)

| 승완 | (E) 찍습니다. 김치! |

S#34   몽타주 - 승완의 회상

1. 발표장-첫 만남

학원 발표회 분위기. 발레복 입은 어린 연서(6세가량).. 아빠 뒤에 숨어있다. 우아하고 고급스러운 연서 부모. 승완.. 연서를 보며 자 상한 미소. 승완.. 카메라를 내리고.

승완	주인공이 잘 안 보이는데요?
연서부	(연서에게) 괜찮아. 새로 오신 비서님이야.
꼬마 연서	(경계심 어린 눈빛)
승완	(천천히 다가가 / 몸을 낮춰 / 공주님께 기사가 인사하듯) 안녕하세요, 공주님. 저는 조승완이라고 합니다. 앞으로 잘 부탁해요?
꼬마 연서	(흥! 하고 몸을 돌려버리고)
승완	(사람 좋게 허허 웃고 마는)

2. 콩쿨장 앞

연서 부모와 승완.. 감격한 채 기다리는 중. 발레복에 외투 걸친 연서(8세가량).. 메달과 트로피를 가지고 나온다. 승완을 향해 달려 오는 연서.. 해맑게 웃는 얼굴이 예쁘다. 자연스럽게 승완의 품에 펄쩍 뛰어 안기는 연서.

연서	나 어땠어요?
승완	최고였지.
연서	(활짝) 아저씨가 최고래야 맘이 놓이더라, 나는! (목을 끌어안고)
승완	(연서의 등을 쓸어준다 / 행복이다)

S#35   연서의 방 (밤)
S#33 연결

| 승완 | 네 맘에 해가 져서 그래. 네가 얼마나 반짝거렸는데. 누가 뭐래도, |

네가 아니라고 해도 넌 천사 같은 애야.

연서   (계속 눈 감고 있는 / 잠든 듯한)

승완   딱 한 번만… 보고 싶구나. 그때처럼 반짝반짝… 환하게 웃는 얼굴.

연서   (뒤척이며 / 짜증스레 이불 뒤집어써 버리고)

단   **(E) 저… 저 싸가지…**

단.. 연서의 창가에 앉아있다. 혹시 몰라 커튼으로 몸을 가린 채.

승완   (협탁에 향초 켜주며) … 편히 자라… (나가고)

S#36   연서의 방 앞 (밤)

방문 열고 나온 승완.. 깊은 한숨 쉬고 간다.

S#37   연서의 방 (밤)

단.. 조심스레 창에서 내려온다. 방 곳곳을 스캔해보지만 손수건
은 없고.

단   **(E) 어딨니, 어디다 뒀냐. (조금 더 다가오는데)**

연서   (거칠게 이불 걷어버리고 일어나 앉으며) 짜증 나… 짜증 나 진짜!!

단   (얼음!)

연서.. 마구 발버둥 치는데, 연서 엉덩이 아래로 깔린 손수건 보인

다! 단.. 저짓다! 싶고

단.. 발끝으로 조심스레 다가간다. 연서.. 아직 단의 존재 모르는 듯.

단	**(문득 멈춰 / E) 내가 왜 이래야 돼?**
	(연서 눈치 보며 / 헛기침 소리 내보는) 흠… 흠흠!
연서	(못 들은 듯 / 뒤척이며 다시 눕는다)
단	(좋았어! / 성큼성큼 다가와 / 손수건을 향해 손을 뻗는다 / 공중에 들리는 손수건 / 당기려는데!)
연서	(이불 속에서 쑥 팔이 나오더니 손수건을 더듬어 잡아버린다)
단	(헉!!)

공중의 손수건.. 한쪽은 연서가 잡고 있고, 한쪽은 단의 염력이 잡고 팽팽히 대치 중.

| 연서 | 이게 왜 이래… 뭐가 걸렸… (하며 확! 당겨버리면) |

단.. 어쩔 줄 몰라 훅 끌려간다. 침대 앞에서 겨우 중심을 잡는데, 연서.. 단 쪽으로 고개를 확! 돌린다. 단.. 설마, 또 알아볼까 싶어 입을 막는데.
연서.. 단 쪽으로 점점 몸을 일으켜 가까이 오고! 단.. 최대한 몸을 웅크려 쪼그라드는데
연서.. 단 쪽에 있던 향초의 불꽃을 후, 불어 끈다.
단.. 허탈한데, 연서 손에 쥔 손수건, 이불 속으로 쏙 들어가 버

리고.

S#38   아이비 저택 지붕 (밤)

단.. 힝 하는 얼굴로 앉아있다. 빈손이다. (F.O.)

S#39   아이비 저택 전경

아침 해가 떠오르는 저택

S#40   아이비 저택 거실 (낮)

승완, 유미를 비롯한 직원들.. 아침 조회 중.

유미   오늘 조 비서님 외출 있으세요.

직원들   (!! / 설마!)

유미   따라서 오늘 하루, 임시로 아가씨 곁을 지킬 일일 비서가 필요합
　　　　니다. 지원자 받을게요. (1초 쉬더니) 없죠? (다다다) 보너스 100프
　　　　로, 연차 일주일.

연서   **(E) 누구 맘대로?**

　　　　모두… ? 해서 보면, 계단을 내려오는 연서. 완벽 화장에 예쁜 드
　　　　레스 차림. (펜던트 목걸이 함)

유미   디자이너 드레스에 영혼을 갈아 넣은 속눈썹… 이건, 판타지아에

가겠단 거죠?

승완   (웬일이지? 싶어서 보는)

직원들   (소리 못 내고 예에!!! 하고 좋아하는)

연서   웃지 마.

직원들   (꿀꺽)

유미   화장 잘 먹었다. 니나보다 훨씬 이쁘겠어요.

연서   나 원래 걔보다 예뻐요. 뭘 새삼스럽게.

승완   (걱정스레) 괜찮겠어?

연서   (덤덤히) 가요.

S#41   성당 작은 방 (낮)

후.. 고양이 안고 들어온다.

후   잎새에 이는 바람도 조심하고 있 (하다가 멈칫)

          책상이 비어있다. 양피지와 깃털 펜만 덩그러니. 후.. 다가가서 보
          면, 보고서 비어있다.
          후.. 불길한 느낌으로 보고.

S#42   아이비 저택 앞 (낮)

단.. 구름이 옆에 서있다. 연서와 승완.. 나온다. 유미와 직원들 배
웅하러 뒤따라 나오고.

단.. 연서를 보고 자세 바꿔 보는. (알아볼 거라 예상한)

연서   (다가오며) 이구름! (구름이 쓰다듬는데 / 단은 전혀 못 알아보는)

단   (헐!) 이봐. 입이 못생긴 그대!

연서   (못 듣고 / 구름이한테) 밥 적당히 먹고, 운동해서 살 빼고 있어. 알
았어?

단   (연서 옆을 기웃기웃하기 시작) 아아! 여보세요? 내 말 안 들려? (혼란
스러운) 이랬다, 저랬다… 뭐가 어떻게 된 거야…

승완.. 연서를 안내해 차에 타고 / 단.. 연서 앞에 얼굴 들이밀고,
손 휘휘 저어도 소용없다.
연서가 차에 타자, 모든 직원들 예에!!! 하고 신나서 덩실덩실.

연서   (창문 내리고) 춤추지 마!

직원들   (얼음!)

S#43   **연서의 방 (낮)**

빈방에 서랍, 서랍 열리고, 이불 걷어 바닥에 내려오고. 보이지 않
는 단이 방을 뒤지는 중이다.

S#44   **도로 + 연서의 차 안 (낮)**

산 도로로 접어든 연서의 차. 승완이 운전하고 연서가 조수석에

탔다.

승완   20주년 기념 공연 '백조의 호수'라는데.

연서   꿈도 꾸지 마요. 무대 앞에 바보처럼 안 앉아있어.

승완   느낄 순 있잖아. 어떤 내용인지도 훤히 알고.

연서   (O.L) 그러니까 더!!! (꾹 참으며) 고문이라고. 꼭 설명을 해야 알아요?

단   (뒷좌석에서 얼굴 쑥 나오며 / 쯧쯧쯧) 화 있을진저, 일관성 있게 못돼 먹은 자여. (연서 보면서) 내 손수건 어쨌어?

승완   (조심스레) 이왕 가기로 맘먹었으니까 보여줘야지, 판타지아 주인… 너라는 거.

연서   관심 없댔죠. 그냥 아저씨가 다 먹어요. 어디든 도장 찍어줄게.

단   (뒷좌석 살펴보면서) 아후, 무슨 자격증 받았어? 까칠하기, 쏴대기, 못돼먹기 자격증 같은 거 땄느냐고!

승완   그럼… 왜 가는데?

연서   (차갑게 식는 얼굴)

승완   어? 연서야…

연서   말 시키지 마요. 시끄러워. (귀마개 해버리고)

단   (절레절레 / 승완을 보며) 인내하는 자에게 복이 있나니, (연서를 보며) 이 어리석은 자가 지금은 눈이 어두울지라도, 언젠가 그대 수고를 알아줄 것이다. (연서 보며) 슬피 울며 후회로 가슴을 치리니. (쯧쯧)

S#45   **판타지아 발레단 대기실 (낮)**

맨발에 테이핑하고 토슈즈를 신는 단원, 발목의 끈을 꽉 묶어보는 단원, 거울에 동작을 비춰보기도 하고, 삼삼오오 모여 셀카도 찍는 등 공연 준비 한창인 대기실이다.

(E) 멀리서 준비 중인 오케스트라 관악기 튜닝 소리 들려오고.

가장 안쪽 자리. 알전구 화려하게 붙은 화장대 앞에 아름다운 백조 분장 하고 있는 발레리나.. 니나다. 아무 소란도 안 들리는 듯 거울 속 자신을 응시하고 있는.

니나   (긴장한 듯, 주문처럼 빠르게 외고 있는) 네가 최고야. 판타지아의 프리마˚ 발레리나는 금니나… 너뿐이야. (거울 똑바로 보며) 네가 주인공이야…

S#46   판타지아 발레단 앞 (낮)

연서의 차.. 들어와 서면, 승완.. 문 열어주고 에스코트. 연서.. 내리면 계단을 뛰어 내려오는 기천과 영자, 그리고 루나.

영자   연서야아아아!!!! (와락 안아버리는)

연서   (놀라고)

승완   저기… (제지하려는데)

기천   (영자와 연서를 한 번에 또 안으며) 잘 왔다, 우리 조카!!! (등 펑펑 치고)

단   이분들 큰일 나셨네. 이 못난 자는 무례를 참을 인내가 없다.

• 자막: 프리마―프리마 발레리나(prima-ballerina), 발레단 중 여성 제1무용수를 가리키는 말. 주역 발레리나

연서	(떼어내는데 / 표정 짜증 빡)
단	지팡이 조심하쇼.
승완	(역시 같은 생각, 연서 앞쪽으로 가려고 다리 하나 앞서 놓는데)
연서	··· 그동안 안녕하셨어요.
단. 승완	(헉!!)
영자	그럼 그럼 그럼. 우리 연서 보고 싶어서 눈에 진물이 났지. (승완에 눈인사)
기천	(뭉클한 척) 3년간 얼굴 한 번 안 보여주더니··· 여기까지 다 오구. (훌쩍) 하늘에 계신 두 분도 대견해하실 거야.
영자	잘됐다, 오늘 모신 손님들, 워낙 고매하신 분들이라 연서 널 꼭 직접 보고 싶어 하셨거든. 넌 그냥 가만히 있어. 예쁠수록 더 좋아. 비극적이니까. 원래 부자들 지갑은 우월감에 열리는 거거든.
연서	(점점 참기 힘든)
루나	(영자에게) 엄마, 그만! (연서에게) 연서야 이해해. 요즘 우리 발레단 단장님 자나 깨나 앉으나 서나 후원 생각뿐이라서 그래.
연서	루나 언니···
루나	내 목소리 기억하네? (다정하게) 잘 왔어.
기천	어여 들어가자. 세상에, 우리 니나가 얼마나 좋아할까. 너 보고 싶다고 하루에도 열두 번 울던 애 아니니. 걔가.

기천, 영자.. 호들갑 떨며 안내하고, 연서.. 승완 팔 잡고 계단 오른다.
단.. 밖에 나와 연서를 구경하는 발레리나(백조 복장)를 보고 홀린 듯 따라 들어간다.

관객들, 관계자들.. 연서 알아보고 수군거린다. 그 소리 연서 귀에
그대로 들어오는

(E)   **이연서 아냐? / 진짜 눈멀었나 봐 / 헐 등**

연서   (입구 문 앞에서 멈춘다)

승완   (눈치채고) 차에… 가 있을래?

연서   (지팡이 꺼내더니 / 유도 블록 확인 후) 화장실요.

승완   이쪽… (하는데)

연서   (O.L) 나 혼자 가요. 들어가세요. (서둘러 가는데)

승완   (안타까움에 눈으로 좇는)

S#47   판타지아 대극장 백스테이지 (낮)

넋을 잃고 헤벌린 단. 발레리나들 모여있는 걸 보고 있다.
변태적인 눈빛은 아닌, 아름다움에 감탄하는 중.

단   이쁘다, 아름답다… (하다 아차) 내 손수건! (서둘러 가고)

S#48   판타지아 대극장 (낮)

꽉 찬 관객석. 무대 위 스크린엔
'판타지아 문화재단 20주년 기념공연 금니나의 〈백조의 호수〉'
자막 떠있다.
VIP 좌석 중심에 영자와 기천 앉아있고, 그 옆에 루나, 그 옆에 승
완, 마지막 좌석(연서 자리) 비어있다. 영자.. 승완을 의식하면서 핸

드폰 문자 확인하고.

승완.. 연서가 오는지 자꾸 입구 쪽을 보는데,

S#49 **화장실 안 + 칸막이 안 (낮)**

연서.. 칸막이 안에 옷 입은 채로 앉아있다. 고민하다 맘 잡은 듯 지팡이 잡고 일어서는데,

은영, 수지.. 백조 의상 입고 들어온..

은영 **(E) 대박! 이연서가 왔다구? 너 봤어?**

연서 (얼음 되고)

수지 (화장 고치며 / 수다) 이연서가 뭐야. 한때 내 우상이셨다, 연서 언니.

은영 (피식) 솔직히 판타지아에서 언니 땜에 울어본 적 없는 사람 한 명 도 없을걸?

연서 (문고리 잡은 채 듣고 있는)

은영 (속삭이는) 근데 앞도 안 보이는 사람이 발레는 왜 보러 온 건지 모 르겠어. 재수 없게.

(E) **공연 시작을 알리는 종소리 / 안내 멘트**

은영, 수지.. 서둘러 나가면. 연서.. 문 열고 나온다. 텅 빈 화장실 안. 우두커니 선 연서.

(M) 발레 음악 시작된다.

S#50   **판타지아 대극장 (낮)**

(M) 연결. 무대 위 핀 조명 받으며 등장하는 니나! 솔로의 춤이 시작된다.

관객석엔 감격으로 보는 기천, 영자, 차분하고 다정한 표정으로 동생 보는 루나, 여전히 빈 연서의 자리, 승완.. 계속 불안한 가운데, 단.. 계단에 앉아 진심으로 발레 공연을 즐기고 있다! 단의 시선에 보이는 아름다운 니나의 동작에서

S#51   **화장실 + 판타지아 대극장 (낮)** (교차 편집)

문 탁! 잠그는 연서. 주머니에서 깃털 손수건을 꺼내 든다. – 동그랗게 말아본다. 죽을 것처럼.

음악에 맞춰 아름답게 포인 하면서 동작을 그리는 니나의 발

같은 동작을 하는 연서의 발

니나와 연서, 무대와 화장실 타일 위에서 같은 동작 하는 것 반복해서 보이다가

니나가 점프로 날아오르는 장면에서 얼음처럼 우뚝 서는 연서

니나.. 큰 박수 받으며 솔로 파트를 마치면

연서의 텅 빈 눈에서 눈물 한 줄기 흐른다.

S#52   **판타지아 발레단 곳곳 (낮)**

승완.. 연서를 찾아다닌다. 여성 화장실 앞, 복도, 공연장 입구들 둘러보고.

S#52-1 **차고 입구 (낮)**

승완.. 들어오는데, 모잘 깊이 눌러쓴 남자 하나(준수), 어깨 툭 치고 지나간다.

승완.. 대수롭지 않게 보내고 연서를 찾는.

S#53 **판타지아 발레단 리셉션장 (낮)**

가벼운 칵테일 파티 분위기. 기천, 영자.. 니나를 곁에 두고 손님 응대에 여념이 없다. 40대 남성 문체부 직원(정책실장), 후원회 이용진 회장(40대 남성)에게 차례로 인사하는.

기천	오셨어요? (악수하고) 니나야, 인사드려. 문체부 정책실장님.
실장	(젠틀한 목례 / 니나에게) 아주 잘 봤습니다. 아름다워요.
니나	(수줍게) 감사합니다.
실장	(영자에게) 장관님께서 20주년 축하 말씀 꼭 전하라고 하셨습니다.
영자	(미소로) 오늘 우리 니나 무대 못 보신 거, 후회하실 거라구 꼭 전해주세요.
후원회장	(잔 들고 다가오며) Bonsoir! (영자, 니나와 외국식 볼 인사 자연스레 하고)
영자	Bonsoir! Monsieur.
니나	(살짝 어려운) 안녕하셨어요, 회장님?
후원회장	우리 오데트도 잘 있었죠? 매년 더 예뻐져.
니나	(미소로 끄덕하는데)
후원회장	(영자에게 가까이 오라는 손짓)
영자	(조금 긴장해 다가가면)

후원회장	(둘러보며) 진짜 오데트, 어딨어요? 한참을 찾아도 안 보이네?
니나	(살짝 굳지만 / 못 들은 척 샴페인 홀짝)
영자	곧 올 겁니다. 3년 만이잖아요. (니나에게) 회장님하구 얘기하구 있어?

영자.. 루나에게 급히 다가온다. 루나.. 우아하고 섹시한 모습으로
외국인, 기자들 상대하는 중.

영자	앤 왜 안 와? 식순 점점 다가오는데!
사회자	다 같이 잔을 들어주십시오. 판타지아 문화재단 20주년을 맞아, 특별한 분을 모셨습니다.
기천	여보, 어떡해…
영자	(루나에게) 애, 저 주책 입부터 막자.
루나	(사회자 저지시키려 서둘러 가는 위로)
사회자	초대 이사장의 무남독녀! 판타지아 발레단의 초대 수석 무용수, 이연서 님을 모셨습니다.
좌중	(박수 치지만 / 연서가 없자 웅성거리며 사그라지는)
사회자	무려 3년 만이죠? 판타지아의 딸, 판타지아의 마돈나, 이. 연. 서 님 어디 계신가요!

후원회장, 팔짱 끼고. 영자, 기천.. 어떡해! 싶고, 루나.. 사회자에게
귓속말하는데!
문이 열리면서 연서가 등장한다! 영자.. 한숨 돌리고, 기천.. 격한
박수 치면 좌중 박수.
회장과 실장.. 연서를 향해 호기심 눈빛 고정. 문을 연 승완.. 연서

에스코트해 단상에 오른다.

모두의 시선, 연서를 향한 사이, 열린 문으로 들어오는 구둣발…

양복에 선글라스 낀 강우다!

강우.. 어두운 벽에 기대어 서서, 연서를 바라본다.

승완.. 단상을 설명하고, 마이크 위치 안내하는 모습에 관객들 모두 동정 어린 표정을 짓고,

영자는 아싸! 싶은데, 옆에 선 기천과 니나가 최고로 불쌍해하는 표정이다.

연서	(침착하게) 안녕하세요, 이연서입니다. 오늘은 정말 특별한 날이네요. 판타지아의 20주년 기념일이자, 제 부모님의 기일이거든요.
좌중	(웅성거리는)
연서	어떻게 이 자리를 빛낼까, 굉장히 고민했어요. 화장실에서 목을 맨 시체로 나타나는 건 어떨까, 드라마틱하게요.
승완	(헉!)
강우	(선글라스 벗고 본다 / 무표정한 얼굴 / 어둠 속에 빛나는 눈빛)
좌중	(하아, 안타까운)
연서	모두 저를 안타깝게 보고 계시겠죠? 제가 불쌍한 만큼, 또 제가 샘통인 만큼 팍팍 후원해주시기 바랍니다.
기천, 영자	(힐! 하면)
루나	(놀라서 어색한 미소)
후원회장	(허! 쟤 좀 봐라? 느낌으로 보고)
니나	(찡한) 연서야.. (손을 흔들어 인사한다)
연서	(봤다 / 웃지 않고) 아시다시피 제가 여기 유일한 수석 무용수였을

땐 우리의 금나나는 제 언더스터디, 즉 그림자였어요. 혹시나 제가 아프거나 연애에 미쳐서 도망을 가거나 하면 저 대신 무대에 나가는 역할이었죠.

안타깝게도 저는 건강했고, 발레 외에 다른 건 다 시시해서 단 한 번도, 펑크를 내지 않았습니다.

니나   (얼굴 굳고)

연서   하지만 아시다시피, 해가 사라지면, 달이 흥하는 법입니다. 전 이렇게 눈이 멀었고, 니나는 성공적으로 대타 데뷔를 했어요. 3년간 제가 암흑 속에 사는 동안, 니나는 판타지아의 프리마로 환하게 빛났습니다. 이 얼마나, 극적인 이야긴가요? 이 얘기가 재밌는 만큼, 어디 가서 아는 체하실 만큼, 판타지아 발레단에 팍팍 후원해주시기 바랍니다.

니나   (눈물이 그렁그렁)

강우   (흥미로운 눈빛 / 선글라스 다시 끼고 / 돌아서 나가는)

좌중   (굳고)

연서   건배사가 길었네요. (잔 들고)

좌중   (잔 들면)

연서   오늘을 즐기세요. 내일도 무사할지는 아무도 모르니까. (확 마셔버리고)

영자   (파랗게 질린다)

S#54   **판타지아 발레단 일각 (낮)**
연서와 승완.. 서둘러 나온다.

승완	(안쓰러운) 첨부터 이럴 작정이었어?
연서	빨리 가기나 해요. (하는데)
영자	(달려와서 연서를 홱 잡아 돌린다)
연서	(짜증스레) 아!!!
영자	너 정말 너무한다!
연서	(피곤한) 놓으세요.
영자	너 원래 싸가지 바가지에 저 하고 싶은 대로 다 하는 공주마마였 던 건 알아. 그래도 이건 아니지!
연서	울 엄마 아빠 기일에 잔치 벌일 거면 각오는 하셨어야죠.
영자	저 안에 있는 분들, 대한민국 1프로들이야. 1분 1초가 금덩어리 들이라고. 그 사람들 스케줄 맞추는 게 보통 일인 줄 알어?
연서	(피식 비웃는)
영자	야, 이참에 까놓고 얘기 좀 해보자. 우리가 너한테 뭘 그렇게 잘못 했니. 무슨 억하심정이 있길래 여기까지 와서 깽판을 놔!
연서	(열 받아) 웃었어.
영자	(?)
연서	웃었잖아, 그날.

S#55   길담 병원 – 연서의 회상

눈에 붕대 감은 연서.. 허망하게 앉아있으면,
똑같은 포즈로 '아이고오!' 하면서 달려온 영자, 연서를 품에 안
는데, 연서의 뺨과 영자의 뺨 닿는다. 영자의 입꼬리 스윽, 말려
올라가는(슬로우) 걸 느끼는 연서.

S#56　　**판타지아 발레단 일각 (낮)**

　　　　　　S#54 연결.

영자　　　　어머, 얘 좀 봐. 나 네 고모야! 5촌이면, 그래 멀다면 먼 친척이겠
　　　　　　지. 그래두 우리, 가족이라구! (기가 차) 사람을 모함해도 정도가
　　　　　　있지. 눈만 다친 줄 알았더니 머리도 어떻게 된 거 아냐?

연서　　　　(열 받아 지팡이 꽉 쥐는데)

승완　　　　(연서 앞으로 막아서며) 그만하시죠.

영자　　　　(뚫어지게 보면서) 싫다면?

승완　　　　(불타는 눈빛으로 본다) 더 큰 소란이 일겠죠. 전부 다 불러모아 볼
　　　　　　까요?

영자　　　　(서늘 / 물러서면)

승완　　　　(연서에게) 가자.

연서　　　　(승완 팔 잡고)

S#57　　**언덕 (낮)**

　　　　　　공연장이 내려다보이는 언덕. 단.. 흥얼거리며 잎사귀에 손을 펼
　　　　　　치면 환하게 피어오르는 꽃!

단　　　　　(꽃 꺾으며) 쏘리, 오늘 제일 아름다웠던 사람한테 줄 거니까 영광
　　　　　　으로 생각하도록! (하늘을 보면 노을이 지기 시작!) 빨리 가야겠다.

S#58　　**판타지아 발레단 앞 계단 (낮)**

단.. 꽃다발 옆에 두고 난간에 발 대롱거리며 앉아있다.

연서와 승완.. 단을 지나치지만 역시 알아보지 못한다.

연서의 시선 CUT TO〉 난간에 덩그러니 올려져 있는 꽃다발만.

연서와 승완.. 발렛으로 나온 차에 올라타는데,

운전석에서 S#52 모자 남자(준수)가 나와 사라진다.

단　　(그렇지 뭐, 하는 느낌으로 피식 / 연서를 보는 따뜻한 눈빛)

〈F/B〉　　S#50 무대 위 니나 춤 이어지는데 / 단의 자리가 비어있다!

S#51 화장실에서 이어지는 연서의 춤을 바라보는 단! 미소로 지켜보다

가 마지막 점프에서 눈물 흘리는 연서를 보며 박수를 보내는

단　　**(깃털 손수건 접어 행커치프에 쏙 넣고 일어난다 / 연서의 뒷모습에 대고 E) 어리**

석은 자여. 그대 발끝의 아름다운 춤이, 그대 혀끝의 못된 말을 녹였으

니, 재주를 주신 분께 감사하라. (돌아서서 사라지고-꽃다발도 함께)

연서.. 뭔가 들리는 듯 뒤를 돌아본다. 이를 보는 시선! (연결)

S#59　　**판타지아 발레단 복도 (낮)**

(연결) 창으로 승완의 차를 지켜보는 누군가와 그림자(S#52/준수)

의 뒷모습 실루엣.

- 현 씬에서는 얼굴 나오지 않고 실루엣 정도로 표현: 영자와 그

의 하수로 느껴지게.

– 이후 회차에서 이 사람이 사실은 '루나 – 준수'였다는 것 F/B으로 쓰일 예정(얼굴 보이게).

S#60   **연서의 차 안 (밤)**

침묵이 가득한 차량 안. 연서와 승완.. 둘 다 아무 말 없다.

승완   (창밖을 보며) 해가 지려나 보다. 노을이 붉어. 아… 참 아름답다.

연서   (대답 없고)

승완   (보면) 천천히 준비하자. 재활도 시작하고, 재단도.

연서   그만.

승완   연서야…

연서   그렇게 부르지 말랬죠!! 다 싫다고! 발레도 싫고 재단도 싫고 다 싫으니까 나한테 이래라저래라 하지 말라고요!

승완.. 브레이크 밟는다. (E) 끽 소리 내며 갓길에 서는 연서의 차. 연서.. 휘청하고.

승완   (버럭) 이연서!!!

연서   지금… 나한테 소리 질렀어요?

승완   (꾹 참고) 정신 차려! 너 지금 전쟁터 한복판이야! 네 심장 겨누는 총이 몇 갠 줄이나 알아?

연서   몇 갠진 몰라도 한 방에 죽었음 좋겠네, 깨끗하게.

승완	죽겠단 소리도 이제 그만해. 다 됐어. 조금만, 조금만 더 있음, 너 제자리로 돌려놓을 거야. 내가.
연서	(끝까지 냉소) 제자리? 어떻게? 눈이라도 줄 거예요?
승완	(탄식) 연서야…
연서	돌려? 뭘? 누구 맘대로? 아저씨가 뭔데? (차갑게) 한 번만 더 아빠처럼 굴면, 그땐 진짜 해고예요.
승완	(답답해 죽겠고 / 뭔가 말하려다 다시 시동 거는)
(E)	**시동음 사이로 미세하게 타탁, 끊어지는 소리.**
연서	(들었다 / 갸웃하지만 / 좌석에 깊숙이 몸을 묻고)
연서, 승완	(어색한 침묵 한참 흐르고)

앞에 보이는 코너 길, 승완, 브레이크를 밟는데 헛밟힌다!

INSERT 브레이크 선, 마찰 불꽃 일으키며 타들어 가고!

승완.. 헉! 하고 연서를 보는데, 전혀 모르는 얼굴!
급발진이라도 되는 듯, 부웅! 속도가 더 나는 자동차. 승완.. 당황한! 설마, 싶은!

〈F/B〉 S#52 차고 앞에서 스쳤던 검은 옷의 준수!
S#58 연서 차, 운전석에서 내렸던 검은 옷의 준수!

S#61 **도로 + 연서의 차 안 (밤)**

굽이굽이 도로를 연서의 차가 빠른 속도로 달려오고 있다.
승완.. 계속 브레이크 밟는데 안 되고! 절망하는.

연서   (불안한) 아저씨…!
승완   벨트 꽉 잡아!

크게 회전해 들어오는 연서의 차, 원심력을 이기지 못해 그대로
펜스 쪽으로 미끄러지고 만다. 승완.. 끝까지 핸들을 놓치지 않으
려 하고,
연서.. 무슨 일인지 몰라 공포에 찬 얼굴로 '뭐야! 뭔데!!!' 하고 소
리치는데
쾅! 펜스에 한 번(운전석 쪽이 부딪치는), 승완이 돌린 핸들로 인해
산 경사면에 한 번 더 쿵!-그 기세로 펜스를 뚫고 벼랑에 걸리는
연서의 차량!

S#62   산속 길 (밤)
단.. 꽃다발 들고 바삐 걷는 중. 빗방울 하나씩 떨어지기 시작한
다.

단   늦겠다. (핑거 스냅 하려는데)
연서   **(아주 작은 소리/E) 아저씨…**
단   (!)

S#63　도로 + 연서의 차 안 (밤)

사고 현장. 연기가 피어오른다. 위태롭게 걸려있는 차량. 가는 빗줄기 소리 없이 오기 시작하고 피투성이가 된 승완과 연서. 연서.. 눈도 못 뜨고 아주 작게 외치고 있다. (웅얼거리는 느낌)

연서.. 아픈 팔로 벨트 풀어보려 하지만 안 되고, 문 열어보려 하는데, 차가 덜컹거려 불안하다.

연서	아저씨… 내 말 들려요? 아저씨…
단	(현장에 다가온다. 놀라지도 않고 물끄러미 보는)
연서	(울 듯한) 누… 누구 없어요? (쥐어짜는) 도와주세요!
단	이 꽃이… 조화가 될 줄은 몰랐는데…

단.. 가까이 다가온다. 차량 앞에 놓는 꽃.

단	부디, 평화를… (짧게 기도하고 / 돌아서는데)
연서	누… 누구세요!
단	(!!)
연서	거기… 거기 누구 있죠? 여기 사람 있어요! 여기요!
단	(천천히 돌아본다)
연서	제발… 제발 좀 도와줘요. 제발!
단	(또 다! / 도망치듯 뒷걸음질 친다)
연서	야!! 너 뭐야… 사람이야 짐승이야!
단	(귀를 막아버리고)

연서의 차, 기우뚱, 절벽으로 기울어진다.
연서.. 공포에 사로잡혀 있는 힘껏 소리를 쥐어짜 내는데!

연서   이 나쁜 새끼야!!!

단.. 뒤돌아서 빠른 걸음으로 거의 뛰듯이 오는데 계속 들리는 연
서의 소리!

연서   **(E) 양심도 없나! 무서워서 도망친 거면, 신고라도 좀 해줘. 아저씨! 선
        생님… 야! 누구든, 제발…**
단   왜 이렇게 잘 들려!

단.. 돌아보면, 차가 한 번 더 기울어진다. 추락하기 일보 직전인
듯한 상황!

INSERT   성당 종각에서 울리기 시작하는 종! (E) 하나, 둘−퍼지는 종소리.

단.. 어쩔 줄 모르는데 연서와 눈이 딱 마주친다! 절실하게 자신을
바라보는 것 같은 시선!!
두 사람.. 눈을 맞춘 채 (E)로 대화 나누는

연서   **(E) 도와줘요.**
단   **(E) 나… 난 못 해요. 사람 생명에 관여하면 진짜 큰일 나요.**
연서   **(E) 제발… 살려줘…**

단	(E) 안 돼… 시간 없어. 가야 돼.
연서	(E) 살고 싶어…
단	(!)
연서	(E) 매일매일 죽고 싶었는데… 살고 싶다고.

어린 단	(E) 살고 싶어…
INSERT	비가 쏟아지는 골목을 달려 나오는 아이의 다리. 지저분한 운동화 물이 마구 튀고
	우산을 받쳐 쓴 어린 연서(12세) 가방을 들고 배에 오르는 뒷모습. 섬을 돌아보는 얼굴.
	여전히 비가 쏟아지는 거리에 툭 떨어지는 아이의 손. 거칠고 때 묻은 손 위로
어린 단	(E) 매일매일 죽고 싶었는데… 살고 싶어졌어.

단.. 혼란스러운 가운데 (E) 계속되는 종소리

절벽 아래로 떨어지는 차량, 낙하하는 빗줄기.

빗줄기는 계속 아래로 떨어지는데, 차가 멈춘다! 허공에 떠있는 차량!

그 위로 눈부시게 흰 빛이 쏟아지며 날개를 활짝 편 단이 날아온다.

단.. 허공에 떠 있는 연서의 차창 쪽이다. 가깝게 보는 연서의 얼굴.. 눈물이 번져있다.

연서.. 단을 느끼는 듯 단 쪽으로 고개를 돌린다.

가깝게 마주 보는 두 사람의 얼굴 위로 울리는 열두 번째 종소리(E)

단   **(E) 그러지… 말았어야 했습니다. 그러면, 안 되는 거였습니다.**

한없이 여린 연서의 얼굴을 보는 단의 복잡한 표정에서 ENDING!

하지만 두고 봐!
세상이 뒤집혀도 내가 너!!
꼭 사랑하게 만들 거다!!

2부

S#1　　**성당 종탑 (밤)**

종탑 시계 12시를 가리킨다. (E) 종소리 천천히 울린다. 가느다란 빗줄기 종탑을 적시고.

천사　　**(E) 만약 천사도 후회라는 걸 할 수 있다면,**

S#2　　**도로 (밤)**

1부 엔딩. 단과 연서.. 두 사람.. 눈을 맞춘 채 (E)로 대화 나누는

단　　**(E) 안 돼… 가야 돼…** (돌아서려는데)

연서　　**(E) 살고 싶어…**

단　　(!)

연서　　**(E) 매일매일 죽고 싶었는데… 살고 싶다고.**

INSERT   성당 종각에서 울리기 시작하는 종! (E) 하나, 둘− 퍼지는 종소리.

단   **(E) 내 유일한 후회는 그날일 겁니다.**

단.. 어쩔 줄 모르겠다. 똑바로 눈을 맞추고 있는 연서의 얼굴. (종소리 계속 퍼지고)

걸려있던 차.. 넘어간다. 연서.. 그대로 절벽(아래 호수)으로 떨어진다!

절벽 아래로 떨어지는 차량, 낙하하는 빗줄기.

빗줄기는 계속 아래로 떨어지는데, 차가 멈춘다! 허공에 떠 있는 차량!

그 위로 눈부시게 흰 빛이 쏟아지며 날개를 활짝 편 단이 날아온다.

단.. 허공에 떠 있는 연서의 차창 쪽이다. 가깝게 보는 연서의 얼굴.. 눈물이 번져있다.

연서.. 단을 느끼는 듯 단 쪽으로 고개를 돌린다.

가깝게 마주 보는 두 사람의 얼굴 위로 울리는 열두 번째 종소리(E)

한없이 여린 연서의 얼굴을 보는 단의 복잡한 표정.

INSERT   서서히 닫히는 성당의 문

단   **(E) 그러지… 말았어야 했습니다.**

단.. 차량을 들어 올려 절벽 위로 내려놓는다. 쿵, 떨어지는 차량.

유리창에 머리를 부딪히며 정신을 잃는 연서,

운전석엔 이미 정신을 잃은 승완이 흐리게 보이고.

단.. 깨진 유리창 안, 연서에게로 손을 뻗는다. 연서의 얼굴에 번

진 눈물을 닦아주는! (단의 손이 닿을 때, 반짝 빛이 나고)

단   **(E) 그 사람을 살리는 게, 아니었습니다. 그러면, 안 되는 거였습니다.**

단.. 한껏 심란한 얼굴. 종소리는 그쳤다. 사고 쳤다. 큰일이다. 연서 한 번, 제 손 한 번 보고 울상이 되는 단.. (E) 콰콰쾅. 천둥소리와 함께 번개가 번쩍! 하면,
그 빛에 소환되는 단. 사라진다. 연서.. 섬망을 느꼈는지, 눈 감은 채, 끔뻑하는 데서 (F.O.)

S#3   성당 앞 (밤)
단.. 내팽개쳐진다. 고개 들면 굳게 닫힌 문. 혹시나 싶어서 다가가 열어보면 잠겼다.

단   안 돼… (두 손으로 손잡이 마구 흔들면서) 제발…!
후   (위엄 있게 / E) 늦었어.
단   (얼음 / 긴장한 채로 돌아보면)
후   (굳은 얼굴로 한숨) 마지막 경고라고 했잖아.

단.. 올 게 왔구나 싶은. 비가 그치고 구름이 걷히면, 달이 드러난다.

S#4   도로 + 연서의 차 안 (밤)

비 그쳤다. 연서.. 여전히 정신을 잃은 채다. 어둠에 싸인 도로 뒤
로 다가오는 헤드라이트!
사고 현장을 보고 멈추는 차량에서 내리는 사람은 강우다!
강우.. 전화기로 119 신고하면서 연서의 차량으로 다가오는.

강우   교통사고요! ** 번 국도 양평 넘어가는 방향요! 네! 빨리요.

강우.. 전화 주머니에 넣고, 조심스레 차량 앞쪽으로 오다가 흠칫!
놀란다.
운전석 쪽, 시트에 피가 홍건한 채로 핸들에 머리를 넌 승완이다.
창백한 승완의 얼굴.
강우.. 조수석 쪽에 사람 있음을 보고 돌아와 확인하는데, 얼음 된다!
시트에 머리를 기댄 채 아파하는 연서의 얼굴을 총 맞은 것 같은
표정으로 보는 강우.

연서   (눈을 겨우 뜬다 / 아프다) 아저… 씨. (손을 뻗는데 허공을 젓는다. 두려움
        에 떨며 울먹이는) 아저씨… 대답 좀 해요… 나 무서워…
강우   (손을 뻗어 연서의 손을 잡는다 / 곁에 무릎 세워 앉아 시선 맞추는)
연서   (! / 꺼져가는 목소리로) 누… 누구…
강우   괜찮아요… 이제 다… 괜찮아. 내가 왔으니까…
연서   (찡그리는데)
강우   (눈빛) 이연서 씨.

창백한 연서의 얼굴. 힘을 잃고 떨어지려는 연서 손을 다시 바투
잡는 강우. 지키는 눈빛 든든하다. 손을 잡은 두 사람 뒤로, 단이
있던 자리.. 벼락을 맞은 듯 까맣게 탄 자국만이 보이고,
멀리서 (E) 구급차 사이렌 소리 다가온다.

S#5   성당 앞 (밤)

후.. 따라오라는 듯, 앞서간다. 단.. 애써 덤덤하게, 하지만 손 꽉
쥐고 긴장한 채로 따라간다.
후.. 성당 문을 연다. 쉽게 활짝 열린다. (연결)

S#6   성당 안 (밤)

(연결) 1부 성당 안과는 다른 공간. 사방이 흰색뿐인 방이다. 단..
어리둥절하게 둘러보며

단   (착잡한) 여기구나. 연기처럼, 먼지처럼… 소멸되는 곳…
후   (돌아서면 / 후광이 비치는) 천사 단은 들으라! (양피지 촤르륵! 펼쳐지고)
단   (저절로 무릎이 탁 꺾이면서 꿇게 되는)
후   (읽는) 천사는 다만, 신의 전달자. 철저히 이방인으로 존재해야 하나,

S#7   길담 병원 응급실 (밤)

다급하게 실려 오는 연서. 산소마스크 쓴 채로 의식이 없다. 연서

곁에서 함께 달리는 남자… 강우다! 절박하게 걱정하는 얼굴.

후   (E) **천사 단은 경계를 허물고 도를 넘는 일이 잦았다.**

S#7-1   성당 안 (밤)

무릎 꿇은 채… 자신의 죄목을 기꺼이 듣는 단.

후   (E) **다만 스스로 깨달아 선을 행하길 바랐으나**

단   (눈 질끈 감고)

S#8   길담 병원 수술실 / 성당 안 – 교차 (밤)

연서.. 마취 상태. 연서의 얼굴로 수술 조명 탁 켜지면서 빛이 쏟
아지는데

후   (E) **기어이! 인간사까지 관여한 죄!**

수술실 앞 / 초조하게 기다리는 강우.

수술실 안 / 수술 중인 연서.. 눈 부위에 구멍 뚫린 초록 천을 얼
굴에 덮는 위로

후   (E) **당장 소멸의 죄로 다스리는 것이 마땅하다. 하여 지금부터**

단.. 드디어 선고인가. 눈을 뜬다.

후   천사, 단은… 사라질지어다.

후.. 핑거 스냅 탁! 치면 촛불이 팟! 하고 꺼진다. 그을음 연기만이
피어오른다.

(E) 삐- 소리와 함께 위기가 찾아온 수술실 안. '혈압 떨어집니다'
'피 언제 와!' 같은 말들과 분주히 움직이는 의료진들. 그 사이에
미동 없이 누운 연서의 손이 보이고.

S#9   성당 안 (낮)
후.. 양피지를 다시 말아 접으며 쓸쓸한. 아래를 보더니

후   뭐 하냐.

단   (? 하고 올려다본다) 나… 안 사라졌어요? 어떻게…? 아니… 왜??

후   지금부터 너는 천사 단이 아니라 인간 김단이다.

단   (?? / 가늘게 몸이 떨리는데)

후   마지막의 마지막 기회다. 현신하여, 특별 임무를 수행하도록.

단   (벌떡 일어나는) 선배!!!

후   네가 사고 친 동물이랑 사람들… 지켜줘서 고맙다는 기도가 빗발
        친대. 그동안 사골 잘 쳤다고 해야 될지, 기어이 큰 죄를 저지른
        걸 혼내야 될지… 모르겠다. 꼴통아.

단   (하늘 보며) 감사합니다… 정말루… 감사합니다!

후   100일이다. 그것도 겨우 받아냈어. 100일 안에 특별 임무를 성
        공하면 문은 다시 열린다. 절대, 100일을 넘기면 안 돼!

단   (자신만만하게) 뭐든지 하겠습니다! 이 산을 저 산으로 옮겨라, 저

바다를 이 바다로 끌어와라! 문제없습니다! 세상 모든 새들의 깃
털을 세라면 그렇게 할게요! 뭔데요? 제가 할 일이! (기대로 보면)

후   사랑.

단   (?)

S#10   길담 병원 병실 안 (낮)

연서의 눈에 붕대.. 서서히 풀린다. 연서.. 질끈거리다 눈을 뜬다.
보인다. 눈앞에 자신을 둘러싼 채 상복 입고 있는 니나의 가족들
이! (니나, 루나, 기천, 영자) 불안 초조하게 자신을 응시하는 가족들!
연서.. 이해 안 되는 얼굴로, 창 쪽을 본다. 환하게 부서지는 햇빛.
3년 만에 보는 빛이다.
놀라고 멍한 얼굴의 연서.. 손을 뻗어 햇빛을 가리는 위로.

단   **(E) 사랑을 찾아주라니… 누구한테요?**

S#11   공원 (낮)

단(깃털 손수건 있음)의 얼굴 위로 눈부시게 햇살 쏟아진다. 연서처
럼 손을 뻗어 가리는 단.

단   (끔벅끔벅 신기한) 우와, 눈이 부시네.
       (돌아보면 그림자 길게 있다) 와… 그림자.

       단.. 제 팔과 몸을 만져본다. 육체다! 기묘한 기분! 슬쩍 몇 발짝

걸어보는데,

꼬마 아이.. 팔랑거리며 뛰어오다가 단에게 툭 부딪친다. 단.. 화들짝 놀라면!

꼬마   (꾸벅) 미안합니다! (하고 싱긋 웃는)

단   (꼬마 얼굴 보며 마주 싱긋) 괜찮아요.

꼬마   착한 사람이네, 아저씨! (손 흔들고 뛰어가고)

단   사람? (새삼 신기한) 그래, 나 사람이지.

1부 S#14의 나뭇가지 나뭇잎, 반짝 빛나더니 떨어진다. 단의 손바닥에 안착하는 나뭇잎.

INSERT   길담 병원 1402호. 라고 새겨지는

단.. 나뭇잎 주머니에 챙기고, 하늘 향해 예의 건강한 미소를 씩 지어 보이며

단   까짓것 사랑? 찾아주죠 뭐! 믿음 소망까지 풀 패키지로 딱! 모시겠습니다!

단.. 귀엽게 거수경례 날리는 얼굴.

S#12   **길담 병원 병실 안 (낮)**

S#10 연결. 알 수 없는 표정으로 계속 바깥만 바라보는 연서. 그 뒤로 니나 가족들 보는 (영자.. 입술 잘근 초조해하고 / 기천과 니나는 감격, 루나는 차분하게 지켜보는 느낌)

기천   (연서 등 뒤로 말 거는) 어때? 잘 보여?

연서   (시선 계속 고정) 노을이……

니나   (조심스레) 이쁘지? 너 눈 뜬 거 알구 하늘에서 내려주셨나 봐.

승완   **(E) 노을이 붉어. 아… 참 아름답다. (1부 S#60)**

연서.. 갑자기 두통이 찾아온다! 조각조각 떠오르는 기억과 소리들!

〈F/B〉   1부 사고 장면들 조각조각 보이는 위로!

(E)   **파열음 / 타닥타닥 타는 소리 / 엔진 과열돼 부웅 올라가는 RPM 소리!**

연서.. 깨질 듯 머리가 아프다. 머리를 감싸며 얼굴을 묻는 위로

승완   **(E) 벨트 꽉 잡아! (1부 S#61)**

연서   **(E) 도와주세요! (1부 S#63)**

니나   (벌써 울먹) 연서야.. 괜찮아?

루나   (다가가서) 눕자. 응?

연서   (루나 팔을 잡는다 / 검은 소매다) 근데 왜… 검은 옷을 입고 있어?

일동   (멈칫)

연서   (고개 들어 보며 / 서늘한 예감에 굳은) …… 아저씨는?

S#13   길담 병원 병실 앞 (낮)

연서   **(E) 아저씨 데려오라고!! 거짓말하지 말고!**

(E) 우당탕 소리와 함께 쫓겨 나오는 니나 가족들. 루나와 기천, 니나를 감싸며 보호하는 모양새. 영자.. 서둘러 문을 닫는다. 뭔가 날아와 쿵! 부딪치고

영자   지랄발광이 나셨네. 완전!

기천   여보, 말이 심하다. 아픈 애한테.

영자   심해? 내가? 재 하는 거 봐. 아직도 우릴 머슴으로 생각하는 거 아님 어떻게 저 난리를 쳐? 막말로, 우리가 조 비서님 죽였어? 내가 죽였니?

기천, 루나   (살짝 굳는)

영자   각막이다 뭐다, 놀란 게 누군데 지금…

기천   (말리는) 여보…

영자   (질색하며) 가자. 우리 할 도린 다했어.

영자, 기천과 루나.. 걸음을 옮기는데 니나가 그대로다. 돌아보면

니나   다들 들어가세요. 오늘은 내가 연서 옆에 있을게.

기천   그럴래? (말 끝나기도 전에)

영자   안 돼애! 너 병원에 온갖 세균이 을마나 득시글대는지 알아? 절대 안 돼!

니나   그래두…

영자	일루 와 얼른! 엊그제 걔한테 그 망신을 당해놓구 뭐 이쁘다고 있어?
니나	난 연서 이해돼. 얼마나 혼란스럽고 무섭겠어. 눈 뜬 것도, 아저씨 돌아가신 것도… (고개 저으며) 나라면 기절했을 거야…
루나	(미소로) 그러니까, 받아들일 시간을 좀 주자. 확실히 케어해달라고 부탁해놨어. 너무 걱정 마. (니나 등 감싸고 함께 걸어가는)
니나	(걱정스레 돌아보고)
영자	(속 터져) 내 속에서 어째 저런 순둥이가 나왔나 몰라!
기천	나 닮아 맘이 비단결인 거지 뭐…
영자	(눈으로 욕하고 / 가려는데)
기천	당신 먼저 들어가요, 난 장례식장 좀 더 있다 갈게.
영자	뭘 또… 아까 문상 다 했잖아,
기천	가족 하나 없는 사람이잖어…
영자	(한숨) 물러터져 가지구서…

S#14　길담 병원 앞 (낮)

단.. 살짝 긴장했지만, 기대하는 얼굴로 서서 병원 간판 [길담 병원] 보고 있다.

단	1402호.

단.. 들어가는데, 응급 환자 베드 급하게 들어오는

구급대원	(다급하게) 비켜주세요!!
단	(피투성이 환자를 보고 / 연서가 떠오르는)

〈F/B〉   S#63 사고 당시 상처 입었던 연서의 얼굴 / 그 옆의 승완도.

단.. 멍하니 있다가 이동 침대가 가까워져 급히 피하다가 벽면에 손을 긁힌다.

단	아! (하고 손가락 보면 / 긁힌 상처에서 빨갛게 맺히는 핏방울 / 오, 신기한!) 오, 피!!! (하는데 저절로 아무는 상처 (CG) / 살짝 실망) 그럼 그렇지. 완전한 인간은 아니라 이거죠? (안으로 들어가고)

S#15   **길담 병원 병실 안 (낮)**
한바탕 난리 친 건지, 병실 안에 온갖 것들 내동댕이쳐져 있다.
(갑 티슈, 수건, 베개, 물통 등등)
침대.. 비어있다. 입원실 안 화장실에 불빛이 보인다.

S#16   **병실 안 화장실 (낮)**
거울 앞에 연서가 있다. (연서 시선) 흐릿한 시야. 거울 속에 제 얼굴을 본다.
3년 만에 보는 얼굴이다. 기묘한 기분에 손을 뻗어보는 연서.
눈동자를 본다. 이게, 승완의 것이라니, 싫은 연서, 입술을 꽉 문다!

S#17   길담 병원 복도 (낮)

연서.. 나온다. 링거 줄 뜯었는지 환자복에 핏방울 튄 채. 벽 짚고 한 걸음씩, 나오는

연서   내가 직접 볼 거야. 그 전까진 못 믿어. 안 믿어.

연서.. 이미 알지만 인정할 수가 없다. 입 앙다물고 힘겹게 한 걸음씩 떼고

S#18   길담 병원 로비 (낮)

단.. EV를 기다리고 있다. 1402호를 되뇌는. 기대도 되고 걱정도 된다.
EV 문 열리면서 사람들 쏟아져 나온다. 기다렸다가 타려는데, 멈칫하는 단.
마지막으로 내리는 사람… 연서다! 창백한 얼굴의 연서.
두 사람.. 눈이 마주치는데, 단은 알아보고 연서는 전혀 모른다.

(E)   두근

단의 심장이 뛴다. 단.. 가슴에 손을 얹고 심호흡을 하는데,
연서.. 전혀 모르는 얼굴로 단을 지나쳐 간다. 힘겨운 느낌.
단.. 연서를 보내고 EV를 탄다. 서서히 닫히는 문, 마지막에 다시 열리는!

단이 열었다. 내려서 연서가 간 방향을 보는데

S#19   길담 병원 빈소 식당 (낮)

발레단원들, 아이비 저택 직원들.. 모여서 식사하고, 음식 나르고 하고 있다.
그중 한 테이블에 박 실장.. 연거푸 잔을 비우고 있다. 꽤 취한. 잔 채우는데 술병 비었다.
새 병을 향해 뻗는 손, 헛잡는데. 박 실장 맞은편에 앉는 기천.

박 실장	(엉덩이 겨우 떼어) 오셨어요…
기천	(따라주며) 박 실장, 술하고 웬수 졌어? 왤케 싸우듯이 마시냐. 적당히 해…
박 실장	(잔 비워내며 / 넋두리처럼) 너무 생생해요, 그 착해빠진 형님… 나 볼 때마다 헤벌레, 웃으면서 반겨줬던 거… 빈손으로 못 보낸다고 한과니 과일이니 징그럽게 챙겨줬던 거… (눈이 젖어) 아직 우리 집 냉장고에 가득해요…
기천	(쓰게 마시며) 누굴 탓해. 가는 덴 순서 없는 걸. 안 그래두 착한 사람이 좋은 일까지 했으니 천국이든 극락이든 박수 받으며 갔을 거야. 우리가 기억해주자고. (잔 부딪치면)
박 실장	(술잔만 뚫어져라 보며) 그래… 기억은 내가 할라니까 형님은 다 잊으쇼. 무섭고, 끔찍했던 거, 억울하고 원통한 거… 전부 다 잊고 가요. (잔 비우고)
기천	(?) 억울하다니… 그게 무슨 말이야, 박 실장? (하는데)

단원들	**(E) 이사장님, 안녕하세요…**
기천	(돌아보면 / 문상 왔다 가는 발레리나들) 어, 그래요… 밥 먹었어?

기천.. 발레단원들 나가는 길 배웅한다. 돌아보면, 박 실장.. 테이
블에 엎드려버리고.

S#20   길담 병원 장례식장 앞 (낮)

연서.. 힘겹게 걸음을 옮기는 몇 발짝 뒤로, 단.. 시선 고정한 채로
따라오는 중인데,
문상 마친 발레리나들(S#19), 나오면서 뒷담화 시작한다.

수지	조 비서님 불쌍해서 어떡해…
은영	이용만 당한 거지. 걔 아빠 때부터 완전 몸종처럼 부려먹다가 마지막엔 각막까지. (부르르)
연서	(걸음을 멈추는)
단	(따라 멈춘다)
은영	그 얘기 들었어? (모이게 하더니) 이 사고… 누가 일부러 낸 걸지도 모른대.
수지	헐, 대박. 누가? 왜?
은영	건 모르지… 근데… 그분이 미리 검사 싹 해놓고, 기증자 딱 지정해서 남겨놓은 거, (더 속삭이는) 이연서가 알았대!
수지	(입 막으며) 설마!
단원	(심각하게) 그러고도 남을 애긴 해.

| 수지 | 웬일이니, 완전 새로 태어난 (하는데 연서 발견 / 짧게 헉!) |

연서.. 충혈된 눈으로 세 사람 가만히 응시하고 있다. 세 사람.. 자기도 모르게 뒷걸음질 쳐 벽에 붙는. 사람들.. 연서의 기운에 홍해가 갈라지듯 길을 터주면,
연서.. 아무에게도 시선 주지 않고 들어간다. 단.. 발레단원들을 보는 한심한 시선.

S#21 길담 병원 빈소 안 (낮)

연서.. 들어온다. 유미.. 상주석에 섰다. 연서에게 국화 건네면,
연서.. 받아 들고 그대로 서있다. 환하게 웃는 승완의 영정 사진만 뚫어져라 보고 있는 연서.
유미.. 헌화하길 기다리다가 의아하게 보면, 연서.. 꼼짝도 않고 승완 사진만 보고 있다.
국화를 쥔 손가락, 미세하게 떨리고.

S#22 길담 병원 빈소 안 + 곳곳 (밤)

사람들 구경난 듯 모여있다. 그 속에 단도 있다. 어깨 너머로 보면, 연서가 꼿꼿하게 서있다.
식당 안 사람들 시선도 쏠려있다. 테이블서 잠든 박 실장 옆 기천도 연서를 보고 놀란 얼굴.

단	(승완의 얼굴을 보며 / E) 빛이 있으면 어둠이 있고, 선이 있으면 악이 있듯, 삶이 있으면 죽음이 있으리. 부디… 평화를. (짧게 기도하는데)
수지	벌써 몇 분째야. 왜 계속 노려보고만 있어? 무섭게.
은영	통곡은 안 하더라도 눈물 한 방울 정돈 흘려야지. 뭐야 저게?
단	(쯧쯧 혀 차며 / 작게) 함부로 세 치 혀를 놀리는 자들은 불벼락을 맞을지니…
수지, 은영	(보면)
단	(시선 느끼고 보는데)
수지, 은영	(단을 아래위로 훑어보더니 / 자기들끼리 속삭이는) 미친 사람인가 봐…
단	(우씨! 하는데)
단원	간다!
모두와 단	(연서에게로 시선 향하고!)

S#23 길담 병원 빈소 안 (밤)

단이 바라보는 와중에 연서.. 미동 없이 계속 승완을 보다가 움직인다!

단과 구경꾼들(유미, 기천).. 드디어!! 다 같이 숨을 내쉬는 느낌으로 보면

연서.. 승완 영정 앞에 국화를 놓는다. 승완의 영정 사진 바로 앞. 손 뻗으면 닿을 거리.

연서.. 미소 짓는다. 크게. 환하게. 눈물 그렁 고이지만 흘리진 않는.

연서	(E) 늦었어요, 아저씨.

〈F/B〉	1부 S#35
승완	딱 한 번만… 보고 싶구나. 그때처럼 반짝반짝… 환하게 웃는 얼굴.

승완의 영정 앞에서 있는 힘껏 미소 짓는 연서. 구경꾼들 다 경악! 발레리나들.. 안색이 창백해지고. 단도 놀라 본다. 믿을 수 없다는 듯한 표정.

S#24 OMIT

S#25 길담 병원 로비 (밤)

연서.. 비척거리며 나온다. 어디로 가야 하지? 싶은. 단.. 따라 나온다. 연서를 본다.

연서.. 입구 쪽으로 간다. 단.. 연서를 보다, 나뭇잎(길담 병원 1402호) 보고, 살짝 갈등한다.

그사이 연서.. 문밖으로 나가고 단.. 돌아서는데, 간호사.. 뛰어오면서. 핸드폰 하는,

간호사	(핸드폰/E) 1402호 이연서 환자 빈소에 있다 나갔대요.
단	(헐 / 자기도 모르게) 1402호요?
간호사	(엥? 해서 보면)

단	(설마, 싶고)
간호사	(눈으로 단 일별하고 / 핸드폰에 대고) 동승자 빈소에서 활짝 웃고 나갔
	다는데… 근처에 있을 거예요. 더 찾아보겠습니다. (급히 뛰어가고)
단	길담 병원. 1402호. 이… 연서? (어안이 벙벙한 표정으로 연서가 나간
	쪽 보는)

S#26   길담 병원 주차장 + 강우의 차 안 (밤)

연서.. 휘적휘적 걸어간다. 밤바람이 분다. 창백한 연서 얼굴, 초점
없는 눈동자.

연서의 옆을 지나는 고급 중형차. 운전석에는 양복 차림 강우다.
주차 후, 핸드폰 단축번호 누르는 강우. 0번 누르면 한글 자음
[ㅇ] 연결된다.

강우	몇 호라고요? 1402호. 오케이. (…) 수술은 성공적인 거죠? 네, 땡
	큐. (끊고)

강우.. 보조석을 보면, 꽃다발과 작은 상자 하나 있다. 상자를 열
어보면 펜던트 목걸이!

〈F/B〉	S#4 사고 현장.
	앰뷸런스 소리(E) 연서.. 들것에 실려 구급차에 실리는 옆으로 강우.. 따라
	가는데, 들것 덜컹하며 툭 떨어지는 펜던트 목걸이. 강우.. 주워 들어보면
	핏자국 묻은 펜던트 (연결)

강우 손에 펜던트, 깨끗하다. 상자 닫아 챙기고 꽃다발 챙겨 드는
강우.. 차에서 내린다.
기대와 설렘이 섞인 표정의 강우.. 병원을 올려다보는 뒤로,
연서.. 택시에 올라타는 모습 작게 보이고.

S#27   OMIT

S#28   OMIT

S#29   **택시 안 + 거리 (밤)**
       연서.. 타긴 했는데 입을 꾹 다물고 있다. 기사.. 룸미러로 연서를
       보며

기사   어디로 모실까요?
연서   (퍼뜩 깨어난 듯) 집… 집으로 가주세요.

       밤거리를 달리는 택시. 연서.. 창밖의 불빛들을 본다. 연서의 눈동
       자에 스치는 불빛들.
       연서.. 손바닥으로 창을 가려버린다. 보이는 것이 이토록 괴로울
       줄 몰랐다.

S#30   **길담 병원 병실 앞 + 안 (밤)**

1402호 병실 문을 노크하는 강우.. 꽃다발 든 채다. 응답이 없다.

조심스레 문 열어보는 강우. 한 발 들어가 보는데, 병실이 비어있
다. (난장판은 정리된)

강우.. 당황하고 의아한 표정에서.

S#31   **아이비 저택 앞 (밤)**

택시.. 들어선다. 연서.. 내린다. 머리는 풀어헤치고, 환자복에 슬
리퍼 차림.

택시.. 가면 어둠 속, 가로등 한둘만 빛나는 대문. 3년 만에 보는
문이다.

또렷하진 않아도 보인다. 연서.. 다가가 손을 댄다. 지문 인식으로
열리는 대문.

연서.. 들어가고.

S#32   **연서의 방 (밤)**

연서.. 침대 협탁 위 사진을 들어 본다. 1부 S#33의 그 사진. 부모
님과 연서만 있는 사진이다.

연서.. 사진 속 부모님의 얼굴을 만져본다. 감격도, 회한도 서려
있다.

연서.. 서랍 속 앨범들을 뒤져본다. 대부분 연서 공연 사진, 독사
진들이다. (승완이 없는)

앨범 아래에 있는 DVD들. 연서.. 이건 뭐지, 싶고.

DVD 플레이어에 타이틀을 넣는 손. 연서.. 어둠 속에서 화면을 본다.
화면〉어린 시절 연서의 공연 장면 / 백스테이지로 달려 나오는 연서, 부모님에게 안기는
연서.. 다시 이걸 볼 수 있게 되다니, 기분이 이상하다. 웃지도 울지도 못하고 보는데,
화면에 잠깐 스치는 승완의 모습! (화면 연결)

S#32-1 DVD 화면 속

연서 부가 카메라를 뺏듯이 해 승완을 찍어주는 장면. 그 시절 승완.. 촌스럽지만 수줍은 청년.

연서 부   세상에서 내가 유일하게 믿는 우리 승완이!

승완   (손을 내젓고)

연서 부   (연서를 찍으며) 연서야, 아빠가 없을 땐, 승완이 아저씨가 아빠나 마찬가지야. 알았지?

꼬마 연서   (피) 싫어! 아빤 아빠구, 아저씬 아저씨야.

승완   (살짝 실망하는데)

꼬마 연서   (환하게 웃으며) 세상에서 내가 제일 사랑하는 아저씨!

승완, 꼬마 연서   (마주 보고 환히 웃는)

화면을 보는 연서.. 눈물이 차오른다.

〈F/B〉 1부 S#60

연서   눈이라도 줄 거예요?

승완   (탄식) 연서야…

연서   아저씨가 뭔데? 한 번만 더 아빠처럼 굴면, 그땐 진짜 해고야.

연서.. 억지로 삼켜보려 하는데 자꾸 나오는 눈물.

연서   누구 맘대로 눈을 줘. 누구 맘대로 죽어! 누구 맘대로 나만 두고
      다 가버리래!!!

연서.. 눈물이 터진다. 테이프 흐트러뜨려 버리고. 어둠 속에서 엉
엉 우는 모습에서 (F.O.)

S#33 **성당 앞** (밤)

단.. 뛰어온다. 숨이 턱에 찬다. 문을 열어보려 하는데 잠겨있다!

단   선배!! 어딨어요? 선배!!! (후, 대답 없고 / 문 여전히 잠겨있는데) 이러
     는 게 어딨어? 이건 아니지!
     그 여자… 각막 기증받은 사람 영정에 대고 (입 찢는 흉내) 이렇게
     웃었다니까요? 원래 피도 눈물도 없었고 지금은 정상이 아냐. 그
     런 사람이 무슨 사랑을 해요! (문 두드리며) 바꿔줘요. 바꿔줘어!!

S#34   성당 앞 (낮)

새벽녘. 단.. 찡그린 얼굴 그대로 벽에 기대 앉아 졸고 있다.

단.. 잠꼬대로 사랑한다 / 사랑하지 않는다… 중얼거리는데,

슬그머니 다가오는 중년 남자.. 단 앞에 천 원짜리 지폐 내려놓으

며 주위를 두리번거린다.

단 곁에 은근히 앉는 중년남.. 단의 주머니를 뒤져보는데

후   **(E) 수고가 많으십니다!**

중년남   (헉! 해서 보면)

후   (경찰복 차림의 30대 거구의 청년) 새벽 기도 나오셨나 봐요?

중년남   아, 예 예… (도망치듯 가면)

후   (한심한 얼굴로 단의 볼을 꾹) 거지가 따로 없네. 어이.

단   (실눈 뜨고) **누구야**… (하다 헉!)

모자 아래 얼굴.. 순식간에 '진짜 후'의 눈매가 되었다가 돌아온다.

후   참고로 인간은 찬 데서 자면 일찍 죽어.

단   (후의 몸을 만져보며) 선배두 (소리 죽이며) 현신한 거예요? 특별 임무?

후   야, 내 짬밥에 요런 건 기본이지.

단   부럽다.

후   하루하루가 얼마나 귀한데 여기서 뭉개고 있어?

단   아니, 인.간.적으로 생각을 좀 해봐요, 선배. (한껏 심각한) 원래부터
            아주 성질이 고약한 사람이 있었어요. 심지어 눈까지 멀어서 더
            포악해졌어. 근데 어느 날 죽다 살아났더니 눈을 떴다?

후	아유, 감사하네. 세상이 무지갯빛이겠네.
단	그럴 거 같죠! 근데 그 눈이!! 무조건 자기편이었던, 근데 정작 자긴 구박만 했던 사람이 주고 간 거래. 그럼 어떨 거 같아요? 인.간.적.으로.
후	(어려운 듯 갸웃) 감사하겠지…
단	땡땡! 미치죠! 인간은 미칠 수 있으니까! 곰곰 생각해봤는데 그래서 그렇게 웃었던 거야. 안 돼. 밭이 마르고 말랐어요. 사랑이란 걸 뿌릴 수가 없어. 못 해 못 해.
후	그럼 포기하고 먼지가 되시든가.
단	왜 하필 그 여자예요? 네? 왜애!! (하고 보면)
후	(진짜 후의 모습으로) 왜 하필 그 여잘 살렸어?
단	(!!! / 생각 못 했던 질문)

거리를 지나는 사람의 시선으로는 단과 이야기하는 이는 거구의
청년 경찰 / 단 눈에만 후다.

후	(씩 웃더니) 마지막으로는 '반짝반짝'이다.
단	(??) 뭐라고요?

후.. 빙글 웃더니, 펑거 스냅 탁! 치는 순간! 단의 의상이 검은 양
복으로 쫙! 바뀐다.
단.. 놀라 자신을 보다, 고개 들면, 눈앞에 후.. 사라지고 없다!
어리둥절해하는 단의 얼굴 위로, 살랑 불어오는 미풍.

129

S#35   연서의 방 (낮)

창문 사이로 바람 들어와, 연서 얼굴 위로 살랑 분다. 연서.. 난장 판 된 바닥에서 잠들어버린 것. 유미.. 들어온다. 연서.. 눈만 살며 시 뜬다.

유미   새벽에 조 비서님… 보내고 왔어요.

연서   (누운 채로) 네…

유미   밤새… 이러고 있었어요?

연서   네…

유미   안약은, 넣었어요? (연서 대답 기다리지도 않고 다가가더니 / 거칠게 연서 를 눕히고 눈꺼풀 들어 올려 안약 꾹 짜 넣으며) 그럴 리가 없지. 내가 갖 고 있었는데.

연서   (벌떡 일어나) 무슨 짓이에요?

유미   (낮고 강하게) 아가씨야말로 무슨 짓이에요?

연서   (!)

유미   (연서 눈 들여다보며 / 버럭) 이거, 조 비서님 거잖아요. 아가씨가 굶 든, 곯든, 잠을 자든 안 자든 그건 아가씨 맘인데, 눈은 안 돼요. 조 비서님한테 받았으니까!

연서   (울컥하지만 맘 숨기면서) 달라고 한 적 없어요.

유미   (차갑게) 그럼 다시 도려내던가요. (일어나면)

연서   (서운하고 서러운 맘에 올려다보면)

유미   이제 아가씨 응석 받아줄 사람, 없다는 말이에요. (하다가, 물끄러미 보면서) 모르겠지만, 조 비서님… 우리 모두에게 특별한 사람이었 어요. 직원들은 물론이구 가족들 생일까지 챙겨줬어. 그런 사람 눈 받았음… 쓸모없게 만들지 마요. …… 부탁할게요.

연서   (가만히 보더니 피식) 그렇게 애틋하면 있을 때 잘해주지 그랬어요?

유미   (!)

연서   집사님두 아저씨 믿고 땡땡이 부렸잖아. 직원들도 힘든 일, 골치 아픈 일 아저씨한테 다 떠 넘기구. 그래놓고 이제 와서 파르르? (일어나면서) 잘 들었어요. 가슴을 울리는 연설이었어. (나가려고 몇 발짝 떼는데)

유미   잊었어요? 그 힘든 일, 골치 아픈 일이 아가씨였던 거.

연서.. 그 말에 주문이라도 걸린 듯, 얼음! 된다. 문지방 앞이다. 눈 앞이 갑자기 뱅글 돈다.
연서.. 벽을 짚고 호흡을 정리해본다.

유미   (연서 등 보고) 그래요, 실컷 비웃어요. 그게 아가씨한테 제일 잘 어울리니까.

연서   (식은땀 나는 / 다시 시도한다 / 발 하나 떼는 게 어렵다 / 돌덩이처럼 무거운 발, 거칠어지는 호흡으로 애쓰다 그대로 주저앉는)

유미   (깜짝 놀라 다가와 받쳐주며) 왜 이래요?

연서   (유미 보며) 못… 못 가겠어.

유미   (?)

연서   다 보이는데, 뻔히 아는데… 발을… 못 떼겠어요.

S#36   연서의 방 (낮)

연서.. 침대에 기대 앉아있다.(링거 맞는) 유미와 윤우(정신과 의사) 침대 곁에 앉고 서서,

유미   심인성 트라우마요?

윤우   (끄덕) 가장 가까운 사람을 잃은 환자들이 많이 겪어요. (황망한 연서 얼굴 위로) 그 사람과 같이했던 행동을 못 하게 되는 거죠. 매주 일요일마다 같이 볼링 쳤던 아내를 사고로 잃은 남편이 볼링핀만 봐도 헛구역질에 공황 발작 일으키는 경우도 있어요. 애착이 강할수록, 증세가 심하죠.

연서   (제 손을 바라본다 / 이렇게 멀쩡히 보이는데…)

유미   지금이라도 다시 입원해요. 사고 난 지 며칠이나 지났다고. 허약하면 헛것도 보이고 그러는 거잖아요.

윤우   (살며시 고개를 흔드는) 담당 닥터하고 통화했는데, 염증 수치, 백혈구 수치 다 괜찮대요. 이대로 퇴원해서 휴식하면 몸은 금방 회복될 거래요.

연서   마음이… 문제라구요. 그 사람과 같이했던 걸… 못 하게 된다구요? 난… 아저씨랑 모든 걸 다 했어요. 걷고, 뛰고, 밥 먹구. 다요. 그걸… 다 못 하는 거예요? 앞이… 보이는데두? (황당한)

S#37   벌판 (낮)

삘기꽃 넘실거리는 벌판의 한가운데에서 무용수의 독무가 아름답게 펼쳐지고 있다.

'DMZ 평화의 길 종주행사 / 주최: 문화체육관광부' 현수막 아래,

장관 포함 10여 명의 귀빈들 공연을 감상 중이다. 기자 몇몇 공연과 귀빈들 사진을 찍어대고.

금화(50대 초반, 문체부 장관).. 흐뭇하게 지켜보는 중, 옆에 앉은 실장.. 슬며시 일어난다.

빈자리에 슬그머니 들어와 앉는 사람… 영자다!

금화.. 놀라지만 표정 관리하고, 두 사람.. 은근히 대화 나누는.

금화	무슨 짓이에요?
영자	(뻔뻔하게) 장관님, 저 최영자예요.
금화	(헐)
영자	20주년 기념 공연도 안 오시고, 식사 약속 전화만 드리면 바쁘시대구… 설마 저 피하시는 건 아니죠?
금화	담 주 예산 심사소위예요. 굳이 잡음 만들고 싶지 않아서요.
영자	(무용수 보며) 저 자리에, 우리 니나가 있어야 되는데, 쟤, 지방 비영리발레단원이라면서요? 깔끔 떨다 격 떨어지는 법이에요. 장관님.
금화	(화나서 영자를 휙 보는데)
영자	(기자 보며) 웃으세요, 스마일!
금화	(억지로 표정 지어 보이며 찰칵!)

S#38 산 도로 + 영자의 차 안 (낮)

영자.. 뒷좌석 차 문을 열고 옷 가방 챙기며

영자	박 실장, 트렁크 좀 열어줘, 등산화 거깄지?

하는데, 아무 대답이 없다. 영자.. 뭐지? 싶어 앞을 보면 비어있는
운전석. 그제야 코에 들어오는 소주 냄새.

영자   이거… 소주 냄새야? 박 실장!

영자.. 차 문 닫고 주위를 둘러보다, 아연실색한 얼굴 된다. 반대
쪽 차량 옆, 풀숲에 박 실장.. 뻗어있다. 한 손에 소주병 잡고.

영자   (한심하게 내려다보며) 요새 진짜 왜 이래?
박 실장   (주정처럼 되뇌는) 불쌍한 사람… 형님… 흑흑…
영자   (짜증 확 / 윗옷 주머니서 열쇠 꺼내 들고) 나중에 봐! (서둘러 가고)

S#39   산길 (낮)
현수막과 같은 문구 깃발 아래, 걷고 있는 금화, 영자, 귀빈들…
영자.. 금화 곁에서 씩씩하게 걷는다. 금화.. 영 거슬리고.

영자   흉흉한 소문이 돌더라구요.
금화   (? 해서 보면)
영자   안 그래도 코딱지만 한 예산이 전국 비영리단체들에 갈가리 찢겨
         서 간다는 말도 안 되는…
금화   (O.L) 사실입니다. 내가 장관으로 온 이상, 기형적인 예산 몰아주
         기는 없어요.
영자   (젠장) 떼쓰는 거 아니에요. 관행 밀어붙이는 것도 아니구요. 장관

님, 저희 판타지아… 분골쇄신할 거예요. 이 나라 무용 발전을 위해서요!

금화   그 길은 제가 잘 닦을 테니 걱정 마세요. (가려다 / 의표 찌르는) 어차피 곧 단장 자리서 내려와야 되잖아요?

영자   (!) 그게 무슨 말씀이세요?

금화   판타지아의 적자가 눈을 떴다는 소문, 저두 들었거든요. (그리운) 참… 대단한 발레리나였는데요.

영자   (꿍 / 부러 여유롭게) 겨우 스물여섯, 아직 애예요. 저희 임기도 남았구요.

금화   (미소로 무시하는데)

영자   (급히) 지강우 예술감독 아시죠?

금화   (우뚝 멈춰 돌아보는) 뉴욕 시티 발레단, 지강우 예술감독요?

영자   (자신만만한) 담 달부터 우리, 판타지아 사람 돼요.

S#40   **판타지아 발레단 앞 (낮)**
'판타지아 문화재단 20주년' 플래카드 아직 걸려있다.

S#41   **판타지아 연습실 (낮)**
판타지아 발레단.. 연습 중이다. (센터 연습) 제일 앞자리에 니나 있고. 각자 연습복 입고, 백조의 호수 엔딩 장면 연습 중. 부활한 오데트와 지크프리트. 자유를 얻은 백조들의 몸짓 이어지는데.

치승	스탑스탑! 거기 수지!
수지	(얼음) 네, 감독님.
치승	동선이 왜 이래? 왜 자꾸 오데트 앞을 가려? 꼬르드˚의 존재 의미가 뭐야?
수지	(불만 삼키며) 주역을 돋보이게 하는 역할… 이라고 하셨습니다.
치승	알면 제대로 하자, (모두에게) 다시 간다! 오데트 죽음부터!

피아노.. 시작되고, 니나.. 바닥에 쓰러지는 동작을 하는데.

강우	(E) **빨라!!**

니나와 모두.. 놀라서 소리가 나는 쪽을 보면. 강우.. 팔짝 끼고 마뜩잖게 보고 있다.

치승	(미간 팍) 당신 뭐야?
강우	(니나에게 시선 고정) 16분의 1박씩 빨라. 음악보다 빨리 죽고, 음악보다 빨리 사랑에 빠지고, 음악보다 빨리 슬프면 숨차고 김새서 어떻게 봅니까?
니나	(등골이 서늘)
치승	아니, 당신 누구냐
강우	(O.L) 꼬르드!
단원들	(깜짝)

• 자막: 꼬르드–꼬르 드 발레(corps de ballet) 발레단 중 군무 무용수들을 가리키는 말

강우	등이 물러터졌어. 긴장 안 합니까? 무용수는 등으로 웃고, 울고 연기하는 거, 기본 아닌가? 딱 한 명만 근육 풀려도 무대 전체 공기가 무너지는 거 몰라요?
치승	(다가와) 야, 너 뭐야!
강우	(그제야 치승 내려다보며) '백조의 호수' 해피엔딩이라니… (쯧쯧) 아동용입니까?
치승	(헐)
강우	(똑바로 서며) 인사가 늦었습니다. 예술감독으로 새로 부임한, 지강우입니다.

강우.. 가볍게 목례하면, 단원들.. 술렁인다. 그 지강우?

니나.. 놀라 일어난다. 저도 모르게 거울 훔쳐보며 매무새 신경 쓰는데

루나	(급히 들어와) 지강우 감독님?
강우	(돌아보면)
루나	(목례) 부단장, 금루납니다.
강우	30분 내로, 전 단원 집합시켜주세요.

S#42 판타지아 대극장 (낮)

단원과 직원들 도열해있다. 니나도 꼿꼿이 서있고, 강우.. 들어와 앞에 선다. 카리스마 있는.

강우	3년째 같은 레퍼토리… 지겹지 않습니까?
니나	(!)
강우	타성에 젖은 프로그램, 대중성에만 목맨 뻔한 공연들로 대한민국 최고 발레단이라고 할 수 있습니까?
루나	(긴장 / 노트하고)
니나	(용기 내서) 우리 공연… 직접 보셨습니까?
강우	(보면)
니나	동영상으론 음악이나 동작 싱크… 제대로 안 맞을 수도 있잖아요. 저와 저희 단원… 무대에서 누구보다 최선을 다합니다.
강우	그게 최선이면… 정말 큰일 났는데요.
모두	(!!)
강우	직접 봤습니다. 내 눈으로. 20주년 기념 공연.

〈F/B〉	1부 S#50. 니나의 공연이 계속되는 가운데, 관객석 제일 뒷자리. 벽에 기대선 강우. 눈을 반짝이며 팔짱 끼고 무대를 보고 있다.

강우	연습 더 하셔야 해요. 니나 씨.
니나	16분의 1박이 아니라, 32분의 1박으로 쪼개도 정확할 자신 있습니다.
강우	(단정하는) 빠르다니까요. 판타지아 후원 받아먹는 평론가들은 단 한 번도 지적하지 않았겠지만.
니나	(앞으로 나서며) 지금 확인해보시죠!
강우	(손 내밀며 단호하게) 다음에요. 지금은 앞으로의 판타지아를 말하

는 자립니다.

니나 (상처받았지만) 음악 주세요!

강우 (미간 팍! / 바로 본론) 올해, '백조의 호수' 공연은 안 합니다.

모두 (술렁)

루나 1년 공연 스케줄, 이미 다 공표됐는데요.

강우 예정된 날짜엔 새 작품 올립니다. 예술성과 대중성, 정통성과 새로움 모두 잡을 거예요. 어디서도 본 적 없는, 새로운 '지젤'입니다.

모두 (놀람과 기대로 탄성이 나오는)

강우 그리고 그 공연의 주역 발레리나는

니나 (왠지 두근)

강우 이연서 발레리나입니다.

모두 (!!!!!)

니나 (무릎이 툭, 꺾여 옆 단원을 잡는)

치승 (E) 스탑스탑! (하면 들어와) 누구 맘대로 작품을 갈아 끼우고, 주역을 정합니까? 여기는 내! 판타지아이고, 우리 주인공은 딱 한 사람! 금니나뿐이라고.

니나 (긴장해 침을 꼴깍)

강우 (한 발씩 다가가는 / 위압적으로) 따분하고. 지루하고. 무능한 예술감독인 줄 알았더니, 생각보다 더 멍청한 타입이군요.

치승 뭐가 어째?

강우 (단원들 사이를 걸으며 / 무용수 한 사람씩 탁탁 쳐가며) 왼쪽 무릎인대, 오른쪽 허벅지 햄스트링, 어깨 회전근개.

모두 (놀라서 보는데)

강우 박자 급한 주역에 삐걱대는 무용수들. 이게 당신의 판타지아라면 이대로 망하는 게 좋지 않을까요?

치승 (부들부들) 세상에 몸 성한 무용수가 어딨어? 자잘한 부상 없는 게 비정상이야. 어디서 영화 좀 보고 대충 어설픈 스파르타 예술가 흉내라도 낼 모양인데, 정신 차려. 당신 아직 여기서 아무것도 아니야. 내가 인정 못 해! (단원들에게) 니들은 왜 이러고 서 있어? 다 나와!

치승.. 저벅저벅 걸어 나가는데, 뒤통수가 쎄하다. 돌아보면 그대로 서 있는 단원들.

치승 (분노) 이… 이 자식들이! (니나 보고) 니나야! 넌 내 새끼잖아!
니나 (깜짝! 곤란한 / 루나를 보면)
루나 (살짝 아니라고 고개 젓고)
영자 (박수 치며 등장) 브라보! 이렇게 강렬한 첫인사라니.
치승 (절박한) 단장님!!
영자 (강우에게) 귀띔이라도 해주시지. 놀랐잖아요.
강우 (목례하고)
영자 정식으로 소개할게요. (강조) 오늘부터, 우리 판타지아의 새 식구가 되신 지강우 감독님입니다. (박수 치면)

단원들.. 하나, 둘 박수 친다. 불안과 기대가 동시에 넘실거린다.
치성.. 에이씨, 나가버리고.
니나.. 억울한 눈으로 강우를 보면, 강우.. 목례하고 단원들을 둘러본다. 니나 눈 피하지 않고.

S#43   OMIT

S#44   **강우의 사무실 (낮)**

차분한 얼굴의 강우.. 안주머니에서 작은 철제 케이스(담배 케이스 크기) 꺼낸다.

뚜껑을 열면, 동그란 초콜릿(양주 들어간)이다. 하나 툭 털어 넣는 강우.

연간계획표, 월간계획표, 스케줄, 캐스팅 등이 붙어있는 사무실 벽.

강우.. 연간계획에서 '백조의 호수'부터 지우는데,

노크 소리와 동시에 문 벌컥 열리며 영자와 루나가 들어온다.

루나, 지워진 '백조의 호수' 보고, 영자.. 강우를 보는 강한 눈빛!

강우   (침착하게) 앉으시죠.

영자   (안 앉고 그대로 서서) 오늘은 넘어가지만 담부턴 이런 돌출행동, 삼

          갔으면 좋겠네요.

강우   워낙 심각한 상황이라서요.

영자   (꿍 참고) 아까 그 이연서 말인데… 농담이죠?

강우   (정색) 진담입니다.

영자   분명히 하죠, 지강우 감독 고용한 사람은 나, 최영자예요.

강우   저도 분명히 하죠. 공연 프로그램, 무용수 기용 전권은 저한테 있

          는 걸로 계약했죠.

영자   협. 의. 후에 한다고 돼 있죠!

영자. 강우   (날카롭게 마주 보는데)

루나	불가능합니다.
영자, 강우	(보면)
루나	발레리나는 하루를 쉬면 자기가 알고 이틀을 쉬면 파트너가 알고, 사흘을 쉬면 관객이 안다고 했어요. 연서는 3년이에요. 눈 떴다고 바로 푸에떼* 도는 거 아니라구요.
강우	눈 감았어도 푸에떼 돌리려고 했어요.
루나, 영자	(!)
강우	본인만 오케이 하면, 재활해서 몸 만드는 거 금방일 겁니다. 워낙, 타고난 댄서니까. 그러니까 설득해주십시오. (영자, 루나 보며) 고모와 친척 언니가 진심을 다해서.
루나	(고개 젓는)
강우	역시, 친동생 자릴 뺏는 일이라 내키지 않는 건가요?
루나	아뇨, 판타지아 발레단 부단장으로서의 판단이에요. 감독님 야심은 좋지만, 안 될 겁니다. 1년 프로젝트 흔들어놓고 프리마가 공석이 되면 비웃음 당할 거예요.
영자	물론, 감독님도 응분의 책임을 지셔야 할 거구요.
강우	좋습니다. 제가 직접 하죠.
루나	간단한 애 아니에요. 연서.
강우	쉬우면 재미없죠. (빙긋 웃고)

S#45   OMIT

• 자막: 푸에떼−푸에떼 앙 투르낭(fouetté en tournant) 발레의 회전기술 중 하나.

S#46   OMIT

S#47   **아이비 저택 앞 (낮)**

대문 앞에 등장하는 반짝반짝 구둣발. 단이다. 손에 쥔 나뭇잎 보면 '백운동 아이비 저택' 글씨.

단.. 저택 올려다보면서 휴, 한숨 쉬는데, 중년의 신사.. 나온다. 상처 입은 얼굴.

신사   (다가오더니) 면접 왔죠?

단   그런가… 본대요.

신사   숨 작게 쉬어요.

단   (엥?)

신사   숨소리 크다고 잘리고 나오는 길이니까. 에이, 참 별… (하고 간다)

단   (대체 뭘 하고 있는 거야? 저택을 보면)

연서   **(E) 다음**

단의 시선에 보이는 지원자들. (몽타주 느낌)

1) 건장한 중년 남자.. 자기 입 냄새 맡아보고 가고

2) 마른 중년 남자.. 나와서 다리가 후들거려 비틀거리고.

S#48   **아이비 저택 거실 (낮)**

연서.. 의자에 기대 눈 감고 있고. 유미.. 두툼한 지원자 서류 마지

막 장에 X자 치고

유미	3시간도 안 돼서 스무 명을 킬하다니. 대단하십니다.
연서	굼벵거리는 거 내 스타일 아니잖아요.
유미	테스트라도 해보지. 팔 잡고 한번 서보기라도…
연서	(O.L) 딱 보면 몰라요? 다 꽝인 거. 아무리 껍데기가 비슷해도, 절대 같은 사람일 순 없어요.
유미	의사 쌤이… 비슷한 분위기 사람이면 좀 나을지도 모른다고. 어떤 사람은 죽은 사람 대신 곰돌이 인형을 두기도 한다잖아요.
연서	난 가식적인 곰돌이보단, 집사님처럼 아예 막 나가는 타입이 나아서.
유미	(삐죽) 아후, 뒤끝.
연서	(그대로 받아)이 정말 있었음 시말서 받았지.
유미	이런 식이면 아무도 못 뽑아요.
연서	그냥 직원 중에 운전 뽑고 비서 뽑자니까.
유미	지원자가 없어요. 아무리 보너스 200프로를 준다고 해도! 누구 승질머리 땜에.
연서	(아무 타격 안 받는 / 일어나며) 그럼 더 찾아봐요. 이 눈, 쓸데없게 만들지 말라며.
(E)	**월월**

문 열리면서 구름이 앞세워 들어오는 단. 말끔한. 연서와 유미 ?
해서 보면

단	면접 보기로 한 김단입니다.
유미	(서류 들추며) 방금 마지막 사람 봤는데…
단	연락 받았는데요. 3시까지 아이비 저택.
유미	(마지막 장 뒤에 이력서 한 장 더 있다! 단의 이력서다) 어, 진짜 있네. 김 단 씨? (의아한) 20대가 어떻게 있지?
단	(끄덕 / 살짝 긴장해 연서를 보면)
연서	(단을 본다 / 행커치프 한 번 보는 / 갸웃하고)

(점프) 유미.. 면접 진행한다. 연서와 단.. 서로를 흘깃거리며 보는
시선들 위로

유미	마지막으로 하고 싶은 말은?
단	(진지하게) 꼭! 뽑아주십시오!
유미	(피식) 패기는 좋다.
단	항상 최선을 다해서 아가씨를 (손까지 반짝반짝하며) 반짝반짝하게 보필하겠습니다!
연서	(!!)

INSERT

승완	**(E) 딱 한 번만… 보고 싶구나. 그때처럼 반짝반짝… 환하게 웃는 얼굴.**

연서	지금… 뭐라 그랬어요?
단	**(E) 제발, 효과 있어라…** (연서 보면서 / 한 번 더) 반짝반짝 (알지? 하는 표정)
연서	(찌푸리면)

단	(눈치 보면서 / 계속하는) 반짝반짝… 환하게…
연서	(울컥해) 그만!
단	(??)
연서	그만… (호흡 고르더니) 하고 나가요.
단	제가 뭘 잘못했습니까? 이유를 말씀해주시면…
연서	면접 끝났으니까 나가라구요!
단	저 여기 안 되면 갈 데가 없어요. 아부지한테 쫓겨났거든요. 삼촌 같은 사람두 모른 척하구. 이 거친 세상에 나 혼자예요. 딸랑 혼자.
연서	(같은 처지다 / 하지만) 어쩌라구요.
단	(힐! / 꾸물꾸물) 잘… 부탁한다구요.
연서	(말하기도 피곤한 / 손짓으로 나가라고)
단	(돌아서서 / 투덜투덜) 기운 쭉 빠졌을 줄 알았는데, 가시 바짝 세우고 있네. 사람 못 고친다 그러더니… 승질 정말…
연서	(들었다) 이봐요!
단	(힐) 내가 방금 소리 내서 말했죠.
연서	(어이없는)
단	깜박했네… (쩝 하다가) 이왕 들었다니까 한 마디만 더 할게요.
연서	(?)
단	이쁘게 좀 삽시다. 네? 반짝반짝… 이쁘게. (꾸벅하고 나가는데)
연서	(멍하다 벌떡 일어나며) 저거 뭐야. 야 거기 안 서? (하고 몇 발짝 성큼성큼!)
유미	(깜짝 놀라) 아가씨!!!
연서	(열 잔뜩 받은 얼굴로 보면)
유미	지금… 혼자 걸어간 거 맞죠!

연서   (!!!)

S#49   아이비 저택 앞 (낮)

단.. 나온다. 나오고 나니 탁 맥 풀리고.

단   클났다. 진짜 사람됐나 봐. 드디어 미쳤어. (왔다 갔다 갈등하는)
          지금이라도 들어가서 잘못했다고 할까? 싫은데! 먼지 되긴 더 싫
          어… 그래, 가서 사죄하고, 천국 가자! (가다가 다시) 으… 못 참을
          거 같아. (왔다 갔다 돌겠는데)
유미   (뒤에서 뛰어오며) 김단 씨!!!
단   (? 해서 보면)

S#50   단의 방 (밤)

단.. 어리둥절한 얼굴이다. 배정받은 방이다. 깔끔하고 모던한. 의
아한 얼굴인데, 유미.. 큰 박스 하나 가지고 들어온다.

유미   (박스에서 폰 꺼내며) 이건 일할 때만 쓰는 폰.
          (경광등 꺼내며) 요건 침대 맡에 두고 울릴 때마다 아가씨한테 출동.
          (아이워치류 꺼내) 이건 외출 시에 알람용으로. 울리면, 또 출동.
단   (헐)
유미   (서류철 여러 개 꺼내 들며 / 하나씩 단에게 쌓는) 요건 아가씨 성장일지,
          요건 발레리나 커리어, 요건 질색하는 것들 따로 모아놓은 거…

그리구 요건 각막 기증 수술 관련 자료. 그리구… (가장 두꺼운 종이 뭉치 건네며) 젤 중요한 거, 계약서.

단   (헐 / 뭐가 이렇게 많아) 이걸 다 봐요?

유미   (피식 웃으며) 자기 짐은, 딸랑 이게 다야?

유미가 가리키는 것, 달력이다. 무심코 촤르륵 넘기는데, (100일 뒤) 7월 11일에 표시돼있고.

단.. 유미 손에서 달력 가져가 챙기는데,

유미   되게 불효잔가 보다. 대차게 쫓겨났네.

단   돌아갈 거예요. 꼭!

유미   (대수롭지 않게 끄덕하고) 덕분에 난 퇴근합니다! 수고! (나가면)

단   (창밖으로 마당을 보며 / 스스로에게) 접근 완료! (주먹 꽉 쥐고 혼자 파이팅!)

S#51 연서의 방 (밤)

연서.. 창가에 서서 마당을 보고 있다. (옆에 지팡이 세워져 있다) 달이 밝다.

가라앉은 표정으로 하염없이 보는 연서의 쓸쓸한 얼굴. 유미.. 뒤에 다가와,

유미   김단 씨, 입주 완료했습니다.

연서   (끄덕) 가보세요.

유미   (가려다) 어중간하게 비슷할 바에야 아예 반대 타입인 게 나을 수

	도 있어요. 그렇죠?
연서	(O.L) 안 믿어요. 나.
유미	(? 보면)
연서	곰 인형이니, 뭐니. 그딴 부적 같은 소리. 안 믿는다고.
유미	그래도 아깐 몇 발짝…
연서	그게 다였잖아요. 어차피 내 마음 문제고, 내가 이겨내면 그만인 거야. 할 거야, 내 힘으로.
유미	그럼 김단 씨는 왜…?
연서	(대답 없이 달만 보는데)

S#52   단의 방 (낮)

단.. 서류 더미 속에서 잠들어있다. 서류에 하트 그리고, '사랑' 글씨 쓰고 궁리한 흔적들 보이는 중에 (E) 요란하게 울리는 경광등. 단.. 놀라서 깨고.

S#53   연서의 방 (낮)

연서.. 침대에 누워 벨 계속 누르고 있다. 무표정하게 계속. 단..˚ 헐레벌떡 달려 들어온다.

단	(하품 쩍 하면서도) 뭐가 필요하십니까?

• 아이비 저택 입주 후. 단은 평상복과 근무복(유니폼)을 착용합니다.

연서	(시계 보며) 늦어. 벨 울리고 적어도 1분 이내에 나타날 것. (몸 일으키면)
단	(눈 비비면서 / 오른쪽에 가 서서 팔꿈치 내밀면)
연서	(착잡한 심정으로 단의 팔을 본다 / 늘 승완이었는데)
단	오른쪽… 아닌가? 항상 오른쪽에 서서 왼쪽 팔꿈치 준다고 쓰여 있던데.
연서	(단 무시하고 그냥 일어나 가려다 휘청)
단	(재빨리 잡는다)
연서	(! 보면)
단	(손 팔꿈치 쥐여주며) 잡아요.
연서	(물끄러미 보다 손에 힘 꽉. 잡는다)
단	아!! (연서 보면)
연서	(모른 척 / 발 뗀다. 한 발, 두 발! 가능하다, 조금 놀란)
단	(반가운) 되네! 걷네!
연서	(물끄러미 보는)
단	고마울 거 없어요. 이왕 이렇게 된 거 얼른 나읍시다. 그래야 맘에 여유도 생기고, 살랑살랑 봄바람도 불어오…
연서	(O.L) 시끄러.
단	(헐)
연서	나 시끄러운 거 싫어해. (하고 걸음 떼며) 걷기나 해.
단	(뿌루퉁하면서도 발 맞춰 걸으며) 어디 가는데요?

• 연서는 트라우마 발생 후, 구름이 줄을 잡거나 / 지팡이를 의지하거나 / 집 안 안전바를 잡고 이동합니다. (눈은 뜬 상태로) / 단이 온 후, 단의 팔꿈치를 잡으면 비교적 편안히 움직입니다.

연서	(여유롭게 정면 응시하고)
(E)	**쾅! 메다꽂히는 소리**

S#54   아이비 저택 체육관 (낮)

단.. 메다꽂힌다. 유도 수업. 연서.. 의자에 앉아 지켜본다.

단.. 저 진상! 하며 보며 일어나는데, 몸 일으키자마자 다시 업어

치기 팡! 당하는

연서	형편없네.
단	비서가 유돌 왜 배워야 되는데요?
연서	(사범에게) 잘 좀 해주세요. 이래 갖구 나랑 붙으면 뼈 부러지겠어.
단	(허! 어이없고)
연서	누르기 가시죠.

(점프) 흉한 꼴로 눌려있는 단. 이글이글 타오르는 눈으로 보면 연

서 태연하게 박수 짝짝 친다.

단	**(E) 글렀다. 눈을 씻고 봐도 사랑이라고는 눈곱만큼도 없는 여자다.**

S#55   몽타주

단이 연서를 관찰하는 상황 컷컷. (모든 상황 노을 질 무렵)

1. 연서.. 직원들 모아놓고 청소 상태 점검. 이거 싫어, 저거 싫어,

너 해고! 막 손가락질 중. 뒤에서 똥 씹은 표정의 단

단   **(E) 정녕 인간이란 존재가 신의 모습대로 빚어진 게 맞을까?**

2. 단.. 음미하며 밥 먹는데, 울면서 뛰쳐나오는 직원. 단.. 문 열면 안쪽 식당에서 연서 '칼로리 계산 하나 못 해!' 하고 있는. 단.. 쯧 쯧 혀를 차고.

단   **(E) 그렇다면 어째서 저토록 안하무인에 왕싸가지인가?**

3. 단과 연서.. 마당 산책 중. 단.. 꽃향기 맡아보라고 권하면, 연 서.. 맡더니 찡그리면서 꽃 목을 꺾어버리는. 단!! 소름 끼쳐 하고!

단   **(E) 감탄할 줄 모른다. 감격할 줄 모른다. 싫어하는 것 리스트가 198개 인 여자다.**

4. 단의 방 – 달력을 확인하면서 7월 11일(D-day)에 동그라미 꽉 꽉 치는 단 위로

단   **(오기로) 이 저택 사람 그 누구도 이 여잘 사랑하지 않는다. 이해한다. 나도다. 하지만 두고 봐! 세상이 뒤집혀도 내가 너!! 꼭 사랑하게 만들 거다!!**

S#56   판타지아 발레단 로비 (다른 날, 밤)
강우.. 복도에 불 끄고 퇴근하는 중. 걸어 나오는데, (E) 음악 소리 들려온다.
시계를 보면 밤 9시경. 누구지? 싶어서 가보는데,

S#57   **판타지아 연습실 (밤)**

니나.. 연습하고 있다. 땀에 흠뻑 젖은 연습복, 흘러내린 머리카락.
떨리는 다리. 원투쓰리포. 원투쓰리포… 원투쓰리포… 하는 위로,

INSERT   니나 / 연서의 어린 시절

무대 커튼 뒤 니나와 연서 나란히 서있다. (10대) 같은 의상. 둘 다 몸 푸는
데, 뛰어나가는 건 연서. 자신 있게 춤추는 연서와 환한 무대를 하염없이
보는 어둠 속 니나, 그렁그렁한 눈 위로

연서   **(E) 금니나는 제 언더스터디, 즉 그림자였어요. (1부 S#53)**
니나   **(E) 아니야… 아니야…**

니나.. 원투쓰리포 하다 그대로 바닥에 풀썩 쓰러진다. 울 것 같은
얼굴인데,
강우.. 들어온다. 니나.. 강우를 올려다보는 얼굴, 비 맞은 새끼 강
아지다.

강우   (한숨) 급한 것만 문젠 줄 알았는데, 니나 씨, 머리가 나쁘네요.
니나   (울컥 / 눈물 나려는데)

강우.. 니나 앞에 앉더니 거침없는 손길로 니나의 토슈즈를 벗겨
버린다. 니나.. 당황하는데,
강우.. 강하게 잡고 니나의 맨발을 꽉 쥐는. 니나.. 아… 하고 아파
하는데

강우	(발과 발목 주물러주면서 / 니나 보지도 않고) 발목 나가고 싶어요?
니나	무용수한테 담에 하자는 게 무슨 뜻인지 알잖아요.
강우	(보면)
니나	영원히 볼 생각 없다. 넌 안 되겠다. (눈물 참으며) 감독님도, 다시 봐줄 생각, 솔직히 없잖아요. 이미 판결 냈잖아요.
강우	(물끄러미 보다가 / 다시 고개 숙이고 / 툭) 내가 담이라고 하면 꼭 합니다. 돌려서 얘기 안 해요.
니나	(왠지 심쿵!)

자신의 울퉁불퉁한 맨발을 주물러주는 강우를 바라보는 니나. 반해버리고 마는데.

S#58   강우의 오피스텔 (밤)

강우.. 들어온다. 책장에 꽂혀있는 뉴욕타임스 및 해외 무용잡지들. 사진집들, LP판들 가득.

강우   다녀왔어.

강우.. 불을 켠다. 의자에 털썩 주저앉으면 맞은편 벽에 화이트보드가 있다.
'판타지아 재단' 인물표 있고, 연서와 니나. 두 사람 사진 붙어있다. 니나를 잠시 보다 시선은 연서에게로 향한다. 연서 사진 옆에 '각막 기증' '시력 회복' 등 적혀있고,

강우.. 전화기 들어 0을 누른다.

강우   어때요? 아직도, 못 움직이나요? (듣고) 새 비서를 고용하고 거동
        은 가능해졌다… 오케이 (끊고 / 누군가에게 말하는) 슬슬, 시동을 걸
        어야겠지?

        강우.. 초콜릿 케이스에서 또 한 알 먹는다. 와작, 씹는 강우의 얼
        굴. 선악이 섞여있는.

S#59-0   영자네 집 전경 (다른 날, 저녁)
        오후 햇살 드리우는 고급 주택.

S#59   영자네 안방 (다른 날, 저녁)
        영자.. 심호흡을 하며 요가 하는 중. 기천.. 영자의 옷 정리해 넣으
        면서,

기천   너무 신경 쓰지 마. 연서 수술 받은 지 며칠이나 됐다고. 그리고 3
        년을 쉰 애가 복귀가 쉽겠어?
영자   (버럭) 그 수술!!
기천   (깜짝)
영자   (자세 풀더니 / 목소리 낮춰) 일을 어떻게 했길래 교통사고 난 애가
        각막을 받어! (물 꿀꺽꿀꺽 마시고)

기천	조 비서가 미리 지정신청 해놨을 줄은 꿈에도 몰랐지. 매번 기증자 나올 때마다 온갖 수를 써서 막은 거, 당신도 알잖아…
영자	(열 받는) 혹 떼려다 혹 붙였어. 어우 증말! (불안 밀려오는) 장관두 은근히 걔 눈 뜬 걸로 압박하구… 아니, 진짜로 눈 떴다고 재단 돌려달라 그럼 어떡할 거야?
기천	(순진하게) 돌려줘야지, 원래 지 건데.
영자	(포효) 아우, 이 답답아!
기천	(깨갱)
영자	당신은 또 빚쟁이 돼서 비굴하게 남의 눈치나 닥닥 보고 살아. 난 절대 안 돌아가!

(E) 영자 핸드폰. 영자.. 핸드폰 가지고 나간다. 기천.. 놀란 가슴 후, 진정하고.

S#60   **영자네 마당 (저녁)**
노을이 퍼지고 있는. 영자.. 구석에서 전화 받는다.

영자	확인해봤어? (찜찜한) 분명히 뭐가 있을 거라고. 뭐? 유품 정리 아직 안 했어? (잠시 생각하다 / 서늘하고 독기 어린 눈) 그럼, 우리가 해 줘야지.

S#61   **아이비 저택 앞 (저녁)**

해 질 녘. 금빛으로 빛나는 저택 위로 울려 퍼지는

연서   (E) **까아아아악!**

S#62   아이비 저택 마당 (저녁)

직원들일렬횡대로 서있다. 연서.. 예의 무서운 자세로 보고 있다. 단.. 지긋지긋하고,

연서   오늘 마당 정리 누구?

직원들   (꿀꺽)

연서   내가 방금, 젖은 꽃잎들 밟고 미끄러져서 머리가 깨질 뻔했거든. 담당 누구야?

단   (참다 참다가) 고만하시죠.

연서   나서지 마라.

단   마당 정리 내가 해요! 마지막 한 장의 꽃잎까지 다 내가 싹 치운다고! 됐죠? (직원들에게) 들어가세요.

직원들   (우물쭈물 들어가려는데)

연서   들어가지 마!

직원들   (얼음)

연서   너 이거 월권이야! 계약서 가갸거겨 맞춰봐?

단   어차피 아직 도장 안 찍었거든요! 이왕 맞춰보는 거 고용주의 부당 행위에 대한 법률까지 뜯어볼까요? 아주 오징어 씹듯 잘근잘근 씹어줄 테니까!

연서, 단   (찌릿! 노려보며 대치!)

연서와 단.. 둘이 훅! 붙으면, 직원들.. 눈치 보며 빠지고 / 꽃잎 쌓인 뜰에 둘만 남은

단   노을에 웬수 졌죠?

연서   (찌릿) 뭐?

단   유난히 해 질 때만 되면 난리잖아요. 뭔데? 해 질 무렵에 차였어요? 첫사랑이 바람피우는 걸 붉게 지는 노을 아래서 목격이라도 한 건가? 왜 그러는데요!

연서   그래. 노을만 보면 아주 미치겠다. 빨갛게 달아오르는 해로 누구든 막 지져버리고 싶어진다. 됐어?

단   (진심) 알면서 왜 그래요?

연서   (헐)

단   (휴 / 참고) 사랑은, 다른 사랑으로 잊혀진대요. 더 미치기 전에, (진지하게) 좋은 사람 한번 만나보는 건 어떨까요?

연서   (더 어이없는 얼굴)

단   (이때다 싶어 영업하는) 그런 말도 있잖아요. 내가 천사의 말을 한다 해도, 참지식과 믿음이 있어도, 누군가를 위해 희생을 한다고 해도, 사랑이 없으면 아무 소용없다고… (하고 은근히 보면)

연서   그러고 보니, 후회된다.

단   (기대로 보면)

연서   면접 때 종교 안 물어본 거! (빗자루 확 던지면서) 이거 다 치워놔!

연서.. 구름이 데리고 들어가면 한 방울씩 떨어지는 빗방울.
단.. 하… 비까지! 하면서도 오기로 빗자루질 시작하는!

S#63   **연서의 방 (밤)**

연서.. 눈 마사지하는데 창으로 떨어지는 빗소리 들린다. 연서.. 창
문 열고 손을 내밀어본다. 공원 벤치(1부 S#20)에서처럼.

연서   (빗방울 느껴보다) 천사의 말⋯ (비웃음) 또라이 사이비 자식⋯ (하다

             번뜩!)

〈F/B〉   1부 S#22
연서   (E) 소매치기도, 변태도 아니구⋯ 또라이 사이비였어?
단   (E) 비극을 맞이한 인간이 다 그대처럼 비뚤어지진 않아.

연서.. 설마 싶은 생각이 드는데!

S#64   **케이크 전문점 (밤)**

강우.. 케이크를 산다. 신중하게 고르는
강우   제일 달콤한 걸로 주세요.

S#65   **강우의 차 안 (밤)**

강우.. 케이크와 서류철 놓고 운전해 가는. 기대하고 자신만만한
얼굴이다.

S#66 **아이비 저택 마당 (밤)**

어두워진 하늘. 가로등 하나둘씩 켜지고. 마당 조명도 들어온다.
비 맞으면서 비질하는 단.

단   이 비가 꼭 이연서 같아요. 아무리 쓸어도 이놈의 빗줄기 땜에 꽃
잎이 더 떨어지잖아. 소용없다는 거지. 헛수고야. 헛수고. (투덜거
리는데 / 등이 간지러운 / 벅벅 긁으며 계속) 아니, 사람이 틈이 없잖아.
좋아하는 거 하나라도 있으면 공략을 할 텐데, 영혼이 소돔과 고
모라야.

단.. 절레절레하는데, 등에서 돋아나는 날개! 하얗게 아름답다.
단.. 인식 못 하고 있다가, 가로등 아래로 이동하자, 자신의 그림
자가 바닥 위로 드리운다. 날개 쫙 펼친 그림자!

단   (헉) 이거 뭐야!!! (유리창에 비춰보는데 / 날개가 나온! 당황한) 왜 나왔
어, 이거!

단.. 어깨에 힘을 줘보고, 손으로 밀어 넣어도 안 들어간다. 미치
겠는데 (E) 아이워치 알람 울린다. 단.. 헉! 왜 불러! 싫은데, (E) 핸
드폰까지 울린다.

단   왜애!! (연서 창을 올려다보면)

S#67 **연서의 방 / 아이비 저택 마당 (밤)**

연서.. 심각한 얼굴로 알람 마구 누르고 있다. 전화는 걸어둔 상태!

연서.. 설마, 아직? 창을 열어 뒷마당을 내다본다. 내려다보면, 단이 서 있던 그 자리! 단은 없다.

단.. 그림자 안 나오게 네발로 기어 들어가는 중. (E) 진동 계속 오고 그 와중에 날개 챙기고. 미치고 팔짝 뛴다!

S#68 **아이비 저택 내부 / 복도 (밤)**

연서와 단 교차편집.

단.. 겨우겨우 들어온다. 한숨 돌리고 방문 열려는데, 지나가는 직원!

방문 뒤에 숨 참고 숨는 단. 침이 바짝 말라 입술 적시고

연서.. 안 되겠다. 지팡이 꺼내 들고, 일어난다. 후.. 심호흡하고 발 떼는

단의 방. 날개 때문에 생쇼 중이다. 수건으로 말려도 보고, 얍얍! 힘도 쥐보고!

하지만 샤랄라! 더욱 빛나는 날개!

단　　　(하늘 향해) 긴급 AS요! 이 육신 이거, 불량입니다! (하는데)

(E)　　**탁, 탁, 탁 (연서의 지팡이 소리다!)**

단　　　(헐!) 이연서!!

점점 다가오는 연서와 지팡이, 옷장에 숨었다가 침대에 날개 접고 누웠다가 난리 법석인 단, 번갈아 보이고. 연서, 손잡이 잡는다. 단.. 손잡이 잡고 안 열리게 미리 몸으로 버티고 있는.

연서   (긴장된 표정으로 손잡이 잡고 돌리려는데!)

단   (안 돼애… 고개 절레절레하는데)

(E)   **쨍그랑!**

단, 연서   (동시에 돌아보고)

S#69   아이비 저택 거실 (밤)

연서.. 오면, 정원 쪽 유리창 하나 깨져있다. 정원에서 누군가 돌멩이라도 던진 것처럼, 깨진 유리 조각들이 집 안으로 흩어져있다. 연서.. 깨진 유리 보니 두렵다.
지팡이 놓치고, 뒷걸음질 치는데, 깨진 유리창으로 획! 들어오는 센 바람!
천장에 달린 상들리에가 위태롭게 흔들린다. 연서.. 전혀 눈치채지 못하고 있는!

S#70   아이비 저택 앞 (밤)

강우의 차.. 들어온다. 주차하고 내리는 강우.
저택 대문에 다가와 초인종을 누른다.

S#71   **아이비 저택 거실 / 아이비 저택 앞 (밤)**

(E) 초인종 소리. 울리지만, 연서.. 움직이질 못한다. 반짝이는 유리 조각 두렵다.

한 번 더 울리는 (E) 초인종에 지팡이를 다잡아보는 연서.. 그런데 이때,

흔들리다 툭, 끊어져 버리는 샹들리에의 줄!

바라보는 연서!

꿈에서 유리 조각이 쏟아지듯이 샹들리에의 빼곡한 전구들이 깨지며 연서에게 쏟아지는데 (슬로우)!

연서를 감싸안는 사람.. 단이다!

커다랗고 흰 날개를 펼친 단. 연서를 완전히 감싸 꽉 껴안는다.

단의 날개로 쏟아져 내리는 유리 파편들. 알알이 빛나서 오히려 아름다운!

연서.. 놀라 올려다보면, 단.. 진지한 눈빛.

단   괜찮아요?

연서   (얼떨떨 / 끄덕)

단   잠시만.

하더니, 포옹 상태 그대로 연서를 들어 올리는 단. 유리 조각 없는 곳으로 이동한다.

단.. 맨발이다. 저벅저벅 유리 조각 밟히는데, 하나, 둘, 날개 깃털 드문드문 떨어지고.

연서.. 안긴 채 단 얼굴을 보는. 생경하고 낯선 느낌.

단.. 연서를 조심스럽게 내려놓는다. 깨질까 두려운 유리병처럼.
제 몸을 뗄 때도 유리가 튈까 조심하면서.
연서와 단.. 시선을 맞춘다. 시간이 멈춘 듯, 두 사람 눈동자에 서
로가 비칠 만큼 가까이.

대문 앞 강우.. (E) 쿵 하는 소리를 듣는다! 샹들리에 끊어져 부서
지는 소리!
강우.. 무슨 일이지? 하는 얼굴. 대문을 밀어보는!

아주 가깝게 서로를 바라보던 단과 연서.. 그러다 연서의 눈에 들
어온 단의 날개.

연서	(단의 날개를 가리키며) 이게… 뭐야?
단	(헉! 싫다)

연서.. 큰 날개를 가진 천사를 본 놀라운 표정과 낭패스러운 단,
불안감으로 대문을 흔들어보는 강우까지 세 사람의 얼굴에서
ENDING!

S#72   에필로그 ─ 연서와 단의 과거

1. 비 내리는 연화도. 벚꽃이 아름답게 흩날린다. 벚꽃이 떨어지
는 지붕, 낡은 주택이다.
그 위로 (E) 뭔가 집어 던지고 부딪치는 소리들. 와장창, 깨어지는

소리에 이어, 대문을 여는 어린 단(12세, 몸집 작음).. 허겁지겁 도망 나오다 넘어져 버린다.

한쪽 신발 벗겨지는 아이의 얼굴과 목, 어깨에 멍 자국들.

신발 주우려는데, 대문을 확 열어젖히는 아빠의 그림자.

발께에 소주병들 굴러다니고, 손에 굵은 몽둥이 꽉 쥐었다.

(아빠 얼굴은 나오지 않고 단의 시선에 보이는 아빠의 손, 팔, 다리가 위압적으로 컷컷)

단.. 겁에 질려 신발도 못 줍고 뛰기 시작한다.

떨어지는 비를 얼굴에 맞으며, 울면서 한쪽만 맨발로 달리는 단.

2. 연화도 일각. 투명 우산을 쓴 채 벚꽃잎을 줍는 연서(12세).

내리는 빗소리에 귀를 기울인다. 타닥타닥 음악처럼, 박자가 느껴지는 빗소리.

연서.. 자연스레 스텝을 밟는다. 즐겁게 춤추며 내리막길을 따라 내려가는데,

길 끝 뚝방에 우산도 없이 위태롭게 서 있는 단이. 한쪽 발 맨발이고. 발끝을 바다로 뻗어보는 단. 금방이라도 뛰어내릴 것 같은데.

어린 연서	**(E) 거기! 앞에!!**
어린 단	(돌아본다)
어린 연서	조심해!!
어린 단	(? 해서 눈 커지는데)

단이를 향해 다가오는 큰 파도! 바람과 함께 덮칠 듯 뚝방을 치고!

놀란 단.. 뚝방에서 미끌! 하는데, 하늘로 휙! 날아가는 투명우산!
단이의 손목을 낚아채는 희디흰 연서의 손!
단이를 끌어당겨 품에 꼭 안아버린 연서! 연서를 올려다보는 단
이의 얼굴.
두 사람의 포즈 - 현재 단이가 연서를 품에 꼭 안고 올려다보는
장면으로 디졸브되면서 ENDING!

거 봐.
넌 춤출 때가 제일 예뻐.

3
부

3부

S#1   **아이비 저택 거실 (밤)**

(E) 와장창, 깨지는 소리. 2부 S#69 연서.. 깨진 유리창 본다. 지팡이 놓치고, 뒷걸음질 치는데,

S#2   **아이비 저택 복도 (밤)**

어두운 복도. 불빛이 나오는 거실 쪽을 향해 한 발, 한 발 조심스럽게 다가가는 누군가의 맨발!

S#3   **아이비 저택 거실 (밤)**

2부 엔딩. 깨진 유리창으로 획! 들어오는 센 바람! 천장에 달린 상들리에가 위태롭게 흔들린다.

연서.. 전혀 눈치채지 못하고 있는데, 흔들리다 툭, 끊어져 버리는 샹들리에의 줄!

(슬로우) 연서를 감싸 안는 사람.. 단이다! 커다랗고 흰 날개를 펼친 단.

단	(연서를 안은 채로, 연서 눈을 보며) 괜찮아요?
연서	(얼떨떨 / 끄덕)
단	(연서에게 눈 안 떼고) 잠시만.

하더니, 포옹 상태 그대로 연서를 들어 올리는 단. 유리 조각 없는 곳으로 이동한다.

단.. 맨발이다. 하나, 둘, 날개 깃털 드문드문 떨어지고, 저벅저벅 유리 조각 밟히는.

연서.. 안긴 채 단의 얼굴을 보는. 생경하고 낯선 느낌.

단.. 연서를 조심스레 내려놓는데, 연서와 단.. 시선이 마주친다.

시간이 멈춘 듯, 두 사람 눈동자에 서로가 비칠 만큼 가까이. 두근, 두 사람 심장이 뛰는데

단	어디, 아파요? 얼굴이…
연서	(?)
단	빨개… (손 뻗으며) 열나는 거 아냐?
연서	(화들짝, 놀라 떨어지는)

연서.. 단에게서 물러서면, 그제야 보이는 날개! 단.. 역시 자기 날

개를 깨닫는. 아차 싶은데!

혼란에 가득한 연서와 당황한 단.. 얼음 돼 서 있는데

연서	(눈은 단 날개에 고정) 이게… 뭐야?
단	(차마 대답 못 하는데)
연서	뭐냐구.
단	… 날개요.
연서	너 혹시… (한 발 다가오는)
단	(한 발 물러선다 / 긴장 가득)
연서	너 설마… (한 발 더 가까이)
단	(침 꿀꺽 / 미치겠는데)

S#4　　**아이비 저택 앞 (밤)**

강우.. 걱정스러운 표정으로 문 안쪽을 기웃거리고 있다. 한 손에 케이크 상자 들고 있다.

강우　　무슨 소리였지… (문틈으로 안을 힘겹게 보는데)

검은색 옷의 누군가가 후다닥 마당을 가로지른다. 강우.. 놀라고 불안한 얼굴!

S#5　　**아이비 저택 거실 (밤)**

S#3 연결. 연서.. 단에게 다가가는데

단   오지 마요! ⋯ 다쳐⋯

연서   (멈추고 / 경악한 눈으로) 정말⋯ 믿을 수가 없네.

단   (들켰구나, 싶은 / 자세 바로 하고) 설명⋯ 할게요. 놀라지 마요,

연서   (O.L) 됐어. 자신이 변태인 걸 설명할 수 있는 변탠 없어.

단   (??) 뭐라구요?

연서   (환멸의 눈빛) 전화도 안 받고, 호출도 씹더니 이딴 걸 입고 있느
         라⋯ (질색)

단   (???) 내가 뭘 입었⋯ (하다가 아하! 싶은) 그럼⋯ 이만⋯ (얼른 돌아서
         는데 뒤에서 당기는 / 휘청하며) 아! (하고 돌아보면)

연서   (날개 끝을 움켜쥐고 있다) 벗어, 여기서.

단   (??)

연서   벗으라구! 내 눈앞에서 지금 당장!

단   (빙글 돌아 연서와 마주 서며) 놔요!!

연서   (재빨리 다른 손으로 다시 잡으며 / 굳은 얼굴로 보는)

단   (당황한) 놓으라구요!!

         단과 연서.. 실랑이가 시작된다. 연서가 밀어붙이면, 단이 방어하는
         식. 의자 넘어지고, 소파 밀리고, 우당탕 난리다. 단.. 벽에 쿵! 부
         딪히는 동시에 (E) 초인종 소리. 모니터 화면에 〈INSERT〉 강우..
         얼굴이 비치는데, 두 사람.. 실랑이하느라 못 듣고.

단   이걸 놔줘야 벗든지 말든지 하지!

연서	네가 가만있음 내가 벗길 거 아냐! (질색하며) 흉하고! 징그러워. 당장 벗겨서 태워버릴 거야!
단	(우씨! / 연서 팔 탁 쳐서 잡아 돌려 벽에 확! 붙이는) 흉하다니? 이게 어딜 봐서 흉해? 이렇게 크고, 눈부시고, 아름다운 날개 본 적 있어?
연서	(!) 지금… 나한테 반말했어?
단	(안 지고) 너만 하란 법 있어? 오는 말이 반말인데 가는 말도 반말이지!
연서	(헐!) 야… 정신 차려. 너 내 고용인이야!
단	뭘 알겠어. 고용, 계약, 갑, 을! 이런 것만 따지면서 이쁜 거 이쁜지도 모르는 까막눈이잖아, 너.
연서	(!) 말 다했어?
단	아니! 더 할 거야! 이 날개, 너같이 바싹 메마른 꽹과리한테 흉하단 소리 들을 거 절대 아니거든! 진짜 못나고 뾰족한 게 누군데!
연서	(헐 / 상처받은 눈)

단.. 연서 손을 놓으면, 연서 손 툭, 떨어지고. 단.. 뭐라 더 말하려다 돌아서 간다.
연서.. 날개를 떨치며 가는 단 뒷모습 그대로 보고 있는.

S#6   **아이비 저택 복도 (밤)**
단.. 저벅저벅 걸어 나오다가 멈춘다. 돌아보고 싶지만 보지 않는다.
복도에 난 창을 보는 단.. 날개가 솟은 자신의 모습이 비쳐 보인다.

단   그래… 인간 눈엔… 천사나 괴물이나, 변태나…

INSERT   창에 맺혀있다가 또르르 내려가는 빗방울. / 마당 웅덩이에 떨어지다가
         멈추는 빗줄기 / 먹구름이 걷히고 나타나는 달. 비가 그쳤다.

         창에 비친 단의 날개.. 스르르 사라진다. 단.. 놀라서 보는. 다시 갈
         까, 하다가 앞으로 간다. 복도 끝을 돌아 나가는데, 우뚝 서는 단..
         정면에 강우가 서있다. 서로 놀라 바라보는 두 남자!

S#7   **아이비 저택 거실 (밤)**
         S#5 바닥에 떨어진 피 묻은 깃털 줍는 손.. 연서다. 연서.. 엉망인
         거실을 둘러본다.
         엎어진 가구들, 반짝이는 유리 조각들, 인터폰 수화기 떨어져 대
         롱거리고.

단   **(E) 이연서!!!**
연서   (??)
단   **(다급한 목소리 / E) 악!!! (우당탕탕 소리 나는)**

S#8   **아이비 저택 복도 (밤)**
         연서.. 지팡이 짚으며 복도 돌아오는데 헉! 하는. 단.. 강우를 제압

해 있다.

단   (연서를 보고) 신고해!

연서   (움찔 / 강우에 시선)

강우   (고갤 들어보는 / 아우 씨, 첫 만남이) 이연서 씨!

단   이놈이야, 유리창 깬 범인!

강우   (버둥대며) 이게 무슨 헛소리…! 이연서 씨! 나… 지강 (하는데)

단   (힘 콱! 줘서 누르며) 얼른!!

연서   (망설이는데)

강우.. 아우! 포효하며 몸을 비틀어 빠져나온다. 그런 강우 덥석
다시 잡는 단.
둘이 엎치락뒤치락하는데 연서.. 혼란스럽고.
단이 밀린다. 강우.. 단을 바닥에 깔고 분에 못 이겨 한 대 치려 주
먹을 드는데, 억! 하는.
연서가 지팡이로 강우의 등을 찌른 것! 강우와 단.. 놀라서 보면,
연서.. 차가운 표정으로 연달아 어깨, 팔, 손까지 탁탁 쳐낸다. 강
우.. 단 위로 쓰러지고.

연서   (강우에게 지팡이 겨누며) 말해, 어디서 온, 누구야?

강우   (억울해 죽겠는) 지강웁니다. 판타지아 발레단 예술감독 지. 강. 우. 요.

연서   (눈썹만 꿈틀) 뉴욕 시티 발레단 지강우?

단   (강우에 깔려) 아는 사람이야?

연서   (이 사람이 여길 왜?)

강우   (이게 뭐야! 속상하고)

S#9　아이비 저택 주방 (밤)
단.. 냉동실에서 얼음을 꺼내 탈탈 털며 구시렁거리는

단   진작 얘길 하지… 사람이 음흉하게 소리도 없이 살금살금 들어오냐…

S#10　아이비 저택 거실 (밤)
연서.. 벽에 기대서서 강우의 명함을 보고 있다. [판타지아 발레단 예술감독 – 지강우]

강우   신고를 안 한다구요?

연서   내가 알아서 할 테니까 그만 가세요.

강우   (핸드폰 꺼내더니) 제가 하죠, 현장 그대로 두시고 (하는데)

연서   이봐요, 지강우 씨! 여긴 내 집이에요. 신고든 뭐든 내가 결정한다구요.

강우   뭘 두려워하는 겁니까?

연서   (찔렸지만 아닌 척!) 두려운 게 아니고 귀찮은 거예요. 안 그래도 씹어대기 좋아하는 사람들 호시탐탐… (하다 삼키고) 됐고. 가세요.

강우   내가 돕겠습니다.

연서   제발… 꺼지랄 때 꺼지는 게… 날 돕는 거예요.

강우	(한 발 다가가며) 연서 씨… (하는데)
단	**(E) 귀가 잘 안 들려요?**
강우	(돌아보면)
단	(얼음주머니 던지듯 건네는) 가라잖아요.
강우	오해를 했으면 사과를 하고, 용서를 받는 게 순섭니다. 비서님.
단	(어처구니없는) 세상에서 제일 수상하게 서 있어놓고
강우	그게 다짜고짜 사람을 깔아뭉갤 만한 이유는 안 되죠.
단	아니 뭐 종이 인형처럼 쓰러져서 제가 당황을 하긴 했는데요,
강우	(어이없는) 급습을 할 거라곤 예상을 못 했거든요. 상식이 있는 문화시민이라.
단	급습이 아니었다면, 그런 쓸데없는 가정을 하는 거예요?
강우	(단에게 시선 고정 / 연서에) 이 친구, 창문 깨지는 시각에 같이 있었습니까?
단	(헐!)
연서	(두 사람 대화 테니스 보듯 보다) 아뇨… 근데
강우	(싹 자르며) 저 창문을 깨려면, 마당에서 뭔갈 던져야 됩니다. 외부인이 아닙니다.
연서	(그러고 보니) 너… 마당에 있었지?
강우	(단 똑바로 보며) 세상에서 제일 수상한 게, 누굽니까?
단	(억울해서) 이 어리석은 자가… 감히 누명을 씌워? 억울해서 그러나 본데, (주먹 꽉 쥐고) 제대로 붙어보자고요. 덤벼!
강우	(그 자리에 서서 주먹 꽈악 쥐어보는 / 금방이라도 붙을 것 같은 순간!)
연서	그만!
강우, 단	(연서를 보면)

연서	(강우 보며) 같은 말 여러 번 시키지 말고, 가세요. 아, 경고하는데, 판타지아에 가서 오늘 일… 입도 뻥긋하지 말구요. (지팡이 잡고)
단	(강우에게 쌤통이다! 표정 짓더니 / 얼른 옆에 서서 팔꿈치 주는데)
연서	(탁 치고) 됐어. 너도 시끄러. (빠르게 지팡이 짚으며 가버리면)
단	(흠흠 뻘쭘함 숨기며 / 강우에게) 나가는 문은 (가리키며) 이쪽입니다.
강우	(기분 나쁘지만) 압니다, 나도. (매무새 정리하고 돌아 나가는)

S#11   아이비 저택 복도 (밤)

강우.. 나가다가 보면, 단과 붙었던 곳에 초코케이크.. 엉망이 돼있다. 한숨 쉬며 돌아보고.

S#12   단의 방 (밤)

단.. 앉아 발에 박힌 유리 조각 빼내고 있다.

단	(그제야 아픈) 아… 아파… 아프다… (하는데 묘해지는 표정)

피가 뚝뚝 떨어지다가 스르르 아무는 상처.

S#13   연서의 방 (밤)

연서.. 힘겹게 침대에 눕는다. 긴장한 몸 풀어지는. 지팡이 아무렇게나 툭, 바닥에 떨어지고.

연서.. 피로한 눈을 감으면, 떠오르는 강우의 목소리와 아픈 기억들.

강우   (E) 뭘 두려워하는 겁니까?

〈F/B〉   1. 무대조명 유리 조각이 쏟아지던 모습 (1부 S#1의 꿈)

            2. S#3에서 샹들리에 유리 조각 떨어지는 모습

연서   (누운 채로 몸을 감싸 안는다)

〈F/B〉   1. S#3 저벅저벅 유리 위를 걷던 단이의 발

단   (연서를 살피며) 괜찮아요?

            2. S#5

단   진짜 못나고 뾰족한 게 누군데!

연서   (떨치려는 듯) 또라이, 변태, 사이비…

            하다 벌떡 일어나 앉는 연서. 협탁 서랍을 열면, 비상약 상자 보
            인다.

S#14   연서의 방 앞 + 연서의 방 안 (밤)
            연서.. 지팡이 짚고 나오는데, 단이와 딱 마주친다.

연서   너 왜 여깄어?

단	넌 왜 나와?
연서, 단	(어색하게 마주 보다가)
단	(잔을 내민다. / 김이 오르는 따뜻한) 마셔. 카모마일이야.
연서	(보면)
단	밤에 잠 안 올 때 마시는 거라며. 서류에서 봤어. … 놀랐잖아. 너.
연서	누가? 내가? 아닌데?
단	(연서를 가만히 보는)

〈**F/B**〉	S#8 단이의 시선. 지팡이로 강우를 겨누던 연서의 손.. 가늘게 떨리고 있다.

단	(후) 인간은 왜… 거짓말을 하지? 무섭다, 떨린다, 네가 필요하다, 그런 말 한다고 누가 잡아가는 것도 아닌데…
연서	(!!)
단	(연서 한 손에 잔 쥐여주고) 마시고 자.
연서	(물끄러미 단이 하는 양 지켜보다 / 왠지 울컥해져 방으로 들어가 버린다)
단	(코앞에서 문 쾅 닫히고 / 쩝)
연서	(문에 기대 감정 넘기는 위로 들리는 단의 목소리)
단	**(E) 아침까지… 여기 있을게. 혹시 모르니까. (대답 바라는 얼굴 위로)**
연서	**(E) 오버하지 마.**
단	(피식 웃는데 / 문 열리고)
연서	(빼꼼 연 사이로 약만 건네는) 발라. 파상풍 걸려서 땡땡이치지 말고.
단	(감격해 받으면 / 문 쾅 닫히고 / 닫힌 문에 대고 미소로) 으유… 꽹과리…

S#14-1 연서의 방 (밤)

침대의 연서.. 따뜻한 차를 마신다. 몸이 녹는 느낌. 방문을 바라
본다. 저 뒤에 단이 있다.

S#14-2 연서의 방 앞 (밤)

단.. 문에 기대앉는다. 슬리퍼 신은 맨발 보면 이미 상처는 없다.
단.. 그래도 연고를 발라보는.

S#15   강우의 오피스텔 앞 (밤)

강우의 차.. 들어온다. 강우.. 내린다.

⟨F/B⟩   S#10 난장판 가운데 서 있던 연서. 깨진 창문과 샹들리에 파편들.

강우.. 차에 기대어 서서 문자를 보낸다.

INSERT [새로 들어온 비서 정보 부탁합니다. 현재, 과거 이력까지 전부 다요]

강우   (전송하고 / 걱정스러운) 그 집에서… 무슨 일이 벌어지고 있는 거야.
강우.. 들어가려는데, 뒤에서 강우를 따라가는 운동화! 강우.. 눈
치챘다!

S#16   **강우 오피스텔 근처 골목** (밤)

강우.. 일부러 걸음을 빨리했다, 늦게 했다 하며 뒤따르는 운동화
를 갖고 노는 수준.

강우.. 도망치듯 빠르게 가면, 운동화.. 종종거리며 따라오는데,

강우.. 갑자기 돌아서서 성큼성큼 운동화에게로 향한다. 후드 뒤
집어쓰고 골목에 몰려 어쩔 줄 몰라 하는 운동화.. 니나다! 강우..
니나 앞에 딱 서서 시선 맞추면

니나	(당황해서 우물거리다) 어머!! 안녕하세요?
강우	(물끄러미 보는)
니나	이 동네 사세요? (어색한 웃음) 하하하, 이런 우연이.
강우	(계속 물끄러미 보면)
니나	이 옆에 맛있는 만두집이 있다 그래서 사러 왔어요. 진짜예요.
강우	근데 빈손이네요.
니나	(헉!) 이… 이제 가려구요.
강우	그럼… 조심히 가세요.
니나	네… (울상으로 돌아서는데)
강우	**(E) 니나 씨?**
니나	(돌아보면)
강우	(덤덤히) 저녁 먹었습니까?
니나	(!!)

S#17   **우동집** (밤)

니나, 강우.. 따끈한 우동을 앞에 두고 마주 앉았다. 니나.. 조금 떨리는 듯.

강우   왜 기다렸습니까?

니나   (뱉을 뻔) 우연이라니까요. 원래 그렇게 사람을 못 믿으세요?

강우   이 근처에 만두집 없습니다.

니나   (컥! 사레들리는 / 기침도 예쁘게 하는데)

강우   (물 따른 컵 슥- 밀어주며) 사람이란 게… 함부로 믿을 만한 존재가 아니죠.

니나   (진정하고 / 맑은 눈) 왜요?

강우   약하니까요.

니나   (?)

강우   가치 있는 사람은 너무 일찍 죽어버리고, 이기적이고 거짓말하는 자들만 오래오래 살아 배신하고, 악행을 저지릅니다. 나는 아무도 안 믿어요.

니나   슬프다.

강우   (보면)

니나   속이는 사람도 있구, 배신하는 사람도 있겠지만… 백 명 중에 한 명은 아닌 사람도 있을 거잖아요. 난 함부로 믿고, 또 믿고 싶어요. (강우를 의미 있게 보며) 지 감독님께도, 믿을 만한 사람 되고 싶구요.

강우   순진하네요. 연서 씬 안 그렇던데.

니나   (표정 식는) 연서를… 만났어요?

강우   (긍정의 눈빛)

니나	(눈동자 흔들리다 / 가볍게 박수 짝) 잘됐다… 우리 셋이 만나요! 연서도 슬슬 연습 시작할 테니까, 우리가 많이 도와줘요.
강우	(심드렁한) 나한텐 거짓말 안 해도 됩니다. 위선이고 위악이고 다 질색이니까.
니나	참 이상해. 왜 진심이 아니라고 생각해요? 러시아 유학 갔을 때, 아침에 눈 뜨는 게 기다려졌어요. 연서가 추는 춤… 볼 수 있으니까.

INSERT 유학 시절 연서 – 니나 (13–15세)

연습실〉 연서와 니나.. 쌍둥이처럼 같은 동작을 하고 있다. 턴을 돌기 시작한다.

니나.. 몇 바퀴 후 지쳐 서는데, 연서.. 무섭게 집중해 계속 돌고 있다.

거울 속 니나.. 멈춰서 연서의 춤을 바라본다. 황홀하면서도 비참하다.

니나	**(E) 쟤는, 신이 있다는 증거구나.**

니나	하나하나, 신이 공들여 빚었구나. 듬뿍, 재능을 줬구나. 한 걸음 한 걸음… 구름 위를 디디는 거 같구나. 가슴이 벅찼어요.
강우	(니나를 가만히 보는)
니나	연서가 전처럼 출 수만 있다면, 언제든 언더스터디 다시 할 수 있어. 그게, 내 진심이에요.
강우	… 그럼… 왜 온 겁니까? 주역 안 된 거 따지러 온 줄 알았는데?
니나	우연이라구요!! (국물까지 싹 마시고 탁) 저 화장실 좀 다녀올게요. (일어난다)

S#18   **우동집 화장실 (밤)**

니나.. 들어와 안을 살핀다. 아무도 없다. 바깥문(입구)을 잠그는
손. 거울을 본다. 표정이 없다.

S#19   **우동집 (밤)**

강우.. 생각에 빠져있으면, 니나.. 와서 앉는다. 핸드크림 꺼내 바
르는데, 덥석 손잡는 강우!

니나   (!!) 왜… 이러세요.

강우   (니나의 손을 살펴보면 / 러셀사인*으로 보이는 희미한 자국)

니나   (손 빼면서) 자꾸 갑자기 이러시면…

강우   (테이블 가로질러 팔 뻗어 니나의 얼굴 아래를 감싼다!)

니나   (두근!) 이… 이러시면…

강우   (뺨과 턱 아래를 부드럽게 쓿어보더니) 다행히 아직 침샘까지 붓진 않

았네요.

니나   (?)

강우   금니나. 방금 토하고 왔죠?

니나   (!!!)

• 인위적으로 구토를 하기 위해 입속으로 손가락을 집어넣어 목젖을 자극하고, 그러는 중에 손등이 앞니에 닿아
눌린 자극으로 생긴 굳은 살

S#20   우동집 앞 거리 (밤)

강우.. 굳은 얼굴로 나오면, 니나.. 급히 따라 나오는.

니나   (해명 조로) 속이 불편했어요. 딱 한 번이에요. 평소엔 절대…

강우   (멈춰 서서 / 니나를 보는) 믿을 만한 발레리나가 되고 싶다면서요?

니나   (눈물 그렁그렁해 보는) … 화… 났어요?

강우   먹고 토하고 다시 폭식하다 결국 거식증으로 망가지는 발레리나
        수도 없이 많이 봤습니다.

니나   죄송해요… (사정하는) 우리 가족들… 특히 울 언니한테는 비밀로
        해주세요. 분명히 자책하고 속상해할 거예요. 다 내 잘못이니까,
        나한테 화내고…

강우   (답답한) 지금 누굴 걱정하는 겁니까?

니나   (주눅 드는데)

강우   좋은 발레리나가 되는 방법, 알려줄까요?

니나   (그렁 해서 보면)

강우   (성큼 다가와) 이기적으로 굴어요. 세상 누구보다 당신 자신이 제일
        중요해.

니나   (쿵!)

S#21   아이비 저택 전경

S#22   연서의 방 (낮)

연서.. 문 앞에서 열까 말까 망설이고 있다. 괜히 헛기침해보는데, 잠잠한

연서   자나? (하고 열어보려는데)

(E)   **쿵쿵쿵 올라오는 소리 들리더니**

유미   (문 벌컥 열고 들어오며) 아가씨!!!!

연서   (깜짝 놀라 휘청 / 방문 너머 보는데 단이 없다 / 살짝 실망)

유미   (연서를 살피며) 아가씨… 잠 완전히 깼죠?

연서   (?)

유미   다시 말해볼래요? 아까 나한테 전화로 했던 얘기…

연서   올라오면서 거실 봤잖아요.

유미   그래서 하는 말이에요.

연서   어젯밤에, 누군가가 거실 창문 유리창을 와장창 깨뜨렸구, 샹들리에에까지 떨어졌다구요.

유미   아가씨, 꿈 꿨어요?

연서   (발끈!) 내가 죽을 뻔했다구요!

유미   (걱정스러운 얼굴로 보는) 너무 생생했구나!

연서   증인 있어요. 김단. 어디 갔어, 애? (호출 버튼 누르는데)

유미   (어쩜 좋아, 싶은 눈빛)

S#23   **아이비 저택 거실 (낮)**

깨끗하게 치워진 거실! 유리창은 반짝반짝, 샹들리에도 그대로다! 유미 팔 잡은 연서.. 놀라고.

유미	부쩍 예민하더라니. 또 도졌어. 스파이 병! 전엔 감시만 한다더니 이젠…
연서	아니… 어제 정말 여기서… 김단이 날 이렇게 안아서.
유미	(!) 안았다구요?
연서	그게 중요한 게 아니라…
유미	계약 위반인데 그거! 아가씨 몸에 절대 손 안 대는 걸로 했는데!
연서	(?)
유미	안았단 말이지? (흠 하는데)
연서	(답답해서) 김단 어디 갔어!

연서말에 응답이라도 하는 듯 마당에서 들려오는 사람들의 웃음소리!
연서, 유미.. (E) 웃음소리 들리는. 보면, 마당에 직원들과 오순도순 있는 단!

S#24   아이비 저택 마당 (낮)

단.. 직원 세 명과 함께 이야기 나누는 중. 단.. 노트에 뭔가를 쓰면서 이야기 듣는.

연서	**(E) 뭐죠?**
직원들	(깜짝 놀라 서서 자세 정리하는)
연서	(의심스러운 눈빛) 출근 시간 한참 전에 모여서, 작당 모의 중인가?
단	내가 불렀어. 다들 오기 전에 치워놓으려고. 새벽부터 되게 고생

했어, 우리.

직원들   (헐!! 반말해!)

연서   (이 악물고) 야, 반말…

단   한번 텄음 그냥 하자. 계약서 보니까 반말 금지는 없던데.

유미   (골 때린다, 얘! 싫고)

단   (노트 가지고 해맑게 다가와서 설명해주는) 저 세 분이 어젯밤 조명, 마당, 보안 마감이셨거든. 그래 가지고 내가…

연서   (O.L) 잘됐네. 안 그래도 딱 이 세 사람한테 물어보고 싶은 게 있었거든. (세 사람 앞으로 가는)

직원들   (긴장해 서는데)

연서   (지팡이 탁탁 소리 내어 두드리며) 누구 짓이에요?

직원들, 유미, 단   (헉!)

단   내가 여쭤봤는데 퇴근까진 유리창도, 조명도 아무 이상 없었대. 전원 퇴근 후에 보안 직원 분이 나가셨고.

연서   (무시 / 직원들만 보고) 누구 지시 받았는지 실토하면, 용서해줄 거고.

단   사고인 것 같다니까.

연서   아님 해고에 손배소, 경찰 조사에 검찰 송치까지 논스톱으로 달려갈 거예요.

단   (노트 보여주며) 이거 봐봐. 내가 어제 시간대별로 다 정리했어. 청소하면서 돌멩이나 유리창 깰 만한 거 안 나왔구. 사고야, 우연한.

연서   (차갑게) 명탐정이네. 그럼 샹들리에는? 그건 왜 갑자기 끊어졌는데? 흰개미가 갉아먹었나?

단   (할 말 없는데)

유미   (말리며) 나랑 얘기해요, 응?

연서	꿈꿨느냐구요? 망상이라구요?
유미	(역시 꿀꺽)
연서	(직원들에게) 여기서 자백하면, 깔끔하게 해고에서 끝납니다. (차갑게 보며) 원 앤, 투 앤…
직원들	(긴장하고 곤란한 얼굴들)
연서	쓰리 (끝나기 전에)
직원3	(버럭) 아우 씨!
모두	(깜짝 놀라고)
직원3	(유니폼 앞치마 집어 던지며) 못 해, 아니 드러워서 안 해! 지가 무슨 디즈니 공주님이라도 돼?
연서	(조소 어리는) 계속해봐.
직원3	딴 데보다 월급 2배로 준대서 어느 정돈가 했더니, 이건 뭐 20배를 줘도 모자라겠구만. 새파랗게 어린 게 히스테리에, 협박에, 범죄자 취급까지! 더는 못 참아! (직원들에게) 나갑시다!
직원들	(주춤주춤하며 직원3 따라 나가는데)
유미	(사색) 잠깐만!! (연서에게) 안 그래도 여기 지옥이라고 소문났는데!!
연서	(건조하게) 집사님. CCTV 업체에 연락해요.
단	(CCTV?)
연서	지금부터 3일 전까지 기록 싹 가져오라고요. 거기 보안담당 찍혔다는 데 천만 원 걸게요.
유미	(헐)
단	(마당을 보면, 구석구석 카메라 하나! 둘! 셋! 있다!)

〈**F/B**〉　　2부 S#66 마당 쓸다가 날개 나온 단의 모습! – CCTV 화면처럼!

단.. 안색 파랗게 질리는데!

S#25   연서의 방 (낮)

연서.. 소파에 앉아있고, 유미와 단.. 그 뒤에 서있다. 단.. 초조해죽 겠다.

보안업체 조끼 입고, 모자 푹 눌러쓴 기사(20대).. 모니터와 노트북 연결하고 있다.

연서   어제저녁부터 보여주세요. 해 질 무렵이었으니까… 6시부터요.

기사   넵! (클릭 클릭하면)

INSERT   화면에 뜨는 연서와 단. 둘이 티격태격 말다툼하는 모습! 연서가 들어가고. 단.. 혼자 남아 비질을 시작한다. 비가 떨어지기 시작하고.

단   **(E) 안 돼…**

INSERT   화면 속 단.. 등을 긁는다.

단.. 긴장 최대치로 올라오는데! 모니터 화면.. 지지직거리면서 제대로 송출 안 되는!

유미   왜 이래요?

단   (반가워) 이거 왜 안 나와요? (감정 못 숨기고) 아이고, 안 나오네!!!

기사   (클릭 클릭하며) 갑자기 비가 오는 바람에, 라인에 문제가 있었나 봅니다. 자정까지 데이터가 다 이 모양인데요?

연서　복구 안 돼요?

기사　녹화 자체가 제대로 안 된 거라, 힘들 것 같습니다. 죄송합니다.

　　　(모자 벗어 인사하고 고갤 드는데, 20대 청년의 눈가에 주름 싹 잡히며 '후'의

　　　눈매로!)

단　　(깜짝 놀라 입을 막고)

S#26　아이비 저택 마당 (낮)

단과 후(20대, 말라깽이 기사).. 나란히 걸어 나오며

단　　뭐 하는 거예요?

후　　너야말로 뭐 하는 거야? 동네방네 천산 거 광고할 일 있어?

단　　(자기 몸 치면서) 이거 때문이잖아요. 제멋대로 날개가 막 나와!

후　　(후 한숨 푹 쉬면서) 환장의 콜라보구만.

단　　(명탐정 느낌) 비죠? 아무리 생각해도 그거밖에 없어. 근데 대체 왜!!

후　　현신 전에 저 여자가 널 알아봤다며. 비 오는 날에.

단　　그랬죠.

후　　죽을 걸 살린 것도. 비 오는 날이고?

단　　(하늘 보며) 와… 심술!

후　　93일 남았다. 인간은 수명이 있고, 우리에겐 데드라인이 있어.

단　　(한숨) 우리야 주구장창 신만 사랑하면 땡인 존재들이잖아요. 근
　　　데 사람은 특히 이연서는 모르겠어요. 누굴 좋아해본 적은 있는
　　　지, 생각만 해도 행복해지는 사람이 있긴 했는지…

후	뼈 중의 뼈, 살 중의 살…
단	(보면)
후	이연서의 갈빗대를 찾는 게 먼저겠다.
단	바뀐 거 아니에요? 남자 갈빗대가… (하면)
후	21세기잖아. (문을 잡고) 인간들은 그걸, 운명이라고 하더라. (문 확 여는데)

S#27 아이비 저택 앞 (낮)

(연결) 문 열자, 강우가 딱! 서있다. 운명처럼. 옆엔 형사 한 명. 강우.. 초인종 누르려던 중.

강우	연서 씨 안에 있죠? (들어가려는데)
단	(앞을 막으며) 여기서 기다려요.
후	(깍듯하게) 그럼, 저는… (인사하고 가고)
단	(어정쩡하게) 가세요!
(E)	**호출 / 핸드폰 동시에 울리고**
단	(받으면) 어…
연서	(F) 너 어디야?
단	지금 들어가… (하는데)
강우	(수화기에 대고 크게) 연서 씨! 저 지강웁니다!! 지금 집 앞인데, 들어갑니다!

단.. 눈 커다래져서 강우 보면, 강우.. 뭐? 하는 표정으로 보더니

형사 모시고 들어가는.

후.. 걸어가면서 본모습으로 돌아온다. 고개 돌려 강우를 보는. 갸웃하고.

S#28　　아이비 저택 계단 (낮)

연서.. 유미와 내려온다. 외출복 차림.

유미　　장거리 괜찮겠어요? 차 타는 거, 사고 후에 첨 아냐?

연서　　오늘 해고한 직원들 비밀유지 각서 받아두고. 직원 교육 다시 시켜요.

유미　　아후 골 아퍼. 세상이 그렇죠 뭐. 저지르는 사람 따로, 수습하는 사람 따로.

연서　　(멈춰서 / 유미 보며) 아직도 내가… 정신이 어떻게 된 거 같아요?

유미　　(대답 못 하는데)

강우와 형사.. 들어오면, 단.. 뒤따라 들어오고

단　　　누구 맘대로! (하다 연서를 보고) 아가씨…

연서　　(형사를 보며) 누구시죠?

강우　　백운경찰서 형사계 고성민 경장입니다.

유미　　(연서 보며) 기어이 경찰 부른 거예요?

연서　　(강우를 보며) 지강우 씨… 무슨 권리로 이러시죠? 분명히 말했잖아요.

강우	정식 신고된 건 아닙니다. 고 형사님, 제가 부탁드려서 개인적으로 봐주러 오신 거구요.
연서, 단	(!)
강우	난 여기까집니다. 일단 현장 조사한 후에, 수사를 할지 말지는 연서 씨가 정해요.

S#29   아이비 저택 거실 (낮)

고 형사.. 깨끗하게 치워진 곳을 살펴보는 중. 연서, 강우 나란히 섰고, 유미, 단.. 조금 떨어져 살짝 초조하게 지켜보는. 강우.. 단을 면밀히 관찰한다. 형사.. 혀 차면서 보고 있는.

| 형사 | 현장을 이렇게까지 빡빡 닦은 거는 지우고 싶은 흔적이 있는… |

INSERT 바닥을 닦으며 깃털을 황급히 주워 버리는 단!

단	(흠칫)
강우	(단을 보며) 범인 짓이겠죠.
단	(강우 쩨리며 / 노트 보여주는) 어제 근무자들 시간대별 활동과 당시 현장 상태 정리한 겁니다. 제가 조사한 바로는 단순한 사고인 것 같구요.
형사	첫 단추가 잘못됐네.
단	(?)
형사	사람 말, 기억을 고대로 믿은 거. (연서에게) 신고하시면 수사는 할

겁니다. CCTV 기록도 없고, 현장 증거도 사라져 범인 잡긴 좀 어렵겠지만.

연서	(입술 깨무는) 네.
강우	(단에게서 눈을 안 뗀다 / 의심 가득하고)
유미	(명함 주면서) 감사합니다. 따로 연락드릴게요.
형사	(단 보면서 / 유미에게 은밀히) 주위 단속 한 번 더 하시는 게…
단	(헐) 다 들리거든요!
강우	(좀 한심해지고)

S#30   아이비 저택 앞 (낮)

형사가 멀어져가는 걸 보는 단, 연서, 강우.

단	(강우 보면서) 그쪽은 왜 안 가요?
강우	(연서 보며) 할 이야기가 있습니다. 한 시간만, 주시죠.
연서	나가려던 참이에요. 갈 데가 있어서.
단	(옳지, 근데) 지금? 어디?
연서	(차 키 던져주며) 차 빼 와.
단	(헉, 차 키 보며 얼음 되는데)
강우	30분도 안 됩니까?
연서	지금도 늦었어요. 어떤 무례한 사람이 제멋대로 경찰을 끌고 와서 쓸데없이 시간을 허비하는 바람에요.
강우	(쩝 하는데)
연서	왜 그러고 서 있어?

단	나… 운전 못 해.

S#31 강우의 차 안 (낮)

연서.. 창밖을 보고 있다. 단.. 부루퉁 불어 팔짱 끼고 앉은.

단	직원이 몇 명인데 운전할 사람이 없어, 택시도 있는데 왜 꼭! (하고 보면)
강우	(운전하는 중)
연서	면허도 없는 주제에 말이 많네.
단	(꿍) 글구 왜 내가 이 자리냐고! (하는데)
연서	곧 죽어도 난 보조석에 안 앉힌다며!
강우	저기 두 분… 운전하는 데 좀 시끄럽습니다만…
연서, 단	(입 다물고 / 각자 창밖 보면)

강우.. 전방 주시하면서 물통 잡으려고 손 뻗는데, 팔짱 낀 단의 손가락을 만지작만지작!

단	(펄쩍) 아 왜 이래요!!!
강우	(표정 변화 없이) 손가락이었습니까? 물통 좀 주십시오.
단	(너무 싫어! / 물통 건네는데)
강우	뚜껑 따서.

단.. 뚜껑 따주면, 강우.. 꿀꺽꿀꺽 마시는 뒤로, 연서.. 창밖을 본

다. 푸른 하늘, 아름답고.

S#32   납골당 전경

입구에 주차된 강우의 차. 강우.. 차에 기대어 안쪽으로 시선 주는데,

S#33   납골당 안 + 밖 (낮)

연서.. 단의 팔꿈치 잡고 아빠, 엄마, 그 옆 칸 승완의 납골묘 앞에 선다. (어릴 적 사진과 꽃들로 꾸며진 / 승완의 납골함 앞에 어린 연서와 함께 찍은 사진 액자 있고) 연서.. 팔을 놓으면 단.. 뒤로 빠져 문밖으로 나간다. 문 바로 앞에 선. 연서.. 세 사람의 납골묘를 한참 바라본다.

연서	(그간의 말투와 다른 / 조금 어리광) 엄마, 아빠… 안녕. 아저씬 잘 만났어? …… 난… 난… 모르겠어. (담담하게) 눈은 떴는데 걷질 못해. 항상 누가 날 겨누고, 감시하는 기분인데, 차라리 그게 망상이면 좋겠어.
단	(연서의 뒷모습을 보는)
연서	(승완의 사진 보고 울컥하지만 참고) 아저씨. …… 마지막은 왜, 지나고 나서야 그게 마지막인 걸 알게 돼? (창으로 비치는 노을빛 한 줄기 위로) 노을이 질 때마다 미치겠어.
단	(!!)
연서	노을 예쁘다는 말에 그러냐고, 어떠냐고… 사실 나도 되게 보고 싶다고… 아저씨가 설명해주는 말로 이 세상 살고 있다고… 얘기

	할 걸. (꾹 참고) 다들… 못됐어. 나만, 여기 남겨두고.
단	(연서의 떨리는 어깨를 보기 힘들다 / 몸 돌려 벽에 기대서고)

S#34   납골당 복도 (낮)

눈가 빨개진 연서.. 벽 짚고 나오는데, 단.. 기다리고 있다. 연서.. 표정 관리하고. 단.. 말없이 팔꿈치 내어주는. 연서와 단.. 노을빛 아름답게 들어오는 복도를 걸어 나가는 모습 위로,

단	미안해. 노을 질 때 차였느냐고 까불어서.
연서	(들었구나, 싶은) 알면 됐어.
단	고마워.
연서	(? 해서 보면)
단	희망이… 생겼어. 너한테. 너도 사랑이란 걸… 할 수 있는 사람이라고.
연서	사랑?
단	어, (가슴 가리키며) 여기가 간질간질하고, 자꾸만 피식피식 웃음 나고, 좋아서 방방 뛰는 사랑.
연서	(어이없어) 김단. 잘못 짚었어. 네 이상한 취향, 난 절대 이해 못 하겠지만, 그런 걸로 자르진 않아. 그니까 아부 떨지도 말고 오버하지도 마 (하는데 / 입구에 도착하는)
단	(연서 앞에 선다 / 절절한 눈빛) 내가, 해줄게. 할 수 있어, 나.
연서	(왜 이러는?) 헛소리 그만해. 네가 뭔데?
단	너만을 위해서 존재하는 사람.

연서	(!!!)
단	솔직하게 말할게. 내 인생의 목표는… 너야.
연서	(밀어낸다) 미쳤어?

단과 연서.. 묘한 긴장으로 서로 마주 보는데, 빗방울 떨어지기 시작. 여우비다.

단	비…! (한 발 안으로 들어오는데)
연서	… 우산이나 가져와.
단	(우물쭈물하다 건물 안쪽으로 뛰어가는)
연서	(단의 뒷모습 보면서) 뭐라는 거야… (살짝 두근)

S#35　납골당 일각 (낮)

단.. 사무실서 우산 빌려 나온다. 계속되는 빗소리. 단.. 우산을 들었지만, 쉽게 발은 못 떼고.

S#36　납골당 입구 (낮)

연서.. 그 자리. 빗줄기에 손을 내미는데 그 위로 씌워지는 우산. 고개 들어보면 강우다!

강우	감기 걸려요.
연서	(어색하게 손 거두면)

강우	차에서 기다리고 있는데, 비가 오길래.
연서	(경계가 살짝 풀린 눈으로 보는데)
강우	(물끄러미 보다) 가죠. (자연스레 어깨 감싸려 하는데)
연서	(한 발 물러나면)
강우	(? 해서 보고)
연서	단이 기다려야 돼요.
강우	되게 친한가 봐요. 비서랑 서로 반말하는 거 첨 봅니다.
연서	그렇게 됐어요. 어쨌든 본인이 할 일은 잘하는 편이라서…
강우	(우산 접으며) 그럼 같이 기다립시다.

강우와 연서.. 각자 벽에 기대 떨어지는 빗줄기를 보고 선.
강우.. 슬쩍슬쩍 연서의 옆얼굴을 보고. 연서.. 어색해서 강우를 일
부러 쳐다보지 않는
강우.. 비 떨어지는 맞은편 외벽을 보더니

강우	기다리는 시간 아까운데, 재밌는 거 같이 볼래요?
연서	네?
강우	1분만요! (하더니 우산 들고 뛰어간다)
연서	(어리둥절한데)

(점프) 어두워졌다. 빗줄기 흐르는 외벽에 환하게 화면이 비친다.
미니 빔프로젝터를 설치해 화면을 조정하는 강우! 연서.. 놀라서
보는데

연서	이런 걸… 가지고 다녀요?
강우	당연히 일부러 준비한 거죠. 연서 씨 보여주려구요.
연서	(? 하면)
강우	어떻게 30분도 안 줍니까? (스마트폰으로 동영상 플레이하면)

화면에 나타나는 영상. 연서다! 어린 시절 연서 공연과 대회 장면[*]
이다!
연서.. 놀라서 보면, 강우.. 미소 띤 얼굴로 화면을 응시하고 있다.

강우	(화면 맞춰서) 2006년 모스크바에서 코펠리아 스와닐다, '발레의 신은 동양의 한 소녀를 사랑한다' 2007년 베를린에서 로맨틱 에 뛰드 '검은 머리 소녀의 눈부신 비상', 2008년 영국에서 호두까 기인형 사탕요정의 춤, '몽환적이고 신비로운 꿈의 여신!' 2009 년 로잔에서 돈키호테 키트리. '판타스틱, 판타스틱, 판타스틱.'
연서	(밝은 얼굴의 어린 자신을 하염없이 보게 되는)
강우	좋아합니다.
연서	(? 해서 보면)
강우	좋아해서 미치겠습니다. 이렇게 운동화나 신고 땅을 밟을 사람 이 아니니까. 구름을 밟고, 천국을 뛰어다녀야 할 사람이 멈춰있 으니까.
	(진지하게) 발레, 다시 합시다. 나랑 같이.

• 2부 S#32-1 연서가 봤던 DVD 속 공연 장면과 같아도 무방. 2006년-13세. 2007년-14세. 2008년-15세.
  2009년-16세

S#37 도로 + 강우의 차 안 (밤)

묘한 침묵이 흐르는 차 안. 강우 운전하고, 연서 보조석, 단은 뒷 좌석에 앉았다.

강우   집에 도착하면 꽤 늦어지겠어요. (룸미러로 단을 보더니) 우산 찾으 러 간 사람이, 비가 그쳐서야 나타나다니…

단   빗길보단 안 위험하겠죠.

어두운 도로, 우뚝 솟은 가로수 그림자 지나면 연서.. 불안해지는 데, 타이어가 물웅덩이를 쏴 가르는 소리에 연서.. 불안으로 안전 벨트 꽉 쥐고.

강우.. 커브를 도는데 도로에 떨어진 자루(또는 커다란 나뭇가지류)가 보인다!

강우.. 놀라서 급브레이크 밟으면서 핸들을 꺾으면, 연서와 단.. 크 게 출렁이는!

콘솔박스 툭, 열리면서 상자(2부 S#26) 보이고.

연서.. 〈INSERT〉 1부 S#63 조각조각 떠오르는 사고 날의 기억 소리

강우 차량.. 장애물 피해 겨우 멈추면, 단.. 창문에 머리 쾅! 박고 아야…

강우   (연서를 보는) 연서 씨!

연서   (놀라서 머리 감싸고 숙이고 있는 / 머릴 감싼 손이 덜덜 떨린다)

강우   (손을 뻗어 잡아주며) 괜찮아요. 이제 다 괜찮아. 나 여기 있어요. 연

서 씨.

고개 숙인 연서의 귀에 들리는 그날의 목소리!

INSERT   2부 S#4 연서 손을 잡는 강우 손!

강우   **(E) 괜찮아요… 이제 다… 괜찮아. 내가 왔으니까… 이연서 씨.**

연서   (고개 들어 강우를 보는 / 설마) 그날… 당신이었어요?

단   (그제야 끙 일어나 연서부터 보는데)

연서   사고 난 날…!

강우   (말없이 상자를 건넨다)

연서   (상자를 열면, 펜던트 목걸이 / 손으로 만져본다. 연서 것이 맞다) 그날… 앰뷸런스 불러준 사람… 내 손 잡아줬던 사람… 지강우 씨였어요?

단   (!!)

강우   기억났네요.

연서   왜 첨부터 말을 안 했어요?

강우   굳이 생색낼 일 아니니까요. (시동 켜며) 놀라게 해서 미안합니다. 운전 조심할게요.

연서   (혼란스러운)

연서와 강우의 대화를 뒷좌석에서 번갈아 바라보던 단이.. 더욱 충격에 빠져있다.
단의 시선에 보이는 연서 벨트를 점검해주며 든든한 강우의 얼굴 위로.

후	(E) 뼈 중의 뼈, 살 중의 살… 이연서의 갈빗대
	인간들은 그걸, 운명이라고 하더라.
단	(말도 안 돼! 눈빛으로 강우와 연서를 번갈아 보고!)

S#38　아이비 저택 앞 (밤)

강우의 차.. 들어와 서면, 강우.. 내려서 연서 문을 열어준다. 단..
혼자 열고 나오며 헐, 싶고.

연서	고마워요. 오늘 먼 길 운전해준 거.
강우	(미소로 보는) 시간 내줘서, 내가 더 고맙습니다.
연서	(단에게) 들어가자. (팔꿈치 잡는데)
강우	잠깐만요! (케이크 박스 꺼내 온다 / 연서에게 줄 듯하다가 단에게 건네는)
연서	뭐예요?
강우	뇌물입니다. 연서 씨 비서님이랑 친해지려구요.
단	(뭐야, 싶은데)
강우	(연서 보며) 어젯밤에도 가져왔는데 엉망이 됐더라구요. 하지만 몇
	번이고, 다시 사 올 수 있습니다. (단에게 주면서) 앞으로 잘 부탁해요.
단	(엉겁결에 받고 / 연서를 보면 강우를 보고 있다 / 기분 이상하고!)

S#39　포장마차 (밤)

기천.. 술을 따라주는 사람, 박 실장이다. 박 실장.. 술 들이켜면,
기천.. 사직서 다시 쥐여주며.

기천	광일아… 없던 일로 하자.
박 실장	(사직서 물끄러미 보더니) 어떻게 그래요. 너무 분명하게 있었던 일을.
기천	뭐길래 그래? 너 조 비서 장례 끝나고 매일같이 술타령이라며.
박 실장	자꾸… 꿈에 나와요. (울 것처럼) 너무 무서워요!!

S#40 거리 (밤)

기천.. 휘청휘청 걷고 있다. 큰 충격 받은 얼굴.

S#40-1 판타지아 발레단 뒤 공터 – 박 실장의 회상

박 실장.. 승완을 끌고 온다. 이야기 나누는.

승완	(시계 보며) 빨리 가봐야 됩니다.
박 실장	그것만 말씀해주세요. 진짜 경찰에 의뢰를 하실 생각이세요? 병원에선 아무 문제없다고 했습니다.
승완	(차갑게) 단장님이 갑자기 급해지셨나 보네요. 네, 원무과, 기증센터 모두 서류는 완벽하게 맞춰놨더라구요.
박 실장	아무 증거 없이 그냥 협박하신 겁니까?
승완	근데, 적합한 기증자 나올 때마다 무조건 제일 먼저 통화하신 분이 있더라구요. 그 통화 이후에 어김없이 기증이 취소됐구요.
박 실장	그 통화, 제가 했습니다.
승완	압니다. 단장님, 지시였겠죠.
박 실장	(끙)

승완	(가려다 / 안타까워서) 박 실장님, 이런 분인지 몰랐습니다.
박 실장	남의 돈 받아먹고 사는 주제에 가릴 일이 어딨습니까, 형님.
승완	(굳은 얼굴로) 아무리 그래두요. 결국 손 더럽히는 건 박 실장님이에요.
박 실장	… 단장님께서 아무것도 입증할 수 없을 거고 가만히 앉아서 당하지도 않을 거라고 꼭 전해달라고 하셨어요.
승완	더 큰 일 치르기 전에, 조용히 판타지아에서 물러나시라고, 전해주세요.
박 실장	**(E) 그냥, 하는 말인 줄 알았어요. 남한 북한도 맨날 입으로만 붙지 진짜 폭탄은 안 터뜨리잖아.**

S#40-2 폐차장 (낮)

폐차가 한창이라 소음 어마어마한. 박 실장.. 씁쓸하게 보는데, 주인.. 다가오더니 서류를 주며 뭐라고 하는. 잘 안 들린다.

박 실장	(고함 지르는) 뭐라구요??
박 실장	**(E) 브레이크가 나갔다고… 누가 자른 것처럼 딱 끊겼다고… 난 그냥, 단장님이 시켜서 폐차만 한 것뿐인데…**

S#41 영자의 사무실 앞 (밤)

[단장실] 붙어있는 문 앞까지 온 기천. 문이 살짝 열려있다. 영자의 히스테릭한 목소리.

영자   (E) 제정신이야? 그러고 아이빌 나와버림 어떡해?

기천.. 복잡한 눈으로 보다 문을 닫아준다. 이마를 문에 대고 괴로운.

기천   (작게) 영자야…

S#42   영자의 사무실 (밤)
영자, 서성이고 있다.

영자   경찰은 불렀대? CCTV라도 찍혔음 어떡할라구! (하고 보면)
직원3   (S#24 보안직원 열중쉬어 하고 선) 계속 있으면, 다들 불어버릴 거 같아서…
영자   (한숨) 그래서, 조 비서가 모아놓은 자룐지 뭔지는?

INSERT 직원3.. 어둠 속에서 조심스레 승완의 문을 열어보려는데 잠겨있다.
직원3   (E) 그 방은, 연서 아가씨가 직접 열쇠로 열고 닫는다고…

영자   그 난리를 쳐놓고 (앙칼진) 빈손으로 잘린 거라고?
직원3   죄송합니다.
영자   아우 짜증 나 증말. 죽어서까지 짜증 나게 해. 그 인간.

S#43　　**승완의 방 (밤)**

손잡이 돌아간다. 연서.. 문 열고 들어왔다. (지팡이 듦) 불 켜는 연서.. 조금 편해진 얼굴.

연서.. 파일을 꺼내 드는데, 옆에 작은 박스 보인다. (자료 모아둔 박스 - C.U.)

연서.. 박스는 무심히 지나치고, 파일을 펼치면, 뉴욕타임스 무용기사*들 모아놓은.

연서　　하여튼 말 징그럽게 안 들어. 다 갖다 버리랬더니… 매주 이걸…

연서.. 그리운 듯 손으로 쓸어보는데, 기사 속 강우의 사진(뉴욕시티발레단 예술감독-연습사진)이 눈에 들어온다. 땀에 젖은 채 열정적인 강우의 얼굴에서.

강우　　**(E) 발레, 다시 합시다. 나랑 같이.**

INSERT S#36 강우의 제안 이후 상황

연서　　… 싫어요. 하고 싶은 춤 다 췄고, 누릴 만한 영광 다 누렸어. 미련 없어요. 그니까… 남의 몸뚱이로 모험할 생각 하지 말아요.

강우　　연서 씬 더 올라갈 수 있어요. 더 가야 해요. 한 번만, 날 믿어봐요.

연서　　(냉소) 와, 방금 그 말로 세상에서 제일 못 믿을 사람 된 거 알아요?

• 무용/발레에 관한 아티클들이다 – 영어) 왼쪽에 본문, 오른쪽에 점자 버전으로 정리해두었다.

강우	(?)
연서	나만 믿어라, 난 다르다, 난 진심이다. 단골 레퍼토리잖아. 나 일곱에 고아 됐어요. 신물 나게 겪었어. 다정할수록, 노리는 게 큰 법이죠.
강우	(쓸쓸하게 보지만 말문 막히고)

S#44 강우의 오피스텔 (밤)

강우.. 노트북을 마주한 채 누군가와 이야기 중이다. (마치 화상 통화하듯)

강우	**(E) 싫대. 가차 없이 거절당했어.**

강우.. 노트북 옆에 세워둔 오르골 뚜껑을 연다. 발레리나 장식, 돌지 않고 서있다.

강우	어떻게 해야 이연서의 심장이 다시 뛸까?

강우의 시선이 향하는 곳, 노트북 화면 속의 여성. 설희*다. 뉴욕 거리를 배경으로 씩씩하게 걸어가며 화면을 향해 이야기하는. (설희.. 얼굴 정확히 보이지 않는다)

• 설희: 2004년 당시 23세. 강우의 단 하나의 사랑. 화면의 설희는 강우가 찍어준 동영상 속 생전 모습. 거리에서 춤을 추기도 하고 / 아르바이트를 하며 스텝 연습-포인 연습 하기도 하는.

설희	(영어로) 할 수 있어! 세상은 춤으로 가득 차있다고 누가 그랬더라?
강우, 설희	(동시에) 유(You), 마이 디얼(My Dear).
설희	(영어) 버스 왔다, 이따 봐. (손 키스 날리며) 바이!
강우	(그립고도 쓸쓸하게 보는데)
(E)	**메일 알람.**

강우.. 메일 확인한다. [아이비 비서-김단] 메일 제목 보고 표정
사라지고 딱딱해지는.
파일 클릭하면 단이의 이력서가 뜬다. (아이비 저택 제출 버전-평이하
고 흔한 이력서)

강우	(보면서) 배경 없고, 뒷배 없고, 돈 없고, 야망 없고.
	헐렁한 타입이라 쉽게 친해진 건가… (생각에 빠지는데)

S#45   아이비 저택 마당 (밤)

마당을 바라보는 테이블에 단.. 달력에 X자 그려 넣고 있다. 손가
락으로 세어보는.

단	(옆의 구름에게) 구름아, 사랑이 뭘까.
구름	(뭐래- 하품 쩍)
단	너도… 운명의 갈빗대가 있냐?
구름	(모형 뼈다귀만 찹찹 먹는)

단.. 한숨 쉬고. 테이블 위에 초코케이크 보인다. 피, 하며 밀어버리고, 보고서 쓰기 시작하는.

단   **(E) 임무 대상자, 이연서의 갈빗대를 발견… (펜 다시 고쳐 쥐고) 발견한 것 같은데 (갑자기 말 빨라지며 / 펜 스탑!) 아닌 것도 같고, 진짜 운명인지 아닌지 어떻게 알 것이며, 그 확신이 당사자가 아닌, 저한테 올 수가 있는 것인지, 운명이 아니면 어떡할 건지…**

구름   (왕왕)

단   (괜히 성질) 구차하다니! 말이 심하네, 이구름 씨!

S#46   영자네 집 전경 (낮)

아침 햇살 드리우는 고급 주택.

S#47   영자네 주방 (낮)

삐까번쩍한 아침 밥상. 아주머니 반찬 놓으려는데 기천.. 상석에 앉아있다가, 반찬 받아 들려 일어나려다, 들어오던 영자에게 어깨 꾹 눌려 억지로 앉게 된다.

영자   또 또 저렴한 버릇! 가만 앉아있으래도! 당신 곧 판타지아재단 정식 이사장님 되실 분이야. 뼛속까지 거듭납시다. 네?

기천   (복잡한 눈으로 영자를 보면)

영자   왜? 뭐 묻었어?

기천	… 눈곱, 왼쪽에…
니나, 루나	(들어와 앉는)
기천	할 말이 있다.
모두	(주목!)
기천	(영자를 보면)
영자	(무심히 눈곱 떼고 있는)
기천	(가볍게 한숨 쉬고) 루나랑 의논을 좀 해봤는데, 우리가 연서한테 너무한 거 같아.
니나, 영자	(?)
루나	그날 병원 이후로 들여다보지도 못하구. 그래두 가족인데.
니나	나두 정신없어서 신경을 못 썼네. 어뜩해…
영자	어뜩하긴, 거기 일하는 사람만 몇 명인데. 알아서 밥 잘 먹고 잘 살고 있을… (하다가 문득!) 까 걱정이네. 그래, 우리가 너무 소홀했다, 그치?
기천, 루나	(눈 맞추며 끄덕하고)
영자	(싱긋, 의미심장한 미소 짓는)

S#48　아이비 저택 마당 (낮)

해가 드는 테이블 위. 구겨진 양피지 여러 개와 케이크 상자… 나동그라져 있다.

초코케이크.. 반 이상이 없다! 의자에 뻗어있는 단. 입 주위가 온통 검은 초코 범벅! 만면에 행복 가득한 미소로 잠든. 헤헤 웃으며 뒤척이는. 그 아래 떨어진 케이크판 실컷 핥아먹고 단과 똑같이 초코 범벅 돼 잠든(것처럼 보이는) 구름이 있다. 데칼코마니 둘.

연서	**(E) 이구름 정신 차려!**
단	(소리에 깨어 눈 뜨면)
연서	(구름 안아 / 냄새 맡곤) 야, 김단! 너 구름이한테 뭐 먹였어?
단	(헉! 하고 벌떡 일어나고)

S#49   동물병원 안 (낮)

입원실 안, 구름이.. 링거 맞는 중. 연서와 단.. 초조하게 보고 있으면, 의사.. 나온다.

의사	소량이라 괜찮을 겁니다. 며칠 입원해서 지켜보죠.
연서, 단	(안도)
의사	어쩌다 초코를 주셨어요.
단	(벼락 맞겠다, 싶은데)
연서	저희 직원이 떨어뜨린 걸, 주워 먹었나 봐요.
단	(오잉?)

S#50   동물병원 앞 거리 (낮)

단과 연서.. 나온다. (연서가 단의 팔꿈치 잡고 함께 걷는)

연서	나한테 이제 구름이 하나 남았어. 구름이까지 없어지면… 정말

아무도 없어.

단   미안, 몰랐어.

연서   그 미안 소리 좀! (참고) 안 들었음 좋겠다. 김단.

단   (눈치 보다) 근데 왜 네가 혼자야? 나도 있고, 집사님도, 직원들도
         있잖아.

연서   너 평생 내 옆에 있을 거야? 내가 늙어 죽을 때까지?

단   (말문이 막히는)

연서   날 위해 존재한다며? 내가 네 삶의 목표라며?

단   그렇긴 한데…

연서   됐어, 시끄러. (팔 꽉 쥐어버리고)

단   (아!!!)

S#51   아이비 저택 거실 (낮)

단과 연서.. 들어온다. 조용하고 아무도 없는 거실.

단   쉬어. (하는데)

기천. 니나   (노래 부르며 등장) 축하합니다!

연서와 단.. 놀라 보면, 기천과 니나.. 고깔모자 쓰고 케이크에 촛
불 붙인 채 춤추며 나온다.
니나.. 폰으로 SNS 라이브 영상 중계하는! "축하합니다! 연서의
회복을 축하합니다!" 노래까지.

니나	여러분!! 한국 최고의 발레리나, 이연서 보고 싶으셨죠? (카메라 돌리면)
연서	(당황한 / 카메라 피하며) 치워.
니나	보이시죠? 극비로 준비한 서프라이즈 파티! 다시 빛을 찾은 우리의 스타! 저의 하나뿐인 동갑내기 사촌 언니 연서에게 박수랑 하트 보내주세요!! 꺄!!

S#52   루나의 사무실 (낮)

루나.. 니나의 중계를 보고 있다. 루나 앞에 누군가(준수).. 앉아있는데 얼굴은 보이지 않는.

루나	(미소로) 재밌네. 그지.

S#53   강우의 사무실 (낮)

강우.. 지켜보고 있다! 당황한 연서의 얼굴 진지하게 바라보는.

강우	(화면 속 단 모습 스치면) 뭐 하고 있는 거야, 저 자식은.

강우.. 화면에 시선 떼지 않고 주머니에서 케이스 꺼내 초콜릿 하나 입에 넣는데,
화면이 까맣게 꺼진다. 그리고 들리는 연서의 단호한 목소리.

연서	**(E) 치우라고 했지?**

S#54   **아이비 저택 거실 (낮)**

연서가 니나의 핸드폰을 손으로 꽉 잡고 있다. 아예 힘으로 확 뺏어버리는.

단.. 당황했다. 이게 무슨 상황인지 파악 중인.

기천	촛불… (하다 눈치 보고)
연서	문 누가 열어줬어?
니나	우리 가족인 거 다 알잖아…
연서	(아우 씨! 싫고)
기천	(소리치는) 여보! 연서 왔어!! 내려오세요!!!
연서	(날카롭게 획! 위층으로 향하는) 2층에 올라갔어? 누구 맘대로!

S#55   **승완의 방 앞 (낮)**

영자.. 주위를 둘러보다가 승완의 방문에 열쇠를 꽂는다!

⟨F/B⟩   S#42 직원3.. 열쇠를 내놓는다.

직원3   급한 대로, 복사만 했습니다.

탈칵, 소리 내며 열리는. 영자.. 씩 웃으며 들어가고.

S#56   **승완의 방 (낮)**

영자, 뒤져보는 중이다. 영자.. 큰 백 안에 서류들 일단 집어넣고 보는.

영자   (영어 서류들 보며) 모르겠다, 일단 넣고 봐야지… (맘 바빠 흐트러뜨리며) 아후, 그냥 싹 다 불 질러버렸음 좋겠네. 간단하고 좋을 걸.

영자.. 파일들을 거쳐서 박스(S#43)를 연다! 병원 기록물 전화기록 서류다! 영자.. 들어 올려서 보는데, 제일 뒤에 쪽지 하나… 바닥으로 떨어진다. 모르고.

영자   (눈 반짝) 찾았다!

S#57   **아이비 저택 2층 복도 (낮)**
연서.. 단의 팔꿈치 잡고 빠르게 걸어온다. 굉장히 화났다.

단   천천히 가. 넘어져…

연서.. 달리듯 다가가 승완의 방문을 확! 열어젖힌다. CUT TO〉 깨끗하게 정리돼있는 방 안.

영자   연서 왔어?
연서   (돌아보면)
영자   (복도 끝에서 다가오는)

영자	어쩜, 여긴 그대루다. 관리 잘했네.
연서	(얼굴 굳는데)
영자	(단의 팔꿈치 잡은 손 보고) 이 친구 없인, 아직 힘들다며? 어뜩하니?
연서	(짜증)

S#58   아이비 저택 주방 (낮)

니나와 기천이 열심히 꾸며놓은 다이닝룸. 풍선과 축하 플래그,
꽃까지 장식돼있다.
연서.. 무표정하게 굳어있다. 영자, 니나, 기천.. 어색하게 서 있으
면, 단.. 연서 뒤에 서있다.

기천	그래도 다 모였는데 우리… 축하의 와인 한 잔씩 하자.
모두	(어색하게 의자에 앉으려는데)
연서	나가요. 피곤해.
니나	연서야, 조금만 맘 열어주면 안 돼? 이렇게 애쓴 거 100프로 너 축하하려고…
연서	(짜증 올라오는 / O.L) 사람이 죽고서 받은 눈이야. 호들갑 떨면서 축하할 일이니?
단	(또 쏜다, 싶고)
니나	나, 널 위해 매일 기도했어. 얼른 나아서 같이 무대 서게 해달라고.
연서	어렸을 때부터 참 착했어. 그치? 너 나 빼고 다른 모든 사람한테 인정받고 싶어서 그러는 거잖아. 다른 걸론 도저히 이길 수가 없으니까.

니나	(울컥) 없었으니까.
연서	뭐?
니나	말은 바로 하자. 이길 수 없었던 건 과거야. 네 두 눈이 멀쩡했던 3년 전.
연서	(파르르 떨리는 손 감추며 / 허, 어이없어 웃는데)
단	그만 가시죠.
모두	(보면)
단	(단호한 얼굴로) 그게 좋겠습니다.

S#59 아이비 저택 앞 (낮)

영자, 기천, 니나.. 쫓기듯 나온다. (영자.. 서류 넣은 큰 백 추켜올리는)

니나	(마음에 걸려 돌아보는) 미쳤나 봐… 내가 왜 그랬지?
영자	잘했어, 우리 딸. 내가 속이 다 시원하드라!
기천	(한숨)

S#60 아이비 저택 주방 (낮)

단과 연서.. 팔짱 끼고 침묵 속에 있다. 단.. 연서를 이해하기가 어렵다.

단	고모님이라며? (조심스레) 왜 그러는데? 가족들이 축하해주러 온 거잖아.

연서	(O.L) 시끄러.
단	아니 난 이해가…
연서	(입술 꽉 무는) 닥치라고, 좀!
단	야, 이연서!
연서	넌 이게 문제야, 좀만 잘해주면 기어오르는 거. 나한테 이래라저래라 하지 마. 넌 그럴 자격 없으니까.
단	아니? 할 거야. 왜냐하면, 난 양심이 살아있고, 도리를 아는 인간이니까! 사람이 그러면 안 되는 거라고!
연서	(어이없는) 내가 뭘 어쨌는데?
단	언제까지 네 기분 따라 제멋대로 굴 거야? 다섯 살이야? 애도 안 이러겠다! 축하한다고, 행복하자고 손 내밀고 다가오는 사람한테 그렇게 화살 쏘듯 해야 돼?
연서	화살을 쏘든 총을 쏘든 내 맘이야!
단	(안타깝고 답답하게 보는) 결국 피 보는 건 너야.
연서	(최대한 사무적으로) 분명히 하는데, 넌 아저씨 대신 이 자리 있는 거야. (서운하고 / 복잡하고) 아저씬 다 괜찮다 그랬어. 내가 싫은 건 안 해도 된다 그리고, 하고 싶은 건 무조건 하게끔 만들어줬어.
단	난 김단이야! 그 미련한 아저씨가 아니고!!!
연서	(노려보면) 뭐라구?
단	하긴, 착한 아저씨가 무슨 죄겠어. 세상 무서운 거 없고, 제 맘대로 안 되면 짜증밖엔 못 부리는 애한테 선의는 독이 된단 걸 몰랐겠지.
연서	(허!) 세상에 딸랑 혼자 남았단 놈, 불쌍해서 거둬줬더니… 말 다 했어?

단	세상에 딸랑 혼자 남은 놈 불쌍해할 줄은 알면서, 겨우 남은 가족들한테는 왜 그렇게 가실 세우냐구! 후회하잖아, 너. 부모님, 아저씨처럼, 다 떠나고 나서야 또 후회할 거야? 마지막이면 어떡할 거야? 돌이킬 수 없음 어떡할 거야, 바보 꽹과리야!! (하는데 / 픽! 케이크 조각 맞은)
연서	그만해. 그만하라구!
단	(열 받는 / 얼굴 닦더니 / 자기도 던진다!)
연서	던졌어?
단	그래 어쩔래?

연서와 단.. 케이크와 풍선 던지며 싸움 시작한다! 햇살 예쁘게 드리우는 다이닝룸.
연서와 단.. 둘 다 이를 악물고 던지고 막는 중! 케이크 다 써버린 연서..

단	(다가오면) 그만하.. (자 끝나기도 전에)
연서	(머리 잡아버린다)
단	(어쭈! 하더니 연서 머리 역시 잡는)
연서	놔라.
단	네가 놔!
연서	(안압 오르고) 아… 안압…
단	(걱정은 되고) 너 혈압 더 오르면 큰일 난다. 셋 하면 놓자. 콜?
연서	콜.
단. 연서	하나, 둘. 셋!

하는데 단은 났고, 연서는 독하게 잡고 있다! 단.. 야이 씨! 싫은데,

연서   (확 놓으며) 너 해고야!

단   좋아! 나도 더 이상은 못 하겠어. 잠깐 희망이란 걸 품었던 내가 어리석었네. 너란 여자, 가망 없고, 전망 없고! 미련 없어! 넌 진짜 꽹과리만도 못해. 어쩜 이렇게 사람이 정이 없어?

단.. 거칠게 나가버린다. 연서.. 어이가 없다. 속상하고, 서운하고… 복잡한.

S#61   아이비 저택 마당 (낮)

단.. 엉망진창인 차림으로 나온다. 손목에 아이워치 시계 빼서 던져버리고, 아씨, 다시 들어갈까? 아닐까? 미치겠어서 머리 막 헝클어버리는 데서,

S#62   아이비 저택 주방 (낮)

엉망이 된 부엌 한가운데 멍하니 선 연서.. 손목에 상처가 생겼다. 살짝 배어 나오는 피. 연서.. 서러워 눈물 차오르지만 꼿꼿하게 참는 뒤로 '축하해, 이연서!' 플래그 반짝거리고.

S#63   공원 (낮)

단.. 벤치에 앉아 고개 젖히고 나뭇가지를 보고 있다. 중얼중얼하
는데 기도문 외우고 있는

단   우리가 우리에게 죄지은 자를 사하여 준 것같이… 우리 죄를 사하
여 주옵시… 내가 뭘 잘못했어요? 죄가 있음 알려주세요! (하는데)

팔랑, 나뭇잎이 떨어진다.
단.. 설마! 싶어 확! 낚아채 보는데, 아무것도 없는. 실망.

단   정녕 나를 버리셨나이까!!! (하는데)
(E)   **전화 울리는**
단   (또 냉큼 보는데 '정 집사님' / 실망하고)

S#64   선술집 (밤)
유미.. 소주를 가득 따라준다. 단.. 잔을 잡고 망설이는데…

유미   쭉 들이켜요. 가슴에 불났을 때, 이거만 한 게 없어.
단   (들이켜는데 / 식도가 타들어 가고) 으, 뜨거워요!
유미   한 번만, 납작 엎드리면… 안 될까?
단   말씀드렸잖아요. 난 잘못한 거 없어요. 그리고 이연서 성격에, 한
번 해고하면 무르는 법 없는 거 아시면서, 왜 자꾸 그러세요?
유미   글쎄… 나도 모르겠네. (싱긋) 단이 씨랑 있음, 아가씨가 좀 편해
보였어. 누구랑 티격태격하는 거. 아가씨 열 살 이후론 안 하던 짓

이거든요.

단   (!!)

유미   자기 없음 또 지팡이 신세잖아. 한 번만… 안 될까?

단   전 거짓말 못 해요. 잘못한 게 없는데, 잘못했다고 할 수가 없어
         요. 절대루.

S#65   연서의 방 (밤)

연서.. 침대에서 뒤척이고 있다. 쉽게 잠이 오지 않는. 결국 일어
나 앉는다.

S#66   아이비 저택 주방 (밤)

지팡이 세워두고 차를 따르는 연서. 카모마일 차다. S#14에서 단
이 건네준 그 찻잔이다.

연서.. 마시려다 멈칫한다. 연서.. 핸드폰을 열었다가, 닫았다가 하
는데

단   **(작은소리/E) 이연서!!**

연서.. 들었다. 뭐지? 싶은데, 마당 쪽이다! 창으로 보면,

단.. 마당의 구석에 갔다가 휘적휘적 다른 구석으로 갔다가 하
는 중.

S#67   아이비 저택 마당 (밤)

연서.. 지팡이 짚고 나오는데, 단.. 혼자서 바쁘다. 취해서 정리하는 중.

단   (화분 치우며) 이건 이연서가 싫어하니까 (호스 정리하며) 이건 이연서가 걸려 넘어질 수 있으니까… (낙엽 수북한 것 옮기면서) 이건 이연서가 밟고 미끄러질 수 있으니까… 훠이훠이.

연서   뭐 하는 거야?

단   어? 우리 싸가지 공주다! 정리를 안 했더라고. 다 치워줘야지. 마지막인데. (휘청휘청 다가오는)

연서   (손 내밀며) 출입 카드 내놔.

단   (물끄러미 보다가 덥석 잡는다 / 손목에 상처) 다쳤네.

연서   (!)

단   미안…

연서   그 말 듣기 싫다고 했지, (하고 빼려는데)

단   (더 세게 잡아채려다, 술기운에 털썩 무릎을 꿇게 돼버렸다)

연서   (당황하는데)

단   (마치 프러포즈 자세처럼 앉아 연서 손목에 자신 깃털 손수건 매어준다) 이건, 나야. 나라고 생각해. 너 나하고 있음 괜찮잖아. 내가 없어도, 나랑 같이 있는 것처럼! 이것만 있음 어디든 갈 수 있어. 내가 주문 걸어줄게. 얍!

연서   (그런 단을 내려다보는)

단   이거 하구서… (연서 올려다보면서) 춤도 추면 좋겠다. 이연서.

연서   (!!!)

단   항상 누가 날 겨누고 있는 기분 말고, 모두가 네 춤에 감탄하는 기분 느꼈으면 좋겠다.

INSERT S#33 납골당 안에서 연서의 뒷모습을 하염없이 바라보는 단의 얼굴.

연서 **(E) 항상 누가 날 겨누고, 감시하는 기분인데, 차라리 그게 망상이면 좋겠어.**

연서 (손 빼려고 하는) 끝까지… 건방 떨지 마…

단 (꽉 잡아주며) 나만 믿어라, 난 다르다, 난 진심이다. 그 말 믿었음 좋겠다. 다정할수록, 더 고마워했음 좋겠다.

연서 (!!)

INSERT S#36 우산을 들고 뛰어온 단.. 영상을 함께 보고 있는 강우와 연서를 보고 걸음을 멈춘다. 영사되는 연서의 춤 영상을 보는 단. 반한 얼굴.

괜히 몸을 숨기게 되고. 고개만 살며시 내밀어 듣는 연서의 말.

연서 (단의 시선에 보이는 얼굴) 나만 믿어라, 난 다르다, 난 진심이다. 단골 레퍼토리잖아. 나 일곱에 고아 됐어요. 신물 나게 겪었어. 다정할수록, 노리는 게 큰 법이죠.

단 (애틋해지는 표정)

연서 (뭉클해지는데)

단 (싱긋 웃더니) 아냐, 나중으로 미룰 거 뭐 있어. 지금 나랑 추자, 춤!

연서.. 어? 하기도 전에 단에게 끌려 나간다. 단.. 콧노래 흥얼거리면서 얼어있는 연서 두 팔 잡고 덩실덩실하기도 하고, 왈츠 비슷한 춤 막 추는.

연서.. 처음엔 이리저리 끌려다니다 점점 박자를 맞추며 자세 나오는, 표정도 조금씩 풀리는

꽤 합이 잘 맞는 두 사람의 어설퍼도 아름다운 춤 계속되다가, 하이라이트 부분!

단과 연서.. 한 손 잡은 채 멀어졌다가 연서가 회전으로 다가오는 기술까지!

한 바퀴, 두 바퀴, 세 바퀴가 되자,

그대로 단의 품속에 쏙! 들어와 버리는 연서!

단.. 본능적으로 연서의 허리를 감싸 지지해주면, 두 사람.. 더 가깝게 확 붙었고,

호흡도 거칠다! 연서.. 제 호흡 신경 쓰이는데.

단   (따뜻하게 바라보는데 눈 막 감기는) 거 봐, 넌 춤출 때가 제일 예뻐.

단.. 연서에게로 다가간다. 마치 키스할 듯이 눈까지 감고! 두근, 연서의 심장이 뛴다. 입술이 닿을 듯 가까운 두 사람의 얼굴… 하지만 단의 고개… 연서의 어깨에 툭, 떨어진다.

연서에게 기대어 선 단과 그대로 얼어버린 연서의 모습에서 ENDING!

S#68   에필로그 – 어린 단과 연서

연화도 바닷가. 어린 단.. 그렁그렁한 눈으로 바라보고 있다. 바다 앞에서 어린 연서가 춤을 추고 있다.

어린 단   **(E) 나 태어나서 한 번도, 무지개 본 적 없어.**
어린 연서   **(E) 내가 보여줄게, 무지개.**

어린 연서가 무지개를 표현하는 춤을 춘다. 어린 단.. 감동이 밀려오는데, 춤을 추는 연서 뒤로 진짜 무지개가 나타난다! 너무나 아름다워 비현실적인 풍광이다.
어린 단.. 아름다움에 기어이 눈물이 흐르고 만다.

S#36. 영사된 어린 연서(어린 연서)의 영상을 바라보는 단의 그렁 그렁 눈물 고인 얼굴 위로
어린 단   **(E) 결심했어. 나 꼭 어른이 될 거야. 어른이 돼서 널 찾을 거야.**
ENDING

나만 봐. 이 세상에 너랑 나,
딱 둘만 있다고 생각하는 거야. 오케이?

어떡해… 쟤 진짜…
나 좋아하면 안 되는데…

4
부

4부

S#1   **아이비 저택 마당 (밤)**

3부 S#67 연서와 단.. 아름답게 춤추는 모습.

단과 연서.. 한 손 잡은 채 멀어졌다가 연서가 회전으로 다가오는 기술까지!

한 바퀴, 두 바퀴, 세 바퀴가 되자, 그대로 단의 품속에 쏙! 들어와 버리는 연서!

단.. 본능적으로 연서의 허리를 감싸 지지해주면, 두 사람.. 더 가깝게 확 붙었고,

호흡도 거칠다! 연서.. 제 호흡 신경 쓰이는데

단   (따뜻하게 바라보는데 눈 막 감기는) 거 봐, 넌 춤출 때가 제일 예뻐.

단.. 연서에게로 다가간다. 마치 키스할 듯이 눈까지 감고! 두근,

연서의 심장이 뛴다. 입술이 닿을 듯 가까운 두 사람의 얼굴.. 하지만 단의 고개.. 연서의 어깨에 툭, 떨어진다.

연서에게 기대어 선 단과 그대로 얼어버린 연서의 모습 뒤로 밝게 빛나는 달 보이고. (F.O.)

S#2 **아이비 저택 마당 (낮)**

(F.I.) 단.. 햇살에 깨어난다. 헉! 하고 일어나 머리가 깨질 듯 아픈. 떠오르는 어제 기억들!

〈F/B〉 3부 S#67 "어? 우리 싸가지 공주다!"라고 한 것 / 연서 끌어다 억지로 춤춰댄 것.

단 술이여! 알코올이여! 온갖 죄악의 원흉이여!!

단.. 머리 벅벅 긁는데, 뒤에서 누군가 다가오는 소리. 단.. 창피해서 고개 숙이며,

단 오지 마⋯ 보지 마! 창피하니까!! (하는데)

형사 **(E) 김단 씨, 나가시죠.**

단.. 놀라 돌아보면, 형사(3부 S#27 고성민)가 경찰 대동하고 서있다. 오잉? 하는 단의 얼굴.

단	**(E) 잠깐만요!!!**

S#3 **아이비 저택 앞 (낮)**

단.. 고 형사와 경찰에게 끌려 나가는 중. 대문 앞 대기하고 있는
경찰차. 단.. 저항하는 중.

단	저 아시잖아요! 여기 직원이라구요!!
형사	짤렸다면서!
단	(움찔) 그렇다고 해도 이렇게 잡아가는 게 어딨어요!
형사	가택침입 신고가 들어온 이상 우리도 어쩔 수가 없… (하는데)
단	(안쪽에서 나온 연서가 보이는!) 야! 이연서!!!!
연서	(멀리서 보고 있다 / 굳은 얼굴)
단	(아등바등) 정말 너야? 네가 했어? 얘기 좀 해! 5분만, 아니 1분만!!
형사	(돌아보고 / 꾸벅하는) 빨리 처리하겠습니다.
단	(연서 눈을 똑바로 보면서) 갈 땐 가더라도 이렇겐 아니지!!!
형사	아유, 시끄러워 좀! (하는데)
연서	잠시만요.
형사, 단	(보면)
연서	(끄덕하고)

S#4 **아이비 저택 앞 거리 (낮)**

형사.. 멀찍이 대기하고 있다. 단과 연서.. 마주 선. (연서.. 지팡이 짚

고 섰다)

단   (이해가 잘 안 되는) 가택침입? 신고?

연서   (차갑게 바라보며 / 팔짱 끼는)

단   나도 알아. 너 얄짤없구 희망 없는 거. 누가 어쩐대? 암말 안 해두
        내 발로 나갈라 그랬어!

연서   (계속 가만히 보기만 하는)

단   (억울하고 서운하고) 그래두 믿었다. 네가 내 맘 같진 않아두, 내 맘
        알긴 할 거라구. 걱정돼서, 미안해서 온 거… 알 줄 알았다고, 이
        쨍과리야!

연서   사기꾼…

단   뭔 소리야?

연서   비열한 놈…

단   (미치고 팔짝 뛰는) 언젠 사이비랬다 변태랬다, 이젠…!!

연서   날 속였잖아!!!

단   (! / 복잡한 / 고개 젓는데)

연서   (감정 다스려) 지금이라도 솔직히 고백하면, 봐줄게. (건조하게) 해고
        에 손배소, 경찰 조사에 검찰 송치… (하는데)

단   (O.L) 항상 진심이었어. 한 마디도 거짓은 없었어!

연서   (복잡한 눈으로 보는)

단   (진실하게) 정말이야.

연서   (망설이다 불쑥 뱉는) 우리, 전에 만난 적 있지?

단   (!!!)

연서   너 여기 면접 오기 전에, 나… 눈 안 보일 때…

단	(소름 쫙)
연서	대답해. 한 마디도 거짓 없이.

당황한 단을 바라보는 연서의 복잡한 눈에서

S#5 아이비 저택 마당 (밤) – 연서의 회상

연서.. 취해서 잠든 단을 끙끙대며 의자에 눕히고 있다. 겨우 눕혀서 담요 덮어주는데,
단.. 잠결에 연서의 손목을 잡는다. 연서.. 놀라서 손을 빼는데, 손목에 묶여있는 손수건.
연서.. 손수건을 만지작거린다. 그리고 잠든 단의 눈, 코, 입을 천천히 보는.

연서	김단. 너… 대체 뭐야…
단	(해맑게 씩 웃으면서 자는)
연서	… 나한테… 왜 이러는데?
단	(뒤척이면서 / 잠꼬대) 걱정 마십시오! 꼭 해내겠습니다!
연서	(?)
단	이연서를 꼭…! 미션 컴플리트!
연서	(!!! / 한 걸음 뒤로 물러앉는데)
단	떽!! 비극을 맞이한 인간이라고 비뚤어지면 안 되지!
연서	(일어서서 한 발 뒤로 물러서며)

<F/B>

　　　　　1부 S#22

단　　　　비극을 맞이한 인간이 다 그대처럼 비뚤어지진 않아.

　　　　　3부 S#24

단　　　　사고인 것 같다니까.

　　　　　S#25

단　　　　(반가워) 이거 왜 안 나와요?

연서　　　설마⋯ (손수건을 툭 떨구는)

연서　　　(E) **대답해, 김단.**

S#6　　　아이비 저택 앞 거리 (낮)

　　　　　S#4 연결. 당황한 단을 재촉하는 연서.

연서　　　너, 이 집에 오기 전부터 나 알았어.

단　　　　(어떡하지, 흔들리는 동공)

연서　　　(E) **아니지?**

단　　　　(미치겠다 / 이미 얼굴에 들켰다, 쓰여있는)

연서　　　(E) **아니라고⋯ 해줘⋯**

단　　　　⋯⋯ 맞아.

연서　　　(기대가 툭 끊어진) 비 오던 날⋯ 나무 아래⋯ 맞지?

단　　　　(끄덕) 우연이었어! 물론 그분이야 첨부터 계획적이었겠지만⋯

연서　　　시키는 대로 할 뿐이다?

단	나도 놀랐다구! 하필 너라고 해서!
연서	(최대한 침착함을 유지하려 애쓰며) 누가 보냈어?
단	위에서…
연서	(알겠다는) 지시만 받는다 이거지.
단	(앞으로 한 발 나오며) 이연서, 그게…
연서	(입술 꽉) 인생의 목표가 나라고 했던 것두
단	(헉!)
연서	날 위해서 존재한다 어쩐다 했던 것두… (코웃음) 거짓말은 아니네…
단	너한테두, 좋은 일이라고 생각했어!
연서	뭐가? 유리창 깨구 겁줘서 평생 꼼짝달싹 못하면서 사는 게?
단	(?) 무슨… 말이야?
연서	거기도 참, 멍청하네. 이렇게 허술한 스파일 보내면 어쩌자는 거야.
단	(?) 스파이?

하는데, 얼굴에 던져진 깃털 손수건. 단.. 엉겁결에 받아 들고 연서를 보면

연서	(건조하게 단 보며 / 웃지 않고) 새로웠다. 그나마. (뒤 형사에게) 끝났습니다. (획 돌아서고)
단	스파이??

S#7   경찰서 (낮)

단.. 조사받는 중. 골똘히 생각 중인데,

형사	(서류 작성하며) 아무리 갑질 드러워도, 집에 쳐들어가고 그럼 안 돼.
단	(손가락으로 꼽으며) 변태, 사이비, 사기꾼, 스파이까지!
형사	대한민국… 약자들한테 빡센 나라야. 재판 가고 벌금 맞고… 남는 게 뭐야?
단	(벌떡 일어나며) 모욕!!
형사	(? 해서 보면)
단	세상에 내려와, 저한테 남은 건 모욕뿐이네요!
형사	(인상 팍) 앉아라.
단	(힝)
형사	영 수상쩍다 했다. 그날 저녁부터 갈까? 유리창은 뭘로 깬 거야? 전등 그건 미리 끊어놨나? 칼? 톱?
단	(앉으며) 진짜 솔직하게 말씀드리면요…
형사	(보면)
단	(상체 세워 형사 귀에 대고) 그날… 제가 아가씰 구했어요. 창문 팍! 깨지고 유리 조각이 막 비처럼 우수수 떨어지는데 내가 날! (멈칫) 팔을 쫙! 펼쳐서!
형사	(눈만 보며) 신뢰를 얻기 위해 사고를 조작했다…?
단	(억!)

S#8   단의 방 (낮)

연서.. 단의 방을 정리하고 있다. 유미.. 연서가 박스에 짐 넣으면 다시 빼는.

연서	집사님!!
유미	이러지 말자, 단이 씨 다시 불러요, 응?
연서	첨부터 다시 설명해요? 날 속였다니까요!
유미	말을 안 한 거지, 일부러 거짓말한 건 아니잖아요. 순순히 대답했다며. 숨기려면 끝까지 말 안 했겠지.
연서	(입 꾹)
유미	세상 모든 사람이 의심스럽죠? 그 와중에 난 어떻게 믿는대?
연서	집사님은 안 다정하니까.
유미	(헐 / 흩어져있는 초콜릿 껍질들 보여주며) 이거 봐요. 무슨 스파이가 이렇게 초콜릿만 수두룩 까 먹어. (짐에서 꺼낸 달력 보면 날짜에 동그라미 많이) 애처럼 생일만 기다렸구만.
연서	그때까지 날 죽였어야 했나 부죠.
유미	(으이구!!!) 이거 봐요. 아가씨에 대해서 이렇게 연구를 했는데!

연서.. 보면, 유미가 줬던 연서 관련 책자다. 형광펜으로 '카모마일
차' 같은 것에 색칠돼 있는.

유미	어머, 이게 뭐야? (낙서를 읽는) 사랑, 연애, 마음, 심장?
연서	(보면 / 보고서 옆으로 적어놓은)

INSERT 단.. 책상에 앉아 열심히 고민하면서 적는 모습

유미   여기 하트 그려놓은 거 봐. 세상에… (!) 설마… 에이… 아니겠죠?

연서   (불길한) 뭔가요?

S#9   공원 (낮) - 유미와 연서의 상상

1부 S#20. 두 사람 첫 만남. 나무 아래 벤치에 연서.. 앉아있는 것을 보는 단의 시선.

빗줄기와 함께 벚꽃잎 아름답게 흩날리는 사이로, 아름답게 빛나는 연서의 얼굴!

샬랄라한 음악 깔리면서 단.. 한눈에 반한 얼굴이다! 한 발, 두 발 다가오는 단의 모습 위로,

유미   **(E) 첫눈에 뿅! 반해버린 거야. 조심스럽게 다가간 거지.**

단.. 연서에게 다가가는데, 연서.. 자신을 못 알아보는 눈. 조심스레 옆에 앉는.

유미   **(E) 잠깐이라도, 아가씨와 같은 공기를 마시며 그 순간을 간직하고 싶었**

연서   **(E) 말도 안 돼!**

S#10   단의 방 (낮)

S#8 연결. 꿈꾸는 듯한 유미 얼굴을 보는 연서.. 미간 잔뜩 찌푸렸다.

연서   위에서 보냈다고, 그렇게 말했다니까요.

유미   (하늘을 가리키며) 하늘! 운명이 보낸 걸 수도 있죠!

연서	그렇게 입주하기가 싫어요?
유미	(찔리지만) 안았다면서!! 계약서를 이렇게 꼼꼼히 본 친구가 접촉 금지를 어긴 거 아냐!
연서	(설마, 싶으면서도 되짚어보고) 그건 유리가 깨져서…
유미	곁에만 있자, 했을 거야. 비서로, 활동 보조인으로. 근데, 사람 맘이 어디 맘대로 되나.
연서	집사님!!!
유미	(꿀꺽)
연서	(박스 안기며) 이거 전달해주세요. (돌아서면)
유미	(입 삐죽 / 혼잣말처럼) 집에서 쫓겨나 갈 데도 없댔는데… 어디서 뭘 하고 있을까나…
연서	(신경 쓰이는)
유미	경찰서에 끌려갔을 정도면 진짜 상처받았을 텐데…

〈F/B〉	S#4 손수건 던진 후 단의 억울한 얼굴.
단	항상 진심이었어.

연서	(맘에 걸리지만 / 나가고)
유미	(후 한숨) 안 통하네.

S#11　　OMIT

S#12   OMIT

S#13   성당 앞 (낮)

단과 후.. 대치상태! 대화 중에도 단.. 호시탐탐 들어갈 궁리를 하
다 번번이 막힌다.

후   여기 네 집 아냐.

단   하룻밤만요! 경찰이 집에 가래는데, 갈 데가 없어! (밀고 들어오려면)

후   (몸으로 막는) 파견을 나갔으면 임무 끝날 때까진 안 돼!

단   이제 시작할 참이란 말이에요. 운명의 갈빗댄지 뭔지 암튼 남자
       도 찾았구, 연결만 시켜주면 되는데!

후   근데 왜 쫓겨났어? 판 깔아줘, 중간에 사고 치면 수습해줘, 난 할
       만큼 다 했다.

단   (입 부루퉁) 육신이 문젠가 봐요. (후의 팔 꾹꾹 찔러보며) 선배는 안
       그래요? 못된 말 하면 혈압이 확 올랐다가! 좀 친해졌다 싶으면
       (코 만지작) 여기가 막 간지럽다가.

후   천사가 인간이랑 똑같이 승질 내고 싸우다 짤린 게 자랑이다 인마!

단   직장만 짤렸지, 미션은 아직 안 끝났어요! 내가 옆에 없어도, 사랑
       에 빠지기만 하면 되는 거잖아요! 그죠?

후   어둠의 중매쟁이라도 되겠단 거야?

단   오, 그거 괜찮네요! 꿈에 나타나면 어때요? (짐짓 / 옛 말투로) 놀라
       지 말라. 보라, 새 시대가 열리리니, 메마른 이연서 꽹과리의 마음
       에 사랑이 시작될 것이다! (만족하는데)

후	(한심) 그래… (기운 없이) 파이팅! (문 탁 닫고 들어가면)
단	(아차! / 문 열어보는데 잠겼다) 아 선배!! 그럼 나 돈이라도 좀 줘요! 만 원만! 오천 원만! (잠잠한) 맨몸으로 쫓아내는 건 신이고 인간이고 똑같애!

S#14   거리 (낮)

단.. 털레털레 걸어오는. 버스 정류장에 털썩 앉는 단.

좋은 냄새가 난다. 킁킁대며 고갤 돌려보면, 정류장 뒤쪽에 핫도그 포장마차.

홀린 듯 다가가는 단. 주머니를 뒤져보면 500원짜리 하나뿐.

단.. 메뉴판 가격(1,000원 이상) 보고 침 꼴깍하는데,

버스 정류장에 정차하는 노란색 발레학원 버스. 발레복 입은 꼬마들이 우르르 내린다.

지도교사 두 명, 앞뒤로 아이들 지도하고, 줄지은 아이들.. 상가로 들어가면, 지도교사들.. 다가와,

교사1	저희 핫도그 20개만 포장해주세요!
단	(부러운 눈빛으로 보는데)
교사1	쌤, 그거 봤어요? 금나나 SNS 라이브. 난리 났던데…
교사2	이연서? 진짜 싸가지 없더라.
교사1	유명하잖아요. 제 친구가 판타지아에 있는데 말도 못했대요. 울리고 때리고!
교사2	왜 그랬대. 재능 한땐데,

교사1	재산은 영원하대잖아요. 그니까 각막 이식도 받구, 맘껏 성질도 부리고. 부럽다.
교사2	세상에 배 아플 게 없어 미움받는 앨 부러워해? (속삭이며) 걔, 눈 멀었던 것도 다 부덕이 쌓여서 그런 거야. 인생, 부메랑이거든.
단	(기분 묘하고)
교사1, 2	(핫도그 받아 들어가는)
단	(걱정되지만) 이연서. 바보 꽹과리.

S#15 판타지아 연습실 (낮)

쉬는 시간. 단원들.. 삼삼오오 모여 폰으로 니나의 SNS와 기사들 보고 있다!

('한때 요정 이연서 인성논란' '치워, 치우랬지? XX 살벌한 발레리나' '복귀에 맞춘 노이즈마케팅?'같이 자극적인 기사 제목들) 수군대기도, 낄낄대기 도 하는데

강우.. 들어온다. 단원들.. 놀라 제자리로 가는데 미처 못 끈 SNS 에서 (E) 치워! 야, 치우랬지? (삐-일부러 욕처럼 처리한) 소리 울려 퍼진다.

강우	(물끄러미 바라보는 / 카리스마) 품위가 없는 발레단에 희망이 있습니까?
의견	(조심스레 손을 드는)
강우	(시선 주면)
의견	언제부터 연습 나오나요? 이러다 안 오면, 저는 누구랑 호흡 맞춰 요?

은영	캐스팅 확정 공고 아직 안 뜨는데, 연서 언니 주역 확실한 건가요?
수지	(기어들어 가는) 저희, 지젤은 처음인데… 주역도 없이 언제까지…
강우	(한숨 / 은영 보며) 실력도 안 되면서, 자리 욕심만 내는 거, (의견 보며) 역량도 안 되면서 남 탓할 생각만 하는 거, 그런 걸 흔히 양아치라고 하죠?
모두	(! / 충격받는)
강우	(강하게) 다들 이연서 씨한테 신경 꺼요. 내가 데려올 때까지. (리모컨 들고) 센터 연습 시작하죠. (누르는데)

(M) '백조의 호수' 음악이 나온다. 단원들.. 후다닥 일어났다가 어정쩡해지는. 강우.. 인상 팍!

S#16 루나의 사무실 (낮)

루나.. 업무 보고 있는데, 강우.. 쳐들어오듯 급하게 들어오는.

강우	누구 맘대로 연습곡을 바꿔놓습니까?
루나	안 그래두 감독님 모시러 갈랬어요.
강우	이봐요, 금루나 부단장!
루나	단장님 방으로 가시죠. 긴급 이사회 중입니다.
강우	(!)

S#17 영자의 사무실 (낮)

대여섯 명의 보드빌 멤버들(4,50대 여성, 남성들)과 영자, 루나와 강우.. 둘러앉아 난상토론 중.

멤1	격 떨어지게 이게 무슨 창핍니까?
멤2	오히려 노이즈마케팅 가능하지 않을까요?
후원회장	우리 발레단이 그렇게까지 천박할 필요가 있나.
영자	(걱정스럽게) 문젠, 감독님이 아직도 연설 설득 못 했다는 거예요.
강우	(표정 없이 영자를 보기만 하는)
후원회장	이제 어쩔 겁니까? 남의 돈으로 예술 할 거면 제대로 하세요!
멤버들	(맞아, 책임도 못 질 거면서, 등등 와글와글하는)
영자	(봤지? 하는 얼굴로 싱긋 미소 짓는데)
강우	(테이블 두 손으로 탁! 소리 나게 짚고 일어서는)
모두	(강우에 주목하는데)
강우	데려오겠습니다. 이연서.
모두	(?)
강우	여러분 앞에 아니, 전 국민 앞에 세우겠습니다. 사고로 눈멀었던 발레리나가, 성질 더러운 이연서가 기자회견에 직접 나와서 복귀를 선언할 겁니다. 이 정도면, 판도는 뒤집히고 원하시는 장사도 할 수 있는 그림, 될 겁니다.
루나, 모두	(!!)
후원회장	(흥미로운) 실패하면?
강우	원하시는 대로 해드리죠. 아동용 백조의 호수든 뭐든.
영자	(혼란 속에 머리 굴리는 / 작게 혼잣말) 기자회견? (눈 반짝)

S#18   영자의 사무실 앞 (낮)

강우, 루나.. 나온다.

강우   기자회견 보도자료 내세요. 이연서가 직접 나와 입장 표명한다고.

루나   연서 안 오면요? 일 더 키우지 마시구, 그냥 니나로 가시죠.

강우   (손으로 막고 / 강하게) 올 겁니다, 이연서. (가려다) 아 그리고 다시는,

루나   (꿀꺽)

강우   연습곡, 음악, 손대지 말아요. (가는데)

루나   어차피 안 돼요. 연서 막말 동영상, 퍼질 대로 퍼졌어요.

강우   (고개만 돌려) 해결될 겁니다. 매듭 묶은 사람이 풀러 갔으니까.

루나   (? 해서 보면)

S#19   아이비 저택 앞 (낮)

니나.. 어쩔 줄 몰라 서성거리고 있다. 아 어떡해… 발 동동.

INSERT   강우 사무실. 니나의 기억 속 강우의 얼굴.

강우   투 샷입니다. 금니나와 이연서의 투 샷. 세상에서 제일 환하게 웃고 있는
       얼굴로요. 가능하면 뺨까지 딱 붙이는 게 좋겠습니다.

니나   미쳤어, 미쳤어! 그걸 왜 넙죽, 네! 해보겠습니다! 이러고 온 거야.
       (아이비 저택 보면서) 못 해… 무서워… (하는데)

단   (뒤에서 불쑥) 뭐가요?

니나	엄마, 깜짝이야.
단	안녕하세요. 엊그제 오셨던 분 맞죠? 연서 사촌…
니나	(단 얼굴 알아보는) 아! 비서님이죠? (반가워 / 손부터 잡고) 비서님!! 저 좀 도와주세요!!! (하는데)
고양이	**(E) 야옹 / 야옹**
니나, 단	(돌아보면)
연서	**(E) 야, 고양이 시끄러! (가까워지는) 남의 집 앞에서 울지 마! (문 여는 소리)**

니나.. 단 뒤에 숨으려 하는데, 단도 연서 마주치기 어려운. 단.. 뒤로 빠지려 하고, 니나.. 앞세우려 하다가, 두 사람.. 누가 먼저랄 것도 없이 뛰기 시작! 단과 니나.. 집 앞을 달려 사라지면, 연서.. 나온다. 한 손에 지팡이, 한 손에 먹이 그릇. 대문 옆 벽에 놓아두는.

S#20 아이비 저택 근처 골목 (낮)

니나와 단.. 뛰어온다. 외진 골목으로 들어오는. 헉헉거리며 벽에 기대선 두 사람.

니나	근데… 왜 뛰었어요?
단	그쪽은 왜…?
니나	(망설이다) 쪽팔려서…
단	(거의 동시에) 전 짤려서…
니나, 단	(피식 웃음 나는데)
(E)	**단의 배에서 나는 꼬르륵 소리!**

니나	(? 해서 단을 보면)
단	(불쌍한 강아지 표정) 뛰었더니 더 배가 고파서…

S#21   초콜릿 가게 (밤)

작은 초콜릿 샵. 단.. 안광을 빛내며 하나씩 흡입 중이다. 니나.. 미소로 보는

니나	(접시 밀어주며) 더 드세요.
단	(정신 차리고) 니나 씬 왜 안 드세요. 니나 씨라고 불러도 돼요?
니나	그럼요. 전 안 먹을래요. 이거 먹고 살찌면 스트레스 받고… 그럼 또…
단	발레리나라서 이 맛있는 걸 못 먹는 거예요?
니나	체중이 500g만 늘어도 점프 착지할 때 느낌이 달라요. 라인도 안 나오고.
단	(헐 / 그럼 연서도? 싫은데)
니나	(조심스럽게) 연서, 그날 나 땜에 되게 속상해했죠?
단	(한숨) 시작은 미약했지만, 내가 기름을 끼었었죠. 아주 활활…
니나	그래서 짤린 거예요? 비서님, 되게 좋은 사람 같은데…
단	죄송해요. 제가 도와드릴 게 없네요…
니나	(어떡해) 지 감독님한테 뭐라고 하지…
단	그 지강우라는 사람… 어때요?
니나	왜요?
단	(둘러대는) 아가씨와 곧 함께하게 될지도 모르잖아요. 궁금해서요.
니나	(가만 생각하며) 모르겠어요.

단	(?)
니나	되게 이상해요. 그 사람 어떤지, 백 마디도 할 수 있을 것 같다가 막상 말하려고 하면 말문이 막혀요. 좋은 사람인지, 나쁜 사람인지, 착한지, 못됐는지도 모르겠어요. 근데 그거 하난 확실해요. (수줍어지는) 멋있어요. 되게… 멋있는 사람이에요.
단	(꿈꾸는 듯한 니나의 표정을 보고 / 복잡해지는)

S#22 아이비 저택 거실 (낮)

직원 조회. 비장하게 연서 앞에 도열해있는 직원들. 유미.. 역시 어두운 표정.

연서	(무심히) 오늘 구름이 퇴원 날이니까 오전 중에 데려와요. 새 방범 업체 올 거니까 지문 등록 협조하고
직원대표	(한 발 나오더니 / 봉투 건네는)
연서	뭐지?
직원대표	단체 사직섭니다.
연서	(!! / 표정 차가워지며) … 원하는 게 뭐죠?
직원대표	며칠 전 일방적으로 해고된 팀장들 복직요. 그게 조건입니다.
유미	(은근히) 아가씨, 당장 전 직원 그만두면 아이비 저택 올스톱입니다.
연서	(헉!) 그래요? 정말요? 무서워라… (얼굴 싹 굳어) 그렇게 대단하신 분들이니 오라는 데 많겠네요. 사표 전부 …수리할게요.
유미, 모두	(헉!!!!)
연서	인수인계 필요 없습니다. 나가세요, 당장.

모두	(벙쩌있는데)
연서	(낮고 날카롭게) 어서!

직원들.. 각기 어쩔 줄 몰라 하며 물러나는 것 차가운 표정으로 보는 연서. 유미.. 남았다.

연서	여기 집사님 사직서는 포함 안 됐나 봐요?
유미	(사무적으로) 어딜 가도, 여기만큼 월급 안 주거든요. 이 나이에 다른 데 자리 구하는 것도 솔직히 쉽지 않구요.
연서	그것…뿐이에요?
유미	어쩌겠어요. 더럽고 치사해도, 가슴 속 사표는 문드러질 때까지 품고 다니는 게 사회생활인 걸. 아가씬 상상도 못 하겠지만.
연서	(입술 꽉) 업무에 차질을 빚은 자, 고용인의 안전에 위해를 끼치는 자, 전부 해고 가능해요. 그거 똑바로 하라고 월급 두 배 세 배 주는 거구요.
유미	네, 공명정대하시죠. 근데 아가씨 그렇게 사람 돈으로만 사고팔려고 들면 아가씨 곁에 아무도 안 남아요. 이미 그렇게 된 것 같지만…
연서	집사님 있잖아요.
유미	(단호한) 맘은 벌써 십 리 밖이에요.
연서	(속상하지만 끝까지) 됐어요. 필요 없어! (지팡이 짚고 나가버리는)
유미	(뒷모습 보며 / 쯧쯧) 저 철딱서니를 어쩔 거야, 증말.

S#23   거리 (낮)

연서.. 지팡이 짚고 거칠게 걸어가고 있다. 속상해서 눈물 차오르는데, 눈앞이 갑자기 뿌예진다. (E) 소음도 갑자기 크게 느껴지고, 혼란스러운.

연서.. 걸음을 멈춰 주변을 본다. 아무 일 없이 돌아가는 풍경, 점점 뿌예지고.

S#24   동물병원 앞 (낮)

연서.. 아예 눈을 감은 채 지팡이 짚어 온다. 처참한 기분. 시각장애인용 보도블록이 끝나고

연서.. 조심스레 눈을 뜨면 희뿌연 시야. 동물병원 간판이 보인다. 가게 앞에 서 있는 남자.

돌아보면, 단이다! 연서를 향해 환하게 웃어 보이며 손을 흔드는 단.

연서   (!) 김단.. (울컥하는데)

남자는 단이 아니고, 다른 손님. 고양일 안고 간다. 연서.. 헐, 싶은.

연서   (눈을 감았다 떴다 하며) 진짜… 미쳐가는 거야, 이연서?

S#25   동물병원 안 (낮)

연서.. 구름이 머리 쓰다듬으며 목줄 채우는데, 의사.. 다가와

의사	축하드려요!
연서	네?
의사	곧, 공연하신다면서요? (태블릿 화면 보여주는 '이연서 복귀- 기자회견서 직접 밝힌다' 같은 타이틀) 뉴스 봤어요. 너무 잘됐다!
연서	(얼굴 굳는)

S#26 판타지아 발레단 로비 (낮)

연서.. 지팡이 짚은 채로 들어왔다. 여기까지 왔지만, 복잡한 심정인데, 문이 열리고 단원이 나와 화장실을 향한다. 연서.. 반사적으로 몸을 숨긴다. 괜히 왔나, 싶고.
핸드폰을 보면 강우와 나눈 문자.

INSERT 연서 [어디세요? 당장 만나죠] 강우 [대극장입니다. 이쪽으로 오세요]

연서.. [로비예요]라고 쓰는데, 열린 문틈으로 들리는 (M) 음악 소리. 연서.. 자신도 모르게 끌려 무대 안으로 들어가는데.

S#26-1 판타지아 대극장 (낮)

무대에서 리허설 같은 연습 중. 어두운 관객석 드문드문 단원들 보고 있고.
연서.. 가만히 선 채로 무대를 본다. 니나와 의견의 지젤 파드되다. 눈 뜨고 처음 보는 발레. 감회 새로운데,

강우	(E) 어때요?
연서	(흠칫 놀라 보면)
강우	(옆에 서서 / 무대에 시선 고정) 지금 파드되 하는 저 친구가 연서 씨 파트넙니다. 파워도 좋고 선도 곱구요.
연서	(순식간에 굳어서) 기자회견, 취소해요.
강우	싫어요.
연서	지강우 씨! (하는데)

무대 위, 니나.. 연서를 봤다. 순간 호흡 흐트러지고. 의견.. 니나를 떨어뜨릴 뻔!
음악도 동작도 멈추는데 / 단원들도 연서를 봤다. 웅성거리는. ("진짜 왔어!" / "대박 저 사람이 이연서야? 나 첨 봐" "몸 좀 봐" 같은 이야기들)

니나	(연서 앞에서 넘어지다니 / 얼굴이 화끈거리고)
의견	(한 발 나서서) 안녕하세요!! 저 강의건입니다! (해맑게 손까지 흔드는데)
연서	(무대 향해) 파트너 딴 사람 알아봐요. 이 사람이 뭐라고 했는진 몰라도 난 안 해, 절대.
니나	(?)
의견	(뻘쭘한)
연서	(강우에게) 기자회견? 지팡이 짚고 나가서 말할게요. 동의 없이 기획했고, 허락 없이 기사 냈다고. 예술감독 지강우, 이렇게 형편없다는 거, 전부 알게 되겠네요. (나가버리고)
강우	(살짝 미소까지 머금고 따라 나간다.)

S#27   **판타지아 대극장 앞 (낮)**

연서.. 지팡이 짚고 서둘러 오는데, 강우.. 뒤에서 뛰어온다.

강우   (뒤에 대고) 연서 씨가 원하면 그렇게 해요.

연서   (!!)

강우   그러잖아도 싸가지 공주님 직접 인터뷰하고 싶다고 난리들이니
        까. 안 그래도 씹어대기 좋아하는 사람들이 물 만난 듯 연서 씰
        흔들어대겠죠.

연서   (!)

〈F/B〉   3부 S#10

연서   (울컥) 안 그래도 씹어대기 좋아하는 사람들 호시탐탐…

연서   (돌아서 노려보는) 나한테… 왜 이러는 거예요?

강우   지키려는 겁니다. 연서 씨도, 여기 이 판타지아도.

연서   안 해요.

강우   하게 될 겁니다.

연서   아니라니까요.

강우   (O.L) 살아났으니까!

연서   (!)

강우   죽다 살았으니까 분명히, 새 삶을 살 거라고… 나는 믿습니다. 그
        날, 연서 씨가 내 손을 얼마나 세게 잡았는지… 기억하고 있으니
        까요.

연서   (멍하니 보다가) 아, 그거였구나. (지갑 꺼내 두툼한 수표 싹 다 꺼내 내민

다) 자요, 내 목숨 값.

강우   (!)

연서   부족하면 말해요, 얼마든지 지불할게. 그니까 다신 그날 핑계로 건방지게 굴지 말아요.

강우   (굳은 얼굴로 보기만 하면)

연서   (기다리다 바닥에 던져버리고 돌아가는데)

강우   (연서 앞으로 뛰어가 선다) 언제까지 도망 다닐 거예요!

연서   비켜요.

강우   목숨 값? 저걸론 택도 없습니다. 나한테 이연서는 수십억, 수백억이 넘는 사람이야!

연서   (!!)

강우   (강렬하게 보는) 그만큼 줄 수 있습니까? 그럼 포기하겠습니다.

연서   (건조하게) 고맙네. 그렇게 많이 쳐줘서.

강우   (쿵)

연서   근데 어쩌죠? 당신이 기억하는 이연서는 죽었는데. 날 봐요. (지팡이 들어 보이며) 다리가 세 개인 발레리난 없어. 그니까 헛꿈 그만 꾸고 정신 차려요.

연서.. 강우를 지나쳐 간다. 강우.. 연서를 돌아본다. 안타깝고, 답답한 표정.

S#28   판타지아 발레단 앞 거리 (낮)

단.. 두리번거리며 온다. 안내판에 [판타지아 발레단] 확인하고 화살표 방향으로 서둘러 가는.

코너를 돌자, 눈이 커지는 단.. 달려가는! 바닥에 뿌려진 수표다!

단   이게 웬일이야!! (숫자 세어보며) 일, 십, 백 천… 백만? (헐! / 줍고 보
            는데)

(E)   **클랙슨 소리**

단   (? 해서 고개 드는데)

S#29   거리 (낮)

            단.. 손에 수표 쥐고 오면, 연서.. 서서 택시 잡으려는 중이다.

            단.. 순간 반가운 마음에 부르려는데, 연서의 옆에 강우의 차 와서
            선다.

강우   (창문 내려) 타요!

연서   (무시하고 걷기 시작하는)

강우   (아예 멈추고 내려 연서 옆에 선다) 혼자 가게 할 수 없습니다.

단   (뒤에서 보며) 벌써, 만나고 있네. (어쩐지 서운한)

(E)   **뒤 차들 클랙슨 울리는.**

연서   나는…

강우   (어서 말하라는 듯 몸을 기울이면)

단   (하나도 안 신나지만) 됐네, 됐어. 진짜 운명인가 보네. 신난다.
            /

연서   시끄러운 거, 딱 질색이에요. 차 빼시죠.

강우 (!)

강우 차 앞으로 오는 모범택시를 잡는 연서.. 문 열어 타는. 뒤도
안 보고 가버리는 연서를 허탈하게 보던 강우.. 돌아서 걸어가다
가 문득 멈춘다. 놀란 얼굴. 강우의 앞에 단이 서있다.

단 (맑게) 안녕하세요, 지강우 씨.
강우 (?)

S#30 **아이비 저택 앞 (밤)**
    연서.. 택시에서 내린다. 피로한 기색 역력한데 퀵 오토바이.. 헬멧
    쓴 채로,

퀵 이연서 씨죠?
이연서 네?… 네… 무슨… (하는데)
퀵 (서류봉투 안기고) 퀵입니다. (하고 떠나버리는)
연서 (?)

S#31 **아이비 저택 거실 / 영자네 마당 (밤)**
    연서.. 퀵으로 받은 서류봉투 앞에 두고 있다. 보내는 곳 '판타지
    아 문화재단'이다.
    뜯을까, 말까 망설이는데 또 (E) 전화 온다. [고모]. 연서.. 망설이

다가 받으면.

영자 (F) 잘 받았지?

연서 이게 뭔데요?

영자 아직 안 뜯어봤어? 얼른 꺼내서 도장 찍어.

영자.. 마당에서 짚불 태우고 있다. 활활 타오르는 불꽃을 보며 통
화 중인.

기천.. 마당 한쪽에 쌓인 짚들 가져와 통에 집어넣고 있는.

연서 뭐냐구요.

영자 위임연장 합의서.

연서 (!!)

영자 이사진들이 난리가 났어. 안 그래도 임시 이사장, 임시 단장 불안
    정했는데, 재단 주인이 싸가지에 국민 비호감이면 어떡하냐구…

연서 (입술 잘근 무는)

영자 분명히 비서 없인 암 데두 못 다니는 거 소문 쫙 났는데 공연한단
    거 자체가 눈속임 아니냐구. 공연이고 운영이고 너한테 못 맡긴
    다고 하도 그래서 내가 겨우, 이걸로 막아놨으니까 도장 찍어서
    퀵으로 보내.

연서 누구 맘대로…

영자 얘, 너 나한테 한 싸가지 생각함 내가 지금 네 편 들고 있을 때가
    아닌데, 핏줄이란 게 이렇게 무섭다.

연서 (모욕을 꾹 삼키는데)

니나.. 힘없이 들어오는.

니나	다녀왔습니다. (기천에게) 짚불 태워요?
기천	어. 아빠 촌사람이잖어. 어여 들어가 쉬어.
영자	(찡긋 눈웃음 치고 / 불타는 짚 꼬챙이로 뒤적이면)

INSERT 지푸라기 사이에 승완 방에서 가져온 서류 '길담 병원 통화기록' '2009년 이연서 일가족 교통사고 조사서' 등의 타이틀이 까맣게 타들어 가는.

영자	변호사 상담 다 거친 거야. 심신미약으로 인한 위임연기.
연서	(욱한) 심신 건강하면 도장 안 찍어도 되는 거죠?
영자	일 년이 될지, 이 년이 될지 모르니까 이러는 거잖어. 당장 담 주 기자회견장에 나올 수 있어? (살살 긁는) 지금이라도 내가 취소해줘?
연서	할게요.
영자	(옳거니)
연서	보여주면 될 거 아냐. 나 멀쩡하고 완벽하게 정상인 거, 보여줄게요. 안 되면 그 자리에서 도장 찍고 공증 받죠, 뭐! (끊어버린다)
영자	(여유 만만한 미소) 공주님, 발악해도 소용없어. 승질로 해결되는 거면 네가 왜 아직 지팡이 신세겠어.
연서	(전화 끊고 / 내가 무슨 소릴! / 마른세수하는데)

S#32 아이비 저택 마당 (밤)

연서.. 서있다. 후, 심호흡을 한다. 지팡이 툭 던져버리는.

연서	잘 들어. 무슨 일이 일어나도, 절대 날 돕지 마. 거기서 가만히 기다려. (시선 들어보면)
구름	(맞은편에서 꼬리 살랑살랑 흔들며 앉아있는)
연서	(주문을 외듯) 내 몸의 주인은 나다. 난 멀쩡해. 팔도, 다리도… 눈도.

연서.. 한 걸음 내딛어본다. 다리가 벌벌 떨린다. 다시 한 걸음 디뎌본다. 땀이 송송 난다.

그 자리에 쪼그려 앉는 연서. 고개를 묻으면, 구름이.. 연서 곁에 와서 부비는데,

연서	(아우 씨!) 왜 안 돼!!!

연서의 눈에 보이는 연서와 단 춤추는 (S#1) 모습. 환상처럼 보이다가

유미	**(E) 아가씨 곁에 아무도 안 남아요. 이미 그렇게 된 것 같지만…**

소리와 함께 사라지는 단의 모습.

연서	필요 없어. 잘 먹고 잘 살아라, 나쁜 놈…

S#33　한강 시민공원 편의점 (밤)

와앙! 입 벌려 라면 먹는 단.. 잘 먹는다. 맛있게. 허겁지겁 먹다 사레들려 캑캑대는.

얼굴 빨개지게 기침하는데, 알바 조끼 입은 10대 여성(후).. 단의
등을 톡톡 두드려주는.

단   누구세…

후   (씩 웃는데 / 역시 주름 자글한 후의 눈으로)

단   (화들짝 놀라) 세상 모든 조끼를 다 입을 생각이에요?

후   네가 다니는 동선이 이런 걸 어떡하냐. (앉으며) 좋은 데 좀 다녀.

단   활동비나 좀 주고 그런 소릴 하시죠.

후   (그러고 보니) 너… 빈털터리였잖아?

단   하늘에서 축복처럼 돈이 내려와서,

후   걸 꿀꺽했다고?

단   선배, 우리 천사예요. 당연히 경찰서 갖다 줬지. 형사님한테 3만
        원만 빌릴랬는데, 불쌍하다고 그냥 줬어요. 착한 분이셨어요.

후   그 돈으로 기껏 여길 와?

단   사랑을 좀… 보고 싶어서요.

후   (? 해서 보면)

INSERT 시민공원 곳곳, 연인들의 아름다운 한때. 단의 시선으로 관찰하는. 건강
        하고 아름답게 입맞춤하는 연인들과 가족(아이와 강아지 등)의 실루엣

단   (옆 테이블 서로 먹여주는 다정 커플 보며) 이연서는… 저런 적 없었겠죠?

S#34   아이비 저택 주방 (낮)

연서.. 냉장고를 열고 한참 보고 있다. 가득 차 있지만 뭐가 뭔지
모르겠다. 달걀 하나 꺼내는
달걀 프라이 해 먹어볼까, 싶은 연서.. 엉망이다. 타고 / 껍질 잔뜩
이고 / 소금 붓고 (컷컷)
짜증스럽게 뒤집개 집어 던지는데, 유미.. 헐레벌떡 들어온다.

유미	아가씨, 아침… 드셨… (하다 난장판 보고 / 한숨) 제가 할게요.
연서	들어오라고 했잖아요. 나 혼자 어떻게 있어, 이 큰 집에.
유미	단이 씨 오라 그럼 되죠!
연서	(미간 팍!) 그 이름, 듣고 싶지 않아요.
유미	잠깐 나와봐요. 아가씨가 만날 사람 있어요.
연서	(?)

S#35   아이비 저택 거실 (낮)

유미와 연서.. 나오면 라벤더(보라).. 긴장한 채로 서있다.

유미	오늘 내가 늦은 이유예요.
연서	누구…? (하고 다가갔는데 / 냄새 훅) 라벤더?
라벤더	기보라입니다.
연서	(유미 보면서) 근데 왜?
유미	그때 아가씨한테 다짜고짜 해고당하구 내가 발레단에 보냈거든요.
연서	(찌릿) 집사님 맘대루?
유미	일종의… 재취업이죠. 근데 며칠 전에… 봤대요.

연서	(?)

〈F/B〉　3부 S#42 씬 이후 상황.

라벤더.. 마대질 하며 오는데, 영자 문 열리고 직원3이 나온다. 봉투에 공기 훅 불어넣어 확인부터 하는 모습. 라벤더.. 놀라서 보고, 직원3.. 시선이 오자 반사적으로 몸을 숨기는

라벤더 가고 없는. 거실에 앉아 대화하는 연서와 유미.

유미	전 보안팀장이 일부러 사고를 냈는지, 아닌지는 몰라도. 그동안 그쪽에 스파이 노릇 해왔다는 건 확실해요.
연서	(충격받은)
유미	단이 씨, 억울해서 잠도 못 자겠다.
연서	그럼 왜… 걔는 왜…?
유미	내 말이 맞다니까, 첫눈에 뿅!
연서	(복잡하게 보면)
유미	다시 오라 그럴 거죠?
연서	(새침) 아뇨? 내가 왜? 뭐가 아쉬워서?

S#36　몽타주

단이를 찾으러 다니는 연서와 구름의 모습

1. 성당 앞

연서.. 기웃거리고 있다. 여기서 살았어? 같은 얼굴.. 구름이 낑 하고.

| 유미 | **(E) 성당이 주소더라구요, 물론 아가씬 절대 안 찾아갈 거지만.** |

2. 초콜릿 가게 (다른 날)

단.. 초코 과자 몇 개 사는 중 / 창밖으로 연서와 구름.. 지나가고.

3. 아이비 저택 앞 거리 (다른 날)

연서.. 실망해서 어깨를 늘어뜨리며 걸어오는 중.

연서	그러고 보니 아는 게… 하나도 없네. (하는데)
구름	(다른 방향으로 줄을 이끈다!)
연서	이구름! 집에 가야지! 거긴 공원 방향이잖아. 실컷 산책해놓고… (하다가) 공원?

S#37 **공원 (낮)**

연서.. 머뭇거리면서 오는.

| 연서 | 설마… 기껏 쫓겨나서 여기 왔겠어? 여길 왜? (하는데) |

벤치에서 신문지 덮은 채로 부스스 일어나 앉는 단의 모습이 보인다! (슬로우)

| 연서 | **(E) 나랑… 처음 만난 데라서…?** |

때마침 단의 머리 위로 쏟아지는 바람에 흩날리는 벚꽃잎! 아름답다.

단   (연서를 보는)

연서   (헉! 하고 괜히 돌아서는데)

단   이연서!!!

연서   (아씨, 걸렸네 / 표정 관리하고 돌아서서) 뭐야, 왜 여깄어?

(점프) 벤치에 나란히 앉은 두 사람. 서로 어색하게 눈치 보는 중.

연서   연봉 두 배, 보너스 100프로. 어때?

단   (?)

연서   (결심한 / 부러 가볍게) 갈 데 없잖아. 복직해. (신문지 팔락팔락) 이런 데서 자면 얼어 죽어.

단   (씩 웃으면서 보기만 하는)

연서   (찔려서) 너 죽으면 내 꿈에 귀신으로 나올 거잖아. (눈치 보다 에라) 담 주까진 무조건 지팡이 없이 걸어야 돼. 하늘이 두 쪽 나두 그래야 돼. 그래서… 네가 필요해.

단   (빙긋이 웃는) 기자회견 땜에?

연서   (헐) 어떻게 알았어?

단   (신문 보여주는 '판타지아 발레단 기자회견-이연서 나온다' 같은 헤드라인) 동네방네 다 소문났던데…

연서   (우씨) 알면서 이러고 있었다고?

단   (기지개 쭉 펴고 일어나며) 갈려고 했어, 이렇게 내가 필요하다는데…

연서   (다행이지만) 재수 없어.

단   연봉 두 배, 보너스 100프로 필요 없어. 대신, 조건이 있어.

연서   (?)

S#38   영자네 안방 (밤)

영자.. 콧노래를 흥얼거리며 크림 바르는 중. 기천.. 침대에 누워서 그런 영자 가만히 보는.

기천   뭐가 그렇게 좋아?

영자   이제 며칠만 지나면 지긋지긋한 '임시' 자 떼버리는데, 자긴 안 좋아?

기천   (어두워지는) 위임 연장이잖아. 계속 임시 아냐?

영자   (돌아보며) 몇 번을 말해, 사람으로 태어났음 네발 달린 짐승보다 (머리 톡톡) 여길 좀 써야 된다고.

기천   (설마 싶은)

영자   지강우가 깔아놓은 판에 숟가락만 얹음 되는 거야. (비웃는) 눈뜬 장님이 감히 발레? 하늘 두 쪽 나두 연서 걔.. 못 와. 우린 무조건 기자회견 강행하고, 연서 참석 확정 보도자료 뿌릴 거거든. 그랬는데 (두구두구) 뺑! 펑크도 그런 펑크가 없겠지.
       (발표톤) 죄송합니다. 사실 이연서 발레리나는 현재 심각한 정신적인 문제로 신체적으로도 큰 장애가 발생한 상황입니다.

기천   그걸 빌미로 아예… 재단을 먹겠다는 거야?

영자	(박수 짝짝) 백 점!
기천	(심각한) 우리 이대로도 좋잖아. 임시 자 뗀다고 연서가 우리 거 다 뺏는 것두 아니구.
영자	뱁새 마인드 버리자, 응? 봉황으로 살자. (발레 포즈로 점프해 침대로!)
기천	(괴로워서 이불 덮어써 버리는 / 에휴! 한숨 푹 쉬고)
영자	그래, 샌님은 계속 내숭이나 떨어. 악역은 내가 할 테니까. (기대로 눈빛 반짝 빛나고)

S#39 판타지아 연습실 (낮)

지젤 군무 연습 중. 강우.. 카운트 세는 중 (E) 핸드폰 진동 온다.
돌아서서 확인해보면 스팸문자.
강우.. 연서에게 문자를 보내려는데, 이미 강우가 보낸 문자 [지강
우입니다. 연락 주세요.]가 여러 개. 답은 없다. 살짝 초조한 강우.
음악이 끝나고 무용수들.. 동작 마치면, 강우.. 보지도 않고 '다시'
를 외친다. (몽타주 느낌) 끝날 때마다 자꾸 '다시'를 외치는 강우.
점점 지쳐가는 단원들. 그중 한 사람.. 정은.. 자꾸만 시계를 본다.

강우	한 번 더 갈게요. (하는데)
정은	저기..
강우	(? 해서 보면)
정은	(어렵게) 아이 어린이집 마칠 시간이라서…
강우	(쿨하게) 가세요.
정은	(서둘러 챙겨 / 인사 꾸벅) 감사합니다.

강우	영원히.
모두, 니나	(!)
강우	(정은 무시하고) 다시 갑니다. 박자 끝까지 쓰고, 급하지 않게. 스토리 생각하고 이미지 트레이닝 하면서! (카운트하는) 원, 투, 쓰리,
정은	(다시 제자리로 간다 / 차오르는 눈물 꾹꾹 참고 동작하는데)
강우	(음악 꺼버리고 / 차갑게) 시원합니까? 왜 안 가요? 보내달라면서요?
정은	아닙니다.
강우	이미 호흡 다 흐트러졌고, 중심 흔들리고, 정신 딴 데 가있는데, 이걸 춤이라고 할 수 있습니까? (보지도 않고) 수지!
수지	네… (한 발 나서면)
강우	기자회견 프레스콜, 수지가 대신 해.
수지	(기쁘면서도 곤란한데)
정은	(꾹 참고) 군무 언더스터디라도 하겠습니다.
강우	누구 맘대로요. 내가 허락 안 할 건데. (음악 다시 켠다) 첨부터 다시! 다들 정신 똑바로 차려요. 노는 근육 하나 없이 바짝 긴장하고!
모두	(눈치 보며 시작하는데)
정은	(울면서 뛰쳐나가는)
니나	(어떡해, 싶은)

S#40 판타지아 발레단 앞 (밤)

강우.. 오는데 니나가 기다리고 있다.

니나	퇴근이 늦으셨네요.

강우	니나 씨도요. (목례하고 가려는데)
니나	감독님!
강우	(보면)
니나	식사… 하셨어요?

S#41   우동집 (밤)

강우와 니나.. 그날처럼 마주 앉았다. 니나.. 조금 떨린다.

니나	정은 언니.. 아기 낳고 6개월 만에 복귀했어요. 매일매일 울면서 온몸의 뼈랑 근육, 다시 맞췄구요.
강우	(차갑게) 그래서요?
니나	차라리 절 나무라주세요.
강우	(?)
니나	다 제 잘못이잖아요. 제가 SNS만 안 올렸어두, 연서랑 사진만 찍어 왔어두… 무리하게 기자회견까진 안 해도 됐을 텐데…
강우	(이제 안) 그러니까 지금, 내가 연서 씨 기자회견 때문에 엄한 단원을 잡았다, 이렇게 생각하는 겁니까?
니나	(긍정의 침묵)
강우	황정은 씨.. 솔리스트만 해서 그런지 군무 호흡이 전혀 안 돼 있습니다. 난 연서 씨가 돌아왔을 때 완벽한 팀을 선사해주고 싶은 겁니다.
니나	(실수했나, 싶은 / 입이 바짝 마르고)
강우	투 샷. 없어도 됩니다. 연서 씨가 직접 나올 거니까요.

니나	네, 연서 나올 거예요. 아무리 싫다고 해도 갠, 발레 못 떠나거든요.
강우	(연서 말과 다른 / 궁금증 이는) 니나 씨가 그걸, 어떻게 확신하죠?
니나	연서가 툭하면 단원들 혼내면서 그랬거든요. 우린 다 하늘이 주신 재능을 받은 사람들이라고. 이 자리 원하고 원했던 많은 사람들한테 부끄럽지 않게 똑바로 하라고. 꼬마 때 저희 가르쳐주신 선생님이 입버릇처럼 했던 말이거든요.
강우	(! 힌트다) 처음부터 잘 배웠네요.
니나	(끄덕) 연서, 당당히 무대로 돌아올 거예요. 그땐 나두 제대로 붙어볼 거구요.
강우	(보면서) 그럼 집중해요. 딴 사람 신경 쓸 여유가 있습니까, 지금?
니나	그러게요. 왜 자꾸… (은근히 강우를 보며) 다른 사람이 신경 쓰이지…
강우	(눈치 못 채고 / 물 마시며) 이기적이 되려면 멀었네요.
니나	(쓸쓸하게 미소 짓고)

S#42 강우의 오피스텔 (밤)
강우.. 연서 생각에 빠져있다.

〈F/B〉	3부 S#36 비 내리는 납골당에서 슬쩍슬쩍 훔쳐봤던 연서의 옆얼굴. 맑고 처연한.
	4부 S#27
연서	근데 어쩌죠? 당신이 기억하는 이연서는 죽었는데.

설희	**(E / 영어) 자꾸 혼만 낼 거야?**

강우.. 화면을 보면, 무용복 입은 설희, 연습실 배경으로 이야기하는 중. (셀프캠 / 화상통화 느낌)

(설희, 얼굴 정확히 안 나온다 / 몸의 부분, 강우가 바라보는 어깨 정도로 가리는)

설희   (영어) 세상 누구보다 내가 제일 잘 알아. 내가 얼마나 엉망인지.

강우   가끔은 벼랑 끝에 몰아세워야 자기가 날 수 있단 걸 깨닫기도 해.

설희   (영어) 진짜 힘들 때 필요한 건 채찍이 아니라 달콤한 초콜릿 한 알이야.

강우   (! 뭔가 생각났다 / 어디론가 전화 거는) 지강웁니다. (눈빛)

S#43   아이비 저택 전경 (낮)

S#44   연서의 방 앞 (낮)

연서.. 벙찐 표정이다. 눈 앞에 펼쳐진 발자국 표시!
발자국 모양으로 자른 도화지를 쭉 붙여놓았다.

연서   이게… 다 뭐야?

단   첨부터 해볼려구. 걸음마부터. 아기들 알지? 한 발, 두 발… 차근차근.

연서   정신병리학적으로 근거 있어?

단   (해맑게) 없어.

연서   (헐)

단   그래도 한번 해보자. 큰소리쳐놨는데, 망신당하게 안 해.

연서   (살짝 심쿵)

S#45   몽타주

연서와 단.. 점점 범위를 늘려가며 연습하는 모습들.

단.. 연서를 다정하게 보살펴주고, 연서.. 단을 자꾸 의식하는 모습
보인다.

1. 아이비 저택 곳곳

– 연서와 단.. 발자국 밟는 연습하며 두 사람 사이 거리를 점점 늘
려간다.

팔꿈치 잡다가 / 연서가 단 어깨 잡았다가 / 손목 잡았다가 / 새
끼손가락 걸고 걷는.

거리가 멀어질수록, 간질간질한 분위기 조성되고.

– 승완의 방: 연서와 단.. 손가락 걸고 들어오는. 단.. 뭔갈 봤다. 연
서를 세워두고, 책상 아래쪽 떨어진 발자국 다시 붙이는데, 책상
아래 떨어져있는 쪽지(3부 S#56)가 보인다. 단.. 무심코 집어 주머
니에 넣고 나오는.

2. 아이비 저택 마당

연서.. 크게 심호흡하고 발자국 밟는다. 앞에 단이 서있다. 후들거
리다 주저앉는.

연서.. 단을 보는데, 단이 팔짱 낀 채 고개 젓는. 연서.. 우씨, 도와
주지도 않아! 흥! 하고

S#46   공원 (다른 날, 낮)

연서와 단.. 발자국 없는 공원을 손가락만 걸고 걷고 있다. 둘 다 상기된!

단   오케이, 그럼 내가 저기 나무 아래 서있을게.

연서   여기선 좀 불안한데…

단   할 수 있어! (뛰어서 나무 아래 서서 / 팔 벌리는) 나한테 와!

연서   (긴장해서 쉽사리 걸음 못 떼는데)

단   (달려와 연서 볼을 잡고 / 시선 고정) 나만 봐. 이 세상에 너랑 나, 딱 둘만 있다고 생각하는 거야. 오케이?

연서   (심쿵 / 끄덕끄덕)

단   (돌아서 다시 가는)

연서   (단 뒷모습 보고 괜히) 어떡해… 쟤 진짜… 나 좋아하면 안 되는데…

단   (환하게 웃어 보이는)

연서.. 심호흡하고 걸음 내딛는데, 쉽지 않다. 벌벌 떨며 한 걸음 내딛다가 힘 풀려 주저앉아 버리는데, 번개처럼 달려오는 단! 연서를 부축한다. 흙 털어주는 단을 보는 연서..

연서   집에선 팔짱만 끼고 있더니…

단   위험하잖어. (무릎에 조그맣게 구멍 난) 어, 너 여기 빵꾸 났다.

연서   (갑자기 부끄러운 / 뿌리치며) 됐어.

하다가 스텝 엉켜버리는 두 사람.. 단이 연서 머릴 감싸고 쓰러지

	는데!
꼬마	**(E) 뽀뽀한다! 뽀뽀!**
단, 연서	(헐 해서 보면)
꼬마	(순진하게 박수 치면서) 뽀뽀해 뽀뽀!!!
단	꼬마야, 우리는…
연서	(정색하고 / 무섭게) 야, 나 알아? 엄마한테 가! (쑥!)
꼬마	(이잉– 하고 뛰어가면)
단, 연서	(슬쩍 어색한데)
단	(되뇌는) 뽀뽀… 뽀뽀라… 뽀뽀… (하다 연서와 눈 딱 마주치는)
연서	(헐)
단	아니, 그게 아니구…
연서	(모른 척) 가 얼른. 창피하게 속엣말 막 겉으로 뱉지 말구.
단	… 나 소원 있어.
연서	(설마!) 벌써?

INSERT S#37 이후

단	대신, 조건이 있어
연서	(?)
단	소원 들어줘. 딱 세 개만. 내가 하자는 거, 해달라는 거. 무조건 토 달지 말고 해주기.
연서	(경계하면서) 전 재산을 달라, 목숨을 내놔라, 그런 거면?
단	날 뭘로 보고! 무조건 너한테 좋은 걸로 할 거야. 들어줄 거야 말 거야?
단	(해맑게 웃으며) 어, 첫 번째 소원.

연서	(침 꼴깍) … 이상한 거면 나한테 죽는다?
단	(시계 보더니) 늦겠다. 가자.
연서	(헐!) 어디일?
단	소원 빌러.
연서	첫 번째 소원이 소원 빌러 가는 거라고?

S#47 절 입구 (낮)

단, 고개를 끄덕이며 플래카드 가리킨다. "영환사(寺) 유등축제"
연서.. 어이없는 표정이고.

연서	너, 이쪽 아니잖아. 하늘이 어쩌고, 어리석은 자여 어쩌고 아니었어?
단	(찔리는) 위 아 더 월드지. 신은 모두를 사랑하시니까. (들어가자)

단.. 연서를 들여보내며, 하늘에 죄송하다고 찡긋.

S#48 법당 앞 (낮)

연서.. 단과 손가락 걸고 걸어오는데 티격태격하는. (행사라 인파 조
금 있는- 다들 유등 들고 가고 있는 중)

연서	쓸데없이 소원은.
단	넌 쌓아놓은 게 부덕뿐이라서 축복을 구걸해야 될 필요가 있어.
연서	빌어서 되는 거면 내 눈이 왜 멀었겠어?

단	믿음이 없는 자여 (쯧쯧 하는데)
강우	**(E) 연서 씨!!!**

강우.. 명부전*에서 나오는 길이다. 연서와 단을 발견해 다가오는. 연서.. 얼굴 굳는데,

단	어? 안녕하세요.
강우	(단과 악수하고) 네… (연서 보며) 여기까진 어떻게…
단	유등 띄우려구요. 소원 써서. 그쪽은…?
강우	친구한테 인사하러 왔습니다. 여기 모신 지 15년 됐거든요. 기일이라서요.
연서	(무표정하게 듣다 살며시 동요하는데)
안내	**(E) 유등 마지막이에요. 두 개 남았습니다!**
강우	그러면…
연서	들어가세요… (하는데)
단	같이하실래요?
연서	(애가 왜 이래? 하고 보면)
단	좋은 거잖아. (안내에게 손 번쩍 들고) 여기요! 여기 두 분 들어갈 겁니다!!
연서	(당황하는데) 아니, 강우 씨한테 묻지도 않…
강우	(O.L) 전 좋습니다.
연서	(헐!)

• 명부전 – 불교사찰에서 영가(靈駕)를 모신 전각

S#49　　**법당 앞 (낮) + 법당 안 (낮)**

댓돌 주변 신발 여러 개. 단.. 연서와 강우의 신발을 잘 돌려놓고 기둥에 서서 연서와 강우의 뒷모습을 보는. 뿌듯하기도 하고 기분 묘한.

강우와 연서.. 유등을 하나씩 받았다. 강우.. 소원 종이를 쓰고, 접어 유등 안에 넣을 때까지 연서는 멍하니 서있다.

강우　　안 해요?

연서　　뭐라고 해야 될지 모르겠어요. 바라는 게 없는데.

강우　　그럼 젤 흔한 걸로 써요.

연서　　(보면)

강우　　행복하게 해달라고.

연서　　(!) 강우 씨도 그렇게 썼어요?

강우　　(그저 미소로 보는)

단.. 문밖에서 두 사람을 보고 있다. 마주 보는 얼굴이 다정해 보인다. 단.. 강우를 보는데, 강우도 슬쩍 단을 본다. 마주치는 두 사람의 시선에서!

강우　　**(E) 도와주겠다구요?**

S#50　　**강우의 사무실 – 단의 회상 (낮)**

S#29 이후 상황. 강우와 단.. 앉아서 대화하는

단	(끄덕) 필요할 때 언제든 말씀하세요. 최선을 다하겠습니다.
강우	그래 주면 고맙죠. 꼭 사례하겠습니다.
단	보상은 필요 없어요. 연서만 무사히 복귀시켜주십시오. (E) 그러면 자연스럽게 많이 만나게 될 테니까…

S#51   강우의 차 안 / 아이비 저택 앞 – 단의 회상 (밤)

강우와 단.. 만나고 있다. 조용하고 은밀한 느낌으로.

단	(놀란) 절요? 쫌 곤란한데…
강우	그날 유등축제가 있습니다. 중요한 날 앞두고 소원 빌러 나오시죠.
단	(어쩌지, 싫은데)
강우	도와준다면서요. 연서 씨 내 전화도 안 받고 메시지도 무시합니다. 우연을 가장할 수밖에 없어요.

S#52   법당 앞 (낮)

사람들 우르르 나오고 마지막으로 강우와 단과 연서.. 나온다. (단이 연서에 팔꿈치 내어준) 강우.. 그런 두 사람 슬쩍 보는데,

안내	**(E) 곧 유등 띄우기가 시작됩니다. 모두 도솔천으로 모여주시기 바랍니다.**
단	빨리 가자!
연서	어? 내 신발.

단	내가 여기 정리해놨는데?

강우와 단.. 신발 신고 각자 찾아본다. 연서.. 당황해 마루에 선.

단	없어! 우리 연습할 때 매일 신던 운동환데!
강우	(와서) 누가 훔쳐 갔습니다.
단	착각해서 바꿔 신었겠죠.
강우	그럼 남는 신발 있어야 하는데 없잖아요. 분명히 일부러 가져간 겁니다.
연서	어떡해…
단	가져갔든, 훔쳐 갔든, 얼마 못 갔을 거야. 내가 찾아올게. 여기서 기다려!

강우와 연서.. 뭐라 할 새도 없이 단.. 쌩하니 뛰어간다. 강우와 연서.. 남았는데,

안내	**(E) 다시 한번 말씀드립니다. 10분 뒤 유등 떠우기가 시작될 예정입니다. 서둘러주십시오.**
연서	(어떡하지? 싫은데)
강우	(앞으로 와 등 대며) 업혀요.
연서	됐어요. 단이가 찾아오겠죠.
강우	시간 지나면 다 소용없어집니다. 뭐든지, 타이밍을 잘 맞춰야죠.

연서.. 강우의 등을 봤다가 단이 사라진 길 끝을 봤다가 망설이는데.

S#53   **절 일각 (낮)**

단.. 사람들 모인 곳까지 헐떡이며 왔다. 손에 봉투 든 사람들 위

주로 탐문하고 다니는.

노을이 지기 시작하는 하늘. 사람들.. 개울가로 모여드는데.

S#54   **도솔천 강가 (밤)**

연서.. 강우에게 업혀서 내려오는 중. 어색하고.

강우   힘 좀 빼요. 뻗대고 있으니까 내가 더 힘듭니다.

연서   내릴래요. 내려줘요.

강우   다 왔어요. 좀만 참아요. (하는데)

나무에 매달린 조명(연등 느낌)에 불이 반짝! 들어온다. 아름다운.

강우.. 저절로 걸음을 멈춰 보고, 연서.. 또한 감탄의 눈으로 본다.

멀리서 단이 달려온다. 신발 찾았는지 뱅뱅 돌리면서 신난!

그러다 강우와 연서가 눈에 들어온다. (업혀있으니 연서 먼저) 걸음

을 멈추는 단..

강우.. 연서를 내려준다. / 손수건 바닥에 깔아 연서 발 보호하는.

강우   기자회견 부담되면 얘기해요. 안 해도 됩니다.

연서   (?)

강우   공연도, 연서 씨가 오케이 하기 전까진 보류하겠습니다. 그날은,

미안했어요.

연서   (물끄러미 강우를 보는)

강우   근데, 이거 하나만 알아줘요. 연서 씨가 포기하는 인생이 누군가
       에겐… 간절히 바라는 꿈이었단 거.

연서   (설마) 혹시 아까 만나러 왔다던…

강우   (묘한 눈빛으로 연서 얼굴을 뚫어지게 보는)

연서   (어색해서 말 돌려보는) 얜 왜 이렇게 안 와. (전화하는)

단   (진동 울려 받는) 어디야?

연서   넌 어디야? 왜 안 와. 여기… (둘러보며) 강가. 큰 은행나무 있구,

단   (연서의 시선을 피해 나무 뒤로 숨고) 신발 찾았어, 거기로 갈 테니까
       소원 띄워! (하고 전화 끊으면)

강우   (유등 준비해놨다) 해볼까요?

연서   (받아 들고 / 그래도 단이 올까 싶어 보는 얼굴)

단   (연서를 하염없이 바라보는 눈빛에서)

INSERT S#51 이후 상황 강우의 차 안

단   한 가지만 약속해주세요.

강우   뭐든 말해요.

단   어떤 일이든, 무조건… 아가씨의 행복을 위해서 하겠다고…

강우   행복이라… 너무 추상적인데요.

단   (절실하게) 약속해요. 어서.

같은 눈빛의 단.. 연서와 강우를 보고 있다. 유등을 띄우는 두 사람.
개울 위로 색색의 불을 밝힌 유등이 뜨기 시작한다. 아름다운 소

원들이 유영하는 환상적인 풍경 위로 단의 기도가 흐른다.

단   **(연서의 발그레한 얼굴 위로 / E) 진실한 사랑을 찾게 하소서.**

(연서가 강우를 보는 시선 위로 / E) 운명의 상대가 부디,

(강우의 얼굴 위로 / E) 천사보다 더 천사 같은 사람이게 하소서.

아름다운 풍경 속 연서와 강우, 그리고 그 둘을 보며 찌르르한 감
정에 휩싸이는 단의 모습에서 (F.O.)

S#55   판타지아 발레단 전경 (낮)

신문사, 방송국 차량들 들어와 기자들 내리는

S#56   판타지아 발레단 기자회견장 (낮)

'이연서 복귀 기자회견' 플래카드 걸려있고, 루나.. 언론사 리스트
확인하는 중인데, 강우.. 달려온다.

강우   뭐 하는 겁니까? 기자회견에서 이연서 이름 빼고, 올해 공연 프레
스콜만 하기로 했잖아요!

루나   죄송합니다. 연서가 오기로 약속했다고 해서요. 이사진도 그렇게
알고 반드시 강행하라고…

강우   이사장님이겠죠, 아님 단장님이거나.

영자   (다가와) 맞아요. 내가 취소 못 하게 했어.

강우   (목례하면)

영자	우리 지 감독님 원하고 바라던 연서 아냐, 뭐가 문제예요?
강우	(뭐라 말하려다 / 그냥 나가는)

S#57   판타지아 발레단 일각 (낮)

강우.. 단에게 급히 전화한다.

S#58   모처 (낮)

단.. 울리는 전화를 본다. 받지는 않는다. 초조한 표정의 단.

S#59   판타지아 발레단 기자회견장 (낮)

기자들 모두 착석했다. 회견용 긴 테이블. 가운데 자리만 비어있고, 옆자리에 강우, 영자, 기천까지 모두 앉았다. 다들 시계를 본다. 정각 (오후 4시가량)을 넘어가는 분침. 초조한 가운데,

강우.. 조용히 들어와 무대 뒤에 선다. 역시 초조한.

영자.. 준비를 한 듯, 품속에서 종이를 한 장 꺼내 읽는.

영자	죄송합니다. 부득이하게, 이연서 무용수는 정신적으로 심각한 (하는데)
기자1	**(E) 지금 왔다는데요?**

문 열리면, 연서가 서있다! 혼자! 영자.. 너무 놀라 벌떡 일어나버

리고, 모두 놀라 보는데,

연서 **(놀란 영자를 똑바로 보며 / E) 보여드린다고, 했잖아요. (한 발, 두 발 걸어 들어온다)**

꼿꼿한 자세로 입장하는 연서. 강우.. 다정한 눈빛으로 본다. 연서와 강우가 눈빛 교환하는 것 보는 니나. 두 사람 사이 심상치 않게 느껴진다. 초조하게 손톱 뜯는.

연서 (마이크 앞에 서는 / 침착하고 강인하게) 안녕하세요. 발레리나, 이연서입니다.

쏟아지는 플래시. 연서.. 눈도 깜짝하지 않고 곧고 아름답게 보는 얼굴.

S#60   판타지아 발레단 기자회견장 앞 (낮)

행사 마무리하는. 영자와 기천.. 얼빠져서 기자들의 축하를 받고 있다.
연서.. 걸어 나오면, 루나.. 기자들 돌려보내고 영자와 기천.. 연서에게 득달같이 달려가는.

영자 첨부터 멀쩡했지, 너? 나 엿멕일려고 수 쓴 거지?
연서 (대답 않고 바로 본론) 현재 제 법적대리인, 고모죠?
영자 (당황) 그… 그거는 왜?

연서	그것부터 철회할게요. 처리해주세요.
영자, 기천	(충격!)
연서	(루나에게) 발레단, 재단 운영상황 언니가 책임지구 정리해서 줄래요?
영자	네가 본다고 뭘 아니?
연서	보기 좋게, 정확하게 주시면 되겠네요.
영자	(창백해지는) 그러니까… 지금 판타지아를 다시 달라는.
연서	다시 아니구 돌려죠. 판타지아, 원래 내 거잖아요. 돌려줘요, 내 판타지아.
영자	(충격받은!)
연서	최대한 빨리 부탁드릴게요.

연서.. 돌아서서 살며시 미소 지으며 걸어가는데, 손목에 단이의 깃털 손수건 감겨있다!

S#61 초콜릿 가게 (밤) - 연서의 회상

연서와 단.. 머리를 모아 작전을 세우고 있다.

단	지강우 씨 연락 왔는데, 회견 강행할 거 같대.
연서	(묵묵히 듣고 있는)
단	(걱정스러운) 괜찮겠어? 내가 미리 가서 발바닥이라도 붙여놓을까? 그냥 나랑 같이…
연서	(O.L) 혼자 가야 돼. 아님, 무슨 트집이라도 잡을 거야. 그 사람들.

단	그래두… 완벽하지 않잖아.
연서	할 수 있어. 대신에 그거 줘.
단	(? 해서 보면)
연서	손수건. 그날, 손목에 감아줬던 거. 주문 걸어줬던 거. 너라고, 생각할게.

S#62 판타지아 발레단 근처 공원 (밤)

연서.. 손목에서 여전히 매여있는 손수건. 단.. 야호오! 환호하면서 음료를 와인 잔에 따르는 중.

단	잘했어, 이연서! 장하다 이연서!
연서	(미소로 보면)
단	(와인 잔 건네며) 축배! 술은 아니지만, 그래도 기분 내보자구!
연서	(받고서 고개 푹 숙이는)
단	(걱정스러운) 왜? 어디 안 좋아? 너무 무리했나?
연서	**(E) 고맙다. 김단.**
단	(? 해서 보는)
연서	(진실 되게) 네 덕분이야. 진심으로, 고마워.
단	(머리 쓰다듬) 네가 해낸 거야. 잘했어. 정말 잘했어.

눈빛 나누던 단과 연서.. 짠! 하고 잔 부딪치는.

S#63 **판타지아 발레단 일각 (밤)**

강우.. 기자들 보낸다. '잘 부탁한다' 등등의 인사말과 함께. (E) 문
자 오는.

단   **(E) 공원입니다. 어서 오세요.**

강우.. 서둘러 공원으로 향하고.

S#64 **판타지아 발레단 근처 공원 (밤)**

S#62 동장소. 단과 연서.. 기분 좋게 취한 것처럼 즐거운.

연서.. 잔을 들고, 단 도움 없이 걷는 중. 평균대 걷듯 줄 따라 포
인 된 발로 하나, 둘, 앞으로!

단.. 박수 치고, 휘파람 불고 환호하면, 연서.. 홍조 띤 얼굴로 역시
환하게 웃는다.

단.. 웃는 연서의 얼굴을 보면서 점점, 표정이 사라진다.

단   이젠… 정말로 내가 필요 없네…
연서   (!) 그러…네…
단   (깨달은) 그런 거구나. 네가 좋아질수록, 행복해질수록, 내가 할 일
      이 없어지는 거네.

INSERT 손수건 깃털 자수 부분 반짝거리고.

단	(허탈하게 웃으며) 야 꽹과리. 인제 맘껏 다녀. 춤도 추고, 승질도 좀 줄이구.
연서	(단에게 다가오는) 그게… 소원이야?
단	당연히 아니지! 두 개밖에 안 남았는데 아껴서 써야지.
연서	난 뭔 줄 알아.
단	네가 어떻게?
연서	눈 감아봐.
단	왜?
연서	네 소원, 내가 들어준다고. 맘 변하기 전에 얼른.
단	(얼결에 눈 감고 선) 헛다리 짚은 거 같은데… 알 리가 없는데…

연서.. 가만히 단을 본다. 한 발, 더 다가간다. 후, 심호흡. 단의 뺨에 뽀뽀하려고 다가가는데!

단	아 뭐 해! (하고 고갤 돌리다 그대로 연서 입술과 뽀뽀!)
연서	(얼음)
단	(눈 동글)
연서	(화들짝 떨어져서) 아니… 나는 뺨에다가… 보상으로… 왜 고갤 돌려! (하다 말 삼킨다 / 연서를 가만히 보는 단의 시선이 느껴져서)

시선을 맞추는 두 사람.. 부드러운 바람 불어오고, 누가 먼저랄 것도 없이 입 맞춘다. 벚꽃잎 날리는 밤의 조명 아래, 아름답게 키스하는 두 사람…

을 지켜보는 시선! 뒤늦게 도착한 강우다!

눈앞의 상황을 믿을 수 없는 표정의 강우의 얼굴에서 (E) 탕! 총소리.

INSERT 강우의 과거.

강우.. 피투성이 설희를 끌어안고 오열하고 있다. 카메라 빠지면서 하늘로. 뉴욕 뒷골목. 등 뒤에 총을 맞아 축 늘어진 설희를 부여잡는 모양으로 안고 있는 강우가 내려다보인다. 서서히.. 주저앉는 강우.. 처절하게 설희를 끌어안는다. 바닥에 진득하게 퍼지는 피. 강우.. 안 돼, 안 돼! 아니야! 되뇌며! 설희의 얼굴을 보는데, 설희.. 연서와 얼굴이 똑같다!

강우.. 제 얼굴을 설희에게 맞대어보지만, 설희의 얼굴은 이미 차갑게 식어있다.

툭, 떨어져 바닥에 끌리는 손에 반짝이는 반지.

그 반지.. 강우의 새끼손가락에 끼고 있다. 강우.. 가로등 아래 한없이 외로운 얼굴로 서있는.

카메라 빠지면서 뒤로 길게 늘어진 강우의 그림자를 보여준다. 강우의 발에서부터 뻗어 나온 그림자에는 날개가 달려있다!

날개 달린 그림자를 드리우고 선 강우와 그런 강우의 존재는 전혀 모른 채 아름답게 키스하는 단과 연서의 모습에서 ENDING!

나는… 따뜻한 거 싫어.
자꾸 약해지고 싶어지니까.
약해져도 된다고… 착각하게 만드니까.

너… 나 좋아해?

5
부

S#1   **판타지아 발레단 근처 공원 (밤)**

4부 S#64. 난간을 평균대 타듯 사뿐사뿐 걷는 연서, 그런 연서를
바라보며 환호하고 환하게 웃는 단의 얼굴이 점점 굳어지는 위로

단   **(E) 네가 좋아질수록, 행복해질수록, 내가 할 일이 없어지는 거네.**

연서.. 단의 표정을 살핀다. 단.. 애써 떨치려는 듯 밝게 웃는 얼굴
위로

연서   **(E) 눈 감아봐.**

단   왜?

연서   네 소원, 내가 들어준다고. 맘 변하기 전에 얼른.

단   (얼결에 눈 감고 선) 헛다리 짚은 거 같은데… 알 리가 없는데…

연서.. 가만히 단을 본다. 한 발, 더 다가간다. 후, 심호흡하는 연서. 몇 번을 망설인다,

드디어 결심! 단의 뺨에 뽀뽀하려고 다가가는데!

단	(움찔거리며 기다리다 못해) 아 뭐 해! (고갤 돌리다 그대로 입술에 뽀뽀!)
연서	(얼음)
단	(눈 동글)
연서	(화들짝 떨어져서) 아니… 나는 뺨에다가… 보상으로… 왜 고갤 돌려! (하다 말 삼킨다 / 연서를 가만히 보는 단의 시선이 느껴져서)

시선을 맞추는 두 사람.. 부드러운 바람 불어오고, 누가 먼저랄 것도 없이 입 맞춘다.

벚꽃잎 날리는 밤의 조명 아래, 아름답게 키스하는 두 사람.

S#2   **판타지아 발레단 근처 공원 일각 (밤)**

강우.. 서둘러 뛰어오는 중. 핸드폰 보면서 두리번거리며 연서와 단을 찾는다.

모퉁이를 돌다가 가로등 아래 우뚝 서는 강우.. 눈앞에 연서와 단이 키스하고 있다.

놀란 눈의 강우.. 믿어지지 않는 표정인데,

그런 강우의 발끝에서부터 늘어진 그림자. 날개가 있다!

강우.. 침착하게 식는 얼굴, 무표정하게 뒤돌아선다.

순간, 하늘에서 번개가 번쩍! 하면 강우의 날개 그림자도 사라지고.

S#3   **판타지아 발레단 근처 공원 (밤)**

(연결) 역시 번쩍! 하는 번개에 연서와 단.. 화들짝 놀라 떨어진다.
부지불식 이루어진 일에 둘 모두 당황한…

연서, 단   (동시에) 저기……

연서, 단   (또 동시에) 아니…

연서, 단   (빠르게 동시에) 내가…

연서.. 피식 웃고 만다. 따뜻하게 단을 바라본다. 단.. 여전히 혼란
속이다.
(E) 우르릉, 하늘이 울리는가 싶더니 빗방울이 하나, 둘씩 떨어지
기 시작한다.
단.. 목덜미에 톡 떨어지는 빗방울에 흠칫하는데.

INSERT   눈물 번진 연서의 얼굴. 절망에 가득한 얼굴로 누군가를 찾는 듯 두리번
거리는.

단.. 헉, 하면서 한 발 물러선다.
연서를 보면, 어리둥절해하고 있는.
등에 닿는 빗방울이 고스란히 느껴지는 단.. 한 발 더 물러서고.

연서   (!) 지금 뭐 하는…

단   (O.L) 미안… 미안해, 이연서…

단.. 뒷걸음질 치다 돌아서 뛴다. 연서.. 황당하다. 비는 떨어지고,
단은 멀어진다.

단.. 달려가면서 돌아본다. 연서의 얼굴이… 슬프다. 단.. 이 악물
고 돌아서 달려가고.

S#4　　**골목길 (밤)**

단.. 좁은 골목길로 달려 들어온다. 주위를 둘러보고, 거친 숨을
내쉬는. 등이 간지럽다.

단　　　　(하늘 보며 / 원망스러운) 아 진짜 왜 이러는 건데에!!!

(E)　　　**아이들 까르르 웃음과 비명 소리들**

골목 입구로 와르르 뛰어 들어오는 아이들과 당황한 단.. 점점 가
까워지고 (교차편집)

"여기다!" 하며 아이들 뛰어 들어오는데, 골목에 단은 없다. 흔적
도 없이 사라진 단.

마지막으로 따라오는 어린이 하나.. 투명 우산을 썼다.

문득 걸음을 멈추고 투명 우산을 통해 하늘 위를 보는 아이.. 건물
끝에 반짝, 빛이 나고.

S#5　　**건물 옥상 (밤)**

옥상 끝에 나란히 선 단과 후. 후.. 단 목덜미 잡고 끌어 올린 듯,

팽개치듯 풀면 휘청, 하는 단.

단   (거친 숨 쉬며) 선배… 고마워요… 하마터면 들킬 뻔… (하다 뭔가 이
        상한)

후   (한심하게 보는데)

단   (등 뒤를 보는데, 날개가 없다!) 날개! (하다가 위를 보면, 후와 단에게만 내
        리지 않는 비) 아… (하면)

후   (한심) 형제여… 제발… 깨어 정신 좀 차리자.

단.. 혼란스러운 눈으로 보면, 흩날리는 빗줄기 사이를 홀로 걸어
가는 연서가 점처럼 보인다.

S#6   판타지아 발레단 근처 공원 (밤)
젖은 바닥 한 발짝씩 걸어가는 연서의 발. 한 걸음에 욕 한 마디
씩 하는 중.

연서   거지 같은 놈. (한 발) 변태 (한 발) 사이비 (바닥을 차며) 나쁜 새끼!!

연서.. 우뚝 서서 씩씩거리다 단이 뛰어간 쪽을 향해 돌아선다. 눈
물이 차오르는 연서.
참아내려 고갤 젖혀 드는 연서의 얼굴 위로 속절없이 떨어지는
빗방울들.
눈 감은 연서의 위로 드리우는 우산 그림자.. 연서.. 눈을 떠 보면

강우다.

강우.. 연서의 젖은 얼굴로 손을 뻗는다. 닦아줄 듯. 연서.. 반사적으로 고갤 돌리고.

강우	늦었습니다.
연서	(최대한 참으며 / 눈으로 인사하고)
강우	단 씨는요?
연서	…… 가요.

연서.. 발을 옮긴다. 강우.. 더 이상 묻지 않고, 연서에게 우산을 기울여 발맞춘다.

S#7   도로 + 강우의 차 안 (밤)

강우.. 조수석 문을 열고 연서를 태운다. 운전석으로 향하는가 싶더니 트렁크를 열고 담요를 가져오는 강우.

조수석 문 열고, 무릎까지 꿇고 연서의 무릎에 담요를 덮어준다.

연서	괜찮아요.
강우	(덮어주며) 여름비 무시하다가 큰코다칩니다. 감기 걸리면 몸살부터 하잖아.
연서	내가요? 아닌데…
강우	(멈칫)

INSERT 강우의 과거. 한겨울. 거리. 설희 목에 목도리를 둘둘 둘러주는 강우.

설희   답답해서 싫어.

강우   (완전히 다른 얼굴 / 다정함 넘치는) 이리 와, 감기 걸리면 몸살부터 하잖아.

강우   (연서 얼굴 안 보고 단단히 여며주며) 그럼 안 된다구요. 지금부터 연서 씨는 무조건, 아파서도 안 되고, 다쳐서도 안 됩니다.

연서   (복귀 선언했지, 싶은)

강우   (운전석 돌아가려다 / 툭 던지듯) 매번 혼자 있지도 말고.

연서   (입술 꽉 / 손수건 맨 손목, 다른 손으로 꽉 잡는)

S#8   강우의 차 안 (밤)

강우.. 입 꾹 닫은 채 전방만 주시. 연서.. 역시 창밖만 바라보는.

강우   (사무적으로) 아침에 필라테스 강사 보내겠습니다. 몸 상태 점검하고, 오전 유산소, 근력 후에 스트레칭하고, 바(Bar)부터 잡으면 되겠죠.

연서   숨 좀 쉬고 얘기해요. 왜 이렇게 서둘러요?

강우   전열 재정비해야 됩니다. 내일부터, 아니 당장 지금부터 전쟁이에요.

연서   내가 알아서 해요.

강우   그런 사람이 비를 맞고 서있어요?

연서   그건… (하다 입 다물고)

강우   방금 폭탄 터뜨린 사람, 연서 씹니다. 연서 씨 입으로 복귀 선언했다구요.

연서   (상기하는)

INSERT   4부 S#59 기자회견 쏟아지는 플래시 속에 빛나는 연서의 얼굴

연서   안녕하세요. 발레리나, 이연서입니다. 무용수는 몸으로 말하는 사람이죠. 많은 말은 필요 없을 거 같습니다. 저는 눈을 떴고, 몸과 마음에 아무 이상이 없습니다. 더 많은 이야기는 복귀 무대에서 춤으로 전해드리겠습니다.

강우   몸과 마음에 정말, 아무 이상 없어요?

INSERT   1. 4부 S#45 몽타주 1번. 단과 걸음 연습하며 겨우 걸음을 뗐던 것.

              2. S#1. 단과 키스했던 것.

연서   (고개 젓고) 없어요. 나 멀쩡해.

강우   (보다가 / 갓길에 차 세우고) 사람들은, 누군가가 성공하는 이야기보다 추락하는 이야기에 더 환호합니다. 연서 씨 복귀한다고 박수치는 사람들이, 연서 씨가 실패하는 순간, 제일 먼저 손가락질할 거예요. 이연서 지금, 벼랑 끝에 서 있는 거라구요.

연서   벼랑이든 지옥이든, 내가 서있는 거죠. 지강우 씨가 아니라.

강우   복귀 무대 총감독은 납니다. 연서 씨가 추락하면, 나도 같이 개망신당하는 거라구요. (연서 향해 몸 완전 돌려 / 얼굴 보며) 2주, 줄게요. 몸 만들어서 나한테 먼저 확인받아요. 제대로 못하면, 판타지아의 프리마는 금니나가 됩니다.

연서   일주일.

강우	(!!)
연서	(강단 있는) 일주일이면 돼요.

S#9 **판타지아 발레단 뒤 (밤)**

루나.. 퇴근 차림으로 니나를 찾고 있다. 한 손에 든 핸드폰, 니나에게 전활 해도 받지 않는.

루나	(살피며) 니나야? 어딨어? 금니나?

루나.. 모퉁이 돌면, 니나가 있다. 쪼그리고 앉아서, 비를 잔뜩 맞은 채로. 훌쩍이면서

루나	니나야!!!
니나	(루나 보며) 언니… (눈물 터지는데)
루나	(놀라 다가가) 왜 밖에서 이러구 있어.
니나	(참아보지만 울음 막 새어 나오고)

S#10 **판타지아 대극장 일각 – 니나의 회상 (밤)**

4부 S#63 이후 상황. 강우, 서둘러 가려는데, 앞을 막아서는 니나.

니나	드릴 말씀이 있어요.
강우	나중에 하죠. 약속이 있습니다.

니나	… 연서한테 가요?
강우	(? 하다가 정색) 그런 것까지 보고할 이유 없는데요. (목례하고 가려는데)
니나	(강우의 팔을 품에 안듯 잡는다)
강우	(!! 무슨 짓인지? 얼굴로 보면)
니나	(간절하게) 가지 마세요.
강우	니나 씨..
니나	(울컥한 맘 숨기며) 충분하지 않아. 감독님한테 그저, 한 명의 단원인 거. 연서 얘기나 해주는 사람인 거… 싫어요. (올려다보며) 나한테… 이기적으로 굴라고 했죠?
강우	(설마)
니나	나… 감독님 좋아할 거예요.
강우	(아뿔싸)
니나	아니, 좋아해요, 이미. (옷깃을 잡은 손, 파르르 떨리고)
강우	(가만히 보다가 니나 손을 잡고 천천히 떼어내는) 못 들은 걸로 하겠습니다. (돌아서려는데)
니나	그날부터였어요. 그날 밤에. 내 발목 만져줬을 때.

〈F/B〉   2부 S#57 (니나의 시선) 연습실에서 거침없이 니나의 발목 만져주던 강우.

니나	(가슴에 손 올리며) 여기에 커다란 돌 같은 게 떨어져 버렸다구요. 계속 울려요. 자꾸만 물결이 밀려와.
강우	왜 오늘입니까.
니나	(그렁그렁해서 보면)
강우	니나 씨 평생의 라이벌이, 3년 공백을 깨고 재기를 선언한 날입

니다. 오늘 같은 날, 하찮은 연애 감정에 휘둘려서 쓸데없는 고백이나 하다니…

정말… 실망입니다.

니나 하찮다구요?

강우 지나고 나면 후회할 착각이니까요.

니나 (상처받았지만) 내 감정이에요. 함부로 속단하지 마세요.

강우 시간 낭비하지 맙시다. 난 니나 씨가 생각하는 그런 왕자님 아니에요.

니나 그럼 알려주면 되잖아요. 내가 제일 궁금한 게 그건데. (순하지만 강단 있게) 감독님, 어떤 사람인데요?

강우 (망설임 없이) 나쁜 사람입니다. 니나 씨는 상상도, 감당도 할 수 없는 나쁜 놈요. (차가운 표정)

니나 (눈물이 차오르고)

S#11 판타지아 발레단 뒤 (밤)

S#9. 니나.. 떨리는 손으로 뺨에 번진 눈물을 닦는다. 루나.. 니나 앞에 앉아서 듣고 있었다.

니나 괜히 말했어. 너무 급했어. 좀만 더 참을걸, 기다릴걸… 불안했나 봐. 이제 연서 돌아오면, 나는… 또 그림자가 되는 거잖아. 그러면 감독님.. 지금보다 더… 날 봐주지 않을 거 같아서…

루나 … 나 같아도 안 보고 싶겠다. (일어나버리는)

니나 (? 해서 올려다보면)

루나	(조금 화난) 벌써 네 맘이 그림잔데, 누가 널 봐줘?
니나	언니.. 왜 그래, 무섭게…
루나	자존심 없어? 화도 안 나느냐고! 너 지금 발레리나로, 여자로 개무시당한 거잖어! 언닌 그게 분해 죽겠는데, 넌 어린애처럼 눈물이나 짜고 있어?
니나	(꿀꺽 / 눈물 쏙 들어가는)
루나	어리광 그만 부려. 그런다고 해결해줄 사람, 아무도 없으니까. (획 돌아서 가버리는)
니나	(서럽고 놀라고)

S#12   거리 (밤)

후.. 걸어가는데, 단.. 뒤를 졸졸 쫓아가고 있다. 돌아보면 멈추고, 다시 가면 쫓아오고.

후	(다가오더니) 가라고 쫌!
단	(힝)
후	비상사태 끝! 비도 그쳤고, 밤도 깊었다. 얼른 가! 또 쫓겨나지 말고. (돌아서서 걸어가는데)
단	(연서와의 키스 떠오르고)

〈F/B〉	연서와의 키스(S#1). 떨리는 손, 두근거리는 가슴…

단	(침 꼴깍 / 푸르르 고갤 세차게 젓고) … 잘못했단 생각이 들어요!

후	(돌아보면)
단	(처음 거짓말한 아이 같은 얼굴로) 천사가… 죄책감을 느낄 수가 있어요? 아니… 죄란 걸 지을 수가 있나? (하는데)

단의 얼굴에 바람이 훅! 불어오더니, 후.. 순간 이동해 순식간에 단의 코앞에 섰다.

단	(헉, 놀라는데)
후	(단의 얼굴을 뚫어져라 보는)
단	(괜히 시선을 피하게 되는데)
후	답하라, 너는 누구냐?
단	(긴장) 김, 단입니다.
후	(고개 젓고) 육신을 입은 이름 말고, 진짜 이름을 말하라. 너는 무엇이지?
단	(!) 천사.. 단입니다.
후	(냉정한 표정으로 팔짱을 낀다) 천사가, 임무를 팽개치고, 죄를 지으면 어떻게 되는지, 알고는 있겠지?
단	(정곡을 찔렸지만 / 변명해보려) 죄를 지은 게 아니구, 그런 기분이 든다구요… 기분!
후	하늘 가기 싫지? (핑거 스냅 손 모양 들어 보이며) 그냥 지금 이 자리에서 먼지 될까?
단	(두렵지만 저항) 와… 협박을 해요? 천사야, 깡패야! (뒷걸음질 치려는데 / 움직이지 않는다! 몸이 얼어붙은 듯! / 다리 잡고 움직여보려 해도 못 박힌 듯!) 선배!!

후	(손을 뻗으면)
단	(후의 염력에 이끌려 그대로 딸려가 무릎 꿇려지는)
후	(단의 머리에 손을 턱 얹는다)
단	아직 날짜 남았잖아요!
후	(진지하게) 천사의 사전에는 순종만이 있다. 다른 마음을 품으면 파멸뿐이야.
단	(!!!)
후	거룩하고 속된 것을 분별하고, 의인과 악인을 구별하는 것처럼, 네 눈앞에 있는 자가 누군지 되새겨라. (손 떼면)
단	(안도의 눈으로 올려다보고)
후	고양일 인도하듯, 강아질 보내주듯 꽹과리도 마찬가지야. 알겠어? (바람처럼 사라지고)
단	(서늘한 기분에 / 몸을 감싸고)

S#13　아이비 저택 (밤)

창밖을 보는 연서의 얼굴. 비가 그치고 달이 떴다. 굳어있는 연서의 얼굴.

연서.. 핸드폰 통화 버튼을 누를까 말까 망설이다 던지듯 내려놔 버린다. 원망인지 기다림인지.

S#14　아이비 저택 앞 + 연서의 방 (밤)

단.. 터덜터덜 걸어온다. 생각 많은 표정. 대문 앞에 멈춰 서는데,

저택 안쪽 불 켜진 연서의 창이 보인다.

밖을 바라보는 연서와, 연서의 창을 올려다보는 단… 마치 서로 마주 보는 듯하다. (실제로는 보이지 않음) 한참 동안 마주 보던 두 사람. 올려다보는 단의 시선에서, 이윽고 꺼지는 불빛.

단.. 고개를 떨군다. 단.. 대문의 지문인식 버튼에 손을 올리려다 거두더니 돌아서 대문을 등진다. 복잡하고 쓸쓸한 단의 눈빛.

S#15   거리 (밤)

단.. 쓸쓸하게 걸어온다. 어디로 갈지 모르겠다. 눈을 들어 보는데, 3부 S#64에서 유미와 술을 마셨던 선술집이다.

S#16   선술집 (밤)

단.. 선술집 앞 테이블에 앉는다. (야외 테이블 가능) 옆 테이블에 등 돌려 앉은 사람.. 강우다.

이미 한 병 정도 마신 상태.

단	(조금 어색하게) 여기.. 소주 한 병 주세요…
강우	(단 목소리 듣고 !)
아주머니	(소주와 기본 안주 가져와 놓으면)
단	감사합니다.
강우	(돌아본다)
단	(강우 보고 / 깜짝 놀라) 그쪽이 여길 어떻게…

강우	그러는 비서님은 이 시간에 왜 여기…?
단	가슴에 불났을 때, 이거만 한 게 없다고, 누가 그러셨거든요.
강우	(할 말 많지만 / 꾹 참고) 그럼… (돌아앉아 버리는 / 작게) 가슴에… 불이 났다?

단과 강우.. 서로 등진 채로 술을 마신다. 서로의 존재를 의식하고 있지만, 굳이 아는 체하지 않는. (계속 등진 채로 대화 나누는)

강우	이럴 거면 관두시죠.
단	네?
강우	내가 좋은 데 소개시켜줄게요. 여기보다 페이도 좋고, 사정 맞춰줄 수 있을 만큼 자유로운 데로요.
단	(살짝 울컥) 싫다면요?
강우	(냉철하게) 안 돼요도 아니고, 싫어요? 이유는?
단	짤려도 이연서한테 짤릴 겁니다. 그쪽이 이래라저래라 할 일, 아니잖아요.
강우	나 돕겠다면서요?
단	(!)
강우	해야 할 일을 잊어버린 겁니까, 아님 (의심스럽게) 그새… 맘이 변한 겁니까?
단	약속한 건 지킵니다. 연서랑, 지강우 씨.. 두 사람 내 손으로 연결…
강우	(여기서 돌아보며 / O.L) 아가씨.
단	(? 해서 돌아보는)
강우	(일어나서 내려다보며) 자꾸 연서야, 연서야 반말하는 거, 전부터 아

주 거슬렸습니다. 상사한테 반말 툭툭 하는 사람이 무슨 일을 제대로 하겠어요?

단   왜 화를 내요?

강우   (! / 너무 흥분했나, 싶은) 빗속에 혼자 있는 거, 벌써 두 번째 봤습니다.

단   (!!) 연서가… 혼자 있어서… 걱정되고, 화가 났어요?

강우   (조금 당황한) 내 말은… 본인의 임무를 다하… (하다 얼음!)

단   (이마를 짚었다)

강우   뭐.. 뭐 하는 겁니까?

단   열도 나구. (강우 눈 관찰) 동공도 흔들리고, (꿀꺽 침 삼키는 강우의 목젖) 초조하고. 맞잖아요, 화내고 있는 거.

강우   (혼란스러운데)

단   아가씨 걱정해주는 건 좋아요, 좋은데, 내 일은, 내가 알아서 하겠습니다. (일어나 / 테이블에 만 원짜리 한 장 놓고 가는)

강우   (뭐지! 저 자식은!!)

S#17   강우의 오피스텔 (밤)

강우.. 들어온다. 거칠게 넥타이 풀어버리는. 양복 재킷 벗어 던지고, 의자에 털썩.. 앉는.

노트북을 열면 설희(3부 S#44에서 손 키스하고 있는 스탑 장면).. 환하게 웃고 있다.

화면 아래쪽 바에 보이는 날짜 자막 C.U. "2004.03.14"

강우.. 설희를 가만히 응시하다,

강우	화 안 났어… (하다 설희 얼굴 한 번 더 보고) 아니, 사실 났어. 너무 화가 난다.
단	**(E) 연서가… 혼자 있어서… 걱정되고, 화가 났어요?**
강우	(흔들리는 눈빛으로 고개 젓고) 발레 때문이야. 겨우, 여기까지 끌어다 놨어. 이제 무대에 세우기만 하면, (노트북 설희 보고) 너한테 한 약속 지킬 수 있는데… (마른세수 벅벅 하면) 어떻게 그딴… 비서 따위랑…!!

강우.. 저도 모르게 또 화를 내버렸다. 화면 속 설희는 그저 밝게 웃기만 하고 있다.

강우.. 설희를 물끄러미 본다. 내 감정을 나도 모르겠다. 노트북 탁, 덮어버리고 마는.

S#18　　**공원 (밤)**

캄캄한 공원. 잎이 무성히 드리운 나무.. 연서와 단이 처음 만난 나무 위로 들리는 단 목소리

단	**(E) 강아지다. 고양이다.**

카메라.. 내려가면, 단.. 나무 아래 벤치에 앉아 고갤 꺾어 하늘을 향해있다.

눈을 감고 스스로를 세뇌시키듯 중얼거리는 중.

단	소나무다. 풀떼기다… 이연서는 고객일 뿐이고… 나는 이연서를 사랑에 빠지게 한 뒤에, (눈 뜨고) 반드시 하늘로 돌아간다. (후, 한숨 내쉬는 데서)
	(F.O.)

S#19   아이비 저택 앞 (낮)

유미.. 옆구리에 신문 몇 개 챙겨 들고, 콧노래를 부르며 출근하는데, 담벼락 뒤에서 기자들 대여섯 우르르 나온다. "아이비 직원이시죠?" "이연서 씨 안에 계십니까?" "잠깐 인터뷰 가능할까요?" "5분만요." 같은 말들 동시에 쏟아내며 달려드는 기자들.

유미	(박수 세 번 탁탁탁 치며) JUST A MOMENT, PLEA----SE! (좌중 압도한 뒤 / 빠르게) 저는 직원이 아니라 이 저택의 총.괄.집.사입니다. 연서 아가씨 당연히 안에 계시죠, 하지만 인터뷰는 불가합니다. 5분도, 5초도 안 돼요.
기자들	(웅성 하려는데)
유미	(매고 있던 스카프를 촤라락! 풀어 펼치더니) 여기, 명함 넣으시면, 기자님들 기사 일일이 검토해본 뒤에 제가 연락드리겠습니다. 5초 드려요. 5, 4, 3,

유미가 카운트 세는 동안, 우르르 모이는 명함. 유미, 싱긋 웃고!

S#20   아이비 저택 거실 (낮)

유미.. 들어오는데 온통 어둡다.

유미   (흥얼) 옛날 생각난다, 영광의 시절이 돌아오네 (하다) 누가 이렇게
       커튼을 쳐놨어, 어둡게… (커튼 확 젖히고 돌아서다가 / 주저앉을 뻔) 엄
       마야…

       거실 소파에 연서.. 꼿꼿하게 앉아있다. 현관문을 바라보는 방향
       으로.

유미   아가씨… 여기서 뭐 해요?
연서   (뚫어지게 현관을 보는 / 충혈된 눈)
유미   밤새웠어요?
연서   (목 잔뜩 잠겨) 무단결근. 근무지 이탈… 계약 위반 맞죠?
유미   (?) 단이 씨요? 어제… 뭔 일 있었어요?

〈F/B〉   4부 S#64
연서   난 뭔 줄 알아. / 네 소원, 내가 들어준다고!
       연서.. 입술 쭉 내밀면서 다가가는 데서

연서   (화끈 / 버럭) 괜히 집사님 말 들었다가…
유미   내가… 뭘? (생각하다) 아… 단이 씨? 짝사랑?
연서   아니에요! 아니래요!!
유미   대놓고 물어봤어요? 그럼 당연히 아니라 그러지!
연서   건 아니구… (힝, 하다 표정 관리하고) 앞으로 쓸데없는 유언비어 날

311

조, 유포 자제해주세요, 집사님.

유미   (갸웃) 내 촉이 틀릴 리가 없는데…

연서   그리구, (주먹 꽉) 짤라요 이 자식, 이번엔 진짜루. (하는데)

단   **(E) 좋은 아침입니다!**

연서, 유미.. 돌아보면, 단.. 해맑은 표정으로 들어온다. 뒷머리 까
치집 지은.

단   안녕히 주무셨어요?

연서   (노려보며) 집사님, 외박은 해고 사유라고, 좀 전해주세요.

단   (머리 정리하며) 급한 일이 생겨서… 죄송하다고 전해주세요. (연서
        눈 슬쩍 피하면서) 죄송합니다. 아가씨.

연서   뭐야, 너. 왜 갑자기 존댓말이야.

단   그동안 까불었습니다. 앞으로 업무에만, 충실하도록 하겠습니다.

연서   반가운 소리네. (일어나며) 연습실 갈 거야.

단   (얼른 옆에 가 서주는)

연서   (이 상황 짜증 나는 / 팔꿈치 옷 끝만 겨우 잡고)

유미   (이상하다, 이상해!)

S#21   아이비 연습실 앞 (낮)

단과 연서.. 나란히 발맞춰 온다. 옷 끄트머리 잡은 연서가 의식되
는 단. 역시 단을 의식하며 어색하게 걸어오는 연서.. 시선 엇갈리
고. 문 앞에 도착해 선다. 숨 막히는 어색함.

단	(어렵게) 드릴 말씀이 있습니다.
연서	(긴장) 해.
단	어제요.
연서	(얼음)
단	어제는 제가…
연서	(살짝 기대하는)
단	잘못했습니다. 잊어주세요.
연서	(쿵 / 표정 관리하며) 무슨 소리야? 우리 어제… 아무 일 없었잖아. (자신을 설득하듯) 너랑 나… 그래, 아무 일도, 그 어떤 일도
단	있었습니다.
연서	(헐) 없었어.
단	있었어요.
연서	(가슴 꽉! 때리며) 뭐 하자는 거야 이 자식아!! 잊으라며? 그래서 없었다고 땅땅 도장 찍고 가려는 거 아냐! 눈치 없어? 박자 못 맞춰?
단	있었던 걸, 없었다고는 못 합니다. 그저 없었던 것처럼.
연서	(손 들어 말 막는) 스탑. 지금 내가 하려던 말이 딱 그거거든. 내가 먼저 할려고 했다구. 나두 당장 연습하고 몸 만들려면 딴 데 신경 쓸 정신없어. 좋아. 어제는 없었던 것처럼, 아예 오늘 첨 만난 것 처럼 그럽시다. 오케이?
단	(끄덕) 다행이네요, 우리 둘.. 같은 생각이라서.
연서	(차갑게) 됐네, 그래. (쾅! 닫고 들어가 버리고)
단	(문에 대고) 필요한 거 있음, 언제든 말씀하세요! (망설이다) 아가 씨… 파이팅!

S#22   **아이비 연습실 (낮)**

연서.. 문에 기대서 어이없어하는

연서   파이팅? (흉내 내는) 다행이네요. 우리 둘.. 같은 생각이라서. (허! 실
소) 키스 한 번 정도는 그냥 없었던 일로 할 만큼, 되게 아무렇지
도 않은 건가 부지? 흔하디흔한 거라 이거야? 됐어, 나도 필요 없
어! (제 뺨 탁탁 때리며/ 심호흡) 이연서, 정신 차려, 이럴 때가 아니
야. (맘 굳게 먹는 얼굴에서)

S#23   **단의 방 (낮)**

단.. 들어온다. 긴장 풀어지는 듯 털썩 주저앉는. 책상 달력에 X
표시 보인다.
만화책과 연서 파일 등등이 널려있는 책상 위.
단.. 가볍게 한숨 쉬고 정리하는.
열심히 공부한 연서 파일, 정리하는데 떨어지는 쪽지. (4부 S#45)
[강원 인제군 기린면 ***번지*] 주소 적힌. 옆으로 흘리듯 '마지막'
'유일' 단어가 적혀있다. 무심히 서랍에 넣고.
만화책 촤르륵, 넘겨보는데, 딱 펼쳐진 곳이 키스신.

〈F/B〉   S#1 섬광처럼 떠오르는 연서와의 입맞춤!

• 3년 전 연서의 무대 사고를 증언해줄 증인, 문지웅(前 판타지아 직원)의 주소-승완이 마지막까지 조사하고 있
었음. 이후에 연서를 찾아올 예정.

단　　　(화들짝 놀라 덮고 / 도리도리) 임무에 충실하자. 할 일을 생각하자. 나에게는 해내야 할 미션이 있다. 더 이상 미룰 수 없다. 너의 사랑, 나의 귀환!

S#24　아이비 연습실 안 + 밖 (낮)

연습실 안에서 연습하는 연서와, 연습실 밖에서 이를 지켜보는 단. 교차편집 (몽타주성)

(연습복으로 갈아입은) 연서.. 커튼을 연다. 쏟아지는 햇빛에 눈부신. 연습실을 둘러보는 연서. 삼면이 거울에, BAR와 폼롤러 등이 있는. 오랜만이지만 깨끗하다.
연서.. 한쪽에 있는 벽장을 열면, 토슈즈가 쭉 진열돼있다. 연서.. 감회가 새롭고.

떨리는 손으로 토슈즈를 신는.
자기 발을 한번 만져보는 연서, 매끄럽다.
작게 한숨 쉬고, 토싱부터 리본끈까지 천천히 감아보는 연서.

슈즈를 신고 거울 앞에 선 연서.. (BAR 옆에 세워둔 채) 1번 발 하고 앙아방 자세. 한동안 거울 속 자신을 가만히 응시한다. 쉬이 움직이지 못하는데,

창문으로 이를 지켜보고 있는 단.. 못 박힌 듯 선 연서를 걱정스레

바라보는.

연서가 거울에 비친 자신을 가만히 보는 위로

승완   **(E) 난 알아, 네 진짜 모습 / 네가 얼마나 반짝거렸는데** (1부 S#33, S#35)

유미   **(E) 그런 사람 눈 받았음… 쓸모없게 만들지 마요.** (2부 S#35)

연서.. 천천히 빨리에 시작한다. 속으로 카운트 세어가면서.

연서   **(E) 원, 투, 쓰리, 포, 투, 투쓰리포.**

단   **(E / 같이하는) 원, 투, 쓰리, 포, 투, 투쓰리포.**

지켜보는 단도 응원의 맘으로 카운트를 세는 가운데, 연서.. 기본 발동작 시작하는. 물 흐르듯 계속한다. 생각보다 잘된다. 턴을 시도하는데! 창문에서 들어온 빛이 눈에 닿는. 반짝! 눈부신.

〈**F/B**〉   1부 S#1 떨어지던 조명 조각들 / 2부 S#71 떨어지던 샹들리에 반사 빛들 / 4부 S#59 기자회견 쏟아지던 플래시 빛들 / S#1 키스할 때 반짝이던 벚꽃잎들.

연서.. 발끝 무너진다. 축이 틀어지면서 바닥에 쾅당! 처박히고 만다. 뛰어 들어오는 단.

단   아가씨, 괜찮아요?? (연서 어깨 잡아 일으키는) 다친 데 없어요? 삔 거 아니죠? (안절부절못하며 연서를 살피는)

연서	(침착하게) 손 떼.
단	네?
연서	(뿌리치며) 손 떼라구, 변태호랑말코사이비사기꾼아!
단	(나동그라지며 / 어안이 벙벙)
연서	한 번만 더 내 몸에 손대면, 그 즉시 해고야. 알았어?
단	(아, 그거구나) 네, 알겠습니다. … 조심하겠습니다.
연서	알았으면 나가, 부르기 전에 나서지 말구.

단.. 뭔가 더 말하려다 뒷걸음으로 나간다. 걱정스레 연서를 보며
(E) 단의 핸드폰 울리고, 단.. 얼른 받으며 돌아 나가는. '네, 니나
씨!' 소리, 연서가 딱 듣는!

S#25 아이비 저택 마당 / 아이비 저택 앞 (낮)

단.. 통화하며 급히 나오는. / 외출복 차림 니나(어딘지 모르게)와의
통화 교차편집

단	연서 아가씨요? … 같이 있긴 한데… (뱅글 도는데)
연서	(어느새 뒤에 있는)
단	(깜놀)
연서	(손 내미는 / 어서 내놔 / 뺏듯이 받아) 뭐야, 왜 내 비서랑 통화해?
니나	**(E) 연서니? 안녕, 연서야. 네 번홀 몰라서 단이 씨한테 했어.**
연서	(단이 씨? / 미간 찌푸리고)
니나	잠깐… 나올 수 있어?

연서	싫은데.
니나	난 너 보고 싶은데… 넌 나 보기 싫구나…
연서	어. 싫어. 앞으로도 싫을 예정이야. 그니까 내 비서한테 전화하지 마. (끊어버리는)
단	(힐) 그냥 끊음 어떡해… 합니까.
연서	애랑 어떻게 알아? 친해?
단	우연히 몇 번 만나서…
연서	아주 그냥 여기저기 이 여자, 저 여자… (힐난하는 눈빛)
단	(??)
연서	몇 번만 더 우연히 만나면 없었던 일 있게끔도 하겠네! (던지듯 핸드폰 주고) 구름아! 산책 가자! (하고 문 확 여는데)

S#26 아이비 저택 앞 (낮)

(연결) 연서.. 대문 열고 나왔는데,

구름이 달려와 왈! 짖는다. 니나가 있다. 큰 상자를 들고.

연서.. 우뚝 서고. 뒤따라오던 단.. 갑자기 멈춘 연서 뒤에서 닿지 않으려고 휘청하고.

니나	(반가워) 연서야! 나와 줬네!
연서	남의 집 앞에서 왜 청승이야?
니나	(상자 내밀며) 이거… 받아. 재활 축하하구 응원해.
연서	(방어적으로 보면)
니나	단이 씨 잠깐만…

단	(다가가 상자 받쳐주는)
니나	(뚜껑 열어 보여주는 / 토슈즈, 연습복, 워머 등) 사실 이거 결투 신청이야.
단, 연서	(?)
니나	3년이야. 3년간 나도… 많이 늘었어, 연서야. (맑은 눈빛으로) 너하고 정식으로 겨뤄보고 싶어.
연서	왜 이렇게들 비장해. 결투니, 전쟁이니…
니나	꼭 예전으로 돌아와 줘. 그래야, 나두 (강우 떠올리며) 제대로, 인정받을 수 있으니까.
연서	(복잡한 눈으로 니나를 보는)
니나	긴장해 이연서! 나 진짜 열심히 할 거야! (준비한 것 다 한 / 귀엽게 휴) 다 했다. (하고 돌아서 막 뛰어가는)
단	(피식 웃음 나는) 착한 사람이네.
연서	(찌릿) 나는?
단	(눈치 보고 / 상자 건네며) 이거… 방에 넣어둘까요?
연서	(툭 치며) 갖다 버려.
단	(힐) 아니, 선물을…? 것두 저렇게 선량하고 해맑은 친구가 준 걸 버려요?
연서	아까우면 너 하든가. (휙 들어가 버리는데)
구름	(월월!)
단	(구름 한 번 보고 / 연서 들어간 쪽 보고)

S#27 판타지아 회의실 (낮)

보드빌 멤버, 후원회장, 영자.. 앉아있다. 루나.. 스크린에 PPT 띄

위 보고하는.

루나　　(기사 화면) 기자회견 후, 국내 유수 일간지 오프라인 신문 문화면 탑뉴스 14건, 포털 사이트 기사 하루 200여 건 게재됐으며, 기자회견 직후에는 실시간 검색어에도 올랐습니다. (검색 페이지 화면) 연관 검색어로 부상, 금나나, 판타지아, 각막 기증 등이 있고, (댓글 화면) 지난번 SNS 사태 이후 부정적이었던 댓글도 응원과 격려로 돌아서 긍정 비율 80%가 넘었습니다.

　　　　불 켜지면, 후원회장 박수 치고, 멤버들.. 따라 치는.

멤버1　　손님몰이는 확실히 됐네요.

멤버2　　인간극장 스토리잖아요. 비운의 발레리나, 복귀를 선언하다.

영자　　(자신 있게 일어나 루나의 자리로 간다)

루나　　(비켜 서고)

영자　　(시선 주목받으며) 물 들어올 때 노 저어야죠? 일본의 나카무라 다케다 상께서 은밀히, 연락을 주셨습니다.

멤버1　　그.. 수조 원대 재력가 말이에요?

영자　　(미소로) 10년째 볼쇼이 최고 액수 후원자시죠. 한국 발레에 관심이 생겼다고 하시더군요, 제가 직접, 통화했어요. 판타지아가 세계적인 발레단으로 도약할 수 있는 기회입니다.

멤버들　　(술렁이는데)

후원회장　　그래서, 언제까지신가요?

영자　　네?

후원회장	우리 최영자 단장님, 금기천 이사장님 언제 그만두시냐구요.
영자	(얼굴 굳지만 / 표정 관리하며) 그게 무슨 말씀이세요.
멤버1	소문 파다해요. 판타지아 다시 달렸다며?
후원회장	이렇게 중요한 얘길, 곧 그만두실 분과 얘기하는 게 맞나 싶어요. 그렇잖아요. 예술감독 하나 바뀌어도 1년 프로젝트가 달라지는데…
루나	그 문젠 아직 절차가 많이 남아있… (하는데)
영자	당장 내일이라도. 다 털고 떠날 수 있어요. 근데, 안 됩니다. 아니, 못 합니다.
모두	(보면)
영자	(진실하게 / 가슴에 손까지 얹고) 지난 3년간, 제가 판타지아에 쏟아 부은 열정과 사랑을, 여러분 아실 거예요. 그건 전부, 연서를 사랑해서였습니다. 우리 조카 건강하게 돌아올 때, 탄탄한 발레단 넘겨주고 싶었어요. 그치만 지금 연서, 성치 않아요. 몸도, 마음두요. 저두 가슴이 너무 아프네요.
후원회장	(의심스러운) 무용수는 자기 몸 상태 스스로 제일 잘 안다고 하던데요. 그런 계산도 없이 덮어놓고 복귀 선언부터 했을까…?
영자	직접 보셔야 믿으시겠어요?
후원회장, 모두	(?)
영자	판타지아 나잇, 당길까 해요. 그 자리에서 확인하시게 될 겁니다. 물론, 우리 연서가 보란 듯이 건강하게 나서길 가장 바라는 사람은, 저구요.
강우	**(E) 판타지아 나잇요?**

S#28 　영자의 사무실 (낮)

영자, 루나, 강우.. 세 사람 운영 회의 중.

루나　매년 말에 하는 후원회의 밤 행사예요. 팀 짜서 짧게 무대도 하고, 파티도 하고 인사도 나누고. 아시죠?

강우　알죠, 근데 매년 '말'에 하는 거잖습니까, 큰 공연 다 끝내놓고.

영자　지 감독이랑 연서가 발레단을 회까닥 뒤집어놓으신 덕에 일정이 다 꼬였지 뭐. 그니까 두 사람, 쫙 빼입고 참석해야 돼요?

강우　연서 씨도요?

영자　(산뜻하게) 걔가 여기 주인이잖어. 당연히 손님 맞아야지. 이번에 일본에서 아주 중요한 손님, 모시기로 했거든요. 나카무라 다케다 상, 알죠?

강우　(듣자마자 얼굴 굳어) 물론 알죠, 발레계의 큰 손이자, 더러운 손으로 유명한 노인네.

영자　다빈치에게 메디치 가문이 없었다면, 반 고흐에게 동생 테오가 돈을 주지 않았다면, 어떻게 됐을까요? 모든 예술에는 돈이 들어요. 그리고, 정정하자면, 다케다 상은 맘에 든다, 싶으면 그 더러운 손으로 아낌없이 돈 퍼붓기로 유명한 노인네죠. (찡긋)

강우　(천천히 일어나더니) 후원자 옆에 발레리나들 꽃처럼 세워두고 시중들게 하는 거, 안 합니다. 우리 발레리나들은 그런 짓 안 시켜요. (나간다)

영자　(허! 실소하고)

루나　(홍) 이럴 때만 우리 발레리나들이지. 연서 말곤 아무한테도 관심 없으면서.

영자	주인공이잖아. (의미심장한 미소로) 확실한 우리의 주인공.
루나	(심상찮은 낌새 눈치챈 눈빛)

S#29 판타지아 연습실 (낮)

클래스, BAR 연습 중이다. 강우.. 스피커 옆에서 카운트 세며 지도 중.

힘든 동작 연이어 하는. 강우.. 무용수들 하나씩 유심히 보며 "끝까지" "업!(UP)" "새끼발가락까지 포인!" 같이 포인트 잡아주는 지도하고, 이 말 할 때마다 무용수들 으어어- 비명이 절로 나오게 힘들어한다. 이미 땀범벅인.

니나.. 최선을 다해 동작한다. 다른 이들에 비해 더 깊이 숙이고 더 많이 넘기는.

음악과 동작 끝나면, 대부분의 무용수들 털썩 주저앉고, 스트레칭 하는데, 니나.. 거울에 제 몸 비춰보며 턴 연습하고.

은영	(속삭이는) 뭐야… 연서 언니 복귀 선언까지 나왔는데 왜 지옥에서 온 악마가 됐어.
의건	(다리 주무르며) 감독님… 웃는 거 본 적 있어?
수지	(벌러덩 누웠다) 몰라 몰라… 닭발 먹구 싶어.
강우	판타지아 나잇 레퍼토리 뭐죠?
니나	(? 해서 보는) 벌써 준비하나요?
강우	일정이 당겨졌습니다. 특별한 거 필요 없고 하던 걸로 연습하죠.

(점프)

센터 연습. 오네긴 파드되다. 니나와 의건.. 격정적인 사랑의 몸짓. 의자에 앉아 두 사람 지켜보던 강우의 눈에 〈F/B〉 #1 연서, 단의 키스 장면이 오버랩 되고! 강우.. 의자를 팡, 팅기며 일어난다. 놀라 멈추는 무용수들. 침묵 속에 흐르는 음악.

니나   뭐가.. 잘못됐나요?

의건   이번에 되게 잘 맞았던 거 같은데.. 그죠 누나?

니나   (강우만을 바라보는)

강우   (내가 왜 이러지 싶다) 니나 씨.

니나   (긴장 바짝) 네, 감독님.

강우   나머지 파트 연습, 니나 씨가 해주세요. (옷 챙겨 입고 나간다)

니나와 남은 무용수들.. 황당하고.

S#30   아이비 연습실 (낮)

연서.. BAR 연습하고 있다. S#24에서 했던 턴 연습이다. 자꾸 흔들리는.

연서.. 몇 번이고 하는데, 잘 안 되는. 뭔가 생각났는지, 구석에 둔 연습 가방으로 간다.

꺼내는 것… 단이의 깃털 손수건. 연서.. 조금 망설이다가 손수건으로 머릴 꽉 묶어보는.

다시 돌아본다. 한 바퀴 돌아간다! 연서.. 눈이 반짝! 빛나고, 두 바퀴 시도하는데, 안 된다.

S#31   **단의 방 (낮)**

단.. 핸드폰을 들여다보고 서성이고 있다. 화면에는 [갈빗대]라고
저장된 강우의 번호.

단   갈빗대.. 오늘 첫 연습 날인데 왜 이렇게 잠잠해… 잡아먹을 것처
럼 뭐라고 할 땐 언제고… (통화 누르려다) 에이, 알아서 하겠…지!
(하다 다시 보고)

갈등 중인데 (E) 호출 경광등 울리고! 단.. 바로 뛰어나가는데!

S#32   **아이비 연습실 (낮)**

단.. 눈을 동그랗게 뜨고 서있다. 연습실 한가운데다. 연서.. 단의
주위를 천천히 돌아보는.

단   이러고만 있으라구요?
연서   (끄덕) 아무 말도 하지 말고, 그냥 그러고 있어.
단   (뭔지 몰라 불안한 표정인데)

연서.. 음악을 튼다. 피아노 소곡 흐르면서 연서.. 단의 어깨를 잡
고 턴 연습을 한다.

단.. 어깨 잡힐 때 움찔. 연서.. 단과 함께하니, 턴이 좀 된다.
아예 단을 바(BAR) 삼아 아라베스크, 에티튜드, 파세 후 턴 등의
동작을 해보는.
단.. 고역이다. 연서가 다가왔다, 멀어졌다 할 때마다 심장이 쿵쾅
거리고, 열이 오르는데!
(E) 초인종 소리. 단.. 들었지만, 연서.. 무아지경으로 집중 중이라
아무 말도 못 하고 동작이 계속될수록, 단은 더욱 고역스럽다.
연서가 아라베스크를 할 때 단의 얼굴에 닿을 듯, 연서의 얼굴이
쑥 들어오고, 파세 후 턴 할 때 스치는 바람에 눈이 감기고,
에티튜드 뒤로 넘어가는 동작할 땐 허리에 손 받쳐주려다, 저도
모르게 주먹 꽉 쥐는.
연서.. 집중하고, 단.. 버티는 연습 계속되는데, 중간중간, 이를 바
라보는 누군가의 시선!

단   (도저히 못 버텨!) 잠시만요!! (하고 뛰어나간다)
연서   야! (하고 숨 몰아쉬며 보는데)

S#33   아이비 연습실 앞 (낮)
단.. 뛰어나오다가 유미와 부딪칠 뻔했다.

단   (놀라서) 집사님!
연서   (땀 닦으며 나오다 / 유미 보고 / 눈으로 묻는)
유미   손님이… 오셨습니다. (하는데)

| 강우 | (뒤에서 나타난다) |
| 단, 연서 | (놀라고) |

S#34　아이비 연습실 (낮)

강우.. 연습실 둘러보는 중. 단은 뒤쪽에서 지켜보고, 연서.. 강우
가까이 서서 보는.

강우	(온도/습도계 어플로 확인하는 중) 온도, 습도 다 좋네요. 거울도 깨끗하고, 조명도 밝고.
연서	감시하러 왔어요?
강우	(툭) 보고 싶어서 왔어요.
단	(!!)
강우	연서 씨 연습하는 공간, 환경… 얼마나 제대로 해놨을지, 걱정돼서. (단 슬쩍 보며) 전문 트레이너나, 마사지사 진짜 필요 없어요? 아무리 그래도 '혼자서' 하는 거 맘에 걸리는데.
연서	혼자 아니에요. 쟤 있잖아요.
단, 강우	(!!)
연서	집사님도 계시구요. 설사 아무도 없다고 해도, 내가 알아서 해요.
강우	… 2주 뒤에 판타지아 나잇 잡혔습니다.
연서	(미간 확 찌푸리는데)
강우	참석 여부는, 일주일 뒤에 연서 씨 상태 보구 결정하죠. 발레리나로서 참석할지, 그냥 재단 이사장으로 참석할지.
연서	(!) 긴장하란 말을 참 돌려서 하네요.

강우	(싱긋 미소 짓고) 시간 많이 뺏었어요, 갑니다. (돌아서려다) 아, 김 비서님. 저 좀 보시죠.
단	(?) 저요?
연서	(뭐지? 하는 얼굴로 보면)
강우	잠깐이면 됩니다. 물어보고 싶은 게 있어서.

S#35 연서의 방 (낮)

연습복 벗으며 씻을 준비하는 연서.. 옆에 유미.. 거들어주면서 수다 중.

유미	알아도 모른 척, 괜찮아도 기대는 척, 못 하겠어요?
연서	척요?
유미	충분히 혼자 갈 수 있어도, 가끔 기대면 더 멀리 갈 수 있잖아. 사람, 더불어 사는 거예요.
연서	알면 알고, 괜찮으면 괜찮은 거고, 있었던 일은 있었던 거죠. 아닌 척, 모른 척, 없었던 것처럼… (단호하게) 딱 질색이야. (욕실로 들어가 버리고)
유미	으유… 자식새끼들 크면 다, 저 혼자 자란 줄 안다더니… 내가 팔자에도 없는 부모 맘을 다 느껴보네.

S#36 골목 (낮)

단.. 강우를 쫓아가고 있다. 계속 앞만 보며 걸어 들어가는 강우..

표정 화났다.

단   어디까지 가요? 들어가 봐야 돼… (하는데)

강우   (급습 / 팔 잡아 거칠게 벽에다 밀어붙인다)

단   (놀라서) 왜 이래요?

강우   당신, 정체가 뭐야?

단   (소름 쫙!!)

강우   다시 물을게. 당신, 목적이 뭐야?

단   (눈동자 또르르 / 입 열려는데)

강우   나한테 먼저 접근해서 연서 씨 맘을 떠볼 생각이었던 건가? 도와
          주겠다 어쩐다 안심시켜놓고, 뒤로는 호박씨 깐 거야?

단   (헉! 정확해)

〈F/B〉   S#32에서 강우의 시선. 유미의 안내를 받아 연습실로 향하는 강우 컷 /
          연서와 단의 연습을 밖에서 보고 있는 강우.. 홍조 띤 단의 얼굴을 확인
          하고!

강우   (표정 보고 아는) 재산을 노리는 거야? 제비야? 어떻게든 비서로 들
          어가, 연서 씨 맘 훔쳐서 한탕 해보려는 거냐고!

단   (정신이 번쩍) 뭔 소리를 하는 겁니까? 한탕이라뇨? 말도 안 되는!!
          땅에 속한 재물에 맘 둔 적 없습니다. 다 썩어 없어질 것들, 욕심
          없어.

강우   그럼… 진심으로 연서 씨를 좋아하는 거야?

단   (!!!!) 뭐라… 구요?

강우	이봐요, 그쪽과 연서 씨는 속한 세계가 달라요.
단	그건 내가 제일 잘 압니다.
강우	알면 빨리 포기해요. 어리석게, 희망 같은 거 가지지 말란 소립니다. (다가와/ 낮고 무섭게) 하찮은 감정놀음 땜에 연서 씨 복귀 방해하면, 내가 용서 안 할 겁니다. 알겠어요? (가버린다)
단	(어이없다) 누가… 누굴… 뭘 해?

S#37   성당 전경 (낮)

| 단 | **(E) 선배!! 어딨어요!!** |

S#38   성당 안 (낮)

단.. 저벅저벅 들어가 후를 찾고 있다. 이(異) 세계 아니고 현 세계. 기도하던 몇몇 사람들, 거침없이 걸어 들어오는 단을 흘깃거리고.

| 단 | 선배! 급해요! |

고해성사 칸까지 두드려가면서 후를 찾는 단. 안에서 신부 복장으로 나오는 후와 딱 마주치는.

단	(흠칫) 이젠 별 걸 다 입고 있네요.
후	네가 상위 계급 천사의 심오한 미션에 대해 뭘 알아?
단	물어볼 게 있어요.

후	딱이네. 이 옷 입은 사람은 듣기 전문가니까. 해.
단	여기서요?
후	(끄덕하자마자)
단	사람이랑 입 맞춰본 적 있어요?
후	(헉!!! / 주위를 둘러본다)
사람들	(신부님이 입맞춤… 하면서 수군대고)
후	(단의 귀를 잡고) 너 나와 당장!
단	아!!

S#39 성당 작은 방 (낮)

양피지 보고서 쌓여있고, 고양이 야옹대는 방 (1부 S#31의 공간)
후.. 심각한 표정으로 보고서 재독하는 중. 단.. 엉덩이 들썩이면서
질문 쏟아내고.

단	선배는 자유자재로 인간 몸 입었다가, 벗었다가 하잖아요. 날개도 고장 난 것처럼 불쑥불쑥 솟지도 않구. 그죠?
후	(보고서 보면서) 그래서?
단	없을 리가 없어. 제 생각엔 육체 때문인 거 같거든요.
후	(한심) 내가 너처럼 사고치고 다녔음 벌써 재가 되어 우주로 사라졌어.
단	(헉) 아직 미션 안 끝났어요. 그리고 그 미션 말인데…
후	(또 뭔 소릴 하려고? 쳐다보면)
단	사랑을 찾아주랬잖아요. 그게 꼭… 인간과, 인간의 사랑… 이

겠… 죠?

후　(천천히 일어나 단의 뒤로 온다 / 기도 올리는) 주여… 용서하소서 (하더
　　니 뒤통수 빡! 세게 때리고)

단　아! 아프다구요! 이놈의 육체 번거로워죽겠어, 증말!! 어쩌다가
　　입 맞추고 나니까 (가슴 가리키며) 여기가 고장 난 것처럼

〈F/B〉　S#32 연습하면서 연서의 모습을 거울로 보며 두근대는 얼굴 / 아라베스
　　　크로 훅, 다가오는 연서의 얼굴에 흡, 숨을 참는 단의 얼굴.

단　**(E) 속절없이 두근거렸다가 (E) 갑자기 턱턱 막혔다가**

단　… 갈빗대가, 나한테 연서 좋아하는 거 아니냐고, 따져 묻는 거
　　예요.

후　(한숨) 15년 전인가… 예술을 관장하는 천사가 하나 있었대.

단　(?)

S#40　몽타주 – 강우의 과거

1. 뉴욕 저택 (낮)

햇살 쏟아지는 창문 앞에 앉아있는 강우.. 빛을 받은 얼굴과 포즈
가 아름답다. 강우를 그려내는 미국 화가(남).. 마지막 터치를 끝
내면, 강우.. 일어나 그림을 본다. 만족스러운데,

화가　(영어 / 괴로워하며) 이게 아니야!! (그림을 찢기 시작)

강우　(영어) 이번엔 뭐가 문제인 거야! 벌써 43번째잖아!!

후 **(E) 너처럼 육화한 상태로 예술가들에게 영감을 불어넣는 임무를 수행했지. 괴팍한 예술가들에게 지쳐갈 무렵에, 한 사람을 만난 거야.**

2. 뉴욕 거리 (낮)

강우.. 완전히 지쳐서 걸어 나오는 ('Fucking Crazy Artist' 같은 말 중얼거리며)

잔디밭에 털썩 앉아 샌드위치 씹어 먹는데, 누군가 등에 확 업힌다. 강우.. 놀라서 보면

설희.. 싱긋 웃으며 윙크하고는, 음악을 흥얼거리며 춤을 춘다. 등에 업히는 순간부터 춤의 일부였다. 강우를 기둥처럼 세워두고, 춤을 추는 설희.

강우의 귀에 어느샌가 설희가 흥얼거리는 음악이 생생히 들려오기 시작하고.

설희에게 첫눈에 반해버리는 표정.

후 **(E) 헷갈리기도 한다더라고. 예술천사는 특히, 뮤즈가 되니까. 영감과 사랑을 착각해버린 거지.**

단 **(E) 천사가, 신 말고 다른 존재를 사랑한다구요? 그게 가능해요?**

3. 뉴욕 성당 (다른 날, 낮)

강우와 설희.. 두 사람 십자가 앞에 나란히 섰다. 강우.. 깃털 손수건을 내려놓는.

설희 (영어) 이러면, 당신이 사람이 될 수 있어?

강우 (영어) 그 방법을 아는 천사는 없어. 그치만, 이 고백은 꼭 해야 돼.

(설희에게 반지를 끼워주고 / 십자가를 보며) 이 순간부터, 아니 어쩜 처음 그 순간부터 제게 사랑은 이 사람입니다. 만나게 한 것도, 사랑하게 한 것도, 당신이라고 믿어요. (간절한) 부디, 축복해줘요. (하면서도 불안한 얼굴인데)

S#41 성당 작은 방 (낮)

S#39 연결 단.. 흥미진진한 얼굴로 듣고 있는.

후　신 이외의 걸 사랑할 수 있다고 착각하는 것, 그거 오만이고 죄악이야.

단　(서늘한) 어떻게 됐어요? 그 천사는?

후　신을 버린 천사의 끝이 뭘 거 같아?

S#42 단의 환상

미래를 예언하듯, 단의 시선으로 보이는 환상.

절박한 단.. 무릎 꿇고 있고, 그의 머리를 짚고 있는 손… 후다!

후　(울리는) 천사, 단은 심판을 받으라.

단　(그렁그렁한 눈 속에 스치는 연서와의 기억들)

〈F/B〉　단과 연서의 추억들 위로

1. 첫 만남 때 연서가 (E) 살고 싶어, 라고 외치고 공중에서 눈 마

주쳤던 순간(1부 S#63)

후   **(E) 감히 신이 정한 생명에 손을 댄 죄**

2. 납골당에서, 프로젝터 화면을 보는 연서와 강우의 뒷모습을 보던 단의 얼굴(3부 S#67)

후   **(E) 신께서 주신 임무를 외면하고**

3. 손가락 잡고 걸음 연습했던 기억 / 마당에서 춤췄던 기억(4부 S#45/ 3부 S#67)

후   **(E) 망각하여 수행하지 않은 죄. 무엇보다**

4. 연서, 단.. 키스하던 순간 (4부 S#64)

후   **(E) 하찮은 존재를 신보다 더 사랑한다 착각한 죄, 소멸로 다스리리라.**

단.. 눈을 감으면 눈물이 주르륵 흐른다. 부스스, 부서지는 단.

S#43   **성당 앞 거리 (낮)**

단.. 나온다. 충격과 두려움에 살짝 얼이 빠진 느낌으로 걸어가면, 기둥 뒤에 있던 강우.. 나온다. 단을 쫓아온 듯 단의 뒷모습을 바라보다가, 반대편으로 돌아가는 강우. 새끼손가락에 여전히 낀 반지.

S#44   **아이비 저택 거실 (밤)**

단.. 들어오는데 유미.. 손도 안 댄 식사 쟁반 들고 동동거리고 있다.

유미	(울상) 단이 씨!!
단	(달려가는) 무슨 일이에요, 집사님?
유미	몇 시간짼지 모르겠어. 밥도 안 먹고, 아무도 들이지도 않고.
단	(!!)

S#45 아이비 연습실 (밤)

연서.. 완전히 땀에 젖은 상태로 계속 연습하고 있다. 턴 연습이
다. 연습실 끝에서 끝까지.
머리엔 단의 손수건이 묶여있지만, 중간에 자꾸 멈췄다, 넘어졌
다, 다시 일어서서 하는.
문이 덜컹거린다. 연서.. 무섭게 집중했다. 들리지 않는.
끝도 없이 계속 턴을 도는 연서.. 땀방울이 흩날리는데,
열쇠 구멍 돌아가면서 문이 열린다. 단이다. 들어와 서도, 연서는
모른다.
단.. 계속해서 같은 동작 하는 연서를 한참 바라보다가,

단	그만해요.
연서	(안 들려, 계속해)
단	무리하지 마…!

연서.. 역시 안 들려. 단.. 답답하고 안타깝게 보다가, 표정 한순간

에 굳어지더니

연서에게 저벅저벅 다가가 그대로 두 어깨를 감싸 쥔다!

연서	(그제야 정신 들어 보면)
단	그만하라구!!
연서	(알아보고 / 싸늘해지며) 잊었어? 함부로 내 몸에 손대면…
단	피나잖아!!

연서.. 그제야 보면, 토슈즈 끝이 피로 젖어있다. 아차… 싶지만,
차갑게

연서	그게 뭐?
단	(이해 안 가고)
연서	(철퍼덕 주저앉아 토슈즈를 벗으며 / 아파서 찡그리지만 아무렇지 않은 척하며) 발레 하면서 엄지발톱 수십 번씩 빠져. 피에 젖은 토슈즈 같은 거, 트럭으로 버렸어. 뭐 대단한 일이라고… (하루 사이에 물집투성이 된 발을 보며) 이제야 좀… 발레리나 발 같네. (둘러보다 머리에 묶은 단 손수건 풀어 발의 피 닦아내는데)
단	(연서 앞에 무릎 꿇고 앉아, 손수건에 손 얹는)
연서	(멈칫하고 손 떼면)
단	(소중하게 감싸듯 조심스레 닦는) 이렇게까지 해야 되는 건 줄… 몰랐어. 이렇게 아파가면서… 오늘은 그만해요, 네?
연서	건방진 소리 하지 마. 지 감독하고 약속했어. 일주일이야. 그 안에, 완성해야 돼. (일어나려는데 / 절뚝이고)

단	말 좀 들어요! 이 발을 하고 뭘 더 해!! 이러다 크게 다치면? 또 맘 꼭꼭 걸어 잠그고 못된 꽹과리로 살 거냐고! 이연서가 불행한데, 춤이 무슨 소용이냐구!!!
연서	(눈물 그렁 / 노려보는) 진짜 싫어.
단	(!)
연서	걱정하지 마. 위해주지 마. 나는… (눈 질끈 / 꾹 참고) 따뜻한 거 싫어. 자꾸 약해지고 싶어지니까. 약해져도 된다고… 착각하게 만드니까.
단	(당황해서 어쩔 줄 몰라 보는데)
연서	(O.L) 좋아하는 줄 알았어.
단	(딸꾹)
연서	(침착하게) 그런 줄 알았어. 날 위해 존재하니 어쩌니, 달짝지근한 말로 찔러본 거… 너잖아. 거짓말도, 스파이도 아니면 답은 하나뿐이잖아. 너… 나 좋아해? (말갛게 보면)
단	(대답을 할 수 없는)
후	**(E) 신 이외의 걸 사랑할 수 있다고 착각하는 것, 그거 오만이고 죄악이야.**
연서	거짓말 못 한다며. 간단하게 예스 노로 답해. 나 좋아했어? 좋아… 해?
단	………… 아니요.
연서	(막상 들으니 가슴이 내려앉는 / 차갑게 가라앉는 / 피 묻은 수건을 건네며) 알았으니까… 꺼져.
단	(심란한 얼굴로 받아 들고)

S#46 　몽타주

연서는 밤낮없이 연습하고, 단이는 밤낮없이 연서를 위해 연구하는.

1. 단.. 보고서를 쓰고 있다.

단　**(E) 잠시 착오가 있을 뻔했습니다만, 본연의 임무를 수행 중인 천사, 단입니다.**

2. 연서, 연습실에서 낮밤이 바뀌는 동안에 계속 연습한다. 발목에 테이핑 / 피 묻은 토슈즈들 쌓이고 / 맘에 안 들어 수건 집어 던지는 연서. / 지켜보다 절레절레, 고개 젓는 단.

단　**(E) 임무 대상자는 다시, 춤을 시작했습니다. 무척 예민하고 사납습니다.**

3. 공원. 구름이와 단둘이 산책 나온 단.. 추억의 나무를 본다. / 벤치에 앉는 단.. 팔랑, 나뭇잎이 떨어지면, 혹시나 하고 받아 보는데, 아무 메시지 없이 매끈한 이파리.

단　**(E) 그 어떤 징조나 예언도 없이 고군분투 중입니다.**

4. 연서.. 침실에서 자다 벌떡 일어난다. 눈 감은 채 방을 나간다 / 연습실 바를 잡는

단　**(E) 첨에는 승질이 나빠서, 지금은 발레가 바빠서 사랑을 할 틈이 없습니다.**

5. 단.. 보고서를 접어두고, 연서 파일을 펼쳐서 공부한다. 어린 시

절 사진도 하나씩 보는데

단 **(E) 발레와 사랑을 함께, 성공시킬 방법은 없을까요?**

하다가, 사진 하나에 눈이 간다. 꺼내 보는 단.. 연화도의 해변에서 열두 살 연서가 홀로 찍은 사진이다. 발레 포즈 하고 상큼하게 웃고 있는. 단.. 싱긋 미소 지으며 꺼내 보면, 뒤에 아이 글씨로 비뚤게 적혀있다.

INSERT 2005년, 연화도에서 / 발레 다시 시작한 날! 나의 첫 무대 첫 관객!

책상 한쪽에 놓아둔 3번의 나뭇잎에 떠오르는 주소 '[충남 태안군 연화도]' 떠올랐다 불타 사라지는데, 단은 전혀 모르고. 사진을 보며 이건가? 싶은 단의 얼굴에서 (F.O.)

S#47 **아이비 저택 전경 (낮)**
아침 햇살 드리우는 아이비 저택 위로

유미 **(E) 아가씨!**

S#48 **연서의 방 (낮)**
유미.. 전화기 들고 들어온다. 햇빛 들어오는 연서의 방과 침대, 깨끗하다. 누운 흔적 없는.
유미.. 어딨지? 하고 돌아보는

S#49   **연서의 옷 방 + 샤워실 안 (낮)**

연서가 넘어졌던 그 방. 끝에 욕실 문을 똑똑 두드리는 유미.

유미   아가씨… 씻어요? (귀를 기울이면 / 아무 대답 없는) 문… 열게요!

하고, 문 확 열면, 역시 뽀송뽀송한 욕실… 비어있다.

S#50   **아이비 연습실 앞 복도 (낮)**

유미.. 종종걸음으로 오면서도,

유미   설마…

S#51   **아이비 연습실 (낮)**

유미.. 들어오는데, 바닥에 쓰러진 채 잠들어있는 연서.. 보인다.

유미   못 살아, 증말… (다가가 / 흔들어) 아가씨… 일어나요, 아침이에요.

연서   (헉! 벌떡 일어나 / 눈도 못 뜨고) 오늘 며칠이에요? 무슨 요일이야?

유미   D-day요. 복귀 선언하구 딱 일주일 되는 날요.

연서   (아.. 그날이 와버렸구나, 싶은)

유미   밤새 연습하면 어떡해요, 컨디션 관리 빵점이야.

연서   (눈 비비며 일어나는데)

유미   아침부터 고모님이 몇 번이나 전화하셨어요. (전화기 다시 울리는)

이것 봐, 5분에 한 번이라니까요.

연서   (손 내밀어 받고 / 낮게) 저예요. (듣다가) 지금요?

S#52   호텔 커피숍 (낮)

고급 호텔 커피숍 룸 안. 영자와 기천, 연서.. 마주 앉았다. 뒤에 유미 서 있는.

영자   오늘은 걔랑 안 왔네?

연서   (유미 보고) 잠깐 밖에서 기다려주세요.

유미   (꾸벅하고 나가면)

영자   넌 꼭 내 말에 대답을 안 하드라…

기천   몸은 좀 어때? 괜찮어?

연서   (피로한) 위임해지합의서 주세요. 도장 가져왔으니까.

영자   어머, 아직 준비 안 됐는데.

연서   (빠직) 오늘 꼭 도장 찍어야 된다고 나오라고 하셨잖아요.

기천   (영자 보고) 당신 그랬어?

영자   우리 변호사가 워낙 꼼꼼해갖구 두 번 세 번 확인하고 다시 준다네. 미안.

연서   (일어나려는) 그럼 가볼게요.

영자   (억지로 끌어 앉히며) 차 한 잔은 마시구 가, 고모잖아.

기천   그래 연서야.. 고모가 너 꼭 만나고 싶어서 이런 자리 마련한 거야.

연서   그렇게 살가운 사이, 아니잖아요, 우리.

기천   (안타까운)

영자	그동안, 나한테 많이 서운했지?
연서	(? 왜 이러는?)
영자	너도 한 50년 살아보면 알 거야. 인생이란 게 참… 예측 불가거든. 그걸 알면, 겁이 많아져. 손안에 쥐었다고 생각한 게, 한순간 물거품이 될 수도 있다 싶으면 바보같이 억지도 부리게 되구…
기천	(영자에게 감격하는) 여보… (하는데)
연서	(어이없는) 저 열일곱에 부모님 여의고, 스물셋에 눈멀었어요. 예측 불가 인생.. 누구보다 잘 알아요.
영자	(웃으며) 그래, 너두 참 파란만장했지. 이제 우리, 둘 다 원래 자리로 돌아가는 거네? 그런 의미에서 이거… (하고 내미는 / 귀걸이 케이스)
연서	(열어보고) 뭐예요?
영자	담 주 판타지아 나잇이잖어. 이쁘게, 이거 하구 와.
연서	(굳어지며) 그런 데 가서 애교 안 떠는 거 아시잖아요.
영자	(부드럽게) 아주 중요한 일본 투자자 한 분 모셨어. 너 이름 대니까 바로 온다 그르더라. 네 복귀 공연, 이 사람 돈 없음 힘들어.
연서	(어쩌나, 싫고)
기천	때론 하기 싫은 일을 하는 게 어른의 세계야. 그날, 후원자들 앞에서 공표하기로 했어. 이제부터 판타지아의 모든 권리는 이연서가 가진다고.
연서	(망설여지는데)

S#53   호텔 앞 (낮)

유미, 연서.. 나온다. 유미의 팔꿈치 가볍게 잡은 연서.

유미 춤 다시 하니까 을마나 좋아. 단이 씨 없어도, 나랑 이렇게 걸을 수 있구.

연서 집도 절도 없는 사람이 휴간 어디로 갔대요?

유미 뭐래더라? (하는데)

연서 아뇨… 말하지 마요. 휴가지 묻는 상사가 최악이라더라…

유미 판타지아 나잇 하는 날엔 무조건 아가씨 보필하라고 할게요.

연서 (피식) 빨리 가요, 연습해야 돼… (하는데)

문 앞에 강우.. 차 대기하고 서있다. 연서.. 우뚝 서면 유미.. 자연스레 팔을 놓으며

유미 빈 집에서 기다리게 할 순 없잖아요.

강우 (바라보면)

연서 (긴장되는데)

S#54 **도로 + 강우의 차 안 (낮)**

강우.. 운전하고 연서.. 조수석이다. 복잡한 얼굴.

강우 (살짝 들뜬) 올해 들어, 가장 긴 일주일이었어요. 준비됐어요?

연서 아뇨, 전혀요. 망했어요, (얼굴 묻으며) 엉망이야…

강우 **(E) 연서 씨?**

연서	(정신 차리면 상상이었다) 네?
강우	편하게 있어요. 한참 걸리니까.
연서	(밖을 보면 / 차량.. 고속도로로 빠지는 중 - 표지판) 어디 가는 거예요?
강우	(미소) 처음으로요.
연서	(어리둥절한데)

S#55 몽타주

섬으로 향하는 강우, 연서의 여정과, 바닷가에서 연서 맞이를 준비하는 단의 모습 교차.

1. 고속도로를 달리는 강우의 차 - 불안하지만 바깥 풍경을 바라보는 연서 / 은근히 기대하는 얼굴로 핸들 잡고 있는 강우.

2. 바닷가 - 핸드폰으로 찍은 사진(S#46. 몽타주 5번)을 꺼내 보며, 장소를 맞춰보고 있는. 해변 라인과 랜드마크가 될 법한 나무 하나가 찍혀있다. 한 번에 찾기 어렵다. 모래사장을 걸으며 맞춰보는 단.. 뭔가 기시감이 든다. 선 방향을 달리 해서 보면, 딱 맞아떨어지는! 함박 웃는 단의 얼굴.

3. 선착장 - 중간 규모의 선박에 강우의 차.. 올라간다.

4. 바닷가 - 나무 기둥 여러 개를 가득 안고 뒤뚱뒤뚱 걸어오는 단.. 위태하더니 우르르, 떨어진다. 떨어진 기둥 줍는데, 지나던 행인.. 마지막 기둥 위에 올려준다. 단.. 해맑게 '감사합니다!' 외치고,

5. 배 위 - 연서.. 어디로 가는지 의아하지만, 바닷바람 맞으니 상

쾌하다. 그런 연서.. 조금 떨어져 바라보는 강우.

S#56   **바닷가 (낮)**

강우와 연서.. 바닷가로 걸어온다. (연서.. 강우의 팔꿈치를 살짝 잡은

상태)

바닷가에 나무 기둥이 박혀 무대처럼 꾸며진 곳이 있다.

연서   (보고 놀라) 어, 여기…?

강우   기억나요?

연서   (갸웃하며) 익숙한데… 뭐죠? (강우 보며) 무슨 꿍꿍이길래, 차 타구

배 타고 여기까지 와요?

강우   2005년, 러시아 유학 가기 직전에, '찾아가는 발레'로 섬에 간 적

있죠?

〈**F/B**〉   어린 시절 조각 기억들! 2부 S#72 우산 쓰고 춤추던 기억.

3부 S#68 에필로그 바닷가 장면, 춤을 추던 연서

연서   (기억난) 어떻게 알아요? 내 뒷조사했어요?

강우   (느긋하게 보면)

연서   (설마, 싶은) 김단이죠!

연서와 강우 옆으로 보이는 작은 나무 초소.

S#57 **초소 안 + 바닷가 (낮)**

단.. 나무 틈으로 두 사람 보고 있다가, 깜짝 놀라 입 막고 있다.

단   (나무 틈으로 보고 듣는 중에 뜨끔) 귀신같은 여자…

연서   이것두 다… 김단이 한 거죠? (둘러보며 외치는) 야 김단!! 어딨어!!

단   (자기도 모르게 입 막고) 왜 저래, 증말!

S#58 **바닷가 (낮) – 단의 회상**

단.. 열심히 기둥을 세우고 있다. 무대처럼 공간을 만드는 단..
가장자리를 정하듯 기둥을 박아 넣고 있는 것. 땀이 송송 맺힌 얼
굴, 반짝반짝 빛나는 눈동자.
단.. 마지막 기둥을 세우고, 무대가 되는 모래사장 안으로 가더니,
신발을 벗는다.
맨손, 맨발로, 모래 안의 이물질들(비닐, 조개껍데기 등등)을 꺼내 줍
는다. 성실히, 열심히.

단   (바닥의 고운 모래를 확인하며) 이연서가, 좋아하겠지?

단.. 끙 하고 허리를 펴는데, 해변에 주차하는 강우의 차 보인다.
강우와 연서.. 내린다. 강우.. 연서에게 팔을 내밀면, 연서.. 망설이
다가 살짝 잡고 걷기 시작하는.

단   (헉) 왜 이렇게 빨리 왔어!

강우와 연서.. 아직 단을 못 보고 다가온다. 단.. 안절부절못하다가 가까이 보이는 낡은 나무 초소 안으로 다이빙하듯 들어가 숨는데

S#59 바닷가 + 초소 안 (낮)

S#56 연결. 연서.. 단이를 찾는 듯 두리번거리는데,

강우	내 프리만데, 언제 태어나 어떻게 자랐는지도 모를까 봐요?
연서	(아닌가, 싶고)
강우	그때, 발레 안 하겠다고, 도망가서 숨고, 울고불고했다면서요.
단	(강우 보면서) 나도 모르는 걸 어떻게 안대?
연서	꼬마가 하나 있었어요. (혼잣말처럼) 까맣게 잊어버리고 있었네… (그리운 눈빛) 개예요. 내 첫 관객. 춤을 춰줬거든요, 개만을 위해서.
단	(나무 틈으로 보이고 들리는)
강우	오늘 내가 볼 춤입니다. 그때 첫 관객 앞에서 췄던 춤.
연서	기억 안 나요. 어려서 아무렇게나 췄던 거예요.
강우	(이미 음악을 고르는 중 / 핸드폰으로 아름다운 경음악 하나 튼다)
연서	(망설이다가) … 턴이 안 돼요.
강우	(보면)
연서	(고백하는) 다른 건 근육 붙고, 쫌만 더 잡음 금방 될 거 같은데, (눈 질끈) 턴이 안 된다구요.
강우	(놀라지도 않는) 당연하죠. 3년 쉬고 이제 일주일 됐는데. 테크닉이 완전할 줄 알았어요? 자기 확신이 너무 강하네, 연서 씨.
연서	(?)

강우	각오를 보고 싶었습니다. (불쑥 손 내밀어 느끼하지 않게 만지는) 능형근, 척추기립근, 가자미근* 일주일 만에 이만큼 만든 거, 기적이에요.
연서	(다행스러운 표정)
단	(쓸쓸한) 잘한다, 갈빗대.
강우	편하게 춰봐요. 턴 아웃, 발란스 다 신경 쓰지 말고. 처음처럼.

연서.. 강우에게 신뢰가 간다. 무대 중앙으로 가는 연서.. 신발을 벗는다. 테이핑 잔뜩 한 맨발.

연서.. 어린 시절처럼 치마 가볍게 들어 올려 무용수 인사하고 춤을 시작하는데

단.. 가슴이 저릿하다. 가슴께에 손을 올리며 이게 뭐지, 싶은데.

S#60   바닷가 – 현재와 과거

3부 S#68의 해변에서 12세 연서.. 같은 무용수 인사로 춤을 시작한다.

어린 연서가 추는 춤과, 현재, 해변에서 같은 춤을 추는 성인 연서.

어린 시절 연서의 춤을 보는 단이와 현재 연서를 틈으로 바라보는 단이가 교차된다.

• 능형근—승모 아래쪽, 척추기립근—등의 기둥 근육, 가자미—종아리 뒤쪽 근육

S#61　　바닷가 + 초소 안 (낮)

성인 연서의 춤이 계속된다. 턴 차례가 됐을 때, 강우도, 단도, 연서도 살짝 긴장하는- 그러나 연서.. 물 흐르듯 턴을 해내고! 강우.. 팔짱 끼고 있다가, 팔짱 풀고, 앞으로 두어 발짝 나오고.

나무 틈에 코를 박고 연서의 움직임을 따라가는 단의 눈엔 눈물이 맺힌다.

연서.. 마치 바다 위를 날듯, 큰 점프로 춤을 마무리한다.

단.. 자기도 모르게 눈물이 툭, 흐른다. 똑같이 벅차오른 연서도 눈물이 <u>또르르</u>, <u>흐르는</u>.

단.. 연서에게 다가가고 싶다. 자신도 모르게 손을 뻗다가, 나가려고 하는데,

단의 시선에서 강우가 한 발, 두 발, 연서에게 다가가는 게 보인다.

단.. 어쩐지 긴장이 된다. 연서.. 벅차오른 맘으로 숨을 몰아쉬며 서있는데,

강우.. 다가가더니, 연서를 조심스럽게 안는다!

단.. 놀라서 커지는 눈 위. 갑작스레 안겨 역시 놀란 연서의 얼굴.

수고했다는 듯, 연서의 등을 토닥이는 강우의 손 위로

단　　**(E) 기쁜 소식입니다.**

얼음 같던 이연서, 공허한 꽹과리 같았던 이연서에게 드디어 뭔가가, 시작되려는 모양입니다. 시작은 무척 미약하나, 끝은… 사랑이겠죠? 미션 성공이 코앞입니다.

초소 안의 단.. 천천히 돌아서 앉는다. 차마 볼 수가 없다.

자신의 팔로, 제 눈을 가려버리는 위로

단   **(E) 근데… 왜 이렇게 가슴이 아프죠?**

S#62   에필로그

3부 S#68과 S#60의 어린 연서의 공연과 어린 단의 관람. 연서의
춤이 끝날 무렵,
연서의 뒤로 큰 무지개가 드리운다. (3부 S#68) 단.. 아름다움에
기어이 눈물이 흐르고 만다.
춤을 끝낸 연서.. 눈물을 흘리는 단을 보고, 천천히 다가온다.

어린 연서   (단을 살피며) 왜 울어…? 실망했어?
어린 단   (고개 저으며) 예뻤어. 태어나서 본 것 중에 최고로.

어린 연서.. 웃음을 터뜨리며 단의 목을 꽉 끌어안는다! 따뜻한
포옹.

S#61. 연서와 강우의 포옹, 이 포옹을 차마 지켜보지도 못해, 눈
을 가리고 있는 단의 모습에서 ENDING

너는 나를 구해주고, 날 도와주잖아.
근데 왜 나 안 좋아해?

나는… 널 좋아하면 안 돼.
네 옆에 영원히 있을 수도 없어.
그게… 너무 힘들다…
이연서, 내가 널… 어떻게 안 좋아해.

6부

S#1   **바닷가** (낮)

5부 엔딩. 바닷가에서 춤을 추고 있는 연서와 이를 지켜보는 강우. 단이 있는 초소가 보이고.

팔짱 낀 강우의 시선으로 연서의 춤이 펼쳐진다. 강우의 표정이 아련해진다.

INSERT   연서의 동작과 겹쳐지는 설희의 손끝과 발끝, 표정.

설희   **(E) 인생은 예측 불가라고 하잖아.**

S#2   **뉴욕 연습실 – 강우의 회상** (낮)

설희.. 지젤 춤을 추고 있다. (1막 시골 처녀) 발랄하고 생기 넘치는 얼굴

설희	(E) 어떻게 알았겠어, 순수한 시골 아가씨 지젤이

설희.. 표정 연기 확! 바뀐다. 강렬한 눈빛 쏘는 모습 (1막 미치는 장면)

설희	(E) 사랑하고, 배신당하고, 미쳐버릴 줄.

설희.. 슬픈 얼굴로 이별의 독무를 추는 (2막)

설희	(E) 당신을 만나고, 알아보고, 사랑하게 될 줄 몰랐던 것처럼. 우리 끝이 어떻게 될지 모르는 것처럼.

슬픔에 가득한 춤을 추는 설희, 총을 탕! 맞은 것처럼 휘청하는데

⟨F/B⟩	4부 S#64 총 맞아 쓰러지는 설희의 얼굴과 오버랩 되는.

S#3   바닷가 + 연습실 교차 (낮)

강우.. 고통에 찬 눈빛으로 연서를 바라보고 있다.

쓰러진 설희에서, 일어나는 연서로 연결되는 춤. 마치 설희가 다시 살아온 것 같은.

연서.. 바다 위를 날듯, 점프로 춤 마무리하고, 돌아보는 얼굴, 눈물 한 줄기 흐른다.

그 얼굴 그대로 연습실 설희로 바뀐다. 같은 얼굴로 눈물 한 줄기 흘러내리는 설희.

연습실 강우.. 한 발, 두 발, 다가가는 걸음, 모래 위가 된다. 바

닷가.

바닷가 강우가 다다른 곳에, 연서가 아닌, 연습실 설희가 서있다.

(환상)

강우.. 그대로 끌어안는다. 그리움이 가득한 눈. 등을 토닥이는.

연서   (놀란 / 살며시 밀어내고)

강우   (떨어져 보면 / 연서다) … 잘했어요. 정말 (하더니 털썩, 바다에 무릎을
       꿇는)

연서   (당황해서) 강우 씨…?

강우   (연서의 손을 잡는) 오래 걸렸어요. 나는… (감정 올라오는 것 참고) 아
       주 길고 긴… 어두운 터널에서 계속 헤맸어요. 끝도 없이 길고 길
       어서, 끝내 빠져나갈 수 없을 거라고… 생각했는데…

연서   (당황스럽게 손 잡힌 채로 있는데)

강우   출구를 찾았어요. 드디어, 이제야. (고개 들고) 이연서, 내 지젤이
       되어줘요.

연서   지젤요?

       갑자기 (E) 쿠당당탕! 소리! 강우와 연서.. 놀라 손 떨어지며 돌아
       보면, 초소 벽째로 부서지면서 단이가 굴러떨어진 것.

단   (어색한 웃음) 들켰네요.

       연서.. 단이 모습에 더욱 놀라고, 강우.. 탐탁잖은 얼굴로 일어난다.

S#4   **바닷가 거리 (낮)**

연서.. 팔짱 끼고 단.. 꾸중 듣는 학생처럼 손 모으고 섰다.
강우.. 두 사람과 꽤 떨어진 곳에 서서 바다를 보며 있고.

연서 기껏 휴가 내서 한다는 게… 종일 모랫바닥에서 구르는 거였어?

단   조용히 있을라 그랬는데… 초소가 많이 낡아가지구… (웃어 보이고)

연서 웃지 마… 짜증 나니까.

단   (깨갱)

연서 (가려다가 화나서 확! 돌아서며) 숨어서 보니 어땠어? 암것두 모르고
   속아 넘어가서 춤까지 추는 거, 바보 같고 우스웠겠지.

단   … 이뻤어!

연서 (? 해서 보는)

단   진짜루 이뻤어요. (반한 얼굴로 / 가슴에 손대며) 여기가 막 찌릿찌릿
   하구, 슬펐다가, 기뻤다가,

연서 말 돌리지 마. 아부한다고 봐줄 줄 알아?

단   (O.L) 이뻤다구요! 세상에 내려와 본 것 중에 젤로 이뻤어!

연서 (심쿵 했지만 아닌 척) 건방 떨지 마. 네가 춤에 대해서 뭘 알아?

단   모르니까… 할 수 있는 게 없으니까 모래라도 고른 거라구요. 밤
   낮없이 진짜 열심히 했잖아. 물집 터지고, 잠도 못 자고… 뭐라도
   해주고 싶은데, 아가씨 말대로, 내가 발렐 뭘 알아. (하고 강우를 본다)

연서 (단의 시선 강우를 향하는 것 보고 / 단에게 쏘는) 그러니까 모르면 가만
   있어. 그래, 너 쓸모없지. 운전도 못해, 유도도 못해, 맨날 나 못됐
   다고 승질 벅벅 긁잖아. 거기까지만 해, 뒤에서 호박씨 까지 말고.

단   (상처받은)

연서	(맘에 걸리지만 / 다잡고 / 강우 향해) 이제 갈까요?
강우	(돌아본다)
연서	(앞서서 가는)
단	(그런 연서 바라보고)

S#5   강우의 차 안 (낮)

강우.. 운전하고 있고, 조수석에 연서, 뒷좌석에 단이 탔다. 연서..
창밖을 바라보고.

강우	판타지아 나잇 갑시다. 판타지아의 프리마가 누군지 후원자들한 테, 확실히 보여주죠.
연서	(! / 냉소) 뭘 준비해갈까요? 혹 파인 드레스, 업무용 미소 같은 거?
단	(무슨 소리지? 귀를 쫑긋하고)
강우	꼬지 말아요. 필요한 일인 거 알잖아요. 모든 후원자가 다 음흉하 거나 더럽게 구는 것도 아니구요.
연서	시선을 받는 것도, 견디는 것도 무용수 몫이죠. 입바른 소리 하는 감독님이 아니라.
강우	감독으로 있던 10년간 한 번도 발레리나들 꽃 노릇 안 시켰습니 다. 믿어요.
단	(버럭 / 불쑥 튀어나와) 안 돼!!
강우, 연서	(? 해서 보면)
단	(당황) 가로되, 음란과 온갖 더러운 것과 욕심은 이름조차 부르지 말라 그랬습니다.

연서	야, 사이비… 갑자기 뭔 소리야.
단	(연서 보면서) 가지 마요. 아가씨 춤으로 이미 충분해요! 뭘 더 증명하거나, 굽신거릴 거 없잖아요! (강우 보며) 더러운 걸 참을 필요라는 게 세상에 어딨습니까? 이러라고 내가, 지강우 씨한테…
강우	(짜증 확 나는/ 액셀을 콱 밟으면)
단	(출렁하며 뒤로 튕겨져 가는) 이봐요!
강우	맞아요, 더럽고 불쾌할 수 있겠죠, 더한 게 있을 수도 있구요. 그래도 피하지 맙시다. 연서 씨.
연서, 단	(!)
강우	같이 싸워요. 판타지아 중심에 연서 씨 서있는 거, 보고 싶어서 그래요.
연서	(맘 살짝 녹았지만) 내가 알아서 해요. 신경 꺼요, (단 신경 쓰며) 둘 다.
단	(뿌루퉁해 연서 뒤통수 원망스레 보는)

S#6   몽타주 – 단의 꿈

1. 바닷가 – 무지개 춤 (3부 S#68)

어린 연서.. 춤을 추는데 진짜 무지개가 나타난다! 어린 단.. 아름다움에 기어이 눈물이 흐르고 만다.

2. 거리 – 단의 최후 (1부 S#63)

비가 쏟아지는 골목을 달려 나오는 단의 다리. 지저분한 운동화 물이 마구 튄다. 넘어지는 어린 단.. 이를 악물고 일어나 달린다. 뒤를 돌아보더니, 펄쩍 뛰어내리는.

3. 절벽 – 단의 최후

어린 단이.. 작은 손으로 겨우 매달린. 금방이라도 미끄러질 것 같
은 바위에 가녀린 손가락 새빨개져서 버티고 있고.

단   (E) 헉!

S#7   **단의 방 (밤)**

단.. 깬다. 불 켜놓은 채, 보고서 쓰다가 잠든. 옆에 사진(5부 S#46)
있고.

단   (어리둥절) 꿈인가? 이런 게…? (사진 보고) 너무 많이 봐서 그런
         가… (하는데)

(E)   **호출기 알람**

단   (!)

S#8   **연서의 방 (밤)**

연서.. 가볍게 스트레칭하며 앉아있고, 앞에 단.. 서있다.

연서   어떻게 알았냐구. 그 바닷가. 나도 기억 못 하는 걸 네가 어떻게?

단   (사진을 내밀며) 되게, 반짝반짝 웃고 있죠?

연서   (사진 보며 감회에 차는)

단   이뻐요.

연서   너 이쁘단 소리 좀 그만해! 누구 놀려?

단	가로되, 무익한 종일수록 마땅히 해야 할 일을 하라 했습니다. 제
	가 비록 쓸모는 없어도 이쁜 건 계속 이쁘다고 할 거예요. 그건
	할 수 있으니까! 죄송합니다! (꾸벅 인사하고 나가는)
연서	(나간 문 쳐다보는데) 싫다며? 싫다 그래놓구 왜 자꾸… (속상한)

S#9   **아이비 연습실 (새벽)**

연서.. 커튼을 열면, 은은히 들어오는 새벽빛.

연습실 벽에 사진(S#8)을 붙이는 손, 연습복 차림의 연서다.

〈F/B〉	1. 3부 S#68 어린 단(성우) 앞에서 춤추던 어린 연서와 연결해
	2. 5부 S#61 어른 연서가 몰입해서 추었던 춤
	3. S#3 강우.. 무릎 꿇은 채, 감격한 얼굴로 자신을 올려다보던 얼굴
강우	이연서, 내 지젤이 되어줘요.
	4. S#4
단	세상에 내려와 본 것 중에 젤로 이뻤어!

연서.. 바(bar)를 잡는다. 하나, 둘, 셋 박자에 선 채로 턴 한 바퀴.

깔끔하게 성공.

연서.. 살며시 미소 짓는다.

S#10   **아이비 저택 앞 (새벽)**

대문 열린다. 단이 나온다. 소리 날까, 조심스럽게 닫는.

S#11　　**운전연습장 접수실 (낮)**

한산한 접수대. 단.. 접수하고 돌아서는데, 50대 건들건들한 아저씨.. 선글라스 끼고 다가온다.

강사　　(사투리) 김단 씨 되죠. 이짝으로 싸게 오쇼. 바로 시작해불라니께.

단　　(씩씩하게) 잘 부탁드립니다!

S#12　　**운전연습 차량 안 + 운전연습장 (낮)**

단 옆에 앉은 50대 강사. 단.. 긴장 바짝 했다. 시동 버튼 누르려는데!

강사　　**(E) 브레이끼!!!**

단　　(깜짝 놀라 보면)

강사　　몇 번을 말해요! 1번 벨트, 2번 브레이끼! 3번 시동!!

단　　(쫄아서) 죄송합니다. (하다가 / 의심스레 보는)

강사　　다시, 출바알! (하더니 품에서 종이 꺼내는데- 단의 보고서)

단　　(헉!) 그거, 내 보고서? (하고 뺏으려 달려드는데)

(E)　　**경고 사이렌에 이어 (E) 실격입니다.**

단.. 헐, 해서 보면, 강사.. 후로 변한 / 선글라스 내리고 찡긋하고.

단　　(헐) 선배! 이렇게까지 날 감시하는 거예요?

후　　덕분에 피곤한 게 누군데! 하다 하다 운전 강사 조끼까지 입게 만들어!

단   그럼 미리 말을 해야지, 선배 땜에 시작하자마자 실격됐잖아요.

         (하는데)

후   (핑거 스냅 탁! 치면)

INSERT   연습장 중앙에 선 시곗바늘, 반대 방향으로 탈칵, 움직인다.

후   다시, 일, 이, 삼 챙겨서 출발!

단   (벨트 챙기며 구시렁) 천사가 아주 그냥 협박에, 편법에⋯

후   출발!!

단   (벨트 / 브레이크 밟고 / 시동 버튼! 부르릉 하는 데서)

S#13   **운전연습장 (낮)**

단과 후가 탄 연습 차량이 앞으로 나갔다가, 다시 뒤로 갔다가, 화단을 넘어갔다가, 다시 돌아왔다가- 하는 장면 컷컷. 사이사이, 후의 목소리와 핑거 스냅 소리(E), 거꾸로 가는 분침이 반복된다. 후의 우렁찬 목소리,

후   **(E) 다시!! / 왼쪼오오옥!! / 깜박이!!! / 스탑스탑 브레이크!!! / 멍청아아아!!**

S#14   **운전연습 차량 안 (낮)**

사색이 된 단.. 핸들에 붙어서 겨우겨우 운전 중이다. 눈물까지 그렁한.

마지막 코스를 끝내자 들려오는

안내   **(E) 수험번호 1210번 김단, 합격입니다.**

단   (긴장 풀려서 스르륵, 팔이 떨어지는데)

후   왜 그르케 사고를 치나 했더니 머리가 나쁘구만.

단   (힝) 다신 선배한테 뭐 안 배울 거예요!! (팽 하고 나가는)

S#15   운전연습장 (낮)

화나서 저벅저벅 걸어 나오는 단.. 뒤에서 보고서 주섬주섬 챙기며 따라 나오는 후.

후   너, 인간 다 됐다? 화를 내네?

단   불의에 분노하고, 악의에 저항하는 게 곧 선입니다!

후   어쭈, 지금 내 앞에서 문자 쓰냐?

단   (딱 서서) 너무하잖아요! 첨엔 헤맬 수도 있지. 뭐가 뭔지도 모르고, 내가 뭘 하고 있는지도 모르는데! 그렇게 소릴 지르고, 어? 구박을 하고!

후   너 하는 꼴이 딱 그래서 정신 좀 차리라고 그랬다.

단   (?)

후   인간 첨인 거 알아, 육체도 처음이고, 맨날 동물들만 인도하던 놈이 인간 가까이에서 좌회전 우회전도 모르고, 직진 후진 하다 뒤집어질까 봐.

단   (!!) 내가 뭘요?

후   (보고서 꺼내 들어 읽는) 이연서가 춤을 췄다, 정말 아름다웠다. 세상에 내려와 본 것 중 가장 예뻤다.

단   (헉! 하는)

INSERT   S#7 이전 상황, 보고서를 쓰는 단. 연서 부분을 쓸 때 흐뭇한 미소 숨길 수가 없다. 사진을 두고 어린 연서 머릴 쓰다듬어 주기까지 하는!

단   **(E) 연습을 너무 심하게 했다. 무서웠다. 이연서가 힘들고 괴로워 불행해질까 봐. 하지만 춤을 출 때 이연서의 얼굴이 환히 빛났다. 분명히 행복했다.**

단   (뺏으려 달려드는) 아니, 제출도 안 한 걸 맘대로 막 가져다가 읽고 그래요!

후   (탁 덮고 한숨) 이연서 얘기만 20줄 넘게 쓰고 마지막에 달랑, 갈빗대랑 안았다. 일곱 글자만 썼더라. 너.

단   (입술 삐죽) 그게 사실이니까! 얘기 나온 김에 선배… (은밀히) 그 갈빗대… 확실히 튼실한 사람 맞을까요?

후   뭐?

단   이제 시작인데, 튼튼하고, 제대로 된 갈빗대여야지 이연서가 행복할 거 아니에요.

후   (얠 어쩌나 싶은 눈으로 보는)

단   (세상 심각하게 보는) 선배가, 좀 알아봐 주면 안 돼요?

S#16   절 입구 (낮)

아스라이 밝아오는 숲길. 강우.. 절을 향해 걸어 올라가고 있다.

S#17   명부전 안 (낮)

강우.. 설희 납골함 앞에 서있다. [최설희: 1982.07.01.–2004.04.
10.] 적혀있는.

그 앞에 깃털 손수건이 있다! 깃털 자수 다 타들어 가고 흔적만
남은 손수건.

〈F/B〉   5부 S#40(3) 강우와 설희가 신을 버리던 장면. 십자가 앞에 놓이는 깃털
손수건. (아직 깃털 자수 있는). 강우, 설희에게 반지를 끼워준다. (대사 없이 장
면만)

S#18   뉴욕 성당 앞 거리 (낮) – 강우 회상

5부 S#40(3) 상황 이후, 강우와 설희.. 성당에서 나와 걷는다. 두
손 꼭 잡은.

설희   무서워?

강우   (미소로) 아니, 너랑 같이 있을 건데 뭐.

골목으로 들어서는데, 순식간에 하늘이 어두워지면서 (E) 우르릉
천둥소리 들려온다.

강우.. 본능적으로 설희를 막아서며 뒷걸음질 치는데,

강우와 설희 앞으로 드리워지는 그림자, 날개가 달렸다! 강우.. 고 갤 드는데

검은 망토를 쓴 천사 두 명이 코앞에 와있다. (얼굴은 보이지 않는 / 어둠 속에 있는 징벌천사)

천사   **(E) 천사 라포라스는 들으라. 그대는 본시 예술가에게 영감을 불어넣어, 오직 신이 보시기에 좋은 것만을 만들어내야 하는 임무를 받았으나, 이를 배반하고, 기어이 신을 버리려 하였다. 이에, 심판하리라.**

강우   (저절로 무릎이 꿇어지는 / 간절히) 천사로서의 임무는 끝냈습니다. 이제부턴, 한 사람만을 위한 뮤즈가 되고 싶습니다. (하는데, 무릎 앞에 성당에 버렸던 깃털 손수건이 나타난다 / 겁먹은 얼굴의 강우, 주위 들면)

천사   **(E) 천사가 되는 것도, 인간이 되는 것도, 삶을 시작하는 것도, 끝내는 것도 모두 신에게 속한 일.**

설희   (울먹이며 다가오려 하는) 강우…

강우   위험해. 저리 가 있어. 부탁이야.

설희   (울먹이며 물러나는데)

강우   참, 악취밉니다. (하늘을 보며 / 허무하게) 이럴 거면, 왜 마음을 줬어요? 마음을 주고, 그걸 이겨내라고 하는 건, 악마나 할 짓이잖아.

천사   **(E) 신이 주신 모든 것을 거둘 것이다. (품에서 꺼내는 총 / 신비로운 은빛총)**

강우   (체념하고 눈을 감는)

설희.. 총을 봤다. 당황한! 아닐 거야, 싶다가도 체념하고 무릎 꿇은 강우를 보니 어쩔 줄을 모르겠다. (E) 빵, 총소리와 함께 암전

됐다가 F.I. 되면,

강우.. 얼이 나간 표정이다. 강우 앞을 막아 등에 총을 맞은 설희.

힘이 빠져 무너지는 설희를 안고 같이 주저앉는 강우.

(4부 S#64씬 상황) 강우.. 안 돼… 처절하게 설희를 끌어안는다. 바
닥에 진득하게 퍼지는 피.

강우.. 울면서 설희 얼굴에 제 뺨을 맞대어본다.

설희.. 마지막 힘을 짜내 강우의 얼굴로 손을 뻗지만, 닿지 못하고
툭, 떨어지는 손.

바닥에 끌리는 손에 반짝이는 반지. 강우.. 설희를 끌어안고 오열
하는 가운데,

(E)   **앰뷸런스 소리**

S#19   **뉴욕 연습실 (낮)**

강우.. 어두운 연습실 안으로 들어온다. 유골함을 품에 안은 채.
초췌한 검은 양복 차림.

허무한 얼굴로 들어온다. 갑자기 연습실 안쪽 환해지면서

S#2에서 생기 있게 춤추던 설희가 보이다 사라진다. 어둠 속.
강우.. 유골함을 옆에 두고, 의자를 가져와 전등에 줄을 맨다. 목
을 맬 참인.

강우   **(E) 미치도록 인간이 되고 싶었는데, 네가 없는 세상에선 아니야.**

의자에 올라선 강우의 발. 행잉 매듭을 바라보면 그 안으로 보이
는 설희의 유골함.

강우의 발, 의자를 차버리면, 떨어지는 깃털 손수건, 자수 부분이
새카맣게 타 흔적만 남았다.

(점프)

어두운 연습실, 바닥에 매듭이 끊어져 떨어진. 강우.. 주먹으로 바
닥을 쾅! 내려친다.

S#20   몽타주

1. 뉴욕 연습실 – 더 초췌해진 강우.. 수면제를 잔뜩 꺼내 삼킨다.
2. 병원 응급실 – 침대에 누워 몸부림치는 강우.. 제대로 죽지도
못하게 하는 신에게 분노한다.

강우   **(E) 죽지도 못하고, 제대로 살지도 못했어. 그렇게 15년이네.**

S#21   명부전 앞 경내 (낮)

명부전에서 나오는 강우.. 그리운 눈으로 돌아보는 위로

강우   **(E) 이번엔, 정말 잘될 거 같아. (하는데)**

노승이 다가오는. 노승은 후다. 후가 나이 든 모습으로 분장한 듯
한 외양.

노승	그리운 분을 잃으셨나 봅니다. 아직도 눈에 파도가 일렁이네요.
강우	(!!)
노승	전심으로 치성을 드리셨으니, 극락왕생하실 겁니다. 그곳에선 평안
강우	(날카롭게) 평안이란 게, 과연 존재할까요?
노승	(?)
강우	사는 게 지옥인데, 다시 태어나길 바라는 것도 우습고. 저세상에서 평안을 바라는 건, 구차하지 않습니까.
노승	그럼, 무얼 원하십니까. 처사님.
강우	(물끄러미 보다 대답 없이 떠난다)

노승.. 혀를 차며 강우의 뒷모습을 보면, 후로 변한다. 후.. 꺼림칙한 표정으로 갸웃하고.

S#22   **영자네 집 앞 (다른 날, 낮)**

차려입고 나서는 영자네 식구들. 박 실장.. 차를 대놓고 기다리고 있다.

박 실장 차 뒤에 루나의 차 대기하고 있는. 기천.. 니나의 무용 가방(슈트케이스) 차에 싣고,

세련된 루나, 사랑스러운 니나 나온다. 니나.. 오늘 출 파드되 음악 흥얼거리며 나오는 뒤로 우아하게 차려입은 영자.. 나온다.

| 기천 | (쪼르르 다가가) 여보, 우리 어디로 갈까? 제천? 화순? |

영자	어디, 여행가게? 국내 시시해, 마사지나 받으러 가자.
기천	여행 말구! 오늘로 우리 판타지아와 작별이잖어. 내가 귀농을 좀 알아봤어. 이 집 팔고, 다른 거 정리하면
영자	(버럭) 여보!!
박 실장	(깜짝 놀란)
영자	(말은 못 하겠고 / 꾹 참으며) 나중에 의논하면 안 될까? 안 그래두 나 오늘 신경 쓸 게 너무 많아서 머리가 아플라 그러는데.
기천	(눈치 보이는) 그래요, 그래…
영자	박 실장 여기 (고급 포장된 길쭉한 와인 박스를 건네며) 후원회장님 특히 좋아하는 스페셜 와인! 잘 챙겨요. (찡긋) 오늘 실수 없이 잘해야 돼. 알죠?
박 실장	(침 삼키는) 그럼요. 명심하겠습니다.
기천	(뭐지? 싶은 눈)
영자	갑시다! 날이 뷰티풀하네! 루나, 니나 운전 조심하구!
루나, 니나	네!

S#23   루나의 차 안 (낮)

루나가 운전하고 니나가 조수석. 니나.. 묘하게 긴장한. 머리끈을 손에 감았다, 풀었다 하는데

루나	웰케 긴장해? 매년 보던 사람들 앞에서 매년 하던 거 하는데.
니나	작년에 없었던 사람 있잖어.
루나	… 지 감독님?

니나	(끄덕) 연서랑 감독님 앞에서 춘다고 생각하니까 되게 떨리네. 오디션 보는 것처럼. 나 또 못난이처럼 구는 건가?
루나	(미소) 편하게 해도 돼. (의미심장) 오늘, 되게 재밌을 거니까.
니나	(후, 심호흡하면서 손동작 연습해보는)

S#24 연서의 방 (낮)

화장한 연서.. 화장대 앞에 앉아있다. 영자가 준 귀걸이를 물끄러미 보고 있는.

유미	진짜 갈 거예요? (핸드폰 보며) 거처를 떠나면 불안함이 생기니 집안에 머물러라. (연서에 보여주는) 아가씨 오늘의 운세 너무 쎄하지 않아요?
연서	(작게 한숨) 한 명은 가로되구 한 명은 오늘의 운세라니…
유미	불안해서 그래. 운세라는 거, 우주의 원리와 인간의 역사가 담긴 빅데이터라구요. 무시하면 클 나.
연서	(결심) 한번, 부딪쳐보죠. 피한다고 피해지는 거 아닐 테니까. (귀걸이 하고)
유미	(후, 한숨으로 보다) 그래, 이왕 가는 거, (마무리로 팩트 두드리는 연서 얼굴 위로) 반짝반짝 빛나는 얼굴로 선언하고 와요. 판타지아는 내 거다! 여기가 내 자리다! 탕탕!
연서	(끄덕) 옷 입고 나갈게요.
유미	그래요… (하고 나가면)

유미.. 나가면, 연서.. 거울 속 자신을 본다. 후, 긴장한 듯 심호흡
하더니

서랍을 열면, 약봉지 하나. 연서.. 알약 꺼내 손에 올리고 보는데.

S#25   아이비 연습실 (밤) – 연서의 회상

5부 S#45. 연서의 시선.

연서   너… 나 좋아해? (말갛게 보면) 간단하게 예스 노로 답해. 나 좋아
        했어? 좋아… 해?

단   ………… 아니요.

(점프)

연서.. 멍하니, 앉아있다가 일어선다. 상처받은 얼굴, 입술 앙다
물고.

S#26   약국 (밤) – 연서의 회상

인적 없는 밤거리, 불 켜진 약국에 모자 눌러쓴 연서가 구름이 줄
잡고 들어온다.

약사   어서 오세요, 뭐 드릴까요?

연서   (창백한 얼굴로) 혼자서도 괜찮을 수 있는 약요.

약사   네?

연서	청심환이든 진정제든 각성제든 뭐든 괜찮아요. 내가 너무… 사람한테 의지를 했어. 날 좋아하지도 않는 애한테 너무 기대고 있었어요. 나 원래 그런 사람 아닌데, 잠깐 정신이 어떻게 됐나 봐요. 약 주세요. 그딴 놈 없어도 멀쩡할 약.

S#27 연서의 방 (낮)

S#24 연결. 고개를 탁! 젖히고 약을 삼키는데 (E) 쿵 하는 소리.
연서.. 뭐지? 하고 보면

S#28 아이비 저택 앞 + 강우의 차 안 (낮)

연서의 차.. 후진과 전진을 조금씩 반복하고 있다. 위태위태한.
골목 뒤로 들어오는 강우의 차.. 기다리고 있는데, 저거 뭐 하는
건지? 싶은. 내려서 다가가는

강우	(창문 노크하며) 저기요, 나오세요. 제가 차 빼드릴게요.
단	(창문 끼이익 내리며) 제가 끝까지 해볼게요!
강우	(?) 그래요…

(점프)
나란히 주차된 연서의 차와 강우의 차. 그 앞에 단과 강우. 단.. 기
운 쭉 빠져버린.
(E) 대문 열리는 소리, 단과 강우.. 동시에 고개를 돌리면, 연서가

나온다.

빛을 받아 천사같이 아름답다. 단과 강우.. 멍하니 바라보다가,
서로 에스코트하러 나서려다 어깨 부딪치고. 연서.. 두 사람과 나
란한 차를 보더니

연서	뭐야, 김단 면허 땄어?
단	(씩 웃으며) 네.
연서	(기특한데)
강우	근데 오늘은 제 차를 타시죠. 안전상의 이유로.
단	(우씨 하지만) 그게 좋겠습니다.
연서	(단 보며, 으이구! 표정 짓고 / 강우에게 가 팔짱을 끼고 차로 향하는)

단.. 함께 걸어가는 두 사람의 뒷모습을 바라본다. 아쉬운.

S#29 **선착장 (저녁)**

연서와 강우의 뒷모습 연결. 노을 지는 선착장에 플래시가 터지
고 있다. 기자 서넛이다.

입구 막혀있는 프라이빗 한 느낌의 선착장. 크지 않은 유람선 하나.
선착장에 [판타지아나잇 Fantasia Night(2019년 판타지아발레단
후원회의 밤)] 플래카드 걸려있다.

플래시 빛 속을 걸어가는 강우와 연서 커플을 뒤에서 바라보는 단..
과장된 미소로 맞는 영자, 강우-연서 함께 있는 모습에, 덜컥 심
장이 떨어진 니나,

불안한 표정으로 영자를 바라보는 기천, 후원회장과 일본 재력가는 플래카드 앞에 있다.

후원회장   (연서 보고 크게 반기며 / 허그 포즈로 다가와) 봉주르!

강우   (연서 앞으로 나서서 후원회장과 허그 / 볼 뽀뽀까지 하고서) 안녕하셨습니까?

후원회장   (일본인 소개) 여기는 오늘의 특별 주인공, 나카무라 다케다 상.

일본 재력가   (연서에게 정중히 악수를 청하는 / 한국말로) 이연서 씨, 팬입니다.

연서   (악수를 하는데) 감사합니…

일본 재력가   (손바닥 긁고 있는)

연서   (표정 썩는 / 꽉 참고) 다. 좋은 시간 보내세요.

영자   우리 연서는 여기, 다케다 상 옆으로 (하고 팔목 잡고 당기려는데)

강우   (앞으로 끼어들어) 다케다 상, 안녕하십니까, 판타지아 예술감독, 지강우라고 합니다. (악수 오래 하고)

연서   (영자 손 털어내고 서는)

영자   귀걸이 했네? 이쁘다, 잘 어울려.

연서   (피식) 제 취향은 아니지만, 성의를 무시할 순 없어서.

영자   (빠직) 고맙지. 여기 와준 것만으로도 땡큔데.

연서   오늘 후원자들 앞에서 정식으로 발표한다고 했죠? 언제예요?

영자   단원들 무대 끝나고 바로 할 거야. 걱정 마 연서야, 충분히 즐겨.

연서, 영자 점잖지만 불꽃 튀는 기싸움 하면, 강우.. 자연스레 연서 팔 잡아 옆에 세운다.
니나.. 두 사람 보고 상처받는 얼굴, 루나의 팔을 잡고.

단.. 주변을 둘러보고 있다. 모인 사람들을 살펴본다. 날카로운 눈빛!

S#30 **갑판 파티장 (밤)**

조명이 켜진다. 20여 명 안팎의 소규모 파티.

유니폼 갖춰 입은 종업원들이 샴페인, 칵테일 등을 올린 쟁반을 들고 유영하듯 다니는.

S#31 **선내 복도 (밤)**

강우와 연서.. 그 뒤에 단이 걸어온다. 단.. 주변을 기억하려는 듯 신중하게 살펴보는.

강우.. 선상룸 앞에서 걸음을 멈추면, 단도 멈춰 계속 주위 탐색하며 두 사람 대화 듣는.

강우	단원들 보고 올게요, 여기서 기다려요.
연서	먼저 올라가 있을게요. 혼자 가도 돼요.
강우, 단	(동시에) 안 돼요!
연서	(놀라 보면)
단	(뒤에서 자기도 놀라) 같이 가요, 나랑.
강우	내가 갈 때까지 절대, 연서 씨 혼자 두지 말아요, 알겠죠?
단	(지기 싫은) 빨리 오기나 해요.
강우	(룸 들어가면)

연서	(의아히 보다) 야, 오버하지 마. 나 이제 너 없어도 멀쩡해.
단	알아요! 누가 뭐래!! 가요, (툴툴) 계단 조심하구!!

S#32   갑판 파티장 (밤)

단.. 연서 에스코트하며 오는. 연서 이름 적힌 테이블 자리에 의자 빼준다.

단.. 연서 옆에 서서 주변을 살핀다. 연서 자리 뒤쪽- 갑판 상부층에 위태로워 보이는 구조물 발견. 연서와의 거리를 가늠해보는 단. 연서.. 얘가 왜 이래? 싶어 올려다보면

유미	**(E) 아가씨 근처에 혹시 떨어질 만한 것부터 확인해. 조명이든 뭐든.**

일본 재력가와 후원회장.. 다가와 연서 옆으로 앉는다. 어색한 목례 하고 착석하는.

단.. 두 사람을 날카롭게 노려본다. 괜히 재력가 테이블의 테이블보를 쭉쭉 펴며 경계하는.

유미	**(E) 단순히 변태 영감 하나로 뭘 어쩔 생각은 아닐 거 같아서 그래.**

S#33   아이비 저택 마당 (낮) - 단의 회상

유미와 단.. 은밀히 대화 중이다.

단	(이해가 잘 안 가는) 설마 정말로 아가씰 노리고 해치려는 사람이 있을까요? 심지어 가족이잖아요.

유미	자기 생각해봐. 그때 샹들리에 떨어진 것두 그렇구, 교통사고에,
	조명까지 떨어졌었어. 자꾸 무서운 일이 벌어지니까, 불안해서.
단	(심각해지는 눈빛)

S#34   선상룸 (밤)

무용수들 대기실. 캐리어와 물병, 간식들, 폼롤러, 매트 등 펼쳐져
있고.
은영, 수지, 의건, 정은, 우진, 니나.. 각자 몸 풀며 편히 있는 상태.
강우.. 거울 앞에 앉아 말하는.

강우	흥분하지 마. 부상 절대 안 됩니다.
은영, 수지	(동시에) 네!
강우	바닥 미끄러울지도 모르니까, 송진 충분히 바르고 나가고.
우진	넵! (장난스레) 후원자들 지갑 팍팍 열리게 하겠습니다!
단원들	(풀어져 웃는데)
강우	(웃지 않고) 우리 구걸하러 온 거 아닙니다.
모두	(! 해서 보면)
강우	잘 보이려고 웃지도 말고, 오버해서 무표정하지도 말고. 저 사람들이 돈을 쓸 만한 가치가 있다는 거, 딱 그것만 보여주면 됩니다.
니나	(더 반해버리는)
강우	(담백하게) 파이팅! (하고 나가는)

S#35　　**선상룸 앞 복도 (밤)**

강우.. 급하게 나오는데, 니나.. 따라 나온다.

니나　　감독님!

강우　　(돌아보면)

니나　　드릴 말씀이 있는데요…

강우　　(맘 급한) 무슨 문제 있어요?

니나　　그건 아니구…

강우　　그럼 나중에 합시다. (급히 가버리는)

니나　　(강우가 간 쪽 한참 보다 준비한 말 하는) 오늘 내 춤, 잘 보라고… 그 말
　　　　하려고 했어요. 나는 오늘 딱 한 사람만을 위해서, 딱 한 사람만을
　　　　보면서 출 거예요. 그 하찮은 감정으로 내가 어디까지 올라가는
　　　　지. 잘… 보라구… (슬프지만 덤덤하게 각오를 말하는 얼굴)

S#36　　**갑판 파티장 (밤)**

강우.. 달리다시피 온다. 단.. 안도하고 나가는. 연서.. 괜히 서운해
단의 뒷모습 보는데
간이무대에선 뒤이어 은영, 수지 외 2명이 나와 4인의 백조 군무
가 시작된다.
영자, 루나.. 다른 테이블에 앉아서 이들을 지켜보고.

후원회장　　영광입니다. 전설의 이연서를 이렇게 가까이에서 보게 되다니.
　　　　　　(잔 권하는)

연서	(비즈니스 미소로) 그러게요. 앞으로 잘 부탁드려요.
일본 재력가	(일어로 / 투덜거리는) 이게 뭡니까. 세계적 연서 상이 옆에 있는데 손도 한 번 못 잡고.
후원회장	(일어로) 죄송합니다. 대신 저 중에서 한 명을 골라보십시오. 이따 따로 모시고 인사드리겠습니다.
연서	(아는지 모르는지 / 차분히 테이블에 있는 와인 한 모금 마시고)
일본 재력가	(일어 / 음흉한 눈으로 발레리나들 보며) 2번이 좋겠구만. 특히 허벅지 가… 발레리나는 다 좋은데, 너무 말랐어.
연서	(일본 재력가와 눈이 마주친다 / 무표정)
일본 재력가	(친절한 미소로 / 한국어) 연서 상.. 만나게 돼 크나큰 영광입니다. 절 위해서 짧은 무대… 안 되겠습니까? (와인 잔 권하며)
연서	예정에 없던 거라… (건배해주고 한 모금) 귀한 건, 좋은 무대에서 보셔야죠.
강우	복귀 공연 VIP 자리로 모시겠습니다. (후원회장 보며) 통역 부탁드 려요.
후원회장	(일어로) 튕기네요. 비싸게 굽니다.
일본 재력가	(역시 일어) 천재라면, 즉흥댄스로도 모두를 황홀경에 빠뜨릴 것 을…
영자	(연서 표정 보며) 잘 참네, 저 진상들을… (연서 테이블에 서빙 되어 오는 음식들 의미심장하게 바라보며) 많이 먹어, 연서야… (웨이터1 불러서 귓 속말해 내려보내는)

S#37 몽타주

1. 선상 복도 - 단.. 빠르게 걸어가며 살피는

유미 **(E) CCTV 아마 없을 거야. 프라이빗 한 파티라서**

2. 선내 일각 - 단.. 창문으로 보면 아까 그 구조물 보인다. 그 아래 연서도. 쪽문이 열리더니, 수상해 보이는 모자 쓴 그림자.. 구조물 뒤로 돌아간다! 단.. 서둘러 그림자를 쫓아가는데!

유미 **(E) 중요한 건 사람이야, 수상한 사람을 놓치지 마!**

S#38 선내 일각 (밤)

단.. 쪽문을 통해 나온다. 모자 쓴 그림자 어디 갔지? 두리번거리며 구조물 뒤로 가는.

누군가.. 후다닥, 구조물 뒤로 가는 소리 들려오고. 단.. 뛰어가서 구조물 뒤를 덮치는!

단 당신 누구야? 지금 여기서 뭐 해? (하고 휙 돌려보면)

준수 (작업복 차림 / 손에 담배 쥐고 / 떨며) 담배… 한 대 피우려고…

단 (헉)

준수 (어리숙하게) 죄송합니다. 금연인 거 아는데, 손이 떨려서…

단 제가 죄송합니다. (보내주려다) 근데 이거… (구조물 가리키고) 넘어가진 않을까요.

준수 (?) 배에 붙어있는 거예요. (밀면서) 코끼리가 와서 박아도 안 부서질걸요.

단 (안심도 되고, 허탈하기도 하고)

준수   (단을 지나가며 / 안으로 향하는데 얼굴 싹 굳으며 차가운)

S#39   선내 주방 (밤)

음료와 핑거푸드들 준비-서빙으로 분주한 주방에 웨이터1.. 들어가는

웨이터   회장님 미리 주문해 둔 와인요! (하면)

박 실장   (웨이터 복장 한 채) 여있습니다! 준비할게요!

박 실장.. 와인 병과 잔 2개 챙겨 쟁반에 올린다. 슬쩍 몸을 돌리는 박 실장.. 잔 하나에 와인을 조금 따르더니, 주머니에서 캡슐약을 꺼내 털어 넣는다. 손이 벌벌 떨리는.

마른침 삼키며 약을 넣은 뒤, 쟁반을 들고 돌아서 웨이터1에게 건네는.

S#40   갑판 파티장 (밤)

니나와 의건.. 들어온다. 파드되 시작하는. 격정적인 음악이 흐르고, 춤 시작.

니나.. 강우를 본다. 강우가 봐주길 바라는 간절한 마음으로.

하지만 강우.. 니날 보지 않는다. 연서.. 긴장되는 듯 시계를 보면, 강우.. 연서에게 귓속말하는. 이를 본 니나.. 상처받은 얼굴.

강우   (귓속말) 긴장돼요? 후원자들 앞에 설 생각하니까?

연서   (역시 귓속말) 평생 무대에서 시선 받으면서 살았어요. 긴장은. (하
          고 후, 호흡 가다듬고)

          단.. 파티장으로 들어온다. 연서부터 확인하는. 강우와 귓속말하
          는 연서를 보며 기분 묘해지는데, 자신을 스쳐 지나 들어가는 웨
          이터1.. 쟁반에 빨간 와인 담긴 잔과 냅킨 아래, 칼 같은 느낌의
          물체, 단의 눈에 뜨이고…

단   설마..

          니나와 의견, 파드되 끝난다. 박수가 터져 나온다. 일본 재력가와
          후원회장도 환호하고.
          니나의 눈.. 강우를 향하는데, 강우와 연서.. 형식적인 박수만 몇
          번. 니나.. 상처받은.
          뒤이어 다음 무대(다른 멤버 파드되 정도) 시작되고

          단.. 웨이터1 따라간다. 아니나 다를까, 연서를 향해 간다!
          연서와 강우.. 팀원들 발레를 보고 있는데, 단만 조마조마해서 따
          라가는.
          웨이터1.. 연서 앞에 도착하자, 쟁반에서 냅킨을 잡는데, (마치 칼
          자루 잡아 위협하려는 듯)
          단.. 웨이터1의 어깨를 잡아 세운다! 웨이터1.. 쟁반을 놓쳐 와인
          잔 엎어버리는.

연서 방향으로 넘어져 버리는 웨이터1과 단.. 연서.. 놀라 뒤로 물러나고, 강우.. 앞을 막아서고.

와인 잔 넘어져 바닥에 빨갛게 와인이 번져가는. 영자.. 설마 저 와인일까? 싶어 눈이 커지는데.

단.. 넘어진 채로 보면, 냅킨 아래 있던 것.. 은색 포크와 기다란 디저트 정도.

단.. 창피하고, 부끄러운. 연서.. 주변을 의식하게 된다. 영자, 루나.. 지켜보고 있고.

후원회장, 일본 재력가도 고개 빼고 보는.

연서	(작게 힐난) 지금 뭐 하는 거야!
단	(서둘러 일어나. 냅킨으로 쏟아진 와인을 닦아낸다 / 연서 눈도 못 맞추고) 죄송합니다. 정말 죄송합니다…
강우	(쟁반 챙겨주며) 빨리 나가요, 사람들 더 쳐다보기 전에.
단	(살짝 비참 / 고개 숙이고 나가는)
연서	(그런 단.. 안쓰럽게 지켜보고)

영자 테이블.. 영자.. 테이블 아래에서 핸드폰으로 문자 보내는

INSERT [두 잔 더 만들어 와, 빨리]

영자.. 초조하게 보내는데, 루나.. 아는지 모르는지.

S#41 **선내 주방 (밤)**

(E) 문자 도착. 박 실장.. 확인 후 새 잔 2개 더 만든다.

이번엔 떨지 않고 캡슐 넣는.

와인 잔 쟁반에 올려 직접 돌아서는데,

바로 앞에 기천이 서있다!

박 실장.. 당황해 쟁반 놓쳐버린다. 와인 잔을 향해 헛도는 손길!

결국 떨어져 와장창 깨지는 잔.

기천   광일아… (고개를 젓는)

박 실장   이사장님… 저는 단지… 단장님 지시로…

기천   알아, 근데 안 돼! 절대로… (귀에 대고 / 속삭이는) 사람을 해치는
         일은 누구의 지시라 해도 안 되는 거야!

S#42 **갑판 파티장 (밤)**

파드되 무대 계속되는. 영자와 루나 테이블. 영자.. 계속 시간을
확인하며,

영자   왜 이렇게 안 와, 저것만 끝나면 발푠데…

루나   (문자 확인하더니) 박 실장 아저씨, 못 올 거예요.

영자   (깜짝 놀란) 네가 그걸 어떻게 알아?

루나   (미소만 짓는데)

S#43　　**선내 주방 (밤)**

기천.. 와인 병째로 싱크대에 콸콸 쏟고 있다. 옆에서 어쩔 줄 모르는 박 실장.. 울 것 같은 얼굴.

기천　　뭔데, 여기 뭘 탄 거야? (박 실장에 다가가 / 목소리 낮춰) 수면제? 진정제? 기어이 연서를 사람들 앞에서 쓰러뜨리겠다는 거야?

박 실장　　전 정말루.. 안 된다고 했었다구요, 믿어주세요, 형님!

박 실장과 기천 뒤로, 웨이터복을 입은 준수.. 쟁반에 신선한 포도를 들고 나간다. (포도 팔로우)

S#44　　**갑판 파티장 (밤)**

준수의 포도.. 춤추는 무용수를 지나, 테이블 사이를 지나 연서 앞으로 간다. 서빙 되는.

연서와 강우에게 각각 1인용으로 예쁜 접시에 담긴 포도, 놓고.

유유히 나가는 준수.

나가면서 루나와 눈인사하는. 루나.. 고개를 끄덕하면,

영자　　너.. 어디까지 알고 있는 거야?

루나　　박 실장 아저씨 맘 약한 거 뻔히 알면서 왜 계속 모험을 해요.

영자　　(!!)

연서.. 주변을 보면, 다들 테이블에 놓인 포도, 간식 등등을 가볍

게 먹는.

연서.. 포도를 입에 넣는다. 루나.. 이를 확인한 뒤, 씩, 웃고.

영자.. 뭐지? 싶어서 연서를 본다. 연서.. 포도를 두어 개째 씹는 순간, 무대가 끝난다.

영자.. 어쩔 수 없어 앞으로 나간다. 일을 그르친 불안과 루나에 대한 의아함으로 가득.

영자   잘 보셨나요? 여러분의 귀한 마음이 모여, 지금의 판타지아를 만들어내었습니다. 전심으로 감사드립니다. (말하기 싫은) 이제, 중요한 발표를 하겠습니다. 저 최영자는.. 이 시간부로… 온 마음 다해 사랑했던 판타지아에서.. (루나와 눈 마주치는)

루나   (의미심장하게 끄덕하는)

영자   (!) 판타지아의 예술단장 자리에서 물러나겠습니다.

연서   (이날이 오는구나, 싶은)

후원자들 (오오- 술렁이는)

영자   소개하겠습니다. (연서를 가리키며) 우리 판타지아의 미래를 책임질. 제 사랑하는 조카 이연서 양을 박수로 맞이해주세요! (박수 치고)

강우.. 박수 치며 연서를 응원하는 느낌으로 보면, 연서.. 물 한 모금 마시고 일어난다.

박수 속에, 연서.. 무대 마이크 앞으로 향한다. 후원회와 무용수들의 시선 모이고.

몇 걸음 걸어가는데, 순간 찡-(E) 이명이 울린다. 고개 흔들어보는데, 이번엔 눈앞이 순식간에 뿌옇게 흐려진다. 자신을 보는 영자의 얼굴이 두세 겹으로 겹쳐 보이는데!

S#45   선내 화장실 (밤)

단.. 찬물에 세수 벅벅 하고 있다. 젖은 얼굴을 거울에 비춰 본다.
창피하고, 속상한 마음.

S#46   선내 복도 (밤)

화장실에서 나오는 단.. 맘 다잡고 가려는데, 웨이터복 입은 준수..
단을 지나쳐간다.

단.. 준수가 지나가는데 섬광처럼 떠오르는 〈F/B〉 S#38 작업복
입은 준수.

단.. 뭐지? 싶어서 준수를 쫓아가려는데,

연서   **(E / 일어) 이 바보야!! (빠가야로!)**

단   (??!!)

S#47   갑판 파티장 (밤)

연서.. 잔뜩 취해서 (약들이 섞여 하이 한 상태 된 것) 마이크대째로 휘
두르며 일본 재력가 앞에서 삿대질 중. 모두 놀라 어안이 벙벙해
져 있고.

연서.. 일어-러시아어-불어-한국어 뒤섞어가며 욕!

(니나.. 옷 갈아입고 나와 놀라 멍하니 섰다. 영자.. 어머 쟤가 왜 저래? 하고 보다가 루날 보며 설마? 얘가? 싶고. 루나.. 차가운 미소로 흥미롭게 보는)

연서   (일어) 허벅지가 어떻고 손모가지가 어때? 이 변태 새끼가 발레가 무슨 포르노인 줄 아나! 여기 업소 아니야, 더러운 놈아!

일본 재력가   (질려있는)

후원회장   (당황) 일어를… 할 줄 알았습니까…

연서   (불어로) 불어로 개자식도 할 줄 안다!

후원회장   (!)

연서   (러시아-한국어 섞어가며) 돈만 많고 머리 텅텅 빈 자식들아! 제발… 제발 부디 딴 데 좀 돈지랄하실래요? 더러워죽겠어 그냥!! (좌중 보며 깔깔 웃으며) 여러분, 고상한 척 그만해!

웨이터들.. 연서에게 다가가 말려보려 하는데, 연서의 기세로, 이리저리 흩어지고, 날아가고.
강우.. 놀라서 달려가 보지만, 날아가는 웨이터들에 가로막혀 쉽지가 않다.

영자   (후원회장과 일본 재력가를 안내한다) 죄송해요, 자리 옮기시죠. (돌아보며 비릿한 웃음) 아유, 우리 조카딸 어떡하면 좋아…

강우.. 웨이터 껴안고 나가떨어져 있는. 겨우 치우고 연서를 보면
연서.. 웨이터들 머리 잡고 치우고, 밀어내고, 난리다.
단.. 뛰어나왔다. 바로 연서에게 달려드는 웨이터들을 떼어내기

시작하는.

연서 주변이 더욱 아수라장이 된다.

그사이 뛰쳐나온 기천.. 놀란 니나 옆에 서고, 웨이터들 두 무리로 나뉘어 한 무리는 연서를 막으려 하고, 한 무리는 좌중 정리해 VIP들 선내로 안내한다.

무용수들.. 놀라 쳐다보고 있고, 루나.. 서늘한 눈빛으로 끝까지 지켜보고 있는.

연서   어디 가! 야 변태들! 끝장을 보고 가야지!!

연서.. 마이크대 확 던져버리는. 이를 피하려던 웨이터들과 바깥쪽에서 웨이터들을 말리던 단이 모두 우르르 나가떨어진다.

연서   일본 영감탱이! 나보고 춤춰보라 그랬지? 출게!! 까짓것 추면 되지! 음악… 큐!

음악.. 어디선가 흘러나오면, 연서.. 훌쩍 뛰어오른다. 선박 난간 위에서 위태롭게 이어지는 연서의 몸짓. 허우적대고, 휘청거린다.
사람들.. 위태롭게 어머, 어떡해-하면서 보고 있는.

연서.. 다리 삐끗해서 크게 휘청이면, 강우와 단.. 동시에 달려가는데, 연서의 허리를 감아쥐는 손! 연서.. 거의 감기는 눈으로 보면… 단이다!

강우.. 두 사람을 바라보는.

연서	또… 너야?
단	어, 나야.
연서	(아련하게 보다가) 맨날 너네. 이… 이… (작아지는 목소리) 바보 멍청이…

연서.. 흐릿한 눈으로 바라보는 단의 얼굴. 뒤에서 팡! 하고 터지는 불꽃놀이.
번쩍하면서 단의 얼굴이 환하게 보이고, 연서.. 까무룩 정신을 잃는다. (F.O.)

S#48 연서의 방 (밤)

연서.. 잠들어있다. 괴로운지 뒤척이다가 눈을 가늘게 뜬다.
깜박, 깜박 감았다 뜨면, 단.. 걱정스럽게 자신을 보고 있다.
다시 감았다 뜨면, 눈앞에 있는 건 어린 단! (꿈)

INSERT 연화도 이미지 컷컷들. 동굴에서 자신을 들여다보던 어린 단의 얼굴 /

(1부 S#63) 낙도를 떠나는 어린 연서.. 돌아보면 /

저 멀리에서 손을 흔들고 씩씩하게 돌아서 가는 어린 단.

연서	(거의 들리지 않는) 가지 마…

다시 감았다 뜨면, 보이는 단의 뒷모습. 나가려는 듯.
연서.. 입술 열어보지만 목소리 나오지 않고. 겨우, 손을 뻗어
나가려는 단의 손가락 끝을 잡는다. 단.. 그대로 얼음 돼 서면

연서   가지 마… 가지 마… (하면서도 눈이 감기는)

S#49   연서의 방 (낮)

햇살 드는 연서의 침대. 연서.. 눈을 뜬다. 두통으로 머리가 깨지
고. 겨우 일어나 앉는 연서..

연서   뭐가… 어떻게 된 거야… (싶은데)
유미   (꿀물 가지고 들어오는) 깼어요?
연서   어제… 나 어떻게 들어왔어요?
유미   (근심 어린) 정말 아무것도 기억이 안 나요?
연서   (더듬어보면)

〈F/B〉   S#47 연서.. 온갖 언어로 욕하며 난리 쳤던 모습.

연서   (헐) 미치겠네… (손으로 얼굴 가리는데) 김단 어디 갔어요?
유미   아침까지 아가씨 옆에 있다가 갈 데가 있다고 나랑 교대했어요.
연서   (마른세수)
유미   (속상한) 도저히 못 견디겠어서 술 마신 거예요? 그래두, 조심한다
         면서…
연서   나 와인 한 잔도 다 안 마셨어요. (하더니 !!) 집사님, 내 핸드폰 좀…
유미   (가져다주면)
연서   (강우에게 전화 걸면서 / 굳은 얼굴로 유미에게) 이 박사님 불러주세요.
유미   몸이 안 좋아요?

연서	(대답 않고 / 전화에 집중하는데)
(F)	**고객이 전화를 받을 수 없어.**
연서	(답답한 / 혹시 싶어 생각에 잠기는데)

S#50 강우의 사무실 (낮)

강우 책상에 덩그러니 놓인 강우의 핸드폰에 찍히는 [부재중 통화-이연서]

S#51 영자의 사무실 (낮)

보드빌 멤버 몇몇이 격앙된 항의를 하고 있다. 후원회장.. 팔짱 끼고 강우를 주시하는.

영자.. 심각한 표정이지만, 입 끝에 미소 숨기기 어려운. 강우.. 가만히 듣고 있는.

멤버1	기분 더러워서 한숨을 못 잤어, 이따위 모욕을 받으려고 생돈 쏟아부은 줄 알아?
루나	(깊이 고개 숙이며) 죄송합니다. 발레단 전체를 대신해 사과드립니다.
멤버3	잘못한 사람 따로, 사과하는 사람 따릅니까? 대체 이연서 제정신이긴 해요?
영자	그래서 제가 말씀드렸잖아요. 지금 연서 몸과 마음, 모두 불안정하다고. 어떻게 갈수록 더 심해지는 거 같아요.
멤버2	나카무라 상도 어젯밤 비행기로 바로 돌아갔어요. 손해배상 청구

할지도 모르구요!

루나 　그 건에 대해선 저희가 최대한 해결해보도록

후원회장 　(O.L) 건 알아서 하시고!

모두 　(놀라 보면)

후원회장 　주역 발레리난지, 재단 이사장인지 뭔지도 모를 계집애가 면전에
　　　　다 욕지거리를 한 것도 용서가 안 되는데, 새파랗게 어린 예술감
　　　　독까지 고개 빳빳이 들고 저러고 있는 걸 봐야 됩니까? 우리가,
　　　　왜요?

강우 　(입술 꽉)

영자 　회장님, 고정하세요. 절 보셔서라도 네?

후원회장 　임시 단장에 임시 이사장으로 이때껏 버텨온 것도 용한 거 아닙
　　　　니까! 미쳐버린 상속녀가 운영에 발레까지 다 한다고? (실소) 허!
　　　　이런 발레단에 왜 내 피 같은 돈이 들어가야 되는지 논리적으로
　　　　설명을 해보시죠!

영자 　지 감독, 뭐라고 말 좀 해봐요, 응?

강우 　(책상 쾅 치고 일어난다)

모두 　(주목하는)

강우 　(좌중을 살펴본다 / 싹 얼어붙는) 맘대로 하시죠. 다만, 지금 빠지면,
　　　　지젤 공연엔 후원자로 못 들어옵니다. 한국 최고의 공연에 이름
　　　　을 올릴 수 있는 기회, 마지막으로 드리는 겁니다. (후원회장 똑바로
　　　　보는)

멤버1 　(어이없는) 지금 우리한테 돈 쓸 기회 놓치지 말란 거야?

후원회장 　(강우와 눈싸움하며 일어나는) 후원, 철회합니다.

좌중 　(헉)

강우	(미동 없는)
후원회장	(다른 멤버들 보며) 다른 분들은 어떠실지 모르겠네요. 다만, 앞으로 우리 기업에선 판타지아와 관계있는 회사와는 거래하지 않겠습니다. (훅 나간다)
멤버들	(눈치 보며 / 슬금슬금 일어나 나가는)
강우	(예상 못 한!/ 미간 확!)

S#52   영자의 사무실 앞 (낮)

강우.. 열 받아서 나오는데, 니나.. 뛰어온다.

니나	(걱정 가득) 감독님!
강우	(? 해서 보는)

S#53   판타지아 연습실 (낮)

강우.. 어이없는 표정으로 보면 발레단원들 모두 열중쉬어 하고 도열해 서있다.
니나.. 안절부절못하며 도열 끝에 선.

강우	파업?
은영	그날, 배에 있던 사람은 다 봤습니다. 어떻게 그런 상태의 무용수가 주역이 돼요?
의견	리프트 하다 갑자기 돌발행동 하면요? 그래서 다치면 누가 책임

	지나요?
정은	후원도 다 빠졌다면서요. 우리 월급은 어떡해요?
강우	(무서운 표정) 다 했습니까? (니나 똑바로 보며) 금니나?
니나	(깜짝 놀란 / 어쩔 줄 모르겠고)
강우	할 말 없습니까?
니나	(망설이다가) 단원들이 인정하지 않는 주역은 문제가 있다고 생각해요. 모두가 납득할 수 있는 캐스팅이어야 하지 않을까요?
강우	좀 당황스럽네요. 나는, 여러분이 아니라 이연서가 이 공연 못 하겠다고 나설 줄 알았거든요.
단원들	(!)
수지	언니가 공연을 포기할 거란 말씀이세요?
강우	아뇨, 여러분과의 공연을 포기할 거란 말입니다. 주역이 이 수준의 발레단과 못 하겠다고 나오면 어쩌나, 그 걱정을 하고 있었거든요.
단원들	(?)
강우	그날 백조 4명! 팔꿈치 각도 다 엉망이었던 것 압니까? (쉴 틈 없이) 의견! 과하게 웃지도, 일부러 찡그리지도 말랬죠? 근데 시종일관 죽을상으로… 장례식입니까? 금니나!
니나	(깜짝)
강우	박자만 신경 쓰느라 심심하고 무미건조한 춤 춰놓고, 인정요, 납득요?
니나	(화끈 / 창피한)
강우	아무 느낌이 없어요. 음악을 듣기는 합니까? 스토리를 이해하긴 해요? 이연서는 서있기만 해도 짜르르한 감정이 전달되는데, 어

째서 이 판타지아의 춤들은 다들 그렇게 텅텅 비어있어!

단원들	(꿀꺽)
니나	(눈물 차올라 / 참아보려 하다가 뛰쳐나간다)

S#54   판타지아 복도 (낮)

니나.. 눈물을 훔치며 뛰어나오는데, 단과 부딪친다.

단	(알아보며) 니나 씨?
니나	(얼굴 가리며 뛰어가는)
단	(갸웃하고 / 둘러보는데)
강우	**(E) 떼를 쓰지 말고 반성을 할 때라구요!**

단.. 열린 문틈 사이로 강우의 모습 본다. 강우.. 아주 차갑고 냉정한 얼굴로 단원들 보는.

단.. 강우의 얼굴이 낯설다. 기분 묘해져서 보는데,

루나	**(E) 어떻게 오셨어요?**
단	(보면 / 루나) 부단장님 맞죠? 니나 씨 언니…
루나	그런데요.
단	(인사하며) 안녕하세요, 저는 아이비 저택 비서 김단이라고 합니다. 부단장님 만나러 왔습니다.

S#55   **루나의 사무실 (낮)**

루나와 단이의 독대. 두 사람.. 조금씩 경계하며 대화 나누는.

루나   어제 참석자랑, 참여 업체 명단을 달라구요?

단   네.. 알아보고 싶은 게 있어서요.

〈F/B〉   S#38 작업복 입은 준수 / S#46 웨이터복 입은 준수.

단   부탁드립니다.

루나   (침착을 가장하고) 어쩌죠? 개인 정보를 함부로 유출할 순 없어서요.

단   그럼, 부단장님 저하고 같이 조사하시죠.

루나   뭘 조사하잔 거예요? 설마, 어제 누군가 연서에게 해코지라도 했
         다고 의심하는 거예요?

단   아니라고 믿고 싶습니다. 그래서 꼭 알아보고 싶구요.

루나   연서 수술한 지 얼마 안 됐잖아요. 복귀한다고 무리했고, 그런 상
         태에선 와인 한 잔도 치명타가 될 수 있으니까요.

단   그러니까 부단장님은 모든 책임이 연서 아가씨에게 있다고 판단
         하신 거네요?

루나   아니라고 할 이유가 없죠. 논리적으로.

단   (착잡한) 잘 알겠습니다. (일어나서) 전 오히려, 적극적으로 도와주
         실 거라고 기대했습니다. 가족이니까요. (나가버린다)

루나   (재 봐라? 하는)

399

S#56 **판타지아 앞 (낮)**

단.. 터덜터덜 걸어 나온다. 수확이 없는. 이대로 돌아가야 하나? 괴로워서 머리 벅벅 하는데,

이를 보는 시선. 단도 등이 쎄하다, 휙 돌아보면, 뒤에서 바라보던 남자.. 건물 안으로 사라지는데, 단의 눈에 띄는 남자의 모자! 〈F/B〉 S#38 준수의 모자가 떠오르는!

단.. !! 따라가는데-!

S#57 **판타지아 곳곳 + 강우의 사무실 (낮)**

단.. 준수와 아슬아슬한 술래잡기 중. 놓쳤나? 싶으면 복도를 지나고, 뛰어가 보면, 흔적이 없다.

골목과 계단을 뛰어올라, 준수가 들어간 막다른 복도를 따라가는 단.

이제 곧 잡을 것 같다! 뛰어서 코너를 도는데! 준수가 없다. 막다른 곳.

단.. 복도에 있는 문을 다 열어본다. 루나 방은 비었고, 루나 옆방엔 직원들이 놀라 쳐다보고.

마지막으로 강우의 방(예술감독 지강우)만 남았다. 단.. 이름 확인하고, 긴장한 채로

문을 확! 열면, 남직원1.. 엉거주춤 서류를 놓고 있다.

남직원1 어떻게… 오셨어요? 감독님 지금 안 계신데…

단 (방을 돌아본다 / 창문도 확인해보고 / 허탕인가! 싶은데)

루나	(뒤에서) 무슨 짓이에요?
단	(보면)
루나	(단호하게) 업무방해로 신고하기 전에, 당장 나가요!

S#58 판타지아 앞 (낮)

단.. 영 의심스러운 표정으로 보다가 돌아서 간다. 뒤에서 이를 보고 있는 루나.

루나의 뒤에서 스윽 나타나는 모자 쓴 준수.

준수	제가 처리하겠습니다.
루나	일단 지켜봐. 귀엽네. (흥미롭게 보는)

S#59 BAR (낮)

스트레이트잔 여러 개 줄 서 있다. 니나.. 꽤 취해서는 잔으로 발레 대열 만들어 노는 중. 지젤 음악 흥얼거리며, 잔을 춤추게 하는.

강우	(E) 아무 느낌이 없어요. 이연서는 서있기만 해도 짜르르한 감정이 전달되는데, 어째서 이 판타지아의 춤들은 다들 그렇게 텅텅 비어있어!

니나.. 한 잔 더 찐하게 마셔버리는.

S#60   **BAR 앞 골목 (낮)**

니나.. 대취해서 토하고 있다. 힘겹게 토하고 일어나 벽에 기대는.

니나   (하늘 보며) 거지 같애. 내가.. 나인 게 거지 같애. 내가 이연서가 아
           닌 게… (눈 질끈 감고 뱉는) 거지 같다고!!

엘레나   **(E) 거지가 무슨 죄라고 욕으로 쓴대, 대낮부터 취해가지구.**

           니나.. 놀라 보는데, 니나 발 옆으로 쑥 들어오는 손. 벽에 놓인 빈
           병을 가져간다.
           니나.. 눈 부비고 보는데, 엘레나˙.. 빈 병을 손수레에 척척 싣고
           보는데, 헉! 놀란 눈.

니나   (놀라서) 선생…님?
엘레나   (획 돌아서 빠른 걸음으로 간다)
엘레나   (!!) 엘레나 선생님!!

S#61   **거리 (낮)**

니나.. 휘청이며 엘레나를 뒤따라간다. 엘레나, 짜증스레 빠리 걸
어가고.

• 히피 스타일 옷 -지저분하지 않고 치렁치렁하다. 손수레를 끌어도 반듯한 자세로 리드미컬하게 가는

S#62   건물 주차장 (낮)

엘레나.. 어두운 주차장으로 쑥 들어와 사라지면, 니나.. 따라 들어온다.

니나   (두리번거리며) 선생님… 엘레나 선생님 맞죠? 저 니나예요. 어렸을 때 쌤한테 첨 발레 배웠던 금니나요! (하는데)

어둠 속에서 뭔가 날아온다. 니나 발 앞에서 뒹구는 플라스틱 그릇 (개밥그릇 같은 느낌)

엘레나   **(E) 썩 꺼져!**

니나   (이해가 안 되는 얼굴로) 저 선생님 생각 가끔 했어요. 보고 싶었는데…

엘레나   (어둠 속에서 막대기 들고 나와 막 휘두르며 니나를 쫓아내는) 가란 말 못 들었어? 판타지아의 피읖 자만 들어도 내가 경기를 해. 이가 갈린다고! 나가!

니나   (겁먹은 / 뒷걸음질로 쫓겨나는)

엘레나   (니나 등을 향해) 재수가 없을라니까! (퉤 하고 들어가는)

니나   (쫓기듯 가다 멈춘다 / 주차장 쪽을 돌아보는 / 갈까 말까)

S#63   아이비 저택 마당 (낮)

연서가 윤우(2부 S#36의 의사), 유미와 함께 나오는 길이다. 윤우.. 왕진 가방 들고 있는.

윤우	지금 가서 피검사 돌리면 빨라야 밤이에요.
연서	부탁드릴게요. (유미에게) 집사님두요.
유미	걱정 마요. 아가씨, 와인 한 잔에 그렇게 인사불성 되는 사람 아니 잖아. 결과 나오면, 이걸로 꼬리 잡을 수 있을 거예요.

연서.. 끄덕하면, 윤우, 유미.. 나간다. 연서.. 한숨 작게 쉬는데, 들어오는 단! 둘 마주 보고.

S#64   아이비 저택 거실 (낮)
연서와 단.. 어색하게 앉아있다. 단.. 고민스러운데,

단	(조심스럽게) 발레단에 다녀왔어요.
연서	어때? (대답 기다리지 않고) 보나 마나 난리 났겠지 뭐. 후원회는 미친 애 끌어내라, 단원들은 어제 봤냐, 대박, 소름, 이러구… (실소가 나는)
단	다 해결될 거예요. 아가씨 잘못 아니라고 나는 믿어요.
연서	믿음이 뭘 해결해주는데 (저도 모르게 양손을 꽉 쥐는)

단.. 안타깝다. 연서의 손을 잡아주고 싶다. 손을 뻗었다 멈추는데 (E) 초인종 소리.
단.. 얼른 일어나고 연서.. 고개 들고 보면, 단이 확인한 화면에 〈INSERT〉 영자가 있다.
단.. 영자 얼굴 확인하고 굳어서 연서를 바라본다. 연서의 얼굴..

불안감에 휩싸이고.

S#65   아이비 저택 거실 (낮)

연서와 영자.. 마주 앉았다. 영자 뒤에 박 실장.. 서있는. 죄의식과
임무 사이에 괴로운.

영자	얼굴이 반쪽이네. 우리 조카.
연서	(가라앉아) 왜 오셨어요? 뭘 알아보러?
영자	쏘지 마 얘. 당장 여기로 쳐들어오겠다는 사람들 겨우 말려놓고 온 길이니까.
연서	원하는 게 뭐예요. 무릎이라도 꿇으래요?
영자	그렇게 간단한 거면 좋게?
단	(주스 들고 나와 각자 자리 앞에 주스를 둔다 / 연서 뒤쪽에 서고)
영자	박 실장! (하고 손을 내밀면)
박 실장	(서류봉투에서 '위임연기 합의서' '위임취소 합의서'를 꺼내 건넨다)
영자	(서류들 보며) 난 정말 최선을 다했다. 너 위태로울 때 위임 연장해 서 방패막이 한다고도 했고, 네가 돌려달라고 고집 부려서 사퇴 한다고 발표까지 했어. 근데, (정색 / 서류를 쫙쫙 찢어버리며) 위임이 니 연장이니 다 집어치우자.
연서, 단	(!)
영자	통째로 넘겨. 그래야 돼.
단	(주먹 꽉 쥐는!)
연서	(!! / 어이없어) 그딴 변태 후원자 돈 없어도 그만이야. 필요하면 이

집 팔아서 내가 낼게. 그럼 되죠?

영자   단순히 돈 문제가 아니야. 널 정신병원에 보내야 하는 거 아니냔 말까지 나왔어. 제정신 아닌 애한테 이 큰 재단과 발레단을 어떻게 맡길 수 있느냐고.

연서   하루, 실수였을 뿐이에요. (영자 노려보며) 누군가 짜놓은 함정일지도 모르구요.

영자   또, 또. 너 하나 잡자구 이렇게 엄청난 음모를 공들여 꾸밀 사람이 어딨니? 아참, 발레단 파업한대. 너 같은 애랑, 같이 공연 못 한다고. 이해하지?

연서   (예상은 했지만 충격)

영자   늙은이처럼 추억에 살지 마, 연서야. 너 옛날 이연서 아니야. 그 누구도, 널 환영하지 않는다구, 알겠니?

단   (버럭) 이보세요, 고모님!!

영자   (놀라) 깜짝이야… 지금 나한테 소리 지른 건가?

박 실장   (경계 태세)

단   가로되, 그 어떤 모양이나 종류의 악도 버리라 했습니다. 욕심이 잉태하면 죄를 낳고 죄가 자라면 죽음을 가져온다고도 했구요.

연서   야, 김단.. 왜 이래?

영자   (어리둥절) 이건 또 뭐야, 쌍으로 미쳤어?

단   미혹될 수 있습니다. 유혹이 강한 것도 알아요. 하지만! 연서한테 유일하게 남은 가족이잖아요! 왜 아껴주질 않습니까? 왜 사랑하질 않아요!!

연서   (쿵)

단   어째서 남보다 못하게 사람 맘에 이렇게 상처를 줍니까? 왜요!!

영자   (얼떨떨하다 / 연서에게) 확실히 비서복은 네가 타고났나 부다. 조 비
       서님부터 애까지, 어쩜 너라면 이렇게 펄펄 뛰니? 가족 같은 거
       없어두 든든하겠다.

단   (허탈하고 어이없는) 끝까지… 어리석게 굴 겁니까?

연서   (일어나) 가세요, 다신 찾아오지 마.

영자   (일어나) 12시간 줄게. 네 발로 물러나. 괜히 고집부리다 후원자들
       다 떨어져 나가고, 판타지아 평판 땅에 떨어지면, 네 부모님이 세
       운 이 판타지아, 그대로 공중분해 되는 거야. 그걸 막을 수 있는
       사람은, 나 최영자뿐이야. 명심해. (주스 한 모금 하더니 단 보며) 주스
       잘 마셨어요. (하고 나가는)

       단.. 화가 치밀어 올라 어쩔 줄 모르겠는데, 연서.. 힘이 쭉 빠져 소
       파에 툭, 주저앉는.

S#66   강우의 차 안 + 거리 (밤)

       강우.. 핸들을 쥐고 있다. 차갑고 냉정한 눈빛. 마주 오는 차량 발
       견하자, 눈 반짝!
       액셀을 세게 밟는다. 정면충돌하려는 듯 질주하는 강우의 차량!
       아슬아슬하게 엇갈려 멈추는 두 차량. 강우.. 내려서 저벅저벅 걸
       어오는데 운전기사 내려서 위협적으로 다가오고. 강우.. 걸어오는
       기세 그대로 한 방에 제압. 나가떨어지는 기사.
       곧장 뒷좌석 문을 벌컥! 열어젖히는 강우.. 놀란 후원회장이 있다.
       밀고 들어가는!

S#67   후원회장의 차 안 (밤)

후원회장.. 쳐들어온 강우를 보며 화나고 놀란 표정.

후원회장   당신 미쳤어? 이러고도 무사할 줄 알아?

강우   (바로 본론) 왜 그렇게 화를 내나 했더니, 나카무라 상과 은밀한 사업 파트너시더군요. 일본 세관에 신고도 안 했던데, 양국에 세금 한번 제대로 내보시겠어요? 지금 내는 후원금의 30배는 될 겁니다.

후원회장   (! / 나지막이) 원하는 게 뭐야?

강우   (낮고 강하게) 현상 유지. 빼지도, 더 넣지도 말고 이대로만 있어요.

S#68   아이비 저택 주방 (밤)

단.. 카모마일 차 타면서 바깥을 향해 계속 얘기하는. 연서를 안심시키고 싶다.

단   다 돼가요! 이거 마시구, 아무 생각도 말고 푹 자요!

S#69   아이비 저택 거실 (밤)

단.. 쟁반 들고 나왔다. 연서.. 소파에 미동도 없이 앉아있다. 파리한 얼굴. 천천히 일어나면,

단   올라가요.

단.. 앞서서 계단으로 가다, 이상한 기운에 돌아보는데, 연서가 현
관으로 향한다!

단.. 놀라서 따라가고. (쟁반, 테이블에 급히 내려두고)

S#70   거리 (밤)

연서.. 정처 없이 걷고 있다. 단.. 뒤따라 걷고 있다. 단.. 연서를 어
찌해야 할지, 막막하고 속상한데, 연서.. 멈춰 선다. 선술집 앞이
다. 단.. 설마, 싶은데, 연서.. 들어가 버리고!

S#71   선술집 (밤)

소주잔에 가득 따르는 술.. 연서.. 털어 넣으려는데, 잡아채는 손..
단이다!

연서   뭐 하는 짓이야!

단   안 돼요, 마시지 마.

연서   네가 뭔데! (하고 다시 잔 잡으려는데)

단   어리석게 좀 굴지 마요! 어제 그 고생해놓구 왜 이러는데! 피검사
       해놨잖아요. 이제 결과 나오면.

연서   소용없대.

단   (?)

S#72　　**아이비 저택 거실 / 길담 병원 (밤)**

S#68 같은 순간, 거실 상황.

단　　**(E) 이거 마시구, 아무 생각도 말고 푹 자요!**

연서.. 유미와 통화 중이다. 병원의 유미, 서류봉투 하나 들고 통화하는 교차화면.

유미　　암것두 안 나왔대요. 아가씨 증상은 분명히 각성제, 흥분제 맞는데, 왜 그런 거 있잖어. 클럽 같은 데서 썩을 놈들이 술에 약 타서 먹이는 거. 그런 종류는 12시간 지나면 검사에도 안 나온대요. 그거 아닐까?
　　　　(속상해서) 아가씨 거기서 뭐 먹었어요?

연서　　(혼란스러운)

〈F/B〉　　S#27 약 먹는 연서 / S#36 와인 마시고 / S#44 포도 먹는

유미　　나온 게 달랑 와인 한두 잔 마신 알코올뿐이래. 이걸로 증거 삼기는 힘들 거래요. 어뜩해?

S#73　　**선술집 (밤)**

S#71 연서.. 연신 잔을 비운다. 단.. 차마 말릴 수가 없어 제 잔을 비우고 채워 넣는.

연서	내가 먹은 게 독인지, 약인지, 술인지. 뭐가 문젠지, 누가 그랬는지 밝힐 수가 없대. (피식) 진짜 미친 건지도 모르겠네.
단	다 내 잘못이에요. 잘 보려고 했는데, 꼭 지키려고 했는데…
연서	(고개 젓고는) 내 잘못이야.
단	아니야!
연서	아까 네가 그랬잖아. 욕심이 죄를 낳는다고.
단	(무슨 소리지? 싶은데)
연서	발레 다시 하겠다는 거, 욕심이었나 봐.
단	(가슴 쩡) 아니에요, 아니야…
연서	내 첫 관객이 그랬거든. 세상에 태어나 본 것 중에 제일 예뻤다고… 발레가 뭔지도 모르는 애가 감격해서 막 울었어.
단	나도 알아. 나도 그래요.
연서	(아련한) 참… 행복했는데. 그때.
단	(심쿵)
연서	춤추는 게 행복하단 걸, 걔가 알려줬는데 너무 오래 까먹고 있었어. 이제야 겨우, 다시 목푤 찾았는데… 너무… (한숨과 함께) 힘들다. 힘들어.

연서.. 다시 잔을 채운다. 단.. 안타까워죽겠고.

S#74   선술집 앞 거리 (밤)

연서를 부축해 걸어오는 단. 연서.. 많이 취해서 자꾸 몸이 흐트러지는. 피식피식 웃고.

단.. 안 되겠다, 싶다. 휘청이는 연서를 벤치(혹은 화단 턱)에 앉히고.

단   (연서 앞으로 가 앉는) 아가씨.

연서   (물기 젖은 눈으로 보는)

단   내려놓으면 안 돼요? 난 이연서 힘든 거 싫어. 꼭 판타지아 무대
         에서만 춰야 되는 건 아니잖아요. 아가씨 춤에 관객이 필요하면,
         내가 봐줄게요. 응?

연서   (고마운 / 술김에) 그럴까? 다 때려치구 그냥 너한테만 보여주면서
         천년만년 살까?

단   (따뜻하게 미소 지어 보이는)

연서   (단을 잡아 앉힌다) 좋아. 첫 무대를 선사하겠습니다. 공연명은, 지젤!

         연서.. 흐느적거리며 춤을 춘다. 취했고, 약해져 제대로 추지도 못
         하면서.
         가슴 아프게 바라보는 단. 연서.. 삐끗해서 넘어질 뻔하면, 단.. 얼
         른 튀어나가 잡는.

연서   (단을 보더니) 또 너네…? (하고 허물어지는)

단   (어깨 감싸 안듯 잡아주고)

         (점프)
         단.. 연서를 업고 걷는 중. 연서.. 완전히 제 몸을 단에게 의지했다.

연서   (눈 감고 주정) 김단…

단	네, 아가씨.
연서	너는 왜 맨날 날 구해줘?
단	(!)
연서	너는 나를 구해주고, 날 도와주잖아.
단	(쓸쓸해지는데)
연서	(슬프게) 근데 왜… 날 안 좋아해?
단	(?!!)
연서	하긴 세상 사람들 다 나 안 좋아해. 그건 아무렇지도 않아. 근데, 네가 날 안 좋아하는 거는… 안 괜찮아. 싫어, 짜증 나.
단	(!)
연서	나 이쁘다며, 잘한다며… 근데… 근데 왜 날 안 좋아해? 어떻게 안 좋아해?
단	(마음 확 무너져버리는)

찡한 얼굴로 걸어가는 단. 골목을 빠져나가는 두 사람..
그 뒤로 강우.. 벽에 기대서 있다. 차갑고 화난 얼굴.

S#75   연서의 방 (밤)

단.. 연서를 눕히는데, 연서.. 단의 손을 놓아주질 않아 침대로 딸려가 버린다.
연서와 마주 보고 눕게 돼버린 단. 자신의 손을 꽉 쥔 채 잠든 연서의 얼굴을 가만히 보다가

단   (아프게) 나는… 널 좋아하면 안 돼. 네 옆에 영원히 있을 수도 없
    어. 그게… (마음 아파 찡그리며) 너무 힘들다…
    (물끄러미 보다 / 토해내듯) 이연서, 내가 널… 어떻게 안 좋아해.

S#76   공원 (밤)

    단.. 넋 나간 듯 걷고 있다. 제 맘을 토로하고 큰일 난 것 이미
    아는.

INSERT 1. S#48 단이의 시선. 힘겨워하는 연서를 아프게 보는 단. 돌아서는데. 얼
    음! 연서에게 손가락 잡힌. 질끈 눈을 감는 단의 얼굴 위로

연서   **(E) 가지 마… 가지 마.**
    S#48 상황 이후 (시간 경과) 새벽녘 빛이 희부옇게 밝아오는 연서의 방에
    그 모습 그대로 서 있는 단.

    2. S#15 상황 이후.

단   이제 시작인데, 튼튼하고, 제대로 된 갈빗대여야지 이연서가 행복할 거
    아니에요. (세상 심각하게 보는) 선배가, 좀 알아봐 주면 안 돼요?

후   네 진심이 뭐야?

단   (? 하는 얼굴 위로)

후   **(E) 그 갈빗대가 진짜가 아닐까 봐 걱정하는 거야, 아니길 바라는 거야?**

    단.. 헛헛한 웃음이 터진다. 걸음마다 정신줄 놓은 듯 웃으며.

단   (하늘 보며) 나 이제, 클났죠? (하는데)

먹구름이 몰려와 달을 가린다. 순식간에 어두워진 사위. (E) 우르
릉 천둥소리 들려오는데
앞에서 확! 불 밝혀지는 헤드라이트! 단.. 눈부셔 보면 강우의 차..
단을 향해 달려온다!
놀란 단.. 겨우 피하며 나동그라지는데, 차에서 내려 단에게로 달
려오는 강우.
단의 멱살을 잡아 올린다! 한강을 등지고 난간에 기대 밀리는 형
상 된 단.

단   왜 이래요?
강우   너야말로 왜 이러는 거야?

빗줄기.. 떨어진다. 단.. 헉! 비가 온다! 단의 어깨로 툭툭 떨어지
는 빗방울.
강우.. 전혀 개의치 않고 뚫어질 듯 단의 얼굴을 노려보고 있다.

단   이거 놔요. 놓고 얘기해!
강우   어딜 도망가려고! 말해. 당장 이연서 앞에서 사라진다고!
단   (!!) 갑자기 뭔 말이에요!
강우   내가 경고했잖아! 방해하면 가만 안 둔다고! 네까짓 게 뭔데 춤을
       춰라, 마라 건방진 소릴 하는 거냐고!
단   (!! / 빗방울 / 등 가려지기 시작 / 미치겠고) 놓으라구요!

단.. 먹살 잡은 강우의 팔을 잡고, 비틀어보지만, 강우.. 쉽게 떨어
지지 않는다.

몸싸움 시작되는. 비는 떨어지고, 단.. 등 뒤의 강물을 슬쩍 본다.

단.. 있는 힘을 쥐어짜 내 강우를 밀어내려 하지만, 강우.. 오히려
단을 꽉 잡아버려 두 사람 모두 강물로 떨어지는 데서 ENDING!

좋아해요.
생각보다 훨씬 더 많이 좋아합니다.
그래서 이러는 거야.
연서가 행복한 걸 봐야 되니까!

7
부

S#1   강물 안 (밤)

INSERT   수면을 두드리는 빗방울

단과 강우.. 서로의 팔을 꽉 잡은 채 빠졌다. 둘 다 충격에 정신을
잃은 얼굴 위로,

단   **(E) 모르겠습니다. 인간의 몸을 하면, 인간을 알 수 있을 거라고 생각
했는데, 아니었나 봅니다. 인간은 대체 왜 이렇습니까?
좋아하는데 왜 가슴이 아픕니까. 뻔히 헛된 줄 알면서, 왜 바라고, 또
바라는 것입니까. 인간의 사랑은 어째서 이토록 어리석은 것입니까?**

끝도 없는 심연으로 끌려 들어가는 것 같은 두 사람. 단.. 눈을 뜨

는데, 눈앞에 정신을 잃은 강우의 얼굴! 단.. 기를 쓰고 강우를 수면으로 밀어 올린다.

잡고 있던 단과 강우의 손끝 떨어지는 데서!

INSERT   6부 S#6 (3) 절벽에 매달린 어린 단의 손가락.. 버티다 툭, 놓치고 마는

홀로 가라앉는 단.. 수면을 바라보는 시선

INSERT   어린 단의 시선에 자꾸 멀어지는 수면, 작은 손을 뻗는

수면을 향해 손을 뻗는 현재 단.. 숨이 점점 막히고, 눈이 감긴다.
(암전)

S#2   **한강변 (밤)**

단.. 허억! 하면서 호흡을 깊게 들이마신다. 대원이 인공호흡 한 것. 119 구급차와 수난구조대 출동한 상황. 이동 침대 가져오는 대원들 보이고. (비 그침) 단.. 눈을 깜박이며 손을 뻗는데,

대원   정신 드세요? (손을 잡아주는)

단   (통증) 아! (팔에 상처 / 피가 패 흐르는)

대원   (타 대원에게) 팔에 열상이 있습니다. (단에게) 조금 찢어진 거예요.
(하며 소매 잘라 / 응급 처치하는데)

단   (!!) 지강우!! 지강우 어딨어요? (벌떡 일어나려 하며) 나랑 같이 빠

진 사람요. 안 나왔어요? 아직? (하는데)

대원   (무전에 대고) 익수자 한 명 더 있다고 합니다. 수색 바랍니다.

단   (밀치듯 일어나) 빨리요! 그 사람은 사람이라서, 죽을 수도 있… (하다 멈칫)

상류 쪽에 검은 그림자.. 서서 보고 있다. 강우인 듯한. 단.. 서늘하게 바라보는 얼굴 위로,

대원   **(뒤에서 / E) 실종자는 저희가 찾을 테니까, (담요 덮어주는) 일단 병원부터**

단   저 사람… 혹시… (하는데)

그림자   (뒤돌아 간다. 어둠 속으로 사라지는)

대원   (보며) 누구요?

단   (이해할 수 없는 표정) …

S#3   길담 병원 응급실 (밤)

단.. 팔에 붕대 감고 베드에 누워있다. 찢어진 소매, 붕대 감은 손에 피 묻어있고.

응급의(30대/남).. 수액 놔주는데, 단.. 일어나려고 하는.

단   괜찮다니까요, 멀쩡해요, 나!

응급의   (눕히며) 출혈도 꽤 있었고, 혹시 모르니까 엑스레이 찍어볼게요.

단   금방 나아요. 진짜라니까요! (또 일어나려는데)

응급의   (가슴 눌러 또 눕히며) 검사 순서 될 때까지 꼼짝 말고 기다리세요.

(나가고)

단   (꼬였다 / 에라 모르겠다 싶어 훌렁 누워 눈을 감는)

⟨F/B⟩   S#1에서 떠올랐던 절벽과 바닷속.

단   (헙! 눈만 뜨고) 그게 뭐지. 자꾸… 꿈도, 예언도 아닌 게 자꾸…

⟨F/B⟩   S#2. 단의 시선. 강우로 보이는 그림자

단   맞겠지, 지강우.. 별일 없어야 되는데… (하다) 아니, 그러게 왜 갑
           자기 쳐들어와서 먹살을 잡어! 상식이 있는 문화시민이라며!! 대
           체 왜!! (하다 !) 설마…

⟨F/B⟩   6부 S#74

단   내려놓으면 안 돼요? 난 이연서 힘든 거 싫어.

연서   그럴까? 다 때려치구 그냥 너한테만 보여주면서 천년만년 살까?
           / 뒤에서 이 말 듣고 있는 강우!

단   들었나? (하다 어이없는) 들었으면? 그게 이유가 되나?

강우   **(E) 충분하지.**

단   (놀라 보면)

강우   (커튼 닫고 다가오는 / 낮고 무섭게) 무용수한테 춤을 뺏는 건, 목숨을
           뺏는 거나 마찬가지니까.

단   (몸을 일으켜 앉는) 무슨 소리예요? (하는데)

강우	이연서, 눈멀고 나서 자살하려고 했던 건 알아?
단	(!)
강우	겨우 눈 떠서 다시 시작하겠다고 결심한 사람한테, 포기하라고, 그만두라고? 네가 뭔데? 네까짓 게 뭘 안다고 헛소릴 지껄여?
단	(혼란 속에 입 떼려는데)
강우	착각 집어치워! 이연서는 지금, 벼랑 끝에 서있는 거야. 한 발만 나가면 까마득한 낭떠러지라고! 등 떠밀지 마! 거기가 이연서의 지옥이니까!
단	(!!)
강우	(확 가까이 다가가) 마지막 경고야. 내일 당장 사표 쓰고 사라져. 안 그럼, 내가 널 그 지옥에 제일 먼저 던져버릴 거야. (돌아서 나가는)
단	(한 방 세게 맞은 / 멍하다)

S#4   길담 병원 응급실 앞 (밤)

강우.. 나와서 걸어가는데, 단.. 수액 한 손에 들고 뛰어나와 강우를 잡아 세운다.

단	지강우 씨!
강우	(보면)
단	나 안 사라질 겁니다. 아직 못 가요.
강우	(뚫어지게) 왜? (조소) 안 그런 척하더니, 결국 하찮은 감정 때문인 건가? 진심이니, 뭐니, 그딴 거?
단	(입술 깨물며 망설이다) 맞아요, 나 이연서 좋아합니다.

강우	(막상 들으니 쿵!)
단	(막상 말하니 자기도 쿵) 좋아해요. 생각보다 훨씬 더 많이 좋아합니다. 그래서 이러는 거야. 연서가 행복한 걸 봐야 되니까!
강우	(! 해서 보면)
단	나하고 약속했잖아. 뭘 하든 연서의 행복을 위해서 하겠다고. 그거 지켜요. 그렇게만 하면 갈 겁니다. 뒤도 안 돌아보고 웃으면서 떠날 거예요, 대신, 춤이든 뭐든, 연서 힘들게 하면! 그땐 내가 가만있지 않을 겁니다. 알겠어요? (획 돌아서 가는)
강우	(어이없어 말문 막힌)
단	(성큼성큼 들어간다. 잔뜩 격앙된 얼굴로)

S#5   길담 병원 응급실 (밤)

단.. 들어와 짐을 챙기기 시작한다. 수액 줄이 걸리적거리는. 확 뜯어버리는 단.
핏방울 튀는데, 상처는 그대로 스르륵, 아문다. 이를 보는 단.. 서늘해지고.

단	알아요. 내가 젤 잘 알아. 누가 어쩐대? (하늘 보며) 욕심 안 내요, 저. (팔 붕대도 풀려는데)
응급의	(들어오며) 김단 씨 엑스레이 가실게.. (하다 멈춰 보면)
단	(붕대 다시 감으며) 저 진짜 괜찮아요. 가보겠습니다. (짐 챙겨 나가는)
응급의	저기요, 김단 씨!!
단	죄송합니다! (도망치듯 응급실 밖으로 나가면)

후   (응급의, 후로 변해 / 걱정스레 보며) 신이시여, 저게 제정신이 아닙니
          다. 오늘의 모든 고백은 부디 귓등으로 들으시고, 무시하소서…

S#6   아이비 저택 마당 (밤)
          단.. 대문을 열고 들어온다. 마당에 서서 연서의 불 꺼진 창을 아
          련히 바라보는데.

S#7   연서의 방 (밤)
          연서.. 침대에서 잠들어있고.

S#8   강우의 오피스텔 (밤)
          강우.. 젖은 옷 그대로 의자에 앉아있다. 멍한 얼굴. 노트북을 열
          고, 설희 동영상을 재생시킨다.

INSERT 3부 S#44. 뉴욕 거리를 배경으로 걸어가며 화면을 향해 이야기하는 설희

강우   (그리운) 설희야…
설희   (영어로) 할 수 있어! 세상은 춤으로 가득 차있다고 누가 그랬더라?
강우   (이번엔 같이하지 않고 / 입 닫고 바라만 보는)
설희   유(You), 마이 디얼(My Dear)
강우   (화면을 멈추고 / 한참 보다가) 내가… 왜 이러지, 설희야? 다 됐다고,

다 왔다고 생각했는데… (마른세수) 그 자식이 너무 거슬려. 참을 수가 없어.

설희   **(E) 정말 거슬리는 게, 그 남자 맞아?**

강우   (화들짝 놀라 보면)

설희   (화면 속에서 강우를 보며 말하는-환상) 지금 당신을 흔들고 있는 거… 정말 그 남자야, 아님… 당신 맘이야?

강우..! 해서 보면, 화면 속 설희 환하게 웃는 얼굴 그대로 정지화면으로 있다.

모니터 화면이 꺼진다. 까맣게 된 블랙 미러에 비치는 강우의 얼굴.

강우.. 혼란스러운 눈으로 바라보다가 노트북 덮어버린다.

S#9   **영자네 집 전경 (아침)**

S#10   **영자네 주방 (아침)**

아침 식사 준비 중인. 루나.. 해독주스 갈고 있고. 영자.. 들어오는.

루나   아빠요?

영자   몰라… 어젯밤 내내 뒤척거리더니, 아침 먹자니까 대답두 않고 꼼짝을 안 해, (기지개 펴고) 니나는?

루나   (주스 들고) 이거 한 잔이면 될 거 같아요.

요란하게 갈리는 야채들. 루나.. 평온한 얼굴로 착즙하고 있는 것 보는 영자.. 묘한 기분.

영자　　　루나야, 엄마랑 얘기 좀… (하는데)

루나　　　(스탑 버튼 누르고) 뭔데요?

영자　　　(고개 젓고) 아냐. (사무적인) 후원회 연락 돌려서 9시까지 다 모이라고 전달해.

루나　　　지금요? (하는데)

니나　　　(비척비척 들어와) 엄마, 나 물…

영자　　　(물 따라주며 / 냄새) 너..! 술 마셨어?

니나　　　(흡) 냄새나요? 어떡해… 샤워 2번하고 이 3번 닦았는데…!

영자　　　생전 입에도 안 대던 걸 왜? 연서 땜에? 너네 보이콧 했잖어.

루나　　　(주스 건네며) 단원들은 똘똘 뭉쳤는데, 감독이 똥고집이에요. (니나에게) 마셔, 풀릴 거야.

영자　　　(니나에게) 잘 해결될 거니까 엄마 믿구, 오늘은 푹 쉬어.

니나　　　(주스 마시고 / 망설이더니) 엄마, 기억나요? 나 발레 첨 배웠던 쌤…

영자　　　(무심히) 응? 누구?

니나　　　(조심스레) 왜… 엘레나 선생님이라구… 있었잖아요.

영자　　　(?) 그 미친 여자?

루나　　　(역시 놀라) 갑자기 그 사람은 왜? 이 판에서 쫓겨난 게 언젠데!

니나　　　그냥 연서두 돌아오고 옛날 쌤 생각나서…

영자　　　쌤은 무슨…! 여덟 살짜리한테 죽음을 상상해보라구 빨간 페인트를 뿌려댄 여자야. 바다를 상상하라고 욕조에 집어넣질 않나… 미쳐도 단단히 미친 사람을!

니나	그래두, 엘레나 쌤이 가르친 애들은 다 1등 했잖아.
영자	너! 너는 못 했잖어!! 다 하는데 너만!
니나	(! / 상처)
루나	차라리 잘된 거지. 그 쌤 연서한테 정성 쏟는 바람에 그나마 니나는 모진 일 덜 겪은 거잖아요.
영자	그것두 분해죽겠어. 그 미친 여자가 하필이면 꽂힌 게 연서란 것두… 금나나!
니나	(깜짝) 응?
영자	누가 물어보면 그 사람 모른다고 해. 넌 그 여자한테 배운 적도 없고 알지도 못하는 거야! 그 이름이랑 엮여서 네 커리어에 좋을 거 하나 없어.
니나	(심란하고)
루나	(니나를 미심쩍게 보고)

S#11　영자네 안방 (낮)

영자.. 손을 툭툭 털면서 들어오는데, 기천.. 여행 가방을 싸났다.

영자	이건 또 뭐야?
기천	(심각한 표정으로) 영자야, 지금 결정해. … 나랑 귀농할래, 이혼할래?
영자	(짜증) 무슨 뚱딴지같은 소리야. 코앞에 판타지아가 넝쿨째 있는데!
기천	(고통스러운) 판타지아 없어도 우리 잘 살아. 아니, 없어야 잘 살겠어. (손잡고 간절히) 떠나자. 어? (하는데)
영자	(확 뿌리치며) 벌써 노망났어? 왜 이래, 정말? 내가 말했지? 난 봉황

으로 산다구. 손에 흙 안 묻히고, 발에 똥 안 묻히고. 구름 위에서 살 거야, 나.

기천   (너무 괴로운) 안 돼!! 구름 위에 살자고 사람을 해칠 순 없어! 자기 또 죄지으면, 나 못 버틸 거 같아. 덮어주는 것두 한계가 있다고!

영자   그게 무슨 소리야?

기천   … 그날, 배에서 박 실장 시켜서 약 탔잖아!!

영자   (입 막으며) 조용히 해! 그거 박 실장이 다 엎어먹어서 멕이지도 못했어! 그리구 그거, 진정제였어. 먹고 그냥 딱, 기절하라고. 근데 그날 개가 어땠는지, 당신두 알잖아.

기천   … 그럼 조 비서는?

영자   (? 하면) 그 이름이 왜 나와?

기천   (탄식하며) 박 실장한테 다 들었어. 조 비서 사고 났던 차… 브레이크 끊어져 있었던 거. 영자야, 우리가 속죄할 길은 다 내놓고 조용히 사는 거야.

영자   (!!) 브레이크가…? (허억!) 그럼… 누가 일부러 사골 낸 거야? 조 비서랑, 연설 죽이려고?

기천   (?) 당신… 아냐?

영자   (! 살벌하게 한 발씩 다가가며) 지금, 마누랄, 살인자로 생각한 거야?

기천   (헉) 서둘러서 폐차했다길래…

영자   그럼 사람 죽은 차를 그냥 둬? 재수 없게?

기천   (꿀꺽)

영자   (피곤한) 쓸데없는 소리 그만하구, 짐이나 풀어.

기천   내 말 뭘로 들었어, 귀농할 거 아님

영자   (빽!) 이혼해 그럼!!

| 기천 | (깨갱) |
| 영자 | (심각해지는 얼굴) |

S#12   영자네 마당 (낮)

영자.. 생각에 잠겨 나오는.

영자	누군가… 조 비서랑 연서를… 노렸어. 누가? (하는데)
루나	(출근 복장 / 나오면서) 후원회 연락 완료했어요. 시간 맞춰 오신대요.
영자	그래… (떠오르는 기억)

〈F/B〉   6부 S#44

| 루나 | 박 실장 아저씨 맘 약한 거 뻔히 알면서 왜 계속 모험을 해요. |

영자	(망설이다) 루나야
루나	(멈춰 돌아보면)
영자	너 그날, 박 실장이 와인 잔 깨먹은 건, 어떻게 알았니?
루나	(대수롭지 않게) 엄마가 신신당부하셨잖아요. 계속 안 내온다고 초조해하시길래, 주방에 연락해봤죠.
영자	(그럴듯한)
루나	박 실장 아저씨, 요즘 스트레스 많아 보이더라구요. 앞으로 시킬 일 있음 저한테 하세요. (생긋) 저 엄마 오른팔, 부단장이잖아요.
영자	그럼, 세상에서 제일 야무지고 든든한 우리 딸이지.
루나	저 먼저 출근할게요. 이따 발레단서 봬요. (가면)

영자	그래. (미소로 보지만, 찝찝한)

S#13 아이비 연습실 (낮)

연서.. 연습 중. BAR에서 몸 푸는 정도. (M) 지젤 틀어두고. 차분한 얼굴이다.

연습실 문 열리고 단.. 들어온다. 춤추는 연서, 바라보는 단의 얼굴 사이사이로 떠오르는 기억.

〈F/B〉

영자	6부 S#65 12시간 줄게. 네 발로 물러나.
강우	7부 S#3 무용수한테 춤을 뺏는 건, 목숨을 뺏는 거나 마찬가지니까.
	1부 S#16 연서의 얼굴 위로
단	**(E) 너, 여기서 한 번 죽었었구나.**
	7부 S#4
단	연서가 행복한 걸 봐야 되니까!

단이 바라보는 연서의 표정, 평화롭기까지 하다. 연서.. 단의 시선을 느끼고 멈추는.

연서	언제부터 보고 있었어?
단	아까부터. 예뻐요. 춤출 때 항상… 그래요.
연서	새삼스럽게… (시계를 보고) 2시간 남았네.
단	어제 고모님 얘기죠. 근데 그거…

유미	**(E) 아가씨이!!**
단, 연서	(보면)
유미	(급하게 들어와 서류 봉투 꺼내주는) 받아요. 피검사 결과지예요.
단	(?) 소용없다고 하지 않았어요? 혹시… 뭐 나온 거예요?
유미	(단호하게) 아니. (은밀하게) 궁지에 몰리면 이걸로… 뻥이라도 쳐요! 여기 다 있다! 누가 음모를 꾸몄고, 내가 피해자다! 더 닦달하면 깐다? 이렇게.
연서	(어이없는데)
유미	아니다, 그냥 가지 마요! 첨부터 12시간 너무 일방적이었잖아요. 거기서 던진다구, 꼭 지켜야 될 의무 같은 거… 없어, 없어.
연서	안 가면? 앉은 자리서 백기 들자구요? 알잖아요. 최영자 단장님, 보통 사람 아닌 거.
유미	알아요. 너무 잘 아니까 이러죠. 가면 뻔하잖아. 모진 소리 잔뜩 듣구, 다 포기하라고 강요당할 텐데.
단	(걱정스레 보는데)
(E)	**유미 벨소리 / 보면 [최영자 단장]**
유미	어머어머 호랑이도 제 말 하면 온다구… 어떡해?
연서	주세요, 나한테 한 걸 거니까. (받아 들고) 네, 저예요.
영자	(F) 너 웰케 전활 안 받니?

S#14   영자의 사무실 / 아이비 연습실 (낮)

영자와 연서의 통화. 교차편집. 영자.. 여유롭고 느긋하게 / 연서.. 긴장해서

영자	난 또 너 겁먹구 숨어버린 줄 알았잖아.
연서	(짜증) …
영자	여보세요? 듣고 있니?
연서	(차갑게) 말씀하세요.
영자	아직 집인가 부네. 시간 다 됐는데, 오는 거야, 마는 거야? 후원회 한 명두 빠짐없이 다 모이기로 했는데… 안 올 거면 내가 얘기할 게, 네가 모든 책임 지구
연서	(O.L) 기다려요. 시간 맞춰 갈 테니까.
영자	(미소) 잘 생각했어. 마무리가 좋으면 다 좋은 거래잖아. 네 손으로, 네 입으로 직접 마침표 찍는 게 그림이 좋지. 이따 보자! (끊고 / 개운하게 만세!)
연서	(끊으면)
유미	뭐래요?
연서	가봐야겠어요. (일어나 가면)
단	(서둘러 따라가고)
유미	(안타까워 두 사람 등에 대고) 여차하면, 그냥 기절하는 척해요! 응?!!

S#15 연서의 차 안 (낮)

단이 운전 중. 연서.. 뒷좌석에 앉아 창밖을 보며 생각에 잠겨있다 가 단의 뒷모습을 본다. 묵묵히 운전에만 집중하는 단.

연서	김단.
단	(룸미러로 보면)

연서	넌 왜 아무 말이 없어? 어떻게 할지⋯ 나한테 할 말 없냐구.
단	(결심한 듯 / 핸들 꺾어 다른 길 들어간다)
연서	(놀라) 어디 가는 거야? 야, 김단!
단	(굳게 다문 입술)

S#16 한강 다리 (낮)

두 사람 처음 만났던 1부 S#16 다리 위. 단.. 성큼성큼 앞서 오면,
연서.. 따라온다. 의문스러운 표정으로. 단.. 난간 중간에 자리 잡
고 선다. 연서.. 다가와 옆에 서서,

연서	여긴.. 왜 온 거야? (하자마자)
단	(훌쩍 뛰어 난간 위로 올라가는 / 양팔 벌리고 한강 보며 바람 느끼는) 어땠어요? 물에 빠졌을 때.
연서	(!! / 놀라) 너 뭐 하는 거야!!
단	(휘청! 하는 / 떨어질까 싶을 때)
연서	(다급히 손을 뻗어 단의 손을 잡는다!)
단	(연서 손잡고 균형 잡는 / 연서 눈 보며) 깜깜하고, 숨 막히고, 무섭고⋯ 외로웠죠. 나도 알아.
연서	(!!)
단	(훌쩍 뛰어내리면)
연서	(버럭) 미쳤어? 무슨 짓이야? 심장 떨어질 뻔했잖아!
단	아쉬워요. 그때 아가씰 알았으면, 내가 잡아췄을 텐데⋯ 지금 아가씨가 내 손 잡아준 것처럼.

연서	(쿵!)
단	사실 어제, 내가 아가씨한테 그랬어요. 힘들면 관둬도 된다고.
연서	(!) 기억 안 나.
단	그랬어요. 다 내려놓고 편해지라고. 근데, 그날 바닷가에서, 오늘 아침 연습실에서… 아가씨 분명히… 행복했거든. (눈 보며) 춤추는 게 좋으면, 춰요. 그리고 이거 하나만 기억해요. 아가씨가 어떤 선택을 하든, 어디에 있든 이젠 혼자가 아니란 거.
연서	(쩡해지지만 외면하며) 늦겠다, 빨리 가자. (걸어가고)
단	(짠하게 보다 / 부러 명랑히) 같이 가요!! (하고 따라붙고)

S#17 강우의 사무실 (낮)

강우.. 출근하는 중. 빠른 걸음으로 들어오면, 직원1.. 뒤에서 따라 들어오는

강우	이 시간에 후원회가요?
직원1	지금 회의실에 다 모이셨다고 합니다. (머뭇거리며) 단장님이 직접 지시한 거라는데, 감독님만 빼고 이래도 되나 싶어서…
강우	(심각해지는데)
(E)	**강우 핸드폰 / [이용진 후원회장]이라고 뜨는**
강우	(직원1에게) 고마워요. (사무실 나가면서 받는) 지강웁니다.
후원회장	**(E) 에이, 뭐 하자는 거야?**

S#18   후원회장 차 안 / 판타지아 복도 (낮)

강우.. 사무실 나와 빠르게 걸으며 통화 중.

후원회장.. 판타지아 근방에 세워놓은 차량 안에서 통화 중. 빙글
빙글 냉소적인 미소 머금고.

후원회장   이상하잖아. 어젠 예술감독이 쳐들어와 협박을 하더니, 오늘은 새
          벽같이 단장이 콜을 해. 이연서가 중대 발표를 한다고.

강우   (!!) 뭐라구요?

후원회장   (빙글) 이봐, 모르고 있을 줄 알았네. 나 후원 누구한테 하면 돼? 현
          상 유지를 할래도 누구 입에 돈이 들어가는진 알아야 될 거 아냐.

강우   (복도 끝에 연서와 단이 서있는 것 보는) 일단 끊으시죠. 이따 뵙겠습니다.

          강우.. 끊고 보면, 복도 끝 연서.. 긴장으로 서있는. 단.. 그런 연서
          단단히 바라보고.

          연서.. 각오한 얼굴이다. 심호흡하는 데서!

S#19   판타지아 회의실 (낮)

(점프) 연서 얼굴 연결. 모두 주목하는 가운데, 연서.. 일어나 가운
데 서있다.

보드빌 멤버들과 영자, 후원회장 앉아서 연서를 보고 있는.

(단은 연서가 보이는 옆쪽 벽에, 강우는 멤버들과 반대편 의자에 앉았다)

루나, 영자 쪽 뒤에 서있고. 강우, 날카로운 눈빛 보내면, 후원회
장.. 빙글 미소만.

단과 강우.. 연서를 불안한 눈빛으로 보고, 영자.. 기대하는 눈빛으

로 보는데, 연서.. 가만히 서서 한 사람, 한 사람에게 시선을 준다.
아무 말도 않고.
모두 어쩐지 긴장해 소리 없이 침을 삼키는. 초침 소리만 째깍째
깍 시곗바늘만 돌아가고.

멤버1   지금 뭐 하는 거야? 사람 놀리는 거야, 뭐야.

멤버2   이사회에 정식으로 해임건의 넣겠어요!

영자   이연서 씨.. 나랑 얘기 다 했잖아요. 이러다 진짜 판타지아 큰일
             난다구!

연서   (흔들리는 눈빛 / 누군갈 찾듯 단을 향하는)

단   (연서와 눈 맞추며 응원의 눈빛!)

연서   (이 꽉 물더니 / 90도로 숙여) 죄송합니다.

단, 강우   (!!)

연서   그날 일은 제가 잘못했습니다. 어떤 핑계도, 변명도 하지 않겠습
             니다. 사과드려요. (하고 또 침묵 이어지는)

영자   (답답해) 그리… 구? 또?

연서   (입 다물고 있는)

멤버2   이렇게 말로 때우고 끝이라고? 정말?

영자   더 있어요. 이연서 씨? 긴장하지 말구 편하게 얘기해요, 우리 어
             제 약속했던 거 있잖아요. 판타지아 미래를 위해 어떻게 하기로
             했었죠?

연서   (계속 입 꾹)

단   (긴장해서 보는)

영자   (맘 급하지만) 어려운 얘기죠. (모두에게) 오늘부로 이연서 씨는 재단

	과 발레단에서 모두 물러나기로 했습니다.
연서	아뇨. 그건 아니에요. (후원회들에게) 아닙니다.
모두	(!!)
영자	(어이가 없어서 숨넘어가겠는데)
멤버1	그럼, 아무것도 안 내놓겠다는 말? 정말 죄송한 거 맞아?
연서	무대로 보여드리겠습니다. 그날 일루 절 의심하고 계시잖아요. 미치지 않았다는 거, 완벽히 정상인 거 보여드릴게요.
후원회장	(책상 쾅 치는)
강우	(저 사람이? 싫은)
후원회장	실망이네. 단장님도 알죠? 이연서 복귀한단 소식에 제가 제일 많이 기대하고 기다렸던 거. 근데 이게 뭐야? (연서 보고) 궤변만 늘어놓고, (영자 보면서) 집안싸움에, (강우 보며) 제멋대로 감독까지.
연서	(당황한 눈빛)
후원회장	가치가 있어야지, 우리가 피땀 흘려서 번 돈을 쏟아붓는 가치. 사과를 할 거면 화끈하게 무릎 딱! 꿇고 끝내면 좋잖아. 깔끔하고, 진정성 있고.
연서	아… 무릎… 진정성… 그거였구나.
후원회장	(긍정의 빙긋)
강우	(분노로 후원회장 보는)
단	(저게 진짜? 당장 나서려는 듯 주먹 꽉 쥐는데)
연서	(후원회장 앞으로 다가가는 / 무릎이라도 꿇을 듯하다) 발레 좋아해요?
모두들	(어리둥절)
후원회장	(?)
연서	제일 좋아하는 작품은 뭐예요? 좋아하는 배역은? 우리 발레단 단

원들 총 몇 명인지는 아세요?

후원회장   (어버버) 사과하다 말고 뭔 놈의 수수께끼야.

연서   (조소) 회장님 발레 안 좋아해요, 그죠?

후원회장   (헐)

연서   후원회에 그런 사람들 있죠. 수준은 낮은데, 교양은 있고 싶고. 돈
으로 취향을 살 수 있다고 믿는 사람들. 제일 좋은 자리 앉아서
제일 격하게 조는 재수 없는 사람들.

영자   이연서!!!

후원회장   (어이없는) 지금, 내 얘기 하는 거야?

연서   내가 좋아하게 해줄게요.

모두   (!!)

연서   (모두를 보며) 발레, 사랑하게 만든다구요, 내가. 그게 여러분이 찾
는 가치가 될 거예요. 이번 지젤 공연, 성공하지 못하면 그땐 발레
단에서도, 판타지아 재단에서도 다 물러날게요. (영자 보며) 이 정
도면, 원하시는 대답이 됐나요?

영자   (놀라서 보고)

연서   최영자 단장님 위임날짜, 그날까지로 연장하고, 공연 후에 판타
지아에서 떠날 사람이 누군지, 정해요. 됐죠? 그럼. (목례하고 / 단에
게) 가자.

단.. 얼른 다가간다. 연서.. 떨리는 손으로 단의 팔짱 끼고 나가는.
꿀 먹은 벙어리 된 회장과 보드빌 멤버, 영자. 강우.. 눈이 빛난다!
웃음 나는 거 입술 꽉 물고.

S#20   **판타지아 회의실 앞 복도 (낮)**

연서와 단.. 걸어 나온다. 연서.. 단 팔짱 낀 손이 바들바들 떨리는. 단.. 연서의 손에 자기 손 겹쳐 토닥인다. 연서.. 단을 보면, 단.. 미소 지어 보이는데.

강우   **(E) 연서 씨!**

단, 연서   (보면)

강우   (달려와 그대로 연서를 가볍게 포옹 / 바로 떨어져서) 잘했어요. 역시, 내 안목이 틀릴 리가 없지.

단   (기세에 튕겨져 나와 / 둘 보며 삐죽)

강우   제대로 준비해서 싹 다, 무릎 꿇게 만듭시다.

연서   (후, 한시름 놓는) 열심히 할게요. (하는데)

영자   **(E) 이연서!!**

영자   (다가와) 얘기 좀 할까? 둘이서?

연서   (긴장하고)

S#21   **판타지아 대극장 (낮)**

영자와 연서.. 들어온다. 텅 빈 극장, 무대를 바라보는 연서. 영자.. 화가 치받쳐 울컥!

영자   너 나 갖고 노니? 내가 우스워? 어떻게 매번 이렇게 사람 엿을 먹이니!

연서   (아무 말 없이 영자를 보는)

영자	뭐라고 대답을 해! 너 말 잘하잖아!
연서	나 어릴 때, 고모가 참 예뻐했는데… 생각나요?
영자	(!!)
연서	처음 발레 배우기 시작했을 때, 고모가 니나랑 나랑, 발레복 똑같은 걸로 사줬었잖아요. 예쁘다고, 천사 같다고… 그랬는데…
영자	(생각난 / 쓸쓸해지는) 딴소리 마. 너 공주님 시절 아니라고 했지?
연서	우리, 어쩌다 이렇게 됐을까요? (극장 보면서) 이것 땜에? 갖고 싶어요?
영자	(울컥) 적선하는 것처럼 말하지 마. 돈 욕심? 그게 있었으면 벌써 팔아치웠어. 너 러시아 가있는 동안, 너 눈멀어있는 동안! 판타지아 내가 키웠어!
연서	(! 해서 보면)
영자	10년이야. 언니 오빠 돌아가시고 10년간, 판타지아 여기까지 끌고 온 사람, 나라구. 5촌이면 남이라고, 돈에 눈멀어 가랑이가 찢어져라 설쳐댄다고, 수군거리고 무시해도! 장관한테 굽신거리고, 후원자들 비위 맞춰가면서 내 손으로 이만큼 키워냈다구. 근데 이게 왜 네 거야?
연서	(차갑게 식는) 언제부터예요? 판타지아를 탐내기 시작한 게.
영자	(!)
연서	그 옛날, 아빠가 갈 데 없는 고모랑 고모부를 받아줬던 날부터예요? 아님 엄마 아빠 돌아가시고, 어린 조카 하나 덩그러니 남은 거 보니, 쉽겠다, 욕심이 생겼어요?
영자	(정곡 찔렸지만) 사람 매도하지 마! 아무것도 모르면서!!
연서	그것도 아님! 하나 남은 상속자 조카가 눈이 멀었으니, 이젠 완전

히 내 거라고 착각하기 시작한 거예요?… 단 한 번이라도, 가족으로 날 안쓰러워한 적 있어요?

영자	(!!)
연서	고모가 이러지만 않았어두, 오늘… 아니 훨씬 전에 모든 걸 내려 놨을 거예요.
영자	끝까지 내 평계구나.
연서	(일어난다) 고모한테도 보여줄게요. 내가 자격이 있다는 거.
영자	그래, 기대할게. 너의 지젤. 꼬르드도, 파트너도 없겠지만.
연서	(!)

S#22   판타지아 대극장 앞 (낮)

강우와 단.. 멀찍이 떨어져서 서있다. 서로 굉장히 의식해서 어색하게 시선 교차하는.

강우	(단의 팔 슬쩍 보고) 팔은 괜찮습니까?
단	(긴소매로 가리며) 뭐.. 다 나았습니다. (…)
강우	(… / 툭) 그래서, 언제 관둘 건데요?
단	(빠직! 보면)
강우	봤잖아요. 그쪽이 뭐라고 떠들든, 발레를 사랑하게 만들겠다고 하는 거. 그게 발레리납니다. 토슈즈 위에, 큰 무대 위에 혼자 서는 사람. 건방진 비서 같은 거, 필요 없단 말입니다.
단	(치) 그렇게 치면 지강우 씨도 딱히 뭘 한 건 없잖아요? 연서 혼.자.서. 해결한 거죠.

강우	(어쭈?)
단	그땐 내가 정신이 좀 없어서 말 못 해줬는데 지옥이라는 거, 누가 보낸다고 갈 수 있는 데가 아니에요. 뭐… 자세히 설명할 순 없는 데… 특히 나는 지옥이란 덴 갈래야 갈 수가 없거든요? 참고하세요. (흥!)
강우	(이게 진짜! 가까이 가려는데)
연서	(나와서 / 강우에게) 단원들, 지금 어딨어요?
강우	(!!)
연서	파업 중인 거 알아요. 내가 만나서 얘기해볼게요.
강우	그럴 필요 없어요. 지금 단원들이 거부하는 건, 이연서가 아니라 예술감독인 내가 내린 결정이에요. 그러니까 내가 해결할게요.
연서	어떻게요? 나 때문이잖아요, 내가 직접… (하는데)
(E)	**강우의 핸드폰 울리는. [황정은-판타지아]**
연서	(보고 / 긴장)
강우	(받는) 지강웁니다. 지금 어딥니까?

S#23 **요양원 로비 / 판타지아 대극장 앞 (낮)**

정은.. 혼자 있는 것 같은. 카메라 빠지면 스피커폰으로 해두고 다 같이 옹기종기 둘러싼.

다들 통화 내용에 귀 쫑긋. 통화하는 정은과 강우 교차편집 / 연 서, 단도 통화에 귀 기울이고

정은	(바로 본론) 저희 요구사항 말씀드리겠습니다. (긴장으로 입술 말라)

니나	(정은에게 고개 끄덕여주고)
정은	첫째, 자격이 없는 이연서 주역 결정을 철회해주십시오. 둘째, 감독님의 독단과 독선을 멈추십시오. (하는데)
강우	(미간 꽉) 끝입니까? (대답 기다리지도 않고) 바로 대답할게요. 첫째 아무것도 철회하지 않습니다. 둘째, 내일 아침 10시 연습에 불참하면 모두 해고입니다.
단원들	(힐!!! 충격받고)
연서	(??) 감독님?
강우	새 단원 뽑으면 그만입니다. 우리 발레단, 군무라도 하겠다는 사람들 줄 섰구요. 감독을 신뢰하지 않는 단원들 눈치 보고, 비위 맞춰가며 작품 올릴 생각 없습니다. 내일 10시. 내가 감독으로서 주는 마지막 기흽니다. 이상. (끊는)
단원들	(헉!)

S#24　판타지아 대극장 앞 (낮)
연서와 단.. 놀란 표정. 강우.. 평정심 유지한 얼굴.

단	지금… 다 해고하겠다고 한 거 맞죠? 내가 잘못 들은 거 아니죠?
연서	(어이없는) 말도 안 돼… 대체 무슨 생각인 거예요?
강우	계기를 만들어주는 겁니다. 이 핑계로 돌아오라구요.
연서	아뇨, 이렇게 윽박지르고, 해고한다고 협박하는 발레단에 돌아오고 싶은 무용수는 세상에 없어요. 나 같아도 정 떨어진다구요.
단	(연서 말에 긍정의 끄덕거림)

강우	감정보다, 현실을 따를 거예요.
연서	그렇게 억지로 온 사람들이랑 어떻게 한 무대에 서요!
강우	(!)
연서	감독님 나 때문에 애쓰는 거 알아요. 그래도, 이건 아니에요.
강우	(답답한) 그럼 어쩌자구요!
연서	감독님은 감독님의 방법대로 하세요 난, 나대로 애써볼 테니까. (단 보고) 가자. (앞서가면)
단	(가려다 / 강우 보고 / 톡) 가로되, 의인을 학대하며 가난한 자를 억울하게 하는 자는 허물이 많고 죄악이 무겁다 했습니다. (가버리는)
강우	(저게? 싶고)

S#25 요양원 (낮)

봉사활동으로 청소 중인 단원들.. 수지, 니나, 우진, 산하, 정은.. 쪼르르 서서 창문을 닦고, 은영, 의건.. 마대자루로 청소 중. 움직이며 대화 중인.

수지	어떡해, 감독님 한다면 하잖아, 계속 한가하게 봉사활동 해두 되는 거야?
우진	딱 봐도 이탈자 나오라고 미끼 던지는 거잖아.
산하	파업이라고 놀면 맘만 불편해. 이럴 때 좋은 일 하면 에너지 더 받는 거구. 버텨보자.
의건	(니나에게) 누나.. 방법 없어요?
니나	(미안한) 만나서 얘길 해보는 건 어때? 대화를 해야 협상도 하는

거잖아…

은영 (바닥 쓱쓱 닦아나가며) 저쪽에서 통보했는데, 쪼르르 나간다? 그거 항복이나 마찬가지지.

은영의 마대자루.. 또 다른 마대자루와 딱 맞닥뜨린다. 마대자루 옆 구두. 쭉 올려다보면… 연서다! 연서 뒤로 선 단까지! 단원들.. 보고 놀라는.

은영 여기 어떻게 왔어요?

연서 (연습한 듯한 말투) 봉사활동 하러 왔죠. 나두.. 판타지아 발레단이 잖아.

단원들.. 놀라 보는데, 단과 니나.. 눈 맞추고.

S#26 연서의 차 안 + 도로변 (낮) – 단의 회상

S#24 이후. 단과 연서.. 침묵 중. 연서.. 고민에 빠진 얼굴, 단.. 룸 미러로 보고.

단 니나 씨한테… 전화해볼까요?

연서.. 놀라는데, 단.. 도로변에 정차한다. 니나에게 전화하는. 연서.. 가만히 보고 있다.

단	(벨 울리는 동안) 니나 씬 좋은 사람이니까, 도와줄 거예요. (받자) 여보세요?

S#27   요양원 일각 + 연서의 차 안 (낮) – 니나와 단의 회상

니나.. 한 손에 걸레, 한 손에 핸드폰 들고, 구석에서 조심히 통화하는.

니나	단이 씨, 무슨 일이에요? (하는데)
연서	**(E) 나 연서야.**
니나	(!) … 혹시 발레단 일 때문이면, 난 아무것도 말 못 해줘.
연서	설득해달라는 거 아냐. 그냥 어딨는지만, 알려줘. 부탁해.
니나	(대답 없고)
연서	나 살면서 너한테 한 번도 부탁 같은 거 안 했었잖아.
니나	사람 곤란하게 이러지 마. 끊을게 (하는데)
연서	정정당당하게 붙어보자며!
니나	(얼음)
연서	그날, 우리 집 찾아와서 너 그랬잖아. 정식으로 겨루고 싶으니까, 예전으로 돌아오라고.
니나	(눈동자 흔들리는)
연서	이렇게 시작하기도 전에 나 밀어내면 그 승부, 어떻게 내?
니나	(입술 꽉 무는)

S#28   **요양원 복도 (낮)**

단원들.. 수군대며 보는 곳. 연서.. 열심히 마대질 하고 있다. 서툴러서 자꾸 미끄러지는.

단.. 연서와 조금 떨어져 청소하며 지켜보는데, 연서 앞에 서는 정은. 연서.. 올려다보면,

정은	쇼하지 말고 가. 네가 언제부터 우리랑 같이 활동했다고 이래?
연서	(꿋꿋이 청소하며) 이제부터 하려구요. 단원으로서, 같이.
산하	(당장 끌어낼 듯이) 누구 맘대루! (하는데)
단	(다가가려는데)
니나	(산하 말리며) 언니… 그냥 놔둬요. 한 명이라도 더 거들면 좋은 거잖아…
산하	장담하는데, 한 시간 만에 울면서 갈 거다.
연서	(묵묵히 청소하는)
단	(안쓰럽게 보는)

S#29   **몽타주**

연서.. 열심히 일하는 장면들. 열심히는 하는데 맘처럼 쉽지 않은.

1. 강당. 족욕 봉사시간. 의자에 주르르 앉은 어르신들 발 씻겨주는 단원들.

끝자리에 함미옥(이후 함 노인)과 김수 커플, 김수가 함 노인의 발을 씻겨주는.

함 노인.. 앞이 보이지 않는. 손을 더듬거리며 김수의 어깨를 토닥

인다. 다정한 모습.

단과 연서.. 두 사람 동시에 함 커플을 봤다. 그리고 서로를 응시하는데,

연서 담당 할머니.. 신나서 물을 첨벙첨벙 밟아버린다. 발 씻은 물 연서의 얼굴에 다 튀어버리는. 확! 짜증 올라오는 연서의 얼굴.

니나, 단원들.. 터질까? 하고 보는데, 연서.. 꾹 참고 어깨에 걸친 수건으로 닦고.

2. 화장실. 연서.. 땀에 젖은 머리카락. 열심히 청소 중인데, 뭔가 큼큼한 냄새! 설마.. 싫어 칸 열어보고 으윽! 질색한다. 뚫어뻥 가지고 칸 앞에 서는 연서. 용기가 안 난다.

원 앤 투 앤 쓰리! 하고 들어갔다가 우욱! 하면서 뛰쳐나오고.

3. 강당. 스트레칭 댄스교실. 신나게 춤추는 노인분들 멀뚱히 보는 연서.. 도저히 못 하겠다. 산하 피식하며 어깨 툭 치고 들어가고. 니나.. 역시 덩실덩실 잘만 춘다. 연서.. 단 어딨지? 하고 찾아보면, 저쪽에서 제일 신나서 춤추고 있는. 연서.. 어떡해, 싶은데, 단.. 다가와 연서를 이끈다. 괜찮다고, 다정하게 눈빛 보내며 연서를 데려와 박수 유도하면..

연서.. 심호흡하더니, 바로 다리 위로 쭉 뻗더니 발레 턴 해버리는! 노인들과 단원들.. 모두 헐…! 하고. 연서.. 싸해진 공기에 이게 아닌가? 싶고

S#30 **아이비 저택 앞 (밤)**

연서와 단.. 대문을 들어서는

단	(조심스럽게) 아가씨… (하는데)
연서	아무 말도 하지 마. 피곤해. (하고 들어가는)
단	(한숨 내쉬고 따라 들어가고)

S#31 **아이비 저택 현관 + 거실 (밤)**

연서와 단.. 들어오는데, 거실이 어둡다. 불 켜려는데 촛불 빛나는
케이크 등장! 유미다.

유미	아가씨, 축하해요!
연서	(미간 팍)
단	(헉! 싫은)
유미	오늘 후원회 코를 납작하게 해줬다면서요!
단	(아니야, 이거 아니에요! 손짓 발짓 해보지만)
유미	개똥도 약에 쓴다더니, 아가씨 승질 이때 쓰네. 얼른 불어요. 소원 빌고! 응?
단	(이젠 포기)
연서	(촛불을 가만히 보는)
유미	지젤 대박! 이연서 초대박! 하나, 둘, 세(하려는데)
연서	(그대로 지나쳐 방으로 들어가 버리는)
유미	(?? 놀라는) 뭐야!

단	(불 켜고) 발레단 파업 중이에요. 너무 완강해서 아가씨 지금 기분
	(아래로 손가락질 팍팍 내리꽂는)
유미	(헐) 그걸 왜 이제 말해! 미리 얘길 해줬어야지!
단	저두 오후에 정신이 없어서…
유미	뭐야… 나만 눈치 없는 사람 됐잖아!! 어뜩해…
단	(에휴!)

S#32 판타지아 발레단 전경 (다음 날, 아침)

S#33 판타지아 연습실 (낮)

10시를 가리키는 시계. 텅 빈 연습실. 강우.. 팔짱 끼고 서있다. 루나와 직원2.. 들어와 서는

루나	(강우 화난 얼굴 보고 / 직원2에게) 단원들 소재 파악, 아직이에요?
직원2	오전 중으로 보고드리겠습니다.
강우	아뇨, 필요 없습니다. 오늘 당장, 새 단원 모집공고 내세요.
루나	(?) 감독님!
강우	서류, 면접 최대한 빨리 잡아주시구요. (굳은 얼굴에서)

S#34 요양원 앞 (낮)

수지, 산하, 니나.. 함께 들어오는 중.

수지	(시계 보고) 어떡해… 10시야!! 우리 이래도 돼? 진짜 잘리면 어떡해!
산하	칼을 뽑았으면 무라도 잘라야지. 끝까지 간다! (양쪽 팔짱 끼며) 니 나두 있는데, 설마 다 자르기야 하겠어.
니나	(어색하게 미소 짓는데)
단	**(E) 좋은 아침입니다!!!**
수지, 산하, 니나	(돌아보면)
단	(환하게 웃으며 인사하고)
연서	(담담히) 좋은 아침…! (하고 요양원으로 쏙 들어간다)
수지, 산하, 니나	(헐!)

S#35   요양원 복도 (낮)

단원들.. 실내 산책 노인들 말동무 겸 보행 도우미 중. 연서.. 송 노인(70대, 여성)과 나란히 걷는 중. 송 노인.. 기도장소(성모마리아상 아래 소원 촛불들 켜져 있는) 앞에 선다. 연서.. 보면,

송 노인	여기가 우리들 소원 상자예요. 누구는 미국 간 큰아들 죽기 전에 한 번만 볼 수 있게 해주세요… 누구는 자꾸 흐릿해지는 기억 천천히 흘러가게 해주세요… 수만 가지 기도랑 소원이 숨 쉬는 데야.
연서	(따뜻하게 송 노인 보는)
송 노인	오늘은 내 아가씰 위해서 기도를 하리다. 어제부터 고생 많아요… (촛불 켜 올린다 / 성호 그리고 경건히 기도하는)

S#36   요양원 주방 (낮)

단과 김수.. 호떡 정도 굽고 있다.

단   자주 하셨나 봐요. 잘하신다…

김수   나는 우리 미옥이 입에 맛난 거 들어가 오물오물 씹어 먹는 거,

        그거 보는 게 제일 행복하거든. 낮잠 들었을 때 후딱 하려구.

단   (부러운) 상상이 안 가요. 그렇게 평생을 해로한다는 게…

김수   (미소로) 꼭 오랜 세월 보내야 진짜는 아니지. 1년을 살아도 천년

        처럼 사랑할 수 있으면 되는 겨…

단   (와, 감탄하는) 와… 할아버지 정체가 뭐예요? 시인?

김수   (미소로) 얼른 가요, 이 사람 깰라… 나 없는 거 알면, 난리나.

단   (접시에 호떡 담고)

함 노인   **(E) 어딨어? 어디 갔어!**

S#37   요양원 복도 (낮)

기도장소 앞에 있던 연서와 송 노인.. 놀라 보고 있다. 함 노인.. 허
공을 저으며 달려오는 중.

함 노인   우리 그이 어디 갔어? 어디 갔느냐고!! 가버렸나 봐. 기어이… 기

        어이!! 날 두고!!

연서   (함 노인 알아보고 / 얼른 뛰어가는) 어르신, 저 여깄어요! (손뼉 짝짝 쳐

        서 자기 위치 알리고) 저 어르신 손 잡을게요. 손부터 잡고 진정을

        (하는데/ 짝 / 함 노인 휘두른 팔(손등)에 얼굴 맞은)

함 노인	(정신 놓은) 네가 데려갔어? 너야? (막 잡을 듯 달려드는데)
송 노인	(뒤에서) 아이고, 또 정신 났네, 났어. 영감님!! 어디 간 거여! (찾으러 뒤로 빠지고)
연서	진정하세요. 이러다 다치세요. 암것두 안 보이시면서 이러심! (하는데 헉!)
함 노인	(벽을 더듬어 창을 확 열어버리는) 나도 데려가! 나는 이 사람 없는 세상에선 못 살어!
연서	(함 노인 허리를 끌어안으며) 이러지 마세요! 네?

하는데, 함 노인.. 힘이 너무 세다! 연서.. 못 당하고 이리저리 끌려다니는! 부딪치고 난리.
단과 김수.. 복도 끝에서 오다가 이 난리를 보고 깜짝 놀라는!

| 김수 | 미옥아!! |

함 노인.. 목소리에 반응해 연서를 팽개치고 뛰어가다가, 기도장소에 쿵 부딪친다.
흔들리는 촛불, 연쇄적으로 쓰러지는데! 김수.. 함 노인을 다정히 안으며 토닥이는 동시에 연서와 단.. 바닥으로 떨어지는 초를 본다! 두 사람 동시에 달려오는데, 휴지 든 쓰레기통으로 골인되는 초! 불이 확! 붙어 오르면서 (E) 화재경보 사이렌 울리기 시작.

S#38 　 몽타주 - 요양원 곳곳

(E) 경보 사이렌 연결. 각자 자리에서 (주방 음식 / 산책 도우미/ 병실 청소 등등) 봉사 중이었던 단원들.. 놀라는 얼굴들 컷컷! 불타오르는 쓰레기통 보며 놀라고 당황한 연서.. 복도 구석 소화기 들어 올리는 단, 함 노인을 보호하듯 감싸 안는 김수.

S#39   요양원 마당 (낮)

(E) 사이렌 계속. 화재 경보로 대피하는 단원들과 노인들. 업고, 안고, 휠체어 밀고, 이동 침대 밀면서 탈출을 돕는 단원들. 힘들고 놀라 헉헉대는데 요양원 건물에서 나오는 연서와 단. 양쪽에 함 노인과 김수 노인을 모시고 나오는.
연서.. 얼굴에 그을음 묻고, 단.. 몸과 팔에 소화기 흰 가루 묻어있는.

니나   어떻게 된 거야…?

단   저 어르신께서… (하는데)

연서   나 때문이야. 내가 그랬어요.

단   (놀라는)

S#40   요양원 일각 (낮)

니나와 단원들.. 연서를 둘러싸고 있다. 화가 단단히 난. 단.. 옆에 서있지만, 차마 못 나서고.

정은   (화나서) 가. 너 땜에 우리까지 쫓겨나기 전에.

연서	죄송해요. 잘해보려고 한 건데…
우진	두 번 잘했다간 요양원 불타 없어지겠어.
연서	난 그냥… 어떻게든 내 진심 보여주고 싶었어요.
산하	(코웃음) 무슨 진심? 아… 너 주인공 하고 우리 들러리 하는 거?
연서	(!!)
은영	공주님이 땀 좀 흘려주면, 우리가 다 감동해서 어머머 진정성… 눈물 쭉 흘리면서 복귀할 줄 알았어요? 언니, 들러리로만 존재하고 싶은 사람이 세상에 어딨어요?
우진	(이때다 / 없는) 맞어. 장난하는 것두 아니구. 눈 뜬 지가 언젠데… 우리 보러 온 거 오늘이 첨이잖아. 자기 아쉬울 때만.
수지	(거드는) 맞어. 계속 감독님 뒤에 비겁하게 숨어있다가.
의건	맞어. 뭐 맡겨놨어요? 정은 누나도 애 낳구 복귀해서 <u>꼬르드</u>부터 하는데!
연서	(원 투 쓰리 펀치 맞는)
단	(나서려는데)
연서	(단의 팔 잡는다 / 고개 젓는)
니나	민폐 그만 끼치고 가. 너 이럴 줄 알았음… (하다 삼키고 / 단에게) 가요, 그만.

단원들.. 차가운 눈으로 연서를 본다. 그 시선들 느끼는 연서.. 속상하고.

S#41   아이비 저택 마당 (밤)

연서.. 고민에 싸여있다. 구름이.. 연서 옆에 얌전히 앉아있는. 연서.. 구름이 쓰다듬으며 생각.

〈F/B〉   S#40 자신을 바라보던 차가운 단원들의 얼굴들

의건   뭐 맡겼어요? 정은 누나도 애 낳구 복귀해서 꼬르드부터 하는데!

은영   언니, 들러리로만 존재하고 싶은 사람이 세상에 어딨어요?

단   (구름 사이에 두고 앉아 같이 쓰다듬으며) 왜 거짓말했어요? 불… 아가씨가 낸 거 아니잖아…

연서   일 커지잖아. 거기서 할머니 쫓아내기라도 하면 어떡해.

단   (!) 우리 아가씨 진짜 착해졌네.

연서   난 못된 게 아니고, 불편부당한 거거든.

단   (피식) 알아줄 거예요. 아가씨 진심. 왜냐면, 그 사람들도 춤을 진짜 좋아하니까.

연서   (? 해서 보면)

단   청소하다 보니까, 다들 춤동작을 하고 있드라구요.

INSERT 요양원 곳곳

단의 시선에 보이는 단원들. 창을 닦을 때, 동작하며 "쁠리에" / 짐을 나를 때 팔 쭉 뻗으며 자기들끼리 "폴 드브라!" / 좁은 복도 이동하며 자연스레 턴으로 지나는 등 컷컷

연서   (!)

단   멋지더라구요. 다 주인공 같구… 그런 사람들이 3년 만에 다시

춤추겠단 아가씨 맘 모를 리가 있어요? 지금은 서운한 것두 있구 하니까 맘 닫고 있는 거지. 같이 무대 서면 진짜 멋있을 거 같애.

연서   (혼잣말로 되뇌는) 주인공… (생각에 잠기는)

단과 연서.. 나란히 앉아, 구름이를 쓰다듬는 손가락, 닿을락 말락. 두 사람을 보는 시선.. 유미다. (퇴근 복장) 흐뭇한 미소로 바라보는데.

S#42   **아이비 저택 앞 (밤)**

박 실장.. 서류 봉투 들었다. 굳은 결심한 얼굴로 다가오다가, 으으 돌아서고 만다.
박 실장.. 서류 봉투 고쳐 쥐고 다시 맘 굳게 먹는. 돌아서 가는데, 대문 앞에 기천이 서있다!

박 실장   형님!

기천   (화들짝 놀라) 광일아!! 너 여기… 어쩐 일이야?

박 실장   (서류 뒤로 숨기며) 형님은요? 연서 아가씨 만나러 왔어요?

기천   약속한 거는… 아니고… (하는데)

대문 안으로 유미 흥얼거리는 소리 들린다. 기천과 박 실장.. 당황하다가 황급히 골목 밖으로 향하는데… 대문 열리고, 유미.. 나온다.
묘한 기분에 골목을 돌아보는. 저 끝에서 사라지는 기천과 박 실장.

| 유미 | 참… 왔으면 벨을 누르지… 뭐야, 남의 집 대문 앞에서… |

S#43 술집 (밤)

기천과 박 실장.. 술 먹고 있다. 여러 병 비어있는. 꽤 마신 상태.

기천	나라도, 용서를 빌고 미안하다고 하고 싶어서…
박 실장	단장님 알면 가만 안 계실 거잖아요.
기천	(마른세수 벅벅) 진짜 이혼하자 그럼 어떡하지?
박 실장	(헐) 이혼요?
기천	(걱정스러운) 내가 하자 그랬거든… 도 아니면 모라고… 근데 진짜 할까?
박 실장	(술 따라주며) 우리 형님… 용기 내셨구나…

기천, 박 실장 (쓰게 마시고)

기천	산 중턱에 턱 하고 버려진 거 같아.
박 실장	(끄덕끄덕) 알지도 못하는 산이죠. 길도 모르고, 사람도 없어.
기천	어딘지도 모를 데를 막 앞으로 갈 수도 없고…
박 실장	(받아서) 그렇다고 돌아가자니 너무 멀리 왔고.

기천, 박 실장 (동시에 한숨 푹!)

S#44 영자네 거실 (밤)

영자와 루나.. 만취한 기천과 박 실장 맞고 있다. 어깨 걸고 고래
고래 노래하는. (고래사냥 정도)

영자	쌍으로 진상을…
기천	여보 영자야… 나 증말 당신 사랑해… 사랑해서 미치겠고, 사랑해서 죽겠다.
박 실장	(좋다고) 세상 최고 애처가. 단장님 부럽습니다!
영자	(질색하면서) 당신 딸 여있어, 창피하게 주책 그만 부리고 들어가자!
기천	우리 박 실장 광일이 어디서 자아!! 그동안 을마나 고생했는데! 당신 광일이한테 은혜 갚아야 해!
영자	(방 쪽으로 몰며) 가 얼른. 가… (다가오는 루나에) 너 하지 마. 엄마가 해.

박 실장.. 들어가며 서류 봉투 툭, 떨어진다. 루나.. 주워 올리는.

S#45   영자네 마당 (밤)

루나.. 서류 열어본다. 폐차 보고서와 자필로 쓴 진술서가 있다. 읽는

박 실장	**(E) 저는 판타지아 발레단에서 근무하는 박광일입니다. 그동안 최영자 발레단장의 지시로 행했던 악행을 고백하고, 범죄가 의심되는 사안을 고발합니다.**

루나.. 흥미진진한 눈빛으로 읽어 내리더니, 서류 봉투에 다시 넣어두는 데서. (F.O.)

S#46 　　**요양원 마당 (낮)**

은영, 산하, 나나.. 들어온다. 나나.. 마당을 둘러보면

은영　　　언니, 연서 언니 왔을까 봐요?

나나　　　(맘 숨기는) 아니…

산하　　　에이, 어제 그 난리를 쳤는데? 양심이 있음 못 오지. (하는데)

안내음　　**(E) 현재 시각은 9시 45분입니다.**

　　　　　세 사람.. 소리가 들려오는 쪽으로 가보면/

　　　　　마당 한쪽, 평상에 함 노인, 김수에게 스마트폰 사용법을 알려주

　　　　　는 연서와 단이 있다!

함 노인　　세상에, 신기해라. 누르기만 했는데…

연서　　　(함 노인 손 잡아 / 버튼 누르게 하며) 여기 또 꾹 눌러서 말씀하시면

　　　　　할아버지한테 바로 전화가 가요.

단　　　　할아버지 어떻게 저장해놓으셨어요?

함 노인　　영감이지 뭐. 우리 영감.

연서　　　(미소로) 그럼 한 번 해보세요. (시범) 우리 영감님 전화해줘!

함 노인　　(시키는 대로 곧잘 / 수줍게) 우리 영감님 전화해줘! (하면)

(E)　　　**울리는 김수의 전화벨!**

김수　　　(받고) 잘한다. 우리 미옥이!

연서, 함 노인, 단　(함박 미소 짓고)

김수　　　우리가 이걸 받아도 되나… 어제 불낸 것도 아가씨가 다 물어주

　　　　　고 덮어썼담서…

함 노인	(세상 얌전한 / 더듬어 연서 손잡고) 미안해요… 죽을 때를 넘기니까 자꾸 정신을 놔.
연서	아니에요. 어르신, 눈 안 보여도 충분히 잘 살 수 있어요. 제가 도와드릴게요.
단	(따뜻하게 보는데)
니나	연서야… (하면)
연서, 단	(돌아보는)
은영, 산하, 니나	(다 들었다. 머쓱하고 샐쭉한 느낌으로 보고 선)
연서	(담담하게 일어나는) 들어가요. 감독님 기다리셔.
은영, 산하, 니나	(감독님 ??)

S#47 　요양원 로비 (낮)

연서와 단.. 들어온다. 니나, 산하, 은영.. 바로 뒤에 따라오는. 긴장한.

다른 단원들.. 서있다. 웅성대는. 단원들 연서 보고 갈라서면, 그 가운데 강우.. 있다.

강우	(연서에게) 뭡니까, 이 시간에 여기로 부른 이유.
연서	여러분과 감독님께 제안하고 싶은 게 있어서요.
모두	(연서에게 시선)
연서	지젤, 오디션 보죠.
모두	(!!!!!!)
연서	저는 꼭, 여러분들과 같이하고 싶어요. 지난 3년간, 판타지아를

지켜준 사람들이잖아요. 새 단원들은 나한테 판타지아 아니거든요. (강우 보고)

강우   (!)

연서   (니나에게 시선 주며) 공정하게, 정식으로, 겨뤄봐요. 솔리스트부터 꼬르드까지, 모든 단원 참가 가능하게요.

니나   (너무 놀라 입 벌어지고)

단   (연서 너무 좋다 / 웃음이 나서 헤벌쭉 되고)

연서   당연히 저한테두 참가번호 하나 주시구요. (결연한) 떨어지면, 꼬르드부터 하겠습니다.

강우와 단원들.. 놀란 상태, 니나.. 역시 충격받았고, 연서.. 단단하게 미소 짓는.

S#48   요양원 앞 (낮)

강우.. 연서에게 굳은 얼굴로 따지는 중. 단.. 연서 옆에 서서 강우의 태도를 유심히 보는.

강우   누구 맘대로 오디션이에요?

연서   무임승차 안 해요. 제일 빠르고 정확한 방법이잖아요.

강우   어차피 나한테 지젤은 한 명뿐이에요, 굳이 번거롭게 만들 필요 없단 말입니다. 내가 해결한다고 했잖아요. 왜 날 못 믿어요!

단   (긴장으로 두 사람 보는데)

연서   고마워요. 믿어준 거.

강우	(!)
연서	나도 날 못 믿고 있을 때, 불도저처럼 밀고 들어와 기어이 춤추게 만들었잖아요. 이번에도 믿어봐요. (악수 손 내밀면서) 끝도 없는 터널이라도, 같이 걸음 좀 나을 거예요.
강우	(복잡한 마음 / 물끄러미 보다 손 내미는데)
단	(자기도 모르게 / 손을 턱! 올리는)
강우, 연서	(? 해서 보면)
단	파이팅 하죠! (손 꾹꾹 누르며) 판타지아, 판타지아, 파이팅! (하고 손 번쩍!)

단.. 손 번쩍 드는 바람에, 소매 쪽 내려와 팔이 드러난다. 상처 하나 없이 깨끗한.
연서.. 어이없어 보면, 단.. 내가 왜 이러지! 하고. 강우.. 단의 깨끗한 팔에 시선 가고!

S#49   강우의 사무실 (낮)

강우.. 지젤 스케줄표 넘겨보는데, 순간 종이에 손을 베는! 빨갛게 배어 나오는 핏방울.

⟨F/B⟩   S#3 병원에서 붕대를 감고 있던 단의 모습. 붕대 주위, 찢긴 소매에 핏자국 가득.

S#22 붕대 안 하고 있던 팔. S#48 단 소매 주르륵 밀려 내려간다 / 상처 없는 깨끗한 맨살!

강우   (갸웃하고) 잘못 봤나? (생각에 잠기는데)

S#50   건물 주차장 앞 (낮)

니나.. 어떡하지, 갈등하고 있다. 갈까, 말까 하는데 엘레나.. 손수
레 끌고 나온다.

니나   선생님!!
엘레나   (안 보이는 듯 무시하고 지나가 버리고)
니나   (따라가며) 저 선생님이 필요해요!

S#51   거리 (낮)

(몽타주성) 엘레나를 따라가는 니나. 엘레나의 가벼운 걸음걸이.
공병 줍고 / 수레에 싣고 / 마트에 가서 현금으로 바꾸는 일련의
동작들이 춤처럼 산뜻하고 매끄러운 가운데 동작 하나 할 때마다
니나의 '가르쳐주세요'가 메아리처럼 퍼진다.

니나   (공병 주워 건네며) 가르쳐주세요!
니나   (수레 끈 단단히 고정하고는) 가르쳐주세요!
니나   (마트서 빈 병 잔뜩 들고 엘레나 뒤따라 들어가며) 가르쳐줘요오!!

S#52   빵집 앞 (낮)

엘레나.. 대차게 쫓겨난다. 니나.. 어쩔 줄 몰라 따라 나오는데,

주인   **(E) 돈 주고 사먹으래도!!**

엘레나   빡빡하셔라. 선사시대 때부터 유구히 내려오는 물물교환의 역사
          가 있다구요.

주인   에이, 재수가 없을래니까! (하더니 손수레 뻥 차버린다)

          손수레와 병.. 굴러가면, 엘레나.. 안 돼애! 하고 뛰어가는데,
          몸에서 하나, 둘 떨어지는 빵 봉지!
          우수수 네다섯 개 빵들 바닥을 뒹굴고
          엘레나.. 겨우 손수레 잡은 뒤 앗… 싶은.
          돌아보면, 빵집 주인이 오잉? 해서 보고 있다!
          엘레나.. 헉! 싶은데

니나   (엘레나 손목 덥석 잡고) 쌤, 뛰어요!!

S#53   거리 (낮)

          니나와 엘레나.. 도망친다. 가게 주인 쫓아오는!
          앞을 막는 자전거는 턴을 돌며 비켜 가고,
          길에 놓인 돌멩이 펄쩍 점프하면서. (발레 하듯이)
          마구 달리는 니나 얼굴에 시원한 바람 불어오고
          (점프)
          니나와 엘레나.. 막다른 곳에 다다른다. 뒤를 보면 주인은 오지 않

고, 따돌린 듯. 두 사람.. 거친 숨을 몰아쉬다, 니나.. 웃음이 나는.
엘레나.. 얘가 왜 이래? 하고 보는데. 니나.. 품에서 빵 하나 꺼내
건넨다. 엘레나…? 해서 보면

니나	아까 쌤이 떨어뜨린 거 하나 주웠어요.
엘레나	너, 이런 애 아니잖아.
니나	착하고, 순하고 선 지키는 재미없는 범생이요?
엘레나	잘 아네. 심심하고 지루하잖아, 너.
니나	그 니나.. 이제 버리려구요. 그래서 쌤이 필요해요. 절 완전히 새로운 발레리나로 만들어주세요.
엘레나	(흥미롭게 보는) 26년을 맹탕으로 살다가 갑자기 왜?
니나	연서를 이기고 싶어요! (결연하게) 무슨 짓을… 해서라도 꼭 이길 거예요.
엘레나	(!)

S#54   아이비 저택 앞 (밤)

대문 열고, 단.. 나온다. 연서의 차에 올라타 어디론가 향하는데,
뒷골목에서 등장하는 강우의 차.. 단이 탄 차를 쫓기 시작하고.

S#55   도로 + 마트 주차장 (밤)

아무것도 모르고 운전 중인 단과 날카로운 눈으로 그를 쫓고 있
는 강우.

강우의 표정이 의아해지는. 연서의 차가 들어간 곳은 큰 마트의
주차장.

S#56   마트 (밤)

단.. 장을 보는 중. 각종 야채와 두부, 계란 등등 꼼꼼히 챙기는데,
옆에서 쑥 들어오는 50대 아주머니(이후 강 여사).

강 여사	아휴, 이게 다 뭐야. (싱긋) 여자 친구 밥 해주는 거야?
단	아니요. 여자 친구는 무슨.
강 여사	그럼, 와이프?
단	(손까지 휘휘 저으며) 아이고, 아니요. (하면서도 웃음 나는) 여자친구나 와이프 아니구요. (헤헤하는데)
강 여사	(정색하며) 아닌 놈이 이러구 있어?
단	(헉! 하고 보면)
강 여사	(후 목소리로) 너 왜 보고서 안 써!

단.. 카트 확 빼더니, 도망가기 시작한다.
강 여사.. 후다닥 쫓아간다.
마트에서 작은 추격전 시작!
매대 골목을 다니며 요리조리 피하던 단.. 길을 돌자, 강 여사 딱!
돌아서는데 또 앞에도 딱! 단.. 포기하고
(점프) 마트 생선 코너 수족관 앞에서 나란히 선 단과 후.
후.. 오이 가지고 훈계 중!

후	모든 걸 포기했어? 보고서 왜 안 내? 왜 이러고 있느냐고!
단	(삐죽하지만 당당히) 얘 인생이 험난한 걸 어떡해요! 맨날 눈앞에 문제가 펑펑 터지는데 연앨 언제 하고 사랑을 언제 합니까? 것부터 해결해야지!
후	그래, 두 달.. 정말 긴 시간이지. 그치?
단	선배, 이게 저의 빅픽쳐예요. 일상에 문제없고, 마음의 여유 생기면 갈빗대든 뭐든 자연히 붙게 돼있다구요. 나 미션 포기 안 했어요?
후	넌 정말 인간을 몰라. 모든 게 완벽하게 준비됐을 때 사랑하는 사람이 어딨냐? 그럼 흥부는 왜 아들딸을 열 명이나 낳았겠어?
단	(삐죽) 암튼 저는! 당분간 이연서의 행복에만 집중할 예정입니다. 밀린 보고서는 한꺼번에 제출할게요! (씩씩하게 돌아서는데)
후	저 저..! (한숨)

매대 뒤에서 두 사람을 지켜보고 있는 강우.

강우의 눈에는 50대 여성과 단의 대화로 보인다.

단.. 사라진 뒤에 강우.. 천천히 50대 여성에게 다가간다.

한 발, 두 발, 점점 가까워지는.

강 여사(후).. 눈치챘다! 신경 바짝 서는데!

강우 앞으로 산더미 박스 쌓인 직원 카트 지나간다.

카트 지나고 난 뒤, 감쪽같이 사라진 강 여사! 강우.. 놀란 얼굴!

S#57 성당 앞 (밤)

강우.. 성당을 올려다보고 있다. 단의 말들 떠올리는.

S#24

단 가로되, 의인을 학대하며 가난한 자를 억울하게 하는 자는 허물이 많고
   죄악이 무겁다 했습니다.

   S#22

단 지옥이라는 거, 누가 보낸다고 갈 수 있는 데가 아니에요. 뭐… 자세히 설
   명할 순 없는데… 특히 나는 지옥이란 덴 갈래야 갈 수가 없거든요?

   S#56

단 미션 포기 안 했어요? / 밀린 보고서는 한꺼번에 제출할게요!

   강우.. 성당으로 들어간다.

S#58 성당 안 (밤)

문 활짝 여는 강우.. 아무도 없는 성당 내부. 정면에 보이는 십자
가를 보며 회한에 젖는 얼굴.
강우.. 주위를 둘러보다가, 고해성사실에 들어간다.

S#59 고해성사실 – 성당 (밤)

강우.. 들어와 앉는다. 가만히 바라보고 있으면, 신부 칸과 연결된
나무창의 커튼이 열리며,

후 **⒠ 하느님의 자비를 굳게 믿으며 그동안 지은 죄를 사실대로 고백하
십시오.**

강우의 시선. 나무 창살 사이로 언뜻언뜻 보이는 사제복. 후다. 창을 사이에 둔 두 사람 대화.

강우 신부님, 세상에 천사가 있습니까?

후 (!! / 담담히) 하느님의 충직한 종으로서, 보이지 않는 곳에서 언제나 소임을 다하고 있겠지요.

강우 보이는 천사는, 그럼 계율을 어긴 것이겠지요?

후 (!!) 인간의 눈으로는 천사를 볼 수 없습니다.

강우 봤으면요? 인간에게 천사인 걸 들키면, 그 천산 어떻게 되나요?

후 형제님께서 무언가, 착각을 하셨나 보네요.

강우 (훗, 조소) 신부님께서는 천사에 대해 아는 게 없으신가 봅니다. 아니면 무슨 이유에서든, 모르는 척해야만 하는 거든지요.

후 (긴장으로 침묵하다) 이곳은 죄를 고하는 곳이지 사제를 시험하려 드는 곳이 아닙니다. 돌아가시죠. (창문 탁! 닫아버린다)

S#60 성당 안 (밤)

고해성사실을 나오는 강우.. 나가려다가 갑자기 획! 돌더니, 고해성사실 신부님 칸으로 향한다.

성큼성큼 가서 망설임 없이 확! 열어젖히는 문! 문 앞에 후가 서 있다. 놀란 얼굴.

후 무슨 일이십니까, 형제님.

강우 (얼굴 딱 보고) 아닙니다. 또 뵙죠. (꾸벅하고 돌아서 가는)

후	(진지하고 심각한 얼굴로 강우 뒷모습 보는)
강우	(걸어가면서 홋, 조소를 날리는 데서)

S#61   아이비 연습실 (밤)

연서.. 지젤 연습 중이다. (① 2막 윌리 지젤 독무) 음악 속에 (E) 와장
창 소리 섞여 들린다. 연서.. 뭐지? 하고 음악 끄면 한 번 더 (E) 우
당탕탕! 연서.. 불안한 표정으로 나가보는.

S#62   아이비 저택 주방 (밤)

연서.. 주방으로 들어오면,

단.. 허둥지둥 떨어뜨린 그릇 주워 들고 있다.

도마엔 썰다 남은 야채들, 레인지 위엔 끓어 넘치는 죽, 난장판인
주방.

단.. 그릇 주워 들고, 넘치는 냄비 뚜껑 열다,

앗 뜨거 하고, 뭐부터 해야 되지? 발 동동거리는.

연서.. 그 모습 지켜보고 있다.

단.. 허둥지둥하다, 연서를 발견하고 헤- 웃는

연서	뭐 해… 너?
단	요 며칠 고생했잖아요. 통 뭘 먹지도 않구. 뭐라도 챙겨 먹일랬는 데, 엉망됐네요. (헤- 하는데)
연서	(에휴) 나와.

단	같이해요.
연서	(자신감 넘치게 칼을 드는데)
단	잠깐!!! (앞치마를 가져와 입혀주는) 이거 해야죠. (리본 묶어주는데)
연서	(두근! 하지만 애써 아닌 척) 비켜, 귀찮게. (하더니 양파 썬다/ 어설프게)
단	(헐) 뭐야, 아가씨도 엉망이잖아.

연서.. 칼 꽉 쥐고 찌릿 보면,

단.. 씩 웃고 연서를 돕기 시작!

두 사람.. 도와가며 요리를 한다. 양파 썰고, 당근 썰고, 야채 씻고
하는데,

연서.. 머리카락 쏟아지면,

단.. 연서 뒤로 가더니 머리 묶어주는.

연서와 단.. 두근 하고.

눈 맞추고, 어깨 닿고, 서로를 훔쳐보는. 간질간질한 컷컷. (몽타주성)

연서	(냄새 쿵쿵) 야, 탄내 나! (레인지에 올린 냄비 보며) 죽!!
단	(헉!) 내가 해요!

단.. 얼른 레인지 불 끄고, 냄비 잡아 올리는데, 앗뜨뜨! 놓치고 만
다. 단.. 몸은 뒤로 피한.

바닥에 팽개쳐지는 죽 냄비와 죽들.. 김 확! 올라오고.

연서	(놀라서) 괜찮아? (다가오는데)
단	오지 마요!! (펄쩍펄쩍 뛰어 연서에게로 가더니 확 안아 올려 식탁에 앉히는)

연서	(놀라 보면)
단	발 다치면 큰일 나잖아.

달랑거리는 연서 맨발 아래로 흘러오는 죽.
단.. 안심하며 연서를 보고 미소 짓는.
가까운 두 사람 얼굴. 서로 두근!
심장이 뛰고. 눈 맞춤 하면서 묘한 기운 되는데.
단.. 마치 키스라도 할 듯 연서에게 다가가는.

단	아가씨, 우리…
연서	(심장 떨려…)
단	라면 먹을래요? (씩)
연서	(헐!)

(점프) 라면 냄비 사이에 둔 단과 연서. 단.. 연서가 맛있게 먹는 모습만 봐도 기분 좋고.

S#63　　아이비 저택 거실 (밤)

서로의 방에 들어가야 하는 두 사람.. 쭈뼛거리는.

연서	저기… 김단.
단	네 아가씨!
연서	나한테 뭐… 하고 싶은 말 없어?

단	(? 눈 또르르 굴리다) 잘 자요.
연서	(살짝 실망) 그래, 너두.

연서와 단.. 서로 교차해 들어가는데, 둘 다 방향 틀렸다. 동시에
돌아 제 갈 길 가는. 쑥스럽고.

S#64   연서의 방 (밤)

침대에 누운 연서..

〈F/B〉   S#62 단이 허둥지둥 헤맸던 장면
을 떠올리고 피식 웃고

〈F/B〉   S#62 식탁에 앉히고 다정한 눈빛으로 바라보는 것
을 떠올리며 수줍은 미소 짓는다.
연서.. 눈을 감고 편안히 잠을 청한다.

S#65   연화도 일각 (낮) – 단의 꿈

2부 S#72-2. (단이 시점) 방파제에 선 단이. 한쪽 신발 벗겨진 채
서있는데

어린 연서	**(E) 거기! 앞에!!**
어린 단	(돌아보면)

어린 연서   조심해!!!

단.. 어리둥절한데, 단 뒤에서 뚝방을 치는 거대한 파도! 미끄러지
는 단이의 손목을 낚아채는 연서! 단이를 끌어당겨 품에 꼭 안아
버린 연서! 둘 꼼짝없이 파도를 맞고.
(이후 상황) 어린 연서와 단.. 떨어져 서로를 본다. 쑥스러운

어린 연서   괜찮아?
어린 단   (끄덕끄덕)
어린 연서   난 연서야. 이연서.. 넌?
어린 단   나? 나는……

S#66   단의 방 (밤)
혁! 하고 일어나는 단.

단   또… 꿈이야. 뭐지? 이거? (혼란스러운)

S#67   성당 작은 방 (새벽)
후.. 촛불을 밝히고 기도한다. 심각하고 진지한. 단.. 뛰어 들어온다.

단   선배애애애!!!
후   (쉿) 새벽 기도 방해하는 거 아냐. 기다려.

단   (헐떡이면서 / 발 동동 구르는데)

후   (느긋하게 기도하고 / 돌아서는) 뭔데.

단   (불쑥) 인간이 천사가 될 수 있어요?

후   (!!!) 뭐?

단   (진지하고 간절한) 그러니까… 과거에 인간이었다가, 어떤 죽음을
      겪었겠죠? 그리고 그 영혼이 천사가 되는… 그런 경우 없어요?

후   왜 갑자기 하늘의 비밀에 대해 알고 싶어진 건데?

단   꿈을 꿔요. 어린애가 하나 나오는데, 걔가 뛰다가 넘어졌다가 바
      다에 빠졌다 막 그래. 근데 어디서도 본 적 없는 애란 말이에요.
      사진으로 보지도 않았구, 파견 근무 때 지나쳤던 사람도 아냐. 그
      럼 걘 누구냐는 거죠.

후   (신이시여) 욕망과 정념의 발현.

단   네? 뭐라구요?

후   이 껍데기가 부작용이 심각하구만. 인간처럼 자기가 바라는 걸
      꿈꾸고 있어. 이제.

단   바라는… 거?

후   인간에게 소망이 생기면 그걸 거듭거듭 생각하게 마련이지. 그럼
      뇌세포가 헷갈리는 거야. 이게 과건지, 미랜지, 욕망인지. 부자 되
      고 싶은 사람은 돈벼락 맞는 꿈 꾸고, 판검사 합격하고 싶은 사람
      은 누굴 심판하는 꿈을 꾸고. 그런 거야. 부작용이야, 잊어버려.

단   (곰곰이 생각하는) 욕망의 발현… 바라는 것을 꿈꾼다고? (!) 선배,
      그럼 내가… 인간이 되기를 바라는 거예요?

후   (!!)

단   (혼란스러운데) 그런 경우가 있나? 천사가 인간이 되는?

후	(뒤통수 딱! 치는)
단	아 맨날 때려!!
후	(진지한 표정으로) 따라와.
단	(뭐지? 싶고)

S#68   요양원 앞 산책로 (새벽)

병원 앞 산책로. 단.. 후를 따라 걸으며 구시렁대는

단	꼭 결정적일 때 설명을 안 해주더라, 선배는. 여긴 왜 온 건데요?
	요양원이잖아요! (하는데)
후	(걸음 멈추고) 왔다.

단.. 보면,
S#29의 함 노인과 김수가 새벽 산책 다정히 걸어 나온다.
단.. 반가워 아는 척하려는데, 순식간에 두 노인 앞에 서있는 후!
처음 보는 무서운 얼굴!
단.. 뭐지? 싶은데, 김수.. 후를 보고 겁에 질려 떨다가, 함 노인의
손을 꽉 잡더니 달려 도망가기 시작한다. 후.. 따라 뛰지도 않고
서늘하게 보는! 단.. 이게 다 무슨 일인가, 싶고!

S#69   갈대밭 (새벽)

두 사람.. 사력을 다해 도망가는데, 순간 멈추는 시간. 그 자리에

못 박힌 듯 멈춰진다.

단.. 뛰어와 보면, 후는 이미 두 사람 앞에 서있다. (마치 공중에 뜬 것 같은 느낌으로)

후	(울리는) 천사 노엘은 심판을 받으라.
김수	(이후 노엘)(저절로 무릎이 꿇려지고 / 잡은 손 떨어지면)
단	천…사라고? (놀란 얼굴로 다가오는데)
노엘	(후를 올려다보는 얼굴, 간절한)
함 노인	(새파랗게 질려 / 더듬거리며 노엘의 손을 꽉 잡는) 살려주세요! 제발요!
단	(노인의 말에 비수 꽂힌 듯 바라보고)
후	(표정 미동 없이) 어리석은 자여…
노엘	(!! / 사정하는) 저는 이대로 사라져도 좋습니다. 저 사람을 살려주십시오.
후	(차가운 표정) 죽음은 형벌이 아니다. 천국으로 인도하란 명령을 거역한 천사가 감히, 인간의 생사를 논하는가. (손을 내밀면)
노엘	(염력으로 끌려가듯 후 앞으로)
함 노인	(잡은 손 다시 떨어지고 / 바닥을 짚으며 찾는) 어디야, 어딨어요?
노엘	(돌겠고!) 그럼 마지막 인사라도 허락해주십시오. 1분이면 됩니다!
후	(갈등하다가 끄덕하면)
노엘	(무릎으로 기어서 함 노인에게로) 나 여깄어요.
미옥	(잡자마자 꼭 안아버리는) 가지 마요. 하늘로 가지 말아요. 나랑 있기로 약속했잖아요.
노엘	(눈물 삼키며 / 얼굴 쓸어주며) 오래 있었어. 당신 만나서, 내가 참 좋았습니다. 잊지 않을게. 미옥이.

미옥	(고개 젓고 / 꽉 껴안는데)
후	(다가가려는데)
단	(후의 앞을 양팔 벌려 막아선다) 안 돼요.
후	(낮게) 나와.
단	(고개 저으며) 조금만, 시간을 더 주세요.

후.. 손으로 허공을 밀면, 단.. 염력에 의해 날아가 바닥에 내동댕이쳐진다. 단.. 아파하며 함 노인과 노엘을 본다. 여전히 꽉 껴안은 두 사람. 후.. 두 사람 뒤로 다가가 팔을 뻗으면,
함 노인의 품에 있던 노엘이 재로 부서진다. 불탄 깃털 손수건 한 장만 남은
한순간 텅 빈 품을 느끼는 함 노인.. 정말 가버렸구나, 깨닫고 통곡하다가 졸도해버린다.

INSERT 쓰러진 함 노인의 위로 겹쳐지는 연서의 모습! 같은 모습으로 쓰러져. (환상)

단.. 공포감에 물러서며 고갤 젓는데!

후	(어느새 또 단 앞에) 말로 해도 못 알아들으면 보여줄 수밖에. 어리석은 자여. 부디 깨달음을 얻기를. (하고 사라진다)

단.. 눈앞엔 바람에 날리는 재와 기절해 쓰러져 있는 함 노인뿐이다. 막막하고 두려운 단!

S#70   거리 (낮)

단.. 함 노인을 업고 걷고 있다. 처참한 심경, 괴로운 표정.

S#71   요양원 병실 안 (낮)

의사 및 간호사, 간병인 등이 단의 등에 업힌 함 노인을 맞아 침
대에 눕힌다.
바쁜 손길, 함 노인에게 산소호흡기 대주려 하는데, 제 손으로 거
부하는. 억지로 씌우는 의료진. 함 노인.. 눈에 눈물 맺힌 채로 손
에 꼭 쥔 손수건(불탄 깃털). 단.. 뒷걸음질하다 달려 나가는.

S#72   거리 (낮)

단.. 숨이 턱에 차게 달려오는!

S#73   아이비 저택 주방 (낮)

단.. 달려들어 온다. 연서.. 주방에서 요리 중이다. 토스트 만드는 중.

연서   왔어? 아침 먹자. 어제보다 훨씬 나아. (미소 짓는데)

단   (숨 몰아쉬며 한참 보는)

연서   아침부터 어딜 뛰고 온 거야… 물 줘?

단   (숨 고르고) 아가씨… 저 할 말 있어요. 진짜 중요한 말이에요.

연서   (!! / 은근히 기대하는) 뭔데…?

단	저… 비서 그만두겠습니다. 이 집에서, 나가고 싶어요.
연서	(쿵!!)

단호한 단의 얼굴과 너무 놀란 연서의 얼굴에서 ENDING!

걜 위해서 어른이 되고 싶었어.
죽고 싶지 않았어.

나는... 내 이름은
성우야, 유성우.

8
부

S#1 **숲 속 (낮) – 연서의 꿈**

연서.. 햇살 쏟아지는 숲을 헤매고 있다. 큰 나무들 사이를 헤매는
연서의 불안한 얼굴 위로,

단 **(E) 이연서!**

연서.. 돌아보면, 숲 가운데, 단.. 풍선을 들고 서서 환하게 웃고 있
다. 단의 옆에 삼각대 세워져 있는! 연서.. 단을 보자 얼굴 가득 미
소가 번져간다. 단.. 연서에게 내미는 손, 잡으면!

(점프)

카메라 앞에 손 꼭 잡고 나란히 선 둘. 연서.. 다른 손에 풍선 들었
고, 단.. 리모컨 드는데,

연서	(정면 보고) 이거, 꿈이지?
단	(미소로) 응.
연서	그럼 이 꿈속에서 우리, 늙어 꼬부랑 될 때까지 풍선 들고 사진 찍자.
단	(연서를 보는)
연서	(단 얼굴 잡고 / 앞으로 돌려주며) 앞에 봐. 웃어!

단의 손에 든 리모컨 누르면, (E) 찰칵! 하는 소리와 함께 예쁘게 미소 짓는 단과 연서.

(E) 찰칵! 소리. 흰 원피스에 화관 쓴 연서-나비넥타이 양복 입은 단 풍선 든 자세로 포즈.

(E) 찰칵! 소리. 중년의 우아한 복장 입은 연서-단 같은 풍선 든 자세로 포즈.

(E) 찰칵! 소리. 할머니 연서-할아버지 단 같은 풍선 든 자세로 포즈! 할머니, 할아버지 풍선을 사이에 두고 입 맞출 듯 가까워지는데, 처음의 연서-단으로 바뀐다! 입술 닿을락 말락 하는 데서

S#2   연서의 방 (낮)

아침. 연서.. 침대에 누워 눈 뜬다.

연서	(고대로) 아… (눈 감고) 좀만 더 자자. 잘 수 있어. 잇자, 이어져라… (하다 눈 떠서 앉는 / 아쉬워) 1분만 더 잤음 됐는… (하다 헉!) 지금 뭐 하는 거야, 이연서, 미쳤나 봐…

S#3   **아이비 저택 주방 (낮)**

연서.. 정성을 다해 토스트 만들고 있다. 레시피 열심히 보면서.

연서   (접시에 놓으며 / 새침하게 연습하는) 재료가 남아서, 하나 더 만들었
         어. 버릴 순 없잖아. (심각하게) 눈치채겠지? (하는데)

(E)   **현관문 열리는 소리.**

7부 엔딩. 연서의 시선에 보이는 단. 뛰어 들어온다. 거칠게 숨 몰
아쉬며 연서를 바라보는.

연서   왔어? 아침 먹자. 어제보다 훨씬 나아. (미소 짓는데)

단   (숨 몰아쉬며 한참 보는)

연서   아침부터 어딜 뛰고 온 거야… 물 줘?

단   (숨 고르고) 아가씨.. 저 할 말 있어요. 진짜 중요한 말이에요.

연서   (!! / 은근히 기대하는) 뭔데…?

단   저… 비서 그만두겠습니다. 이 집에서, 나가고 싶어요.

연서   (!!) 뭐라… 고? 무슨… 소리야?

단   (연서 얼굴 차마 못 보고) 그동안… 감사했습니다. (서둘러 돌아서는)

연서   (어이가 없는)

S#4   **아이비 저택 거실 (아침)**

단.. 나오는데, 연서.. 뒤따라 나와 단을 잡고 돌려세우는. 단과 연
서.. 마주 본다.

연서	왜? … 이유가 있을 거 아냐? 갑자기 왜 이러는 거냐고!
단	… 죄송합니다.
연서	웃기잖아. 너 뭐라 그랬어? 무슨 선택을 해도 혼자가 아닐 거라 며? 나 힘든 거 싫다며? 다 거짓말이야? 하루아침에 맘이 바뀌 었어?
단	(말 못 하는데)
연서	왜 도망가는데? 뭐가 겁나는데?
단	**(연서를 아프게 보며 / E) 내 마음이. 네 마음이.** (표정 관리하고) 아가 씨 혼자 아니에요. 집사님도 계시고, 지강우 감독도 있고… 나 없 어도 충분히…
연서	(O.L) 다 들었단 말이야!
단	(?)
연서	(눈물 그렁해서) 날 좋아한다며! 안 좋아할 수가 없다며!!!
단	(헉!)

INSERT 6부 S#75 이후 상황

단	(아프게) 나는… 널 좋아하면 안 돼. 네 옆에 영원히 있을 수도 없어. 그 게… (마음 아파 찡그리며) 너무 힘들다… (물끄러미 보다 / 토해내듯) 이연서, 내가 널… 어떻게 안 좋아해. 연서.. 잠든 것 같은 얼굴 / (E) 문 닫는 소리 들리면, 연서.. 눈을 뜬다. 다 들었다.
연서	왜 좋아하면 안 되는데? 내가 뭐라고? 너두 사람이구 나도 사람 일 뿐이잖아!

단	(아닌데, 말 못 하고!)
연서	용기를 낼 거라고… 생각했어. 보채지 말자, 조급하게 굴지 말자. 싫다고, 아니라구 말해도. 사람은 말보다 행동으로 진심이 드러나는 거잖아. 근데 넌 항상…

| 〈F/B〉 | 손 잡아주고, 웃어주고. 했던 단의 얼굴들. (3부 S#67 왈츠 / 4부 S#62 머리 쓰다듬/ 7부 S#20 손등 토닥 / 7부 S#62 연서를 들어 앉히고 들여다보는 다정한 눈빛) |

연서	따뜻했잖아… (간절한 눈으로) 아니야?
단	… 좋아하는 감정, 그래요. 있어요. 근데 그거… 나한테 일탈이에요. 잠깐 쐬는 바람 같은 거. 영원이 얼마나 긴 시간인 줄 알아요? 그거에 비하면 겨우 한 달, 두 달… 굳이 얘기할 만큼의 가치도 없는 순간이에요.
연서	(상처받는) 그럼… 왜 힘들다고 한 거야? 괴롭다고, 좋아하면 안 되는데 좋아서 괴롭다고… 그랬잖아.
단	잊어버려요. 취해서 한 말이에요. 술김에 한 말에 의미 같은 거 있을 리가 없잖아.
연서	(!) 뭐?
단	(마음 다잡고) 어차피 활동보조 역할로 들어온 건데, 아가씨 이제 잘 걷고, 춤도 출 수 있어요. 이제 더 이상… 나 필요 없잖아요.
연서	(화 꽉 눌러 참으며) 말, 다 했어?
단	…… 네. (아프게 마주 보는데)
유미	(둘 사이로 들어오며) 굿모… (하다 둘 보고) 닝?

연서	그러네, 너 쓸모없는 거 하루 이틀 아니었는데, 내가 뭐에 씌었나 보네. 그래, 관둬. 말 나온 김에 당장 짐 싸서 나가.
단	(목례 / 돌아서고)
유미	(?) 이게 무슨 시추에이션이에요? 아가씨!
연서	(단 뒷모습 노려보며 / 차갑게) 김단 씨 사표 받고 바로 계약해지 처리해주세요. 근무 날짜 정확히 계산해서 시간당 수당이든 뭐든, 우리 쪽에서 해 줄 수 있는 건 다 해줘요. 찝찝한 거 하나도 없이, (들으라는 듯) 다신 볼 일 없이!

단.. 멈칫했다가 올라간다. 연서.. 그 모습에 너무 화가 나고. 유미.. 이게 다 뭔 일인가 싶고.

S#5 단의 방 (낮)

단.. 침착하게 짐을 싸고 있는. 옆에서 유미.. 의아하고 속상해 말리는.

유미	둘이 뭐 하는 건데? 연애하는 것두 아니면서 갑을끼리 무슨 밀당을 이렇게 주기적으로 해? 이 방에서만 벌써 두 번째야.
단	(계속 짐 싸며 답하는) 다시 돌아올 일, 없을 거예요.
유미	(막아서며) 관둘 때 관두더라도 인수인계는 해! 사직 한 달 전에 통보하고, 후임한테 인수인계 확실히 하기로, 계약서에 적혀있잖어.
단	아가씨가 당장, 나가라고 했잖아요.
유미	단이 씨가 언제부터 아가씨 말을 그렇게 잘 들었다구!

단   (대답 못 하고)

S#6   **아이비 저택 주방 (낮)**

연서.. 토스트 보고 속 더 터지는. 쓰레기통에 처박아 버린다. 눈
물 꾹 참는.

S#7   **아이비 저택 거실 (낮)**

연서.. 나오는데, 간단한 가방 하나 들고 나오는 단과 유미와 딱
마주친다.

연서.. 돌아서서 계단으로 가버리는. 단.. 연서를 보고 뭐라 말하려
는데,

유미   (쿡 찌르고 / 속삭이는) 그냥 가…

단.. 연서 뒷모습을 물끄러미 보더니 작심한 듯, 유미에게 인사하
고 나가는.

연서.. 계단을 오르다 문 닫히는 소리(E)에 멈춰 선다. 속상하고
슬프다.

S#8   **강우의 오피스텔 (낮)**

강우.. 7부 S#60 복장 그대로. 앉아서 밤새운 듯. 손에 볼펜 끼고

탁, 탁 소리 내며 생각 중인.

〈**F/B**〉   5부 S#36

강우   이봐요, 그쪽과 연서 씨는 속한 세계가 달라요.

단   그건 내가 제일 잘 압니다.

강우   (조소) 그래, 거짓말은 못 하지.

강우.. [김단 비서]에게 전화하는. 신호음이 울리는 동안 일어나
서성이는데, 햇살이 들어와 거울에 반사된다. 순간적으로 눈부셔
일그러지는 거울 속 강우 얼굴. (E) 탈칵. 전화 받는 소리.

강우   어딥니까? 지금 좀 만나요.

유미   (F) 감독님, 저 정 집사예요.

강우   (?) 왜 집사님이 받으세요? 김단 씨 자리에 없습니까?

S#9   **강우의 오피스텔 / 단의 방 (낮)**
단의 방에 덩그러니 남겨져 있는 호출기 앞에서 핸드폰 받고 있
는 유미.

유미   그게… (한숨) 단이 씨가 그만뒀거든요. 핸드폰두, 호출기두 여기
서 받은 건 싹 다 반납하고 가서…

강우   오늘요? 갑자기? (날카로운 눈) 이유는요?

유미	원래 티격태격하구, 해고니 복직이니 하긴 했는데… 이번엔 진짠가 봐요.
강우	아예 짐을 다 뺀 겁니까?
유미	(끄덕) 인수인계두 안 하구 뭐에 쫓기는 사람처럼, 허겁지겁 나가버렸어요. 둘이 대체, 뭔 일이 있었는지…
강우	… 잘된 겁니다. 그렇게 들락날락거리는 사람, 신뢰할 수 없죠. 연서 씨한테 도움도 안 되구요.
유미	(텅 빈 방 보며) 아가씬.. 너무 많은 사람을 떠나보냈어요. 그게 맘에 걸려.
(E)	**호출 울리는**
유미	(!) 끊을게요. (전화 끊는)
강우	(끊고 / 초콜릿 꺼내 와작 씹는) 행복이니 어쩌니 평생 붙어있을 것처럼 굴더니… 관뒀다…? (일어나는)

S#10   성당 앞 (낮)

단.. 짐 들고 서있다. 물끄러미 성당을 올려다보는.

〈F/B〉   7부 S#69 갈대밭에서 함 노인 품에서 사라지는 노엘.

단.. 발길을 돌린다.

S#11   성당 지붕 (낮)

후.. 단을 지켜보고 있다. 가방 든 것 보고는.

후   가로되, 불이 숲을 태우고, 화염이 되어 산을 삼킨다고 했다. 불길
이 잦아들 때까지 피신하는 수밖에. (하는데 찌릿!)

후의 시선에 단이 사라지는 방향으로 걸어오는 강우가 보인다!

S#12   **성당 앞 (낮)**
단이 걸어가는 길 맞은편으로 걸어오는 강우.. 모퉁이를 돌면 단
과 마주치는데!

후   **(E) 아이고 형제님, 또 오셨습니까?**

강우   (돌아보면)

단   (그사이 / 둘은 모른 채 지나가고)

후   (여유롭게) 밤에도 오시고, 아침에도 오시고, 참 신앙이 깊으십니
다. 아니면, 마음에 근심 걱정이 많으시던지요.

강우   (찌릿) 사제가 점쟁이처럼 말씀하시면 됩니까.

후   (훅 들어오는) 기도하시겠습니까?

강우   (!!)

후   영혼의 평안을 얻기 위한 지름길은 기도에 있죠.

강우   기도 같은 거.. 안 한 지 오래됐습니다. (조소) 할수록 배신감만 들
어서. (정색) 사람을 찾으러 왔습니다. 김단, 어딨습니까?

후   (흔들림 없이) 모릅니다.

강우	어디로 갔습니까?
후	(같은 포즈) 모릅니다. (하는데)

강우.. 저벅저벅 걸어 성당에 들어가 버리는! 후.. 젠장, 한숨 쉬고 따라 들어가고.

S#13 성당 안 (낮)

강우.. 성당 안을 뒤진다. 고해실, 작은 방문 벌컥벌컥 여는. 아무도 없고.
작은 방문 열면- 양피지 보고서 없고, 아주 평범한 사무실 풍경.
강우.. 돌아서면.

후	어찌하여 이리 믿음이 없으십니까. 단이 형제, 여기 없습니다.
강우	(! / 지지 않고) 미심쩍은 일을 잔뜩 벌려놓고서 믿음을 강요하는 게, 어엿한 종교인이시네요.
후	(날카로운 눈빛) 마음에 의심이 도사리면, 콩으로 메주를 쑨다 해도 음모라고 우기죠. 그렇게 의심하는 자는, 불행할 수밖에 없구요.
강우	(제단 위 촛대 일별) 네, 의심하고 짐작하는 거, 정말 피곤한 일이죠. 저도 확실한 게 좋습니다.
후	그럼 부디, 굳건한 믿음을 속히 회복하시길, 기도하겠습니다. (목례하고 돌아서는데)
강우	네… (촛대 들어 쥐는- 뾰족한 부분 앞으로) 굳건하게, 확인을 해보려구요.

강우.. 촛대를 후의 어깨를 향해 찌른다. 거의 닿을 순간에 휙! 돌

아보는 후!

강우.. 그대로 멈춤 되고 만다. 후.. 미소로 강우 바라보는데, 강우의 손에 든 것, 촛대가 아니라 꽃(제단에 장식돼있던)이다.

후   (꽃 탁 채어가며) 형제님의 마음은 잘, 받아 넣겠습니다.

강우   역시, 평범한 사제일 리 없다고 생각했습니다. 마트에서, 성당에서 이리저리, 후배 천사 건사하느라 바쁘시네요.

후   (무서운 눈으로 노려보는)

강우   (지지 않는 눈으로) 이연서한테 무슨 짓을 하고 있는 겁니까?

후   한낱 인간이 감당할 수 있는 일이 아닙니다. (핑거 스냅 치려는데)

강우   당신들이 특별한 거 같죠? 아등바등 사는 인간들 내려다보고, 손가락 한 번 까딱해서 들었다 났다 하니 전지전능, 신이 된 거 같고? 착각이야, 그거.

후   (그윽하게 보며) 왜 놀라질 않지?

강우   (?)

후   천상의 존재 앞에서, 인간은 두려워 떨며, 눈을 피하게 돼있지. 그런데 그대는 놀라는 대신, 화를 내고 있어. 왜지?

강우   (! 하지만 / 이내) 그건 그쪽이 섬기는 알량한 신에게 물어보시죠. 그리고, 이연서든 김단이든, 내 계획을 또 망칠 거면 꿈 깨시라고도 전해주구요. (조소 날리고 돌아서 나간다)

후   (가만히 두는) 그냥 갈빗대가 아니었네. (십자가 보며) 대체 무슨 생각이십니까. 단이 녀석이 감당할 수 있겠습니까? (걱정스러운 표정인데)

S#14 **거리 + 버스정류장 (낮)**

짐가방 들고 걷는 단.. 정처 없이 계속 걷다 버스정류장에 도착한다. 정류장에 가득 붙은 노선표를 봐도, 갈 곳을 정하지 못하겠다. 버스를 기다리는 다정한 연인의 모습에 쓸쓸해지는 눈빛.

S#15 **아이비 연습실 (낮)**

연서.. 벽장 문 열고, 진열된 토슈즈 중 2개 정도° 골라내는 걸 시작으로 연습 짐 챙긴다. 연습복, 고무밴드 등 골라 꺼내는 연서 옆에 유미.. 함께 움직이며 점검하는.

유미	아가씨 방 호출 버튼, 연결부터 바꿔야겠어요. 일단, 후임 올 때까진 나한테 해놓을게요. 폰에서 단이 씨 번호부터 지우구 (하는데)
연서	마사지 볼, 어딨어요? 반짇고리도 챙겨야 되는데?
유미	아 맞다. 아가씨 여기!

유미.. 서랍 하나 열면, 가지런히 연습에 필요한 물품들 정리돼있다. (토슈즈, 연습복, 워머, 마사지 볼, 반짇고리, 고무밴드, 진통제 스프레이, 머리망 등)

유미	단이 씨가 저번부터 아가씨 첫 연습용으로 챙겨놓은 거예요.

—
• 진열된 토슈즈들 새 토슈즈와 바느질된 토슈즈로 구분돼있습니다 / 연서가 챙기는 건 바느질 토슈즈로.

연서의 눈에 보이는 환상. 단.. 쪽지 적은 것 보면서 하나씩 챙겨와 넣는 설레는 모습 위로,

유미	**(E) 몇 번이나 물어보고 또 체크하더라구요. (한숨) 단이 씨두 참… 날을 잡아도 하필 오늘.**
연서	하지 마세요.
유미	네? 뭘요?
연서	그 이름, 안 듣고 싶어요. 여기서 근무하다 나간 사람이 얼마나 많은데, 비서 하나 관뒀다고 건건이 특별 취급을 해요. 나 아무렇지두 않고, 오늘 연습 무조건 잘해야 되니까. 김단의 디귿 자도 꺼내지 말아줬음 좋겠어요. (물품 짐에 확 쓸어 넣듯이 챙기는데)
유미	(꿍얼) 진짜 아무렇지도 않음 이름 백 번 말해두 꿈쩍 안 해야지…
연서	(찌릿! 보면) 뭐라구요?
유미	오늘 첫 연습… 파이팅이라구요! 기역니은디귿 생각 말구 무조건 잘하고 와요!

S#16   판타지아 발레단 앞 (낮)

위용을 뽐내는 발레단 건물. 그 아래 연서가 서있다. 감회가 새롭게 차오르는데,

강우	(옆으로 와 서며) 드디어, 라고 해도 되겠죠?
연서	(보면)
강우	(판타지아 보며) 연서 씨하고 이렇게 나란히 판타지아 보는 날이…

오네요. 드디어.

연서   (살짝 미소) 그러게요. 절대 안 올 거 같았는데…

강우   (연서 눈 맞추며) 복귀 축하해요. 정식으로.

연서   감사합니다. (강우 보며) 정식으로.

강우와 연서.. 편안히 눈 맞춰 미소를 나눈다. 연서.. 다시 발레단을 보는 옆모습을 물끄러미 바라보는 강우. 미소가 걷히고 진지해지는 표정. 이를 모르는 연서.. 긴장한 얼굴에서.

S#17   판타지아 발레단 복도 (낮)
연서.. 직원2(경애)의 안내 받아 오는.

경애   (출입증을 건네며) 탈의실이랑 사물함은, 전에 쓰시던 데 사용하심 돼요.

연서   그게, 아직 있어요?

경애   (동경의 미소) 당연히 개인 탈의실 빼났죠. 우리 발레단, 전설이시 잖아요… (수줍은) 여기… (하고 가리키면)

연서   (개인탈의실 [이연서] 새 명패 붙어있는 / 얼굴 굳고) … 안 할래요.

경애   네?

연서   단원들 쓰는 탈의실 어디예요?

S#18   판타지아 탈의실 (낮)

연서.. 들어가려는데, 안에서 단원들.. 경계 없이 이야기 나누는 소리 들려온다.

은영	**(E) 눈 가리고 아웅 아냐? 오디션 심사, 어차피 감독이 하잖아.**
산하	맞아, 우리 파업 넘 쉽게 접은 거 같애. 그치?
연서	(!)
수지	(연서를 발견 / 은영 쿡! 찌르면)
단원들	(싸한)
정은	왜? 무슨 할 말 있어? 너 개인탈의실 있잖어.
연서	그건 안 쓸 거예요. 아직 오디션 전이잖아요. 특별 대접 같은 거 안 받아요.
니나	(! 해서 보는데)

연서.. 짐가방 들고, 어딜 써야 하나? 해서 보면,

단원들.. 경계하면서 각자 사물함 사수하는 느낌으로 등지고 서는.

산하	(짜증스러운 / 혼잣말처럼) 지 맘대로 쳐들어와. 사물함 비워달라 이거야?
연서	아니, (하려는데)
은영	난 안 돼요. 2년 넘게 썼어, 이거.
수지	(작게) 나두… 여기 스티커두 다 붙여놨는데…

니나.. 단원들 힐책하는 느낌으로 보면, 단원들.. 죄다 난 싫다고 고개 젓고, 손사래 치고.

니나.. 자기 로커 키 챙겨 연서에게 다가가려다가 멈칫! 한다.

| 엘레나 | **(E) 버려!** |

INSERT 7부

S#53 이후. 니나를 향해 눈을 부라리며 말하는 엘레나의 얼굴!

| 엘레나 | 너다운 걸 죄다 버려! 네가 할 법한 착한 짓, 맹추 같은 친절, 싹 다! |

니나.. 연서를 외면한다. 괴로운데,

연서.. 가장 문 쪽에 있는 로커로 향한다.

문 열면, 와르르 쏟아지는 잡동사니들(수건, 티셔츠, 더러운 슬리퍼, 추리닝 바지, 구겨진 연습 슈즈, 토슈즈 등)

정은	(뒤에서) 오해하지 마. 로커 비면 창고 되는 거 당연한 순서지.
단원들	(연서의 등 보는 / 성질 폭발할 것 같아 주시하는데)
연서	(돌아보더니) 저 이거 쓸게요. 다들 나와줘서 고마워요. 앞으로 잘 부탁해요.

니나도 단원들도 불편한 가운데, 연서.. 덤덤하게 로커 정리하는.

S#19 **판타지아 연습실 (낮)**

단원들.. 각자 자리에서 몸 풀고 있다. 모두 연서를 의식하고 있는.

연서.. 입구 쪽에 자리 잡고 스트레칭 중. 침착하게 몸 풀고 있다.

연서만 섬처럼 떨어져있는.

강우.. 경쾌하게 들어온다. 단원들.. 익숙하게 인사하면,

강우   (살짝 들뜬) 몸 충분히 풀고, 바 시작할게요.

강우와 연서.. 시선 맞춰 눈으로 인사한다.
단원들.. 둘 시선 교환하는 거 보고 수군대며 흥! 하는데,
영자, 루나.. 들어온다. 모두.. 보고 놀라는!
루나.. 문 닫고 돌아서면,

강우   (굳어서) 무슨 일이시죠? 곧 연습 시작하는데요.

영자   (둘러보며) 본격적으로 지젤을 준비하기에 앞서 우리… 벨두 없는
          단원들 얼굴 좀 보려구 왔어요. 잘들 쉬었어요?

연서, 단원들 (!)

영자   하긴, 우리 사랑하는 단원들이 무슨 죄가 있겠어요. 난 무조건 울
          단원들 편인 거, 알죠? 그런 의미에서, 부단장이 아주 중요한 공
          지를 할 거예요. 여러분들을 위해.

연서, 단원들 (? 해서 보면)

루나   지젤 주역 오디션은 2주 후 대극장에서 진행됩니다. 심사는 단장,
          부단장을 비롯한 예술 스텝들이 볼 거예요. 그리고… (강우 슬쩍 보
          더니) 지강우 예술감독님은 심사에서 빠집니다.

단원들   (웅성!!)

강우   (!) 무슨 말씀이시죠? 제가 올리는 공연 주역을 제 손으로 뽑지 말
          라는 말씀이신가요?

영자   아시다시피 지 감독은 (연서에게 눈빛) 공명정대할 수가 없는 상황

이잖아요. 공과 사를 구별 못 한다면, 더욱 심각한 상황이구요.

강우   (어이없는)

영자   (연서를 보며) 정정당당하게 오디션 보자고 했다면서? 불만 있니, 연서야?

연서   (뭐라고 하지? / 단원들 보면 / 다들 연서와 눈 피하고)

강우   좋습니다. 전 심사에서 빠지죠. 대신,

모두   (주목!)

강우   단장님도 빠지시죠. 피차 공정하긴 어려운 입장이실 테니. 심사는… 단원들이 직접 보는 게 어떻습니까?

모두   (헐! 놀라는)

영자   (기가 차서) 세상에 어떤 오디션에서 단원들한테 표를 받아.

강우   안 될 건 뭐죠? 깨끗하고 투명하게, 전 단원 투표로 하시죠. (영자 보면서) 단원들 편이시라면서요.

루나   (빠르게 머리 굴리는 / 영자를 보고 살짝 끄덕)

영자   (루나와 눈 맞추더니) … 좋아요. 이 오디션, 아주 흥미진진하겠어요. 우리 판타지아 역사에도 길이 남을 거구요.

        영자, 단원들 하나하나 눈으로 본다. 의미심장하게. 그러다 연서와 눈 마주치는.
        연서.. 물끄러미 영자를 응시하면,
        영자.. 지지 않고 바라보고!

S#20   판타지아 연습실 앞 (낮)

영자, 루나.. 나오면, 강우.. 뒤따라 나와서.

강우	(소리 낮춰서) 저랑 상의도 없이 이런 식으로 진행하시면 곤란합니다.
영자	나랑 상의 없이 연서랑 작전 짜는 건 지 감독이죠. 판타지아가 시장통 구멍가게도 아니구, 제멋대로 오디션 보겠다고 한 게 누군데.
강우	(!) 가장 합리적인 방법으로, 단원들 설득한 겁니다. 문제 있습니까? 아니면, 문제가 있기를 바라시는 겁니까?
루나	(단호하게) 말씀 삼가시죠!
영자	(!)
루나	감독님이 밀어붙이는 바람에 기자회견도, 판타지아 나잇도 다 엉망 돼버린 거, 잊으셨어요? 그 모든 문제 수습하느라 단장님 얼마나 애쓰셨는데요!
영자	(맘에 들지만 / 말리는 척) 부단장… 그만해…
강우	(어이없는) 글쎄요. 오히려 문젤 더 키우고, 연서 씰 몰아붙인 것밖엔 생각이 안 나서요. 참고로 전, 제 목표를 방해하는 걸 아주, 싫어합니다.
루나, 강우	(똑바로 보며 / 눈빛 싸움)
강우	그래도 좀 더 믿어보겠습니다. 단장님과 (루나 한 번 보고) 저의 목표가 같다는 걸요. 이번 공연, 기대하세요. (가볍게 목례하고 들어가는)
영자	(루나 보며) 대놓고 긁어서 어쩌려구?
루나	아무리 지강우래도 예술감독일 뿐이잖아요. 우리한테 함부로 하는 거, 못 참아요, 저. (굳은 얼굴로 돌아서면)
영자	(루나 등 보고 갸웃하고)

S#21   **판타지아 연습실 (낮)**

BAR 클래스. (M) 피아노 소곡 흐르며 다들 BAR 잡고 시작하는
데, 연서.. 자리가 없다.

겨우 제일 끝에 자리 잡고 선다. 니나.. 연서의 동작 하나하나에
온 신경 바짝 곤두서고.

연서.. 서러운 마음 들지만 BAR를 잡고. 강우.. 봤지만 아는 체 않
고 지도한다.

강우   **(E) 지젤, 시작하겠습니다.**

S#22   **몽타주**

강우의 지젤 설명 위로, 연서와 단의 모습들

1. 판타지아 연습실- 단원들과 좀 떨어진 채 강우의 설명 듣는 연
서, 단을 떠올린다.

강우   **(E) 1막, 시골 처녀 지젤과 귀족 알브레히트의 우연한 첫 만남부터.**

2. 공원- 나무 아래 (1부 S#20) 연서와 단의 첫 만남.

연서   거기 뻔히 있으면서!

서로를 바라보는 연서와 단의 모습 위로

연서   **(E) 두 사람은 서로를 알아보고, 사랑에 빠지죠.**

단   **(E) 처음부터 그랬어요. 운명이란 말을 붙이고 싶을 만큼 강렬하게.**

강우   **(E) 하지만**

3. 공원- 5부 S#3 키스 후, 한 발 물러서는 단 / 돌아서 가는 단 / 상처받은 연서의 얼굴.

강우　**(E) 남자의 정체를 알게 된 지젤은 배신감에 죽습니다. 심장발작으로.**

4. 버스 안- 단.. 막막한 심정으로 바깥을 바라보는 얼굴.

판타지아 연습실 안- 단이 생각에 멍하니 바깥쪽을 바라보는 연서의 얼굴.

두 사람, 마치 마주 보고 있는 듯한 모습 위로

단　**(E) 하지만 죽어서도 서롤 잊지 못한 두 사람은,**

연서　**(E) 다시 만나게 돼요. 운명처럼.**

강우　**(E) 이연서!**

S#23　판타지아 연습실 (낮)

연서.. 놀라서 보면, 단원과 강우.. 자신을 보고 있다. 넋을 놨구나, 싶은.

강우　내가 지금 뭐라 그랬습니까?

연서　(당혹스러운)

니나　지젤을 비극으로 하는 건 처음 들어봐요. 지젤은 용서의 아이콘이에요. 죽어서도 알브레히트를 살리는 게 핵심이잖아요.

연서　(비극이라고?)

강우　뻔한 지젤 할 거면 시작도 안 했습니다. 자신을 속이고, 죽게 한 남자를 왜 용서하죠? 너무 구시대적이잖아.

연서	(!!)
강우	(단원들에게) 우리가 올리는 지젤 2막에선 유령이 된 지젤이 자길 죽게 한 그 남자를 죽일 겁니다. 영원한 죽음의 세계에서 둘이 함께 춤을 추면서 피날레.
단원들	(충격에 휩싸이는데)
연서	… 좋은데요?
강우	(반가운)
단원들	(뭐야, 같은 편!!)
연서	속인 건 남잔데, 끝까지 지젤이 바보 같은 거, 맘에 안 들었거든요. 전 그 결말, 좋아요, 감독님.
강우	(슬쩍 미소) 2막 무덤 씬부터 갈게요.

단원들.. 대형 맞추면서도 의심스러운 눈빛으로 연서를 쏘아보는. 연서.. 정신 차리자, 싶어 자기 뺨 착착 치고 거울을 본다. 눈에 힘 꽉 주고 자세 잡는.

S#24   요양원 앞 (밤)

단.. 두렵고 죄스러운 얼굴로 요양원 건물을 올려다보고 있다.

S#25   요양원 병실 안 (밤)

조용한 병실 안. 가습기 연기만이 뿜어져 나오는. 함 노인.. 호흡기 쓰고 누워있다.

연결된 기계에서 바이탈 사인 안정적으로 나고. 단.. 함 노인 곁에 가 앉으면, 그 옆에 선 정직원(40대, 여성) 서서.

정직원	어떻게 또 인사를 오셨대⋯
단	마지막으로 얼굴 뵙고 싶어서요. 제가 멀리, 가게 될지도 모르거든요.
정직원	고마워라⋯ 안 그래도 연락하려구 했거든요.
단	(?) 왜요?
정직원	그날 정신없어서 인사도 제대로 못 했잖아요. 그쪽 아니었으면 큰일 치를 뻔했으니까⋯ 그리구, 김수 할아버지요.
단	(쭈뼛! 하지만 표정 관리하는데)
정직원	실족하신 거 같은데, 시신도 흔적도 못 찾았어요. 그날, 뭐⋯ 본 거 없어요?
단	멀리⋯ 떠나셨을 수도 있잖아요.
정직원	그런가⋯? 1년 전에두 갑자기⋯ 오시긴 했는데⋯ (하는데)
단	(?) 1년 전요? 30년이 아니구요?
(E)	**바이탈 사인 흔들려 기계음 불규칙해지는!**
정직원	쌤 불러올게요! (하고 나가면)
단	어르신, (어쩔 줄 모르다 / 함 노인 손을 잡아준다)
(E)	**바이탈 안정적이 되는.**
단	(함 노인이 단의 손을 꽉 잡는 것 느끼는!) 저.. 왔어요. 제 목소리, 들리시죠?
정직원, 의사	(급히 들어오고)
의사	잠깐 볼게요.

단.. 일어나 비키려는데 멈칫! 함 노인이 단의 손을 놓지 않고 있
는 것!

단.. 손 잡힌 채 복잡한 심정으로 함 노인을 바라보는

(점프)

단.. 잠든 함 노인의 손과 얼굴을 닦아준다. 함 노인을 보며 자연
히 떠오르는 연서의 기억.

<F/B>   7부 S#46 평상에서 함 노인에게 스마트폰 사용법 알려주던 연서

연서   아니에요. 어르신, 눈 안 보여도 충분히 잘 살 수 있어요. 제가 도와드릴
         게요.

단.. 기억을 떨치려 일어선다.

S#26   요양원 복도 (밤)
불이 났던 복도- 단.. 기도장소를 보고 가까이 다가간다.
유리 책장 안에 들어가 있는 촛불들. 단.. 초 하나에 불을 붙인다.

단   길을 잃은 것 같습니다. 꽉 막힌 막다른 골목 같아요.
        어딜 가도, 그 사람이 있습니다. 저는 어디로 가야 합니까.

후   (옆에 와 서는) 가긴 어딜 가, 그냥 여기 있어.

단   (후를 보는 / 원망의 눈빛 / 말없이 돌아서는)

후   저, 저!!!

S#27   요양원 일각 (밤)

단이 앞서가면 후가 쫓아가는 모양새.

후   그래, 여기서 며칠간 봉사하면서…

단   (O.L / 보지도 않고) 말 시키지 마세요. 선배랑 얘기하기 싫으니까.

후   어쭈?

단   (혼잣말처럼) 어떻게 여길 올 수가 있어? 감히? (후 똑바로 보며) 자비
      를 베풀지 않는 자에게는 자비 없는 심판이 있을지어다…

후   (지지 않고 보며 / 위엄 있게) 치겠다?

단   겁준 거면 아주 효과적이었습니다. 저 잔뜩 겁먹고 비겁하게 도
      망쳤거든요.

후   그게, 특별 미션 받은 뒤로, 네가 가장 잘한 짓이다. 임무에 가장
      방해되는 게 바로, 너 자신이니까. 밀린 보고서 쓴다 그랬지? 지
      금이야.

단   (찌릿!) 이번 보고서 기대해요. 선배의 폭력과 무자비함을 가감 없
      이 쓸 거니까… (하는데)

후   오랜만에 일할 맛 나겠네. (가볍게 당부하는) 당분간 꽹과리도, (살짝
      망설이다) 지강우도 만나지 말고 근신하고 있어.

단   (듣기 싫은) 알겠으니까… 잔소리 그만하구 가세요. 더 얘기하면
      정말로 선배한테 반항하고 싶을 거 같으니까. (들어가면)

후   (가볍게 한숨)

S#28   판타지아 연습실 (낮)

센터 연습 중인. 그룹을 지어 차례로 동작하며 연습실 가로지르는 순서.

연서.. 대기하는 중 멍하니 넋 놓고 있다. 강우.. 연서 봤다.

단원들 연서 빼놓고 센터 나아가는.

연서.. 정신 차리면, 혼자 남았다.

박자 맞춰 홀로 동작 수행하는. 강우.. 맘에 들지 않지만 계속 연습 진행시키고.

S#29   판타지아 발레단 앞 (낮)

유미.. 계단 또는 벤치에 앉아 태블릿으로 업무 보는 중. 구인구직 사이트에서 비서직 클릭.

유미   (한숨) 마땅치가 않네, 마땅치가 않아… (하는데)

연서   (짐 들고 나오는)

유미   (일어나 맞으며) 끝났어요? 분위기 어때요? 궁금해죽겠는데, 아가씨가 기어코 연습실에 못 들어오게 하니까…

〈F/B〉   잡동사니 쏟아지던 로커(S#18), 자신을 외면하며 자릴 안 내주던 단원들 (S#21) 연서만 남기고 센터그룹 나가던 단원들 (S#28) 컷컷

연서   좋아요. 다 잘해줘요.

단   (E) **거짓말.**

연서   (놀라서 보면)

단	(환상) 인간은 참 이상해, 왜 거짓말을 하지? (3부 S#14)
연서	(눈 감고 고개 젓는) 왜 이래, 자꾸!
유미	아가씨? 어디 안 좋아요? (걱정스레 보면)
연서	… 집사님, 먼저 들어가세요.
유미	네?
연서	어디 좀, 갈 데가 있어서요. (연습 짐 유미에게 건네며) 바로 퇴근하세요! (하고 서둘러 가는)
유미	(허둥지둥) 아가씨! 같이!! (하는데 짐 떨어지고, 줍느라 연서 놓치는) 집이랑 여기밖에 모르는 사람이 어딜 간다구…

유미의 뒤로 등장하는 강우. 서둘러 가는 연서를 쓸쓸하게 바라보는데.

S#30   성당 앞 (낮)

연서.. 택시에서 내린다. 성당을 올려다보는.

S#31   성당 안 (낮)

사제복 입은 후.. 다가온다. 의자에 연서 앉은 뒷모습 보는.

후	(구시렁) 하여튼 밖에서 새는 바가지 땜에… 몇 번을 그냥…
연서	(돌아보면)
후	(만면에 미소로 다가와) 여기 주임신부를 찾으셨다구요.

연서	김단, 아시죠?
후	(연서 옆에 앉으면)
연서	저희 집에서 일했던 직원인데, 서류상 주소가 여기더라구요. 어떻게 성당이 주소일 수가 있어요?
후	왜 안 되나요. 첨부터 여기서 났고, 지냈는걸요.
연서	그니까… 이를테면 고아원 같은 건가요?
후	공중의 새도, 갈 곳을 잃은 인간도, 모두 거두고 기르시는 분이니까요.
연서	(혼란스러운) 그치만… 아버지가, 있다고 했어요. 쫓겨났다고.
후	여기서 아버지가 누군지, 잘 아시잖습니까.
연서	(가볍게 성당 의자 쿵 치며) 어떻게 이러지?
후	(? 보면)
연서	(스스로 어이가 없어) 어떻게 이래요? 하나두 모르잖아. 어디서 태어났는지. 부모님은 누군지, 어떻게 자랐는지. 어릴 때 꿈은 뭐였는지.. 초코케이크 말구 뭘 좋아하는지. 하나두 몰라요. (속상한)
후	직장동료끼리 시시콜콜 서롤 다 알진 않잖아요.
연서	걘 다 알아요. 내가 누구고, 내가 뭘 좋아하고, 싫어하는지 다 안 단 말이에요. 지금 어딨어요? 물어볼 게 있어요. 그렇게 보내는 게 아니었는데…
후	찾지 마세요.
연서	(!)
후	때가 된 것일 뿐입니다. 시작도 끝도, 사람은 알 수가 없죠. 지나고 나야, 인연이 다 됐다는 걸, 그것이 끝이었다는 걸 알게 됩니다.
연서	(서늘해지는)

S#32   **성당 앞 거리 (낮)**

연서.. 저벅저벅 걸어 나온다. 눈물 날 것 같아 얼굴을 손으로 가려버리는.

연서	어딨어, 진짜… (하고 고갤 드는데 !!!)
강우	(연서 앞에 서 있는)
연서	(놀라서) 감독님…?
강우	단이 씨 찾으러 왔어요?
연서	(!! 더 놀란)
강우	(돌아서며) 갑시다.
연서	어딜요?
강우	(툭) 미련 털어버리려요.
연서	(!!)

S#33   **선술집 (밤)**

강우.. 술잔 가득 소주를 따른다. 연서 앞으로 미는. 연서.. 잔을 본다. 단과 앉았던 자리.

〈F/B〉	6부 S#71 잔을 탁 빼앗아 드는 단의 모습.
단	안 돼요, 마시지 마!

연서.. 떠오르는 단의 말을 거역하듯, 잔을 들고 털어 마시는데,

513

강우	(다시 채워주며) 오늘까지만 해요. 흔들리는 거, 미련 떠는 거.

강우　(다시 채워주며) 오늘까지만 해요. 흔들리는 거, 미련 떠는 거.

연서　(공격적인 눈빛으로) 함부로 넘겨짚지 마세요. 누가 흔들렸다고 그러세요.

강우　연습 내내, 마음 한쪽 빼놓고 있는 거 다 보였습니다.

연서　(!!) 그건…

강우　가까웠던 사람이 갑자기 떠나면 당연히 충격받죠. 계속 생각하고, 궁금하고. 왜 이런 일이 벌어졌는지 물어보고 싶고. 이해해요. 근데, 그것만 알아둬요. 김단… 연서 씨가 생각하는 그런 사람 아닐 수도 있다는 거.

연서　(?) 무슨 뜻이에요? 내가 어떻게 생각하는데요? 단이가 뭐 어떤데요?

강우　(술잔 비우며) 보이는 게 다가 아니란 말입니다. 어쩌면 연서 씰 속이고 있는 게 있을 수도 있구요. 그러니까… 툭툭 털고 잊어버려요.

연서　(미간 찌푸려지는) 왜 떠난 사람을 흠집 내요?

강우　(!)

연서　(화가 난) 맞아요. 나 걔에 대해서 아는 거 없어요. 보내놓고 나니 더 그래. 근데, 그거 하난 알아요. 단인 음흉하게 사람 속이는, 그런 애는 아니란 거. 걔만큼 투명하게 속 드러내 보이는 사람… 지금까지 없었거든요.

강우　(! / 단에 대해 이렇게까지?)

연서　(단에 대해 이야기하니 그리움 훅 올라오는) 지젤 공연 제대로 못 할까 봐 걱정돼서 이러는 모양인데, 걱정 말아요, 나 엄마 아빠 돌아가신 다음 달에도 공연했고, 기립박수 받았으니까. (술 쫙 들이켜더니

술잔 탁, 놓고 나간다)

강우   (나가는 연서 모습 보다 / 연서가 놓고 간 술잔에 술 따라 마시며) 아직, 아무것도 모르네… (쓰게 삼키는)

S#34   **공원 (밤)**

연서.. 터벅터벅 걸어온다. 나무 아래 서는. 속상해죽겠는 얼굴로 벤치에 털썩 앉으며

연서   (스스로에게) 뭘 기대한 거야. 첫날처럼… 여기 앉아있기라도 할 줄 알았어?

나무 뒤에 슬쩍 보이는 손… 몸을 숨긴 단이다! 단.. 연서를 피해서서 목소릴 듣는.

INSERT   이전 상황

단.. 나무 아래 있다. 이파리 하나 팔랑 떨어지는데, 순간 불어오는 바람! 이파리, 바람에 나무 뒤로 굴러간다. 단.. 따라가서 이파리 줍는데, 아무것도 없다. 실망하는데,

연서   **(E) 뭘 기대한 거야.**

단.. 놀라 얼음! 되어 서는.

연서   (술기운 살짝) 김단.. 어딨어? 어?

단   (맘 아픈)

연서	어딜 가도 네가 있어. 술집에도 네가 있고, 집에도 못 들어가겠어. 연습 너무 중요한데, 지젤에 전부를 다 걸었는데, 자꾸… 네가 생각나서 미치겠어. 네가 없으니까… 다 뒤죽박죽이야. 네가… 필요해. 필요하다고!
단	**(E) 정신 차려, 이연서!**
연서	(놀라서 보면)
단	(연서 뒤에 선 / 심각한 표정)
연서	(일어난다 / 눈 감고 고개 저어보는) 진짜, 너야? 김단… 너 맞아?
단	(다가오더니 / 차갑게) 네 말이 맞았다. 내가 잘못했네. 따뜻하게 대하는 게 아니었는데… 쫌만 잘해주니까 이렇게 홀랑, 쉽게 흔들려버릴 줄 몰랐어, 내가.
연서	(충격과 상처로 입만 벌려 말은 못 하는)
단	못 알아듣겠어? 그냥 업무에 집중하다가, 잠깐 정말, 그냥 잠깐 분위기에 휩쓸린 것뿐이야. 네가 하도 못돼먹은 얼음 조각처럼 꽝꽝 얼어붙어 있어서, 호의를 베푼 것뿐이라고!
연서	(눈물 차오르는데)
단	(울컥하지만 꾹 참고) 나 같은 거한테 이러지 말구, 진짜 네 편 찾아. 끝까지 옆에 있을 사람 찾으라구! 알았어?
연서	(! 상처로 한참 보는)
단	(연서 얼굴 보는 게 괴로운 / 돌아서려는데)
연서	(팔 확 잡는다) 멈춰.
단	(돌아보지도 못하고) 놔 (하는데)
연서	내가 갈 거야.
단	(!! / 돌아보면)

연서	(확 가라앉은) 네 등 다시 안 봐. 공원에서도, 집에서도 항상, 도망가는 건 너였지. 이번엔 아니야. 똑똑히 기억해. 내가. 널. 버리고 가는 거야. 마지막에 남겨지는 건, 너라구.

연서.. 잡았던 단의 팔, 뿌리치듯 놔버리고, 단을 지나간다. 이 악물고 한 발 한 발 걷는.
단.. 그런 연서.. 잡지도 못하고 물끄러미 보는.

S#35   거리 (밤)

천천히 걸어 나오는 연서.. 눈물이 흐른다. 손바닥으로 뺨을 닦아보지만 계속 흐르는 눈물.

연서	없었어. 없었던 사람이야. 있었지만.. 없었던 사람처럼 할 거야. 할 수 있어.

연서.. 눈물 훔치면서 씩씩하게 걸어가는.

S#36   공원 (밤)

미션 나무 이파리들이 흔들리고 있다. 단이 나무 기둥을 주먹으로 퉁, 퉁 치고 있다.

단	(쿵) 뭐라고 (쿵) 말 좀 (쿵) 해봐요. (쿵쿵쿵쿵쿵) 날 보고 어쩌라는

거야, 진짜!!

하늘 향해 소리치는 단의 괴로운 표정에서 (F.O.)

S#37 몽타주

최선을 다해 여러 날을 보내는 두 사람.

1. 요양원. 단.. 의식 없는 함 노인 보살피는. 얼굴, 손, 발 닦아드리는.

2. 판타지아 연습실. 연서.. BAR 제일 끝에서 동작하는. 단원들.. 거리 두고.

3. 요양원. 단.. 빨랫감 나르기, 상자 나르기, 마스크 쓰고 침대 소독 청소하기 등 궂은일 한다.

4. 판타지아 연습실. 2막 윌리 꼬르드 연습 중. 연서.. 불편한 표정. 강우와 니나.. 그런 연서 보고. (점프) 쉬는 시간. 홀로 섬처럼 앉은 연서.. 토슈즈 벗으면 물집 터져 피가 났다.

S#38 연화도 - 단의 꿈

1. 해변-어린 연서.. 어린 강우의 앞머리를 홀렁 넘겨 모자를 씌워준다. (캡모자, 반대로)

어린 연서   이제 잘 보이지? 삽살개처럼 눈을 가리고 다니니까 자꾸 넘어지지! (팔에 멍 보고) 이게 뭐야!

어린 단	(씩 / 웃고)
어린 연서	무지개두 잘 보일 거야! 어떻게 태어나서 무지갤 한 번도 못 봤어?
어린 단	(살짝 시무룩해지는)

2. 어린 단의 집 앞 – 담벼락에 낙서하는 어린 단. 모자 씌워준 채로 거꾸로 쓰고 신나게. 발레 하는 연서 그림 그리고 있는데, 단 어깨 잡으며 왁! 놀래키며 등장하는 어린 연서.

어린 연서	나야? (그림 보더니) 진짜… 못 그렸다.
어린 단	너 아니거든? (그림 막 덧대 색칠하고 뛰어가 버리는)
어린 연서	야! 같이 가!!

따라 뛰어가는 어린 연서. 두 아이가 서있던 담벼락은 단의 파란 대문집이다.

S#39   요양원 병실 안 (낮)

단.. 침대에 엎드려 있다가 깬다. 눈을 부비는.

| 단 | 그만해, 껍데기… 헛된 꿈 꾸지 말라고… (하는데 / 놀라는!) |

함 노인 베드가 비어있다! 단.. 놀라 일어나고!

S#40   요양원 근처 (낮)

단.. 할머니를 찾고 있다. '할머니!' '어르신!' 불러가면서 찾고 있다.

골목을 헤매고, 풀숲을 뒤져보고, 도로를 살펴봐도 보이지 않는 함 노인.

단.. 지치고 두려운 표정으로 이마 짚고 섰는데 어디선가 들려오는 작은 소리.

함 노인   **(E) 우리 영감한테, 전화해줘…**

단.. 소리가 나는 곳을 향해 뛰어간다. 골목 끝 수풀에 가려진 곳 낮은 의자에 앉은 함 노인.. 스마트폰 버튼을 누르고 같은 말을 계속 반복하고 있다.

함 노인   우리 영감한테 전화해줘. 우리 영감한테 전화해줘. 이게… 왜 이렇게 안 돼…

단   (속상해) 어르신.

함 노인   (듣고 / 고개 돌려) 당신이에요?

단   (!!)

함 노인   (환하게 웃으며) 정말 신통방통하네… 계속 먹통이었는데, 진짜 당신을 불러줬어. (손 뻗으면)

단   (얼른 잡아드리며) 저는…

함 노인   (단의 팔 의지하며 일어나면서) 꿈에서, 아주 아름다운 갈대밭을 갔어요.

단	(!!!)
함 노인	당신이랑 손 꼭 잡고, 걸었지. 아름다웠어요. 꿈에선 갈대도, 당신도 다 보였거든. (더듬어 단의 손을 잡으면) 나.. 좀 데려다줘요.
단	네? 어딜…?
함 노인	(형형한 표정으로) 거기, 그 갈대밭.
단	(? 표정에서)

S#41 갈대밭 (낮)

7부 S#69 의 갈대밭이다. 단과 함 노인.. 나란히 걷는.

함 노인	기억나요? 우리 첨 만난 날…
단	(대답 못 하는) 어땠는데요?
함 노인	거짓말을 했지.

INSERT 요양원 병실 안-과거

김수(노엘).. 천사 복장 입고(행커치프에 깃털 손수건) 병실로 다가가는데, 눈이 흐릿한 함 노인이 김수를 보고 환히 웃어 보인다.

함 노인	당신이에요? 우리 혼인하던 날 입었던 흰 양복을 입었네…
김수	(다가가는)
함 노인	(수줍게 얼굴 만지며) 어떡하지? 나 너무 늙었죠? 못났지?
김수	…… 이뻐, 그날처럼.

현재.. 김수가 사라졌던 자리까지 걸어온. 단과 함 노인.. 멈춰 서
는데,

함 노인   고마워요. 그때 거짓말해줘서.

단   (마음 아프게 보며 / 연서로 대입해보는) 행복… 했어요. 하루하루. 그럴
         수 있어서, 좋았어요. 정말.

함 노인   (미소로 보다 / 털썩 주저앉는데)

단   (! / 부축하며) 괜찮으세요? 병원 가요. 당장.

함 노인   (단의 팔 토닥토닥하며) 고마워요. 젊은이. 그날도, 오늘도.

단   (소름 쫙!) 저, 누군지 아세요? 기억 다 나신 거예요?

함 노인   전부 꿈이었음 얼마나 좋았을까. 각오했다고 생각했는데. 70년
         넘는 시간 동안 숱하게 헤어져봤는데도 이별이란 게 매번 힘들
         어. (손수건 펼치며) 이 자리, 맞죠?

INSERT   깃털 불탄 자국 선명한 손수건!

단   (!!) 그 손수건…!

함 노인   그 사람이 남겨준 게, 이 깃털 손수건뿐이네. 딱 하나뿐이야. (앉
         아서 흙을 한 움큼 쥐어 손수건에 담는) 이리 부서질 육체였어. 허망해.
         (손수건 꽉 묶어 소중히 품에 안는) 담에는 사람으로 태어나요, 내가
         당신 수호천사 할게.

단   (등이 쭈뼛) 아셨어요? 그분이… 천사였던 거?

함 노인   (미소 지어 보이면)

단   (충격 / 함 노인 곁에 앉는) 무섭지 않으셨어요? 사람이 아니잖아요.

유령이나 괴물 같은 건데…

함 노인 세상에 그렇게 다정한 괴물이 어딨담.

단 (! 보면)

함 노인 자길 보구 30년 전 저세상 간 할아범이라 해도, 그렇다 해주는
사람인걸. 그렇게 꼬박 1년은 예쁘게 거짓말해준 사람이었어.

〈F/B〉 7부 S#36

김수 (미소로) 꼭 오랜 세월 보내야 진짜는 아니지. 1년을 살아도 천년처럼 사랑
할 수 있으면 되는 겨..

단 (알겠고) 어떻게… 그럴 수가 있죠.

함 노인 (까무룩 하는)

단 전.. 도망쳤어요. 무서웠거든요.

함 노인 사라지는 게?

단 (고개 젓고) 아뇨… 제가… 걜 잡을까 봐요. 같이 있음 손 잡아주고
싶고, 안아주고 싶은데… 그래버리면, 연서가 슬퍼질 거 같았어
요. 불행해질 거 같았어.

함 노인 나처럼?

단 (대답 못 하는)

함 노인 (단의 어깨에 몸을 기대는) 난 후회하지 않아요.

단 (! / 보면)

함 노인 슬퍼요, 맘이 찢어져. 그치만 이게 내 운명인걸. 하필 나서, 그
이가 만난 게 나라서 고마워요. 원망하지 않아. 젊은이.. 세상에
이유 없는 만남 같은 건, 없는 법이에요. 꼭 보물 상자 속에 숨겨

놓은 비밀처럼, 나는 운명을 믿어요. 그게, 우리를… 만나게 했다
고… (손에 힘이 빠져 / 툭 떨어지는)

단   (!) 어르신… (함 노인 어깨를 안아보는데 / 힘없이 늘어지는) 어르신!! (눈
물이 그렁해서 / 함 노인을 소중히 안아주며) 어떡해… 이렇게 가시면 어
떡해요… (하늘 보는데 / 원망스러운) 만족하십니까? 왜 이렇게까지
하시는 거예요? 뭐라고 말 좀 해봐요! 네? (눈물 한 줄기 흐르는)

갈대밭 가운데 함 노인을 안고 하늘을 보며 토로하는 단의 모
습… 부감으로 보이는 데서,

S#42   아이비 연습실 (밤)

연서.. 지젤 연습 중이다. (매드 씬 안무 연습) 하다가 멈추는. 뭔가
맘에 안 드는지 갸웃하는데, 창문으로 휙! 들어오는 바람에, 붙여
놓은 사진이 툭, 떨어진다.
연서.. 불길한 기분으로 사진을 들어서 본다.

S#43   골목 (낮)

박 실장.. 서류 봉투 삐쭉 솟아 보이는 서류 가방 옆구리에 끼고
서둘러 오는 중이다.
불안해 보이는 모습. 누군가 박 실장을 지켜보던 시선.. 그를 향해
돌진한다.
헬멧 쓴 준수의 오토바이다. 박 실장의 서류 가방을 그대로 스틸!

박 실장	(나동그라지면서) 안 돼! 그 서류들은 안 돼애!! (하는데)
준수	(오토바이 멈추고 / 박 실장을 돌아본다 천천히)
박 실장	(소름 쭉)

S#44   **카페 안 (낮)**

유미.. 초조하게 기다리고 있다가

유미	왜 이렇게 안 와? (핸드폰에 [박광일 실장] 전화 걸면서, 창밖을 보는데)

박 실장.. 카페 앞에서 우물쭈물, 주위를 둘러보다가, 도저히 못 들어와 돌아서는 모습 본!

S#45   **카페 앞 거리 (낮)**

박 실장.. 겁에 질려 오는데, 뒤에서 유미의 목소리.

유미	**(E) 박 실장님!**

박 실장.. 헉! 해서 빠른 걸음으로 도망치는데, 유미.. 추격하는! 박 실장과 유미의 짧은 골목 추격전. 허약한 박 실장에 비해 빠르고 탄탄한 유미.. 수월하게 박 실장 뒷덜미를 잡아채는데!

박 실장	(겁에 질려) 아아… 잘못했어요!!
유미	(?) 실장님?? 저예요, 정 집사!

박 실장	(힝, 올려다보는데)

(점프) 골목에 마주 선 유미와 박 실장.

유미	그래서, 그간의 증거들 정리해놓은 가방을 날치기 당했다구요? 그걸 나보고 믿으란 거예요?
박 실장	정말 죄송합니다.
유미	백업은요? 원본 저장 따로 해놨을 거잖아요.
박 실장	누군가 감시를 하고 있는 게 분명해요. 날 가만두지 않을 거라구요!
유미	실장님, 힘내요! 용기 내지 않으면 실장님 영원히 지옥에서 살아야 돼! 네?
박 실장	(여전히 두려운) 죄송합니다. (하고 뛰어가는)
유미	(한숨 푹)

S#46　판타지아 발레단 옥상 (낮)

루나.. 준수에게서 가방을 받아 서류를 펼쳐본다. 7부 S#45에서 루나가 봤던 서류 봉투. 폐차보고서, 박 실장 진술서와 영자가 태웠던 서류들(전화기록/교통사고 조사서/판타지아 나잇 경과보고서-녹취록 포함 등)이다.

준수	허튼 생각 못 할 겁니다. 계속 주시하겠습니다.
루나	지진 나고 땅 흔들릴 때 죽어라, 하구 머리 잡고 책상 밑에 숨어

들어가는 게 답이거든… 근데 참… 아저씨도. 가만 계시지. 그래야 파편을 안 맞는데… (서류 정리해 넣으며) 수고했어.

준수 　… 그리고 김단 말입니다.

루나 　(반짝) 그 친구 왜? 재밌는 거 있어?

준수 　그만뒀습니다.

루나 　그래? 세상 애틋하게 굴더니… 시시하네. 난 또, 연서 짝사랑이라도 하는 줄 알았는데. 그런 친구들 맘 갖고 놀기 재밌잖아.

준수 　(!)

루나 　아… 오해하지 마. 네 맘은 갖고 놀거나, 재미로 생각한 적 없어. (미소) 알지?

준수 　신경 쓰지 마십시오.

S#47　루나의 방 (밤)

문 살짝 열리면 영자.. 슬그머니 들어온다. 뒤를 한 번 보고 방을 돌아보는.

영자 　이렇게 깔끔한 앤데…

영자.. 망설이다가 옷장과 침대 협탁 서랍 등을 열어보는. 별다를 것 없이 잘 정돈된.
영자.. 서랍을 여는데, 그 속에 서류 있다! 반쯤 열리는 찰나! 루나.. 들어온다. 씻고 온 모양새.

루나	뭐 하세요, 엄마?
영자	(딴청) 줄자가 어딨더라? 재볼 게 좀 있어가지구…
루나	('그 서랍'으로 향하는 손 / 바로 옆 서랍 열어 줄자 꺼내는) 여기요.
영자	(받아 들고) 어, 땡큐… (돌아서다) 루나야…
루나	(보면)
영자	엄마랑… 술 한잔하자. 나와. (하고 나가면)
루나	(반쯤 열린 서랍 확인하고 날카로운 눈빛으로 탁, 닫는)

S#48 영자네 주방 (밤)

영자와 루나.. 양주와 과일 안주 정도 앞에 두고 대화 중. 루나.. 능숙하게 사과 깎는데.

영자	어릴 때부터 참 손이 안 가는 애였어, 너는. 그래서 엄마가 참 고마워. 니나 발레 시키고, 판타지아 충성하느라 돌봐주지도 못했는데.
루나	(미소로) 불만 가진 적 없어요. 전 엄마가 일하시는 거, 멋있고 좋았어요.
영자	집에 친구 한 번 데려온 적도 없구 매일 니나 머리만 땋아주면서 놀았잖니. 엄마 대신에 동생 보느라…
루나	저 딴 애들한테 관심 없었어요. 니나가 워낙 이뻐서, 꾸며주기 좋았는데요, 뭐. 근데 엄마 무슨 일 있어요? 왜 안 하던 말씀을 하셔?
영자	(물끄러미 보는) 너니? 연서를 죽이려고 한 게?
루나	**(E) 엄마?**

영자	(정신 차린다 / 상상이었다) 아니… 너도 부쩍 신경 날카로운 거 같아
	서… 루나야. 너는 좋은 것만 보고, 깨끗한 데만 가고 그래? 다른
	건 다 엄마가 할게.
루나	(어리둥절해하는) 저 아시잖아요? 지저분한 거 딱 싫어하는 거. 사
	과 좀 더 깎을까요? (일어나 냉장고 여는데)
영자	(루나 뒷모습 보고 / 아닐 거야, 믿고 싶어 양주 들이켜는)

S#49   **영자네 집 앞 (밤)**

니나.. 지친 몸을 이끌고 터벅터벅 걸어오면, 기천.. 문 앞에 서있는.

니나	아빠? 왜 나와있어요?
기천	우리 딸 기다렸지. 요새 통 얼굴을 못 봐서.
니나	(고마워서 찡)

S#50   **술집 (밤)**

기천.. 우동 니나 앞으로 쭉 밀어주는.

기천	국물이라도 좀 마셔. 속이 뜨셔야 기운이 나지.
니나	고마워요, 아빠.
기천	(술 따라 마시는) 힘들지?
니나	(코 찡 돼서 고개만 젓는)
기천	연서 땜에 너무 애 끓이지 마, 불쌍한 애잖어.

니나	아빠 맨날 그러드라. 연서가 뭐가 불쌍해. 예쁘지, 돈 많지, 재능 넘치지… 신이 개만 사랑하는 게 틀림없어요. (기천 잔 가져가 탁, 털어버리고 / 크)
기천	신이 걜 사랑하면, 그렇게 일찍 부모를 데려가진 않았을 거야.
니나	(!)
기천	아무리 예쁘고, 돈 많고, 재능 있음 뭐해. 그 끔찍한 일들을 당했는데… 참 운이 없는 애야. 연서는. 그니까 금나나, 네가 잘 좀 보살펴줘.
니나	(서운해서) 아빠, 누구 편이야?
기천	아빠 평생 네 편이니까, 네가 연서 편 돼주란 말이야. 응?
니나	싫어요. 나 태어나 첨으로 연서랑 제대로 겨루고 있단 말이야. 같은 편 못 해.
기천	업보란 말이 왜 있는데, 사람 자기 손으로 짓는 건, 선행이든 악행이든 다 돌려받게 돼있어. (물끄러미 니나 보며) 너랑 루나는 절대로 안전해야 돼!
니나	(?) 무슨, 말이에요?
기천	(쓰게 술 털어놓으며) 착하게 살라구, 지금처럼.
니나	(대답도 못 하고 / 심란한)

S#51 판타지아 발레단 복도 (낮)

은영과 수지.. 꼭 붙어 출근 중.

은영	연습 많이 했어? 감독님이랑 일 대 일 첨이잖아.

수지	맨날 같이 연습하는데 뭐⋯ (하는데 손 떨리고)
은영	(깔깔) 떨지 말구 말해 봐! (막 놀리는)
수지	야! 놀리지 마!!
은영	그러게 왜 오디션을 한다고 나서! 어차피 두 사람 쌈 될 텐데.
수지	도전해봐야지. 넌 진짜 안 해? 계속 꼬르드만 할 거야?
은영	너 그 말두 몰라? 표는 주역이 팔아도, 예술은 꼬르드가 하는 거!

수지, 오오! 감탄해주고. 은영과 수지.. 웃으면서 연습실 들어가는데

S#52 판타지아 연습실 (낮)

살벌한 기운 감도는 연습실. 각자 연습복 갖춰 입고 토슈즈 접었다 폈다 하면서 비장한!
은영과 수지.. 눈치 보고 각자 자리 찾아가고. 연서.. 토슈즈 끈 단단히 매고 발목 돌려보는. 니나.. 그런 연서 바라보고. 강우.. 들어와서 단원들 보며,

강우	매드 씬, 시작할게요. 다들 각자의 지젤, 맘껏 보여주기 바랍니다.
단원들	(긴장 확! 되고)

수지.. 얼음 돼서 서있다. 어쩔 줄 모르는. 강우.. 의자 앞에 팔짱 끼고 앉은.
음악은 계속 흐르고, 수지.. 발을 꼼지락거리지만 너무 떨려 얼어

붙었고.

강우 　수지의 새로운 지젤은 그냥 돌덩인가?

수지 　(흑) 죄송합니다. (하고 뛰어나가는)

강우 　(후, 한숨 쉬며) 다음

정은.. 매드 씬에서 괴로움에 바닥을 팍팍 치면서 열연하는데

강우 　스탑!

정은 　(보면)

강우 　육아 스트레스를 여기 풀지 마시죠. 머릿속으로 딴생각하는 거
　　　　다 보여요. 그런 면에서 새롭긴 하네.

정은 　(실망하지만) 다시 하겠습니다!

강우 　다음 (하고 니나를 보면)

니나.. 무대 중앙에 나와서 긴장의 심호흡하더니, 천을 꺼내 눈을
가린다.
연서, 강우, 단원들.. 모두 놀라는데! 니나.. 눈을 가린 채 매드 씬
안무를 하는!

S#53　　건물 옥상 (밤) – 니나의 회상

천을 턱, 꺼내놓는 엘레나. 니나.. 놀라서,

니나	눈을, 가리라구요?
엘레나	비극이라며? 배신감에 미쳐서 눈이 멀어버린 여자가 직접 돼봐야지. 그래야 감독이 원하는 복수의 피날레로 달려갈 수 있어.
니나	(!)

(점프)

눈을 가린 채, 옥상 난간에서 스텝을 밟는 니나의 모습. 바짝 긴장해 침을 꼴깍 삼키는 위로

| 엘레나 | **(E) 위태로워. 막막해. 온몸의 세포가 바짝 서는 감각을 느껴!!** |

S#54 판타지아 연습실 (낮)

(연결) 눈 가린 니나.. 매드 씬을 추고 있다. 단원들은 감탄하고, 연서.. 진지하게 보지만 갸웃.

강우.. 저벅저벅 가더니 니나의 어깨를 잡고 멈춘다. 그리고 손가락으로 탁, 끈을 풀어버리는.

땀에 젖은 니나.. 강우를 올려다본다. 사슴 눈으로.

강우	시도는 좋았습니다.
니나	(두근)
강우	근데, 무대에서도 이럴 겁니까? 천에 의지하고, 감정을 흉내 내는 건 진짜가 아니죠.
니나	(!!!)
강우	다음. 이연서, 준비됐어요?

연서.. 침착한 표정으로 일어난다. 나나.. 속상하고 비참한 기분으로 들어오는. 단원들.. 소곤대며 엄지손가락 들어 보이지만, 맘 풀리지 않고.

(M) 음악 흐르면, 연서.. 춤 시작하는 모두 숨죽이고 연서의 춤을 보는. 아주 애절하고, 슬픈 표정이다. 단원들.. 웅성거린다. 뭔가 잘못된 분위기 물씬!

강우.. 연서의 춤을 보다가, 점점 찌푸려지는 인상. 음악을 꺼버린다.

연서	(보면) 왜요?
강우	지금 뭐 하는 겁니까? (혼란스러운) 왜 200년 전 지젤을 추고 있어요? 분명히, 새로운 지젤 맘에 든다고 했잖아요.
연서	그랬는데, 생각이 바뀌었어요. 아닌 거 같애.
단원들	(헉!!!)
강우	아니, 지금 지젤은 배신을 당했잖아. 실컷 꼬셔서 연애했는데, 양다리인 걸 안 거라구요. 근데 어떻게 그렇게 애절한 표정을 지어?
연서	슬프니까요.
강우	(헉!) 나는 연서 씨가 우리 지젤을 이렇게 수동적인 캐릭터로 해석해 올 줄 몰랐네요.
연서	원망하고, 저주하면 안 미쳐요.
강우	(?)
연서	누굴 꼼꼼하게 미워하려면 반드시 제정신이어야 되거든. 근데 왜 미쳐버리는 줄 알아요?
강우	(뭐라 말하기도 전에)

연서	슬퍼서. 너무 슬퍼서… 그만큼 사랑하니까.
강우	(답답한) 그게 바로 고전적이고 고리타분한 지젤이라구요.
연서	(역시 답답한) 겉핥기만 하니까 그렇죠! 핵심으로 들어가면 그 마음이 관객을 울릴 거라구요!

서로 답답해하고 있는데, 연서.. 성큼 가더니 음악을 틀어버린다.

연서	내가 보여줄게요! 잘 봐요.

연서.. 강우를 가운데 세워두고 연기를 시작한다. 강우.. 알브레히트 귀족 역할.

연서.. 비밀을 알고 충격받는. 귀족에게 애절하게 손 뻗으며 다가가는데,

강우.. 한두 발짝 뒤로 물러나서 연서의 손이 닿지 않게 하는 위로

연서.. 아랑곳 않고 춤(연기)을 계속한다.

연서	**(E) 슬퍼, 슬퍼. 내 마음은 멈추지 않았는데, 이 사랑은 끝이 나야 하네.**

연서의 격정적인 연기가 계속된다. 강우.. 점점 연서 연기에 압도되어가는.

연서	**(E) 당신은 왜, 내 것이 될 수 없어?**

공작에게 애절하게 손 뻗으며 다가가는 동작 다시.

강우.. 물러나는 타이밍 놓쳐 연서에게 옷깃을 잡힌다. 서둘러 털어내고 물러서는 (춤동작 같은 흐름으로) 너무나 슬퍼하는 연서의

표정.

연서　**(E) 왜 모든 것이 사라져야 해?**

연서의 압도적인 춤을 보는 단원들과 그리고 나나.. 나나.. 눈물이 차오르지만 참고.

연서.. 무아지경으로 감정에 취해 연기하고 있는. 강우를 보는데, 서있는 사람 단이다 (환상)
연서.. 눈물이 차오른다. 그를 향해 달려가는.

연서　**(E) 보고 싶어. 보고 싶어.**

연서.. 달려가는 기세 그대로 강우에게 안기는! 강우의 얼굴을 감싸 쥔 연서의 얼굴! 감정에 취해 또르르 눈물까지 흐른다. 아주 가까운 두 사람의 얼굴.. 연서.. 다가오면 강우.. 피하는데!
단원들 사이에서 박수가 터져 나온다. 연서와 강우.. 정신 들어 서로 떨어지는.

연서　… 이제, 알겠어요?

강우　(!!)

S#55　**판타지아 탈의실 (낮)**
연서.. 옷 못 갈아입은 채로 로커 앞에 멍하니 앉은. 감정 추스르는 중이다.

단원들.. 쳐다보며 수군거려도 모른다. 전화기 꺼내 보는 연서.. 통화목록에 [김단]을 본다. 누르지 못하고 가만히 보는데,

S#56   **강우의 사무실 (낮)**

강우.. 털썩, 의자에 앉는다.

〈F/B〉   S#54에서 자신을 바라보던 간절한 연서의 얼굴이 컷컷 떠오른다. 그 위로

연서   **(E) 슬퍼서. 너무 슬퍼서… 그만큼 사랑하니까.**

강우.. 벌떡 일어난다. 화가 나서 나가는!

S#57   **판타지아 탈의실 앞 (낮)**

강우.. 저벅저벅 걸어가는데, 연서.. 짐 챙겨 나온다. 두 사람.. 딱 마주친. 연서.. 목례하려는데,

강우   잠깐 얘기 좀 하죠. (휙 돌아 앞서가고)
연서   (?)

S#58   **판타지아 발레단 일각 (낮)**

강우와 연서.. 떨어져서 대치하는!

강우	알아서 잘한다면서요. 지젤 잘할 거라면서요. 이거였습니까?
연서	저는 제 마음이 시키는 대로 한 것뿐이에요. 아무리 미워하려고 애를 써도, 미워지지 않는 사람도 있는 거예요.
강우	아직도, 김단입니까? 그게 문제예요?
연서	(!)
강우	제발 정신 차려요! 나도 이별해봤습니다. 소중한 사람, 떠나보내고, 정신 못 차리고 헤매는 거… 나도 해봤다구요. 지금 연서 씨 느끼는 감정, 특별할 거 하나도 없다는 말입니다.
연서	… 그럼 감독님도 잘 아시겠네요. 난 이게 맞다고 생각해요. 화도 나고, 원망도 되지만, 결국엔 너무 보고 싶은 거. 그래서 슬픈 거.
강우	(답답해 죽는) 슬퍼만 해선 영원히 아무것도 못 해! 지젤과 알브레히트 두 사람이 정말 사랑한다면, 결국 같이 죽어야죠!
연서	(!!) 그 사람이구나. 절에 모셨다는 친구. 발레 했다는.
강우	(!) 쓸데없는 소리 하지 마요. 작품과 아무 상관 없는 얘기니까…
연서	(눈치챈) 설마… 2막 엔딩… 두 사람이 영원한 죽음의 세계에서 함께 춤을 추는 거… 감독님 맘이에요?
강우	(쿵 / 눈동자 흔들리고)
연서	그거야말로… 너무 슬픈 마음이잖아요… 감독님 조금만 더 생각해보시면,
강우	(O.L / 표정 다잡고) 그만. 지젤에 대해 더 생각해야 할 건, 내가 아니라 연서 씹니다. 제발, 더 이상 날 실망시키지 말아요. (잠시 응시하더니 돌아서 간다)
연서	(그런 강우 뒷모습 살짝 안쓰럽게 보는)

S#59   **강우의 오피스텔 (밤)**

(M) 지젤의 음악을 크게 틀어놓은. 강우.. 침대에 누웠다. 복잡한.

⟨F/B⟩   4부 S#49 명부전 소원 종이에 '소멸'이라고 쓰는 강우. 연서를 바라보는.

연서   **(E) 그거야말로… 너무 슬픈 마음이잖아요.** (S#58)

강우.. 일어난다. 붙여놓은 연서의 사진을 떼어서 가져온다. 책상 위에 두는 강우. 노트북을 열면, 설희가 있다. 같은 얼굴 / 다른 분위기의 설희와 연서 얼굴을 나란히 두고 혼란스럽게 보는.

S#60   **성당 작은 방 (밤)**

후.. 들어오면, 책상에 보고서 양피지가 있다. 후.. 놀라서 펼쳐보는데,

단   **(E) 크신 계획과 섭리 안에 우리가 있다고 하셨지요.**

S#61   **갈대밭 (낮) – 단의 회상**

단.. 할머니 유골을 뿌리는. 쓸쓸하고, 생각 많은 표정.

단   **(E) 가난하고, 외로운 자에게 마지막 남은 희망을 거둬가는 것도 예정된 것이었습니까? 끝끝내 아무 원망을 하지 않는 자를 향한 섭리는 무엇입니까.**

S#62   배 위 (낮)

단.. 갑판 위에서 섬을 바라보고 있다.

배낭에서 꺼내는 노트. 서툰 그림으로 꿈의 장면들을 그려두었다.

INSERT   1. 바닷가 무지개 춤(6부 S#6-1) 2. 뚝방 첫 만남(7부 S#65)

3. 절벽을 잡고 있는 손(6부 S#6-3) 4. 파란 대문집(S#38)

단   **(E) 제게도, 태초부터 계획하신 섭리가 있으십니까?**

S#63   연화도 곳곳 (낮)

단.. 노트에 그려둔 곳곳을 찾는다. 바닷가/뚝방/절벽으로 보이는 해변까지.

단   **(E) 확인해보고 싶습니다. 이 마음의 근원을,**

S#64   성당 안 (밤)

출발 전, 단이의 기도. 손수건 앞에 둔 단의 맑은 얼굴. 십자가를 향해 기도하는 목소리.

단   왜, 이연서입니까? 왜 하필 그 사람에게 절 보내셨습니까?

네, 비 오는 날 제가 구했죠. 하지만, 그 사람이 먼저, 절 알아봤습니다.

왜죠? (막막히 보다 / 솔직하게 고백하는)

그 사람 옆에 있고 싶습니다. 떠나고 보니 더 그렇습니다.

그래도 되는 이유가 단 하나라도 있다면… 그렇다면 부디, 그걸 찾게 해주십시오. 그 길의 끝이 어디라도, 기꺼이 가겠습니다.

S#65   연화도 가게 앞 (낮)

구멍가게 정도. 초코 음료 하나 빨대 꽂아 먹으면서 나오는 단.
가게 앞 평상에 해녀 할머니 두세 명 앉아 휴식 중이다. (이후 박 해녀)

단	(씩씩하게 인사하는) 안녕하세요!
박 해녀	놀러 왔어요? 여 촌구석에 혼자?
단	(씩 웃으며) 찾고 싶은 게 있어서요.
박 해녀	뭔디? 보물섬이라고 소문났어?
단	(슬쩍 다가가) 할머니, 이 섬에서 오래 사셨어요?
박 해녀	오래는 무슨, 평생 살았지!
단	그럼 파란 대문집, 혹시 아세요? (키 가늠하며) 예전에 요만한 꼬마 살았던 데요. (눈 반짝이는 데서)

S#66   어린 단의 집 앞 (밤)

칠이 다 벗겨진 파란 대문 앞. 단.. 기웃거리는 모습 위로.

박 해녀	**(E) 저 언덕 위에 파란 대문집. 거기 꼬맹이랑 주정뱅이 아비 하나 살았는데, 어느 날 감쪽같이 사라졌지.**

단.. 대문을 살짝 건드리면, 끼익하고 저절로 열리는 문. 단.. 망설이는 모습 위로

단의 코 끝에 떨어지는 빗방울. 단.. 어라, 싫은! 주위를 둘러보다가, 에라 들어가 버린다.

S#67   어린 단의 집 안 – 환상 + 꿈 (밤)

잡초가 무성해 마당을 덮어버린 폐가. 풀들 위로 빗방울 후드득 떨어지고, 단.. 툇마루에 올라가 앉는다. <u>으스스한 느낌</u>. 팔을 감싸 안고 집 안을 돌아보는데,

(E) 후다닥! 소리 나는. 단.. 놀라서 보면, 어린 단이 마당 한쪽에 숨는다.

단.. 놀라서 일어나면, 잡초 없는 깨끗한 과거의 집. 어린 시절 자신을 관객처럼 보는 환상이다.

방문 거칠게 열리고, 술병 든 단 아빠.. 비척대며 나온다. 빗줄기는 그대로 내리는 집.

어린 단.. 떨리는 눈으로 빼꼼 바라보는 얼굴이 단의 정면에 보인다. 단의 시선에 단 아빠의 크고 어두운 뒷모습. 어린 단에게로 향하는데,

단 아빠   **(E) 쥐새끼 같은 놈… 어디로 숨었냐! 이놈의 지긋지긋한 비 땜에 안 그래도 미치겠는데!!**

어린 단.. 너무 겁나 떨다가 작은 화분을 넘어뜨려 (E) 소리를 내

고 만다. 휙! 돌아서는 단 아빠의 등! 가만히 보다가 성큼성큼 무
섭게 어린 단에게 다가가 아이 멱살을 잡아 끌어 올리는 데서

단   (E) **안 돼!!**

S#68   어린 단의 집 안 (낮)

단.. 깬다. 툇마루에서 잠들었던 것. 비 그친 마당에 들어오는 햇살.
단.. 뭔가 생각난 듯, 마당으로 향한다. 어린 단이 숨었던 구석으
로 가는!
거기 떨어뜨렸던 화분이 깨진 채 엎어져 있다. 단.. 확신을 가지고
화분을 치운다. 그 안에 있는 철제상자. 단.. 떨리는 손으로 상자
를 열면, 사진이 있다.

INSERT   해변에서 찍은 어린 연서와 어린 단의 사진. 쑥스러워 몸 배배 꼰 성우와
예쁜 연서!

단   꿈이 아니야. 분명히 있었던 애야.

사진 밑에 접혀있는 스케치북. 꺼내어 펼쳐보면, 풍화된 그림 한 장.

INSERT   춤추는 연서와 이를 보는 단, 그 뒤에 무지개. 그림 아래 이연서 (하트) 하
고 옆은 보이지 않는.

단.. 그림을 보자 섬광처럼 옛 기억이 떠오른다.

S#69   **어린 단의 집 앞 - 단의 회상 (낮)**

대문을 사이에 둔 어린 단과 어린 연서.. 부감으로 보인다. 어린
연서.. 대문을 마구 흔들고 있는. 대문을 꽉 잡은 어린 단.. 얼굴이
상처로 엉망이다. 보이기 싫어 이 악물고 버티는.

어린 연서   너 진짜 이럴 거야? 나 내일이면 떠나! 서울도 아니구, 러시아에
             간다구! 비행기 타구 멀리멀리!

어린 단   (눈물 핑 맺히지만 대답 못 하는)

어린 연서.. 대문 아래로 어린 단의 꼬질꼬질한 운동화 코를 봤
다! 바닥에 엎드려버리는 연서!
팔을 뻗어보는데, 틈이 작아 안 들어가! / 어린 단.. 깜짝 놀라 발
을 빼는데,

어린 연서   너 거깄는 거 다 알아!

어린 단   (대답 못 하고 끙끙)

어린 연서   (화난 / 일어나 대문 노려보다 철제 선물상자(S#68) 집어 던져버리고) 됐어.
             다신 안 봐. 너랑 절교야!! (씩씩거리며 간다)

어린 연서   (문 빼꼼 열리며 나오는 / 철제 상자 줍는 손 / 슬프고 속상한 얼굴)

단   **(E) 비가 오는 날마다 맞았어. 그래서 비 온 뒤엔 밖에 나간 적이 없었어.**

S#70   **뚝방 (낮)**

단.. 손에 그림 들고 달려오고 있다. 기억이 난 얼굴. 슬프고 벅차

고, 복잡한 표정.

단 　　(E) **그래서 한 번도 못 본 거야. 무지개를. 나한테 무지개를 처음 보여 준 여자애.**

⟨F/B⟩ 　1. 1부 S#63에서 배에 올라타 돌아보는 연서 / 멀리서 연서를 바라보는 단의 슬픈 얼굴.

단 　　(E) **걜 위해서 어른이 되고 싶었어.**

　　　　2. 절벽에서 미끄러지는 손(6부 S#6)/ 바닷속에서 봤던 수면 (시점샷) (7부 S#1)

단 　　(E) **죽고 싶지 않았어.**

　　　　3. 뚝방 길에서 꼭 껴안은 두 아이 (7부S#65)

어린 연서 　난 연서야. 이연서.. 넌?

어린 단 　나? 나는……

단 　　(E) **나는… 내 이름은**

달려오던 단.. 우뚝 선다. 놀란 얼굴. 뚝방 길에 연서가 서있다! 진짜 연서가, 단을 보고 있다.
서로 믿을 수 없는 듯 놀란 얼굴 위로.

어린 단, 단 　(E) **성우야, 유성우.**

단의 손에서 떨어지는 그림. 무지개 그림 아래 이연서 (하트) 유성우 적혀있는 데서 ENDING!

[출연진 및 스태프]

출연	신혜선, 김명수, 이동건, 김보미, 도지원, 김인권, 우희진, 김승욱, 길은혜, 이화룡, 이제연, 박상면, 강예나, 조성현, 이영도, 김사랑, 이승현, 이소미, 이예나, 이산하, 이하나, 고승미
서울발레시어터	신선미, 원보라, 이와모토유리, 권보빈, 도하련, 신솜이, 신지민, 장다영, 박지영, 이규원, 박상효, 윤소미, 김찬미, 김태린, 감향림, 정다은, 타케다하루나, 김예진, 이유림, 장선국, 박경희, 황경호, 도윤현
아역	고우림, 엄서현, 윤채은
특별출연	장현성, 박원상

책임프로듀서	강병택
제작	조윤정, 정해룡
BM	최준호
제작총괄	박채린, 최재순, 박춘호, 김동희
극본	최윤교
연출	이정섭, 유영은

촬영감독 정해근, 강장수, 김홍중 / 조명감독 김경배, 오영삼 / 포커스 이동길,박종화, 이정원 / 촬영팀 A 주경철, 허은혜, 박관용 / 촬영팀B 박찬희, 최하민, 천영준 / 촬영팀C 송송이, 이승호, 오승재 / 데이터매니저 유민아 / 조명팀A 김종학, 이동훈, 김민혁, 김민서, 박찬호 / 발전차A 더파워, 김영욱 / 조명팀 B 김인규, 김대민, 김지수, 권용수, 임애리 / 발전차B 이채훈 / 조명크레인 오정우 / 동시녹음 강성민, 배기오, 김범수 / 지미집 / 달리 그리다 김영진, 임남채, 이용권 / 특수효과 ㈜몬스터특수효과, 최병진, 이현준, 박성훈, 이정민 / 보조출연 ㈜하늘예술 김문곤 / 무술감독 액션스쿨 정윤헌 / 무술지도 송원종 / 미술제작 KBS아트비젼 / 미술감독 이경미 / 장식총괄 최근남 / 장식팀장 이정민 / 장식디자인 유연주, 이소의 / 장식 오영일, 박상영, 김기원 / 장식지원 이경섭, 김일태 / 가구제작 정진호, 윤홍철 / 의상디자인 강윤정 / 의상 이정혜, 박정수 / 분장 예랑분장 김상은, 장한별, 박채원 / 미용 양미나 / 세트제작 ㈜아트인 / 세트총괄 송종태 / 세트제작 남궁웅태, 문제일 / 세트장치 이상군, 김정근, 조용훈, 최병덕, 이용학 / 세트장식 김한, 박유범 / 세트작화 이규창, 노송봉 / 세트행정 홍성훈 / 세트진행 김동휘 / 제작편집 송진석, 송호경 / CG 나유선 / 특수영상 ㈜INSTER 김동명, 신상수, 안중겸 / CG테일 도세민, 김무원, 이한길 / DI 티-브이 포스트웍스 김현수 / OST제작 빅토리콘텐츠 / 음악감독 최인희 / 작곡 서현일, 오혜주 / 사운드디자인 유석원 / 사운드에디터 김수남 / NLE편집 송미경, 호진아 / 편집보 정하림, 조혜솔 / 타이틀 & 예고 STUDIO PEAK 박상권, 우정연, 이학진, 우선호, 김영근 / 스틸 이수민 / 메이킹 스튜디오와유 신재호 / KBS마케팅총괄 권정의 / 디지털프로모션 신동곤 / 외주홍보 쉘위토크 이수하, 김주애, 임채린 / 온라인홍보 KBS미디어 / 콘텐츠기획 김재현 / 웹기획 박현진 / 포스터VanD 이용희 / 포스터디자인 Studio Daun 김다운 / 스탭버스 동백관광 장정원 / 연출봉고 유흥환 / 제작봉고 심재호 / 카메라봉고 남기천, 김창식 / 안무감독 최수진 / 안무 김성훈, 정윤정 / 안무자문 강예나 최진수, 전은선, 목귀인 / 캐스팅디렉터 에피퍼니에이전시 이충선, 손승범 / 아역캐스팅 레인보우컴퍼니 / 마케팅총괄 신경진 / 마케팅프로듀서 테이크투 조종완, 김희진, 정우성 / 사업기획 박종우 / 제작프로듀서 우지희, 이지은 / 기획프로듀서 함연주, 이예원 / 라인프로듀서 김덕연, 이아름 / 외주기획 권계홍, 진영주, 오유경 / 제작홍보 전선하 / 제작관리 권혁철, 김명란, 이예슬, 윤원주, 김지흠, 강승원, 김정아 / 섭외 김행규, 유형우 / 보조작가 천운 / SCR 조예주, 이현주 / FD 배소영, 유승진, 양혜진, 정해리 / 조연출 유호준, 박경민, 임승현

제작 빅토리콘텐츠 / 몬스터유니온

기획 KBS한국방송